红柳坡

● 张靖 著

新疆生产建设兵团出版社

图书在版编目(CIP)数据

红柳坡 / 张靖著. -- 五家渠：新疆生产建设兵团出版社, 2019.12 (2024.4重印)

(绿洲文库)

ISBN 978-7-5574-1377-4

Ⅰ.①红… Ⅱ.①张… Ⅲ.①小说集—中国—当代 Ⅳ.①I247

中国版本图书馆CIP数据核字(2020)第125535号

红柳坡

出版发行	新疆生产建设兵团出版社
地　　址	新疆五家渠市迎宾路619号
邮　　编	831300
电　　话	0994—5677185
发　　行	0994—5677116
传　　真	0994—5677519
印　　刷	永清县晔盛亚胶印有限公司
开　　本	32开
印　　张	10.5
字　　数	220千字
版　　次	2019年12月第1版
印　　次	2024年4月第2次印刷
书　　号	ISBN 978-7-5574-1377-4
定　　价	52.80元

目 录

001 雾
066 看 瓜
113 改 制
156 红柳坡
197 星期五
249 偷 水
272 买 地

雾

一

"我找到玉了！找到玉了，我发财了！"石小三兴奋地狂叫着，一阵狂风，他跌下山崖。

雾，如同一个巨大的白色怪兽瞬间吞噬了山峰。

"叽叽喳喳，叽叽喳喳……"几声尖锐刺耳的鸟叫，瞬间把石小三从大山拉回床前。他使劲睁开眼睛，一束刺眼的阳光照在他的脸上，原来是一场梦！

窗外，太阳炙热地烧烤着大地，鸟叫声依然响亮地回荡。他扭动了一下身体，企图用后背逃避这个令人讨厌的家伙。谁知，鸟叫声比原来更响了，似乎在嘲弄他的无动于衷。他非常恼怒，一下子睁开了疲倦的眼睛。一只黑色的小鸟正瞪着两只乌黑的眼睛在窗前跳来跳去。

鸟不大，通体黑色，两只眼睛贼溜溜地与他勇敢地对视着，发现他在看它，它竟然毫不逃避，在得意的尖叫声中透露出一种跋扈的挑衅。

真是个讨厌的家伙！

"老鸦叫,祸事到!"石小三心头陡然一惊,会不会和那事有关?他顿时想起了那个梦,看来这是一个不祥之兆。他惊得一骨碌从床上爬了起来,操起鞋子对小黑鸟砸了过去。鸟一惊,扑棱着翅膀惊惶失措地逃了。

一根羽毛轻飘飘地从窗外飘了进来,落在石小三的手上。

竟是一根黄色的羽毛,他瞬间一喜:难道是只喜鹊?哪会有这么小的乌鸦呢?对,一定是喜鹊来报喜的!此时,他再没了睡意。

到底去不去上山呢?石小三犹豫不决。

窗外,水泥的搅拌声、铁锤声正响亮地敲打着整个小镇上空。他穿上衣服走了出去。院门外不远处一座黄褐相间的三层楼霸气地矗立在眼前,这是他干哥赵金川家的小别墅!隔着一道绿荫,高大的楼影下,是石小三家破败的小院,在楼层的对比下,显得越发猥琐和丑陋不堪。

妈的,赵金川又发财了!

望着这座华丽的别墅,他恨不能立即找个地缝遁身钻进去。该死的别墅!他逃离般地朝着镇子走去。

走进镇子,墨玉镇的繁华与热闹扑面而来。这是南疆的一个小镇,从前那些看似貌不惊人的石头突然间都变成了价值不菲的玉。墨玉镇离和田并不远,自从和田玉大卖热卖后,离和田不远的墨玉镇很快成为玉商贩们云集的地方,大大小小的玉器店如雨后春笋般地冒了出来,一家接着一家,占满了马路两旁的街道。吊坠、挂链、佛像、手镯,各种玉器琳琅满目,令人眼花缭乱,墨玉镇已成了名副其实的玉石镇。

"所有的人都在忙碌着,只有我还闲着。"石小三落寞地想。单身、没工作,这些都令已经二十八岁的他痛苦不堪,这种闲散如同无数只蚁虫吞噬着他的心。他多想找到一份体面的事情做啊,可他一直没有机会。

十五岁,在最好的年华里,其他孩子都在忙着考高中,而石小三却突然休了学,与社会上不三不四的人混在了一起。转眼十几年过去了,与他同龄的人不少去了内地,也有的进了机关,只有他至今还没有一份像样的稳定的工作。家中有一个患尿毒症的父亲,他那张卡上的数字,如同天狗吃月般地飞快减少,这张薄薄的卡穿过他的指尖直戳心脏。他太需要钱了,父亲每个月透析是一笔不小的数字,再弄不到钱,老家伙会死在病床上的。

一股辣子鸡的香味飘进他的鼻翼,他忍不住摸了摸口袋,很快摸到了一个纸卷,接着他剖竹子般地把纸卷细细剖开。二百元,这是他这个月给自己规定的零花钱。他得靠这二百元支撑着,直到找到新的事情干。他不得不狠狠地将辣子鸡的香味咽了进去,迅速逃离了饭馆。

路过"称心商店"时,他站在店门口犹豫了一下。里面坐着店主人小莲。他摸了摸口袋在门口犹豫了很久,却始终没有走进去。

小莲长着一双又大又好看的眼睛,笑起来怯怯的,说话声音小得如同蚊子叫,看人的眼神总怕惊着什么。石小三每次坐在小莲面前,都会对这个柔弱的女孩产生出无限怜爱来。她总令他想起自己的母亲,那个只知道不停做事、胆小怕事、唯唯诺诺的女人。

他心里一直悄悄喜欢她的,却从没告诉过她。

他曾无数次想要把这个胆小的女孩娶回家去,却始终开不了口,每次来到店里,他便如同做贼般地捡商店里最便宜的东西买上一、两个,然后趁机在商店里坐上几个小时。

他多么渴望能快点挣钱啊!这几年他没少瞎折腾,跟他的干哥赵金川倒过水果,收过棉花,还跟着他一起做过很多其他生意。而每次挣到钱时,大钱全让干哥毫不客气地吞食了,留给他的只是一点可怜的跑路费。他也跟别人搭伙做过水果生意,可他的运气几乎从来没有好过,去年三人合伙倒了一百多吨香梨,结果让他把几年的积蓄赔了个底朝天。他本来可以衣食无忧的,家里原来有一片二十多亩生长茂密的梨树园,父亲是镇子上的会计,可就在果园最赚钱的时候却被镇长霸占了,原因是他那倔强的父亲当众出了镇长的丑,父亲也因此丢了工作,气得病倒在床上。

他正低头想心事,突然,他感到一个看不见脸的神秘人正站在暗处盯着他的一举一动,魂魄般寸步不离地盯着他。

他忙转身将自己藏在一根柱子后面。果然,那个人现身了——镇长赵万福。

突然不见了他,赵万福便背着手、仰着四方脸,极有气势地迈着四方步朝他隐藏的方向走过来,看见有人跟他打招呼,赵万福傲慢地点下头。赵万福快走近时,石小三立即想从柱子后面躲开,可赵万福还是一眼看见了他,正当他的眼睛刚触碰到石小三时,石小三却表情冷漠,阴森森地盯着他。赵万福张了张嘴极想跟他说点什么,石小三头一昂,赵万福只好没趣地离开了。

望着赵万福离去的背影,石小三有些出神。

"三哥,想啥呢?"像被蜜蜂蜇了似的,石小三的肩膀狠狠痛了一下。

回头一看是猴子,他这才放下心来。猴子是石小三光屁股长大的隔壁邻居,从小到大,猴子始终如同石小三身后一只不离不弃的影子。

"三哥,上山的事想好了没?"抽上了烟,猴子一张口便暴露出了自己的意图。

"可咱不懂玉啊,隔行如隔山,干这行能行吗?"

"能行!我可是眼睁睁地看着赵金川一车石头净赚五万块钱。石头的地点是我找的,货是我跟他一起拉的,这球货只拿一千块钱就打发了我,真他妈的不是玩意。山上还有十几吨呢,这回咱抢先把剩下的石头拉回来,气死他个狗日的!"猴子的大眼睛里一丝贪婪的光仿佛深洞里的烛光,闪闪发亮。

一车石头竟然能卖五万块,石小三吃了一惊,他以为自己听错了。五万块啊,够他忙乎一年的,父亲还躺在病床上,急需要钱住院,而赵金川又挣钱了,石小三的心被狠狠硌了一下。

石小三皱眉不语。

正说着,一辆黑色的奔驰霸道地从他身边开了过来,经过他俩时,旁边正好有个小水坑,车身猛地顿了一下并没有停下来,而是叫嚣张地紧贴着他俩扬长而去,溅了石小三一裤脚的水。他定睛一看,正是他干哥赵金川的车,这更增添了他的不满!

"牛啥牛,等老子有钱弄死你!"猴子朝着车的背影吐了口吐沫。

"那就干?"赵金川那辆耀武扬威的奔驰一瞬间刺痛了石小三的心,猛然间他下了决心。

"干!"猴子一脚将脚底的石头踢出很远,仿佛那石头就是赵金川。

这可是赵金川发财的点啊,背着赵金川去偷偷拉石头就是"挖墙脚",如同在背后捅了赵金川一刀,还是他最信任的石小三,他无法想象他川哥的表情。

真的要背叛赵金川吗?石小三感到格外心痛。

"你在乎他,他啥时在乎过你?他又不是你亲哥。"猴子很不满。

"你懂个啥!"石小三痛苦地望着赵金川消失的地方。

石小三的心里一直藏着个秘密。赵金川是石小三的干哥,镇子上的人没人不知道,可赵金川是石小三他亲哥,不仅镇子上人不知道,就连赵金川自己也不知道,可石小三知道。

知道这个秘密已是十三年前的事了,秘密如同深井里不见天日的魔兽,一直被石小三捂得死死的。

赵金川是镇长赵万福的儿子,这个镇上最有钱的人,在镇长赵万福的帮助下,他在镇子上占有不少土地和果园。

"三儿,我可是一个干大事的人。"赵金川不止一次对石小三说。接着,赵金川如同他说的那样干大事情去了。捡石头、卖玉、倒棉花、卖水果,几年之间成为镇子上最有钱的暴发户,而且越做越大。不仅拥有别墅,还在镇子上最繁华的地段盖了个三层楼,气派地开酒店,开旅店,开公司……

可有了钱的赵金川明显地与石小三疏远了,关系甚至有些尴尬。石小三快成了赵金川的一个小跟班,尽管石小三累死累活地帮他收梨子,收棉花,而赵金川却越来越不把他放在眼里。挣钱多的时候给他两个;不挣钱时,就当陪他玩了一圈,这些年因为一直跟着赵金川,石小三经常饥一顿饱一顿的。

可石小三并不计较这个,仿佛赵金川身上有什么魔咒,只要他朝自己那么一挥手,石小三又立即屁颠屁颠地跑过去。赵金川是他亲哥,他喜欢跟着赵金川干。可赵金川自从结了婚却明显地变了,每当挣大钱的时候,合伙人便成了他的小舅子,石小三生生地被撇到了一边。他俩虽是亲兄弟,可赵金川并不知道,这亲哥和干哥虽然都带了个哥,可感情上却差了一大截子。

石小三明白他的心思,可却从不怪他。从小到大,赵金川一直是他最敬仰的人;当知道了他就是自己的哥哥后,石小三就把他当作最亲的亲人。

不久前,赵金川在做了一单挣钱的玉石生意时,石小三被毫不犹豫撇在了一边。

"那石头老值钱了,还能拉个十几吨呢。"猴子神神秘秘地说。

"可拉回来能做啥呢?"

"赵金川不知从哪找了几个河南老板,把石头打成玉器,那些手镯小挂件之类的在全国各地出售,糊弄了不少人呢。他这两天正在找车,准备过几天还上山拉货,要上山这两天就得赶快行动!"看石小三没表情,猴子着急地说。

"那就干?"

"干!一吨石头一万块,十吨就是十万,无论如何,咱得抢在他前头!"

先下手为强!石小三果断地给从前跟他一起搭伙做生意的刘四打了电话,他需要一个有钱的合伙人出资。果然,一听有这样的好事情,刘四接到电话便如同电打似地从其他地方赶了过来。

当晚,三颗不睡觉的脑袋紧紧地凑在了一起。这真是一笔意外之财啊,三双眼睛眯成了一条缝。

二

要去发大财了!猴子的东风车飞奔在路上。

南疆的六月,地面被太阳烤得滚烫。尽管车体的温度已达到四十度,可三个人挤在车厢里却快活地说着荤话。

一片洼地让车身狠狠陷了一下,只见一个肥臀丰乳的女子穿着短裙正站在大路旁。刘四是个小眼睛,见到路边的女人,两只眼睛迷成了一条细缝。他色迷迷地对车上的两人说："这女人真丰满,咱捎上她一段吧,挤在一起正好快活快活。"

猴子一听两眼也开始放光："一看就知道是个骚女人,等她上车时咱俩把她夹中间,别说摸,就是挤着她那一身肉,浑身上下也舒服。"

只有石小三沉下了脸："都吃饱撑着了,带个女人多晦气,咱这趟出门可是挣钱的,不是出来闹着玩的。"

一句话,说得刘四不好意思地咧嘴笑了："三说得对,咱就做回良民放过她。"他故意把车开得很慢,路过女人时,猛地踩一脚油门,车轮卷起厚厚的尘土突然飞向女人,女人的裙子立即扬起,"眼睛长到裤裆里去了。"女人大声骂道,听到笑声,车里的男人们却开心地大笑了起来。

车行驶在坑坑洼洼的路面,如同风浪里的小船般颠簸着,刘四扯开嗓子大声唱了起来。

干妹子好来实在好,
哥哥早就把你看中了,
打碗碗花儿就地开,
你把你的那个白脸脸掉过来。
二道道韭菜缯把把,
我看妹妹也胜过了兰花花,
你不嫌臊来我不害羞,
咱们二人手拉手一搭里走。

唱到"一搭里走"的时候,他故意把"走"字拐了个调,逗得石小三也忍不住大笑起来。

终于到了乌瓦镇。镇子不大,却满是各种特色的小吃。石小三找了个饭馆坐了下来，几碗羊肉汤、几串馕坑肉下肚，浑身上下舒舒服服地出了一身汗，汗一出，所有的疲惫烟消云散，三个人顿时又来了精神。

填饱肚子，石小三便想早早赶路，他随手从包里抽出一张百元大钞摺给了正在擦桌子的小男孩，准备结账。没两分钟，小男孩却跑回来一声不响地把一百元重新又递给了他。

"一百元还不够？"他极为不悦，表情难看地又从钱包里又抽出一张递给男孩。谁知，小男孩把两张钱一起还给了他。

他一下子沉下脸："啥意思？想敲诈？"

男孩愣了一下说："饭钱已经付过了"。

"付过了？"石小三有些吃惊，几个人面面相觑，谁也想不出在这陌生的镇子上还有替他们付账的人。

一个人影挡住了他的去路，他抬头一看竟是芳姐，石小三猛然才想起芳姐就是这个镇上的。

认识芳姐纯属一场意外。

五前年，一场突如其来的病让母亲住进了医院。在母亲的病房里，石小三发现对面有个三十多岁的大眼睛女人总偷偷捂在被子里哭，一问才知女人叫李芳。女人在外地出差时突然得了急性肠穿孔，爱人在这关键时刻出差了，家距医院四百多公里，眼看着就要做手术了，可李芳身在异地孤身一人却无人照顾，手术前的恐惧和身体的疼痛，让这个无依无靠的女子哭红了眼。

"这算个鸟事，照顾一个人也是忙，两个人也是忙，以后我连你俩一块照顾了。"石小三非常仗义地拍了拍胸脯。

果然，如同承诺的那样，李芳手术那天石小三跑前跑后，把李芳抱上抱下，李芳感动得直掉眼泪。石小三不但把两个女人照顾得很精心，还将女人们哄得都很开心，才短短的半个月，却好得跟一家人似的。临出院前,李芳非认下石小三这个弟弟不可。

异地遇到芳姐,芳姐的老公竟是这个镇子上的副镇长,而且山上还住着芳姐的一个亲戚!这个消息令石小三心头一震,他突然想起了那只小黑鸟,那一定是只喜鹊!他预感这次的采玉一定会如愿以偿。

两人见面分外激动,芳姐非拉石小三到家里坐坐,被他坚决地拒绝了。得知他们要上山,芳姐为他买了许多吃的,再三告诫他,有什么困难去找她。车已经开出了很远,石小三一回头,芳姐一个人还呆呆地站在原地目送着他们,石小三眼睛一热。

离目的地还有多远?就连猴子也说不清楚,一路上,三个人不停地换着开车,镇子渐行渐远,走了不到一个小时,行人与车辆越来越少,就要进山了,空旷的天庭下再也看不见任何车辆与人影。

远远的,神秘的大山仿佛裂开了一道缝隙,车一进山里,一座座纵横交错的山脉如同巨大的屏障瞬间包围了车子。大山空旷寂静,除了偶然飞翔的小鸟,几乎看不到任何生命的迹象,前方会遇到什么,没有人知道。

山路的艰险远远超出了他的想象。路面很窄,很多地方仅能容纳一辆车通过。幸好,孤寂的大山里除了他们,再无任何车辆往来。路面越来越高低不平,好几次石小三从车中探出脑袋,只见路基一面靠山,一面是悬崖深谷,稍不留神车便会滑向深谷,他不由地猛吸一口冷气。

石小三这才意识到,在大山里寻找玉石远不像自己想得那么简单。

车一个趔趄,石小三惊出一身汗,方向盘由他换到了猴子手里,猴子的车技明显高于其他两人,尽管如此,车厢里还是安静得如同死人一般,眼前的世界正挣扎着从昏暗中跳出他们的视线,随后又变成一个个长长的影子拖在他们的身后。

天色已暗了下来,黄昏中的大山晃恍如一头黑色的怪兽,仿佛随时吞噬一切,山谷寥寂无声,人与车在天底下似一个渺小的移动体,单薄而又脆弱。

为了一堆石块冒这么大的风险值得吗,真得能发财吗?石小三一动不动地缩在车里沉默着,他想起了他的父亲,那个骨瘦如柴躺在床上的老人,此刻他多么需要他啊!

"妈的,还要走多久?这是个什么鬼地方?死到这里也没人知道。"刘四终于沉不住气了。

"应该快到了。"猴子一脸的茫然。

"应该是多久,今晚咱不会就睡在这路边吧?"刘四愤愤然。

车子如同一只迷失的羔羊,陷在浑混沌的大山里不断寻找着出口。路基上飞扬的石子敲打着车体,每个声响都重重地锤在他们的心上。

突然,车身剧烈抖动了起来,一侧的车轮在一个浅浅的土坑里陷了一下,随之很快又爬了上去,坑不大,却把三个人的心狠狠地使劲拽了一把。还没有到达目的地,人却个个疲惫不堪。他们不断地换着开车,不时有小石子滑下路基,每一次声响都显得格外惊心动魄。

"怎么还没到啊?什么时候能到啊?"刘四又问。

没有人回答。

就在他们处在类似于溺水的绝望时,一片绿色出现在眼前,尽管光线昏暗,毛茸茸的青草却给他们带来了希望。浅浅的绿色占满了所有的视线,一群羊生动地跳入他们的视线,它们悠然地吃着草,。羊让所有人都兴奋起来,有羊群的地方一定有人家！车很快驶进一片平地，四面高山耸立，中间却毫无理由地凹了下去，昏暗中清晰地闪动着几盏灯光，人与狗就这样闯入了他们的视线。

这里竟然是个小小的牧场，两个老人、一个年轻的女子、一个三十岁来岁的年轻男子，几个人正在不停地忙碌着，见有人来便停下了手中的活计出神地望着他们。

男子见来人便热情地迎了上来。男子叫羊娃，正是石小三要找的芳姐的表弟。当见到信和得知他们的来意后，羊娃立即为他们腾出了一间干净的房间来。房间全是用一块块削尖了的石头垒砌而成，外面看起来很原始，里面却舒适而又干净。院子的中央堆满了木柴，不远处立着一口人工压水井。

石小三刚坐下，几条通体黑色的、高大的藏獒一下子就窜了上来，将他们一行人死死围住，吓得他们一动不敢动。藏獒仔细地用鼻子上上下下地闻着，闻了几分钟后，几条看似凶猛的藏獒突然间安静地退回到原来的位置。

羊娃当即杀了一只羊，炖了满满一大锅羊肉汤，随着热腾腾的羊肉汤进入肠胃，几个人很快进入了梦乡。

第二天一早，知道他们急着上山，羊娃把羊交给了父亲，带上藏獒虎妞，几个人有说有笑地上了车。有了羊娃的加入，所有人的心里都踏实了许多。山路崎岖而又狭窄。车子在山路上又开始了颠簸，在羊娃的带领下，很快找到了上次拉石头的地点。

这哪里是玉石？分明就是一堆粗糙不堪的石头。石小三看了一眼就泄了气，眼前的石头除了皮色泛青外，看不出和普通的石头有什么两样。

"不会错，就是这两棵树，就是这些石头，赵金川把它们卖给河南老板的。"猴子说着跳下了车。

"其实玉就是石头,玉不过是石头里的精华,这里常有不少人来采玉的。"羊娃插了一句话。

但愿是玉石吧,石小三和刘四这才又打起精神搬运石头。

车是辆小货车,只能停在平地,草丛里的石头并不多,很快被他们搬得个精光。他们又开始往山上爬,每爬一步,脚下的碎石哗啦啦往下滚。山坡很陡,石小三极少爬山,每爬一步都很艰难,他一边向上攀爬着,一边紧紧地抓住半坡上不知名的草,即便这样,身子还是不时地往下坠。

山上很冷。尽管如此,几个人都已冒出了汗。石头很沉,石小三总感到头重脚轻,已经整整一个上午过去了,他的身子越来越异常,整个人如同漂浮在云彩中,两条腿如同踩着软软的棉花。

这是怎么了?回头一看刘四同他害了一样的毛病。本来就胖的刘四,此时搬着石头笨重得如同南极的企鹅,石小三不由地替他担心起来。刘四脚步履颤悠悠得左摇右晃,石小三真怕他会两脚一滑滚下山去。

几个小时过去了,石小三和刘四终于一头倒在地上再也不爬不起来。别看猴子和羊娃都长得瘦精精的,人却格外精神,当太阳就要落下山的时候,两吨多的车已经装满了石头。

休息的时候,猴子与羊娃轻松地抽着烟扯着闲话,而石小三和刘四则一动不动地躺在地上,羊娃告诉石小三他们这是高山反应,休息休息就会没事了。

回到牧场时,天已经黑透了,羊娃的父母早早准备好饭菜。羊娃的妹妹妮子是个黑瘦的姑娘,见他们回来忙提着水壶迎过来,给他们浇水洗手、洗脸。石小三抬头看了一眼妮子,发现她长得很好看,红扑扑的脸蛋上一双好看的大眼睛扑闪扑闪的,如同夜幕里的黑宝石。她的身体好似起伏的丘陵,胸很饱满,腰却深深地凹了进去,两个小酒窝散发着年轻女子迷人的气息。

石小三正看着,感觉背后有双火辣辣的眼睛,他一扭头,果然,正在洗手的猴子弯着腰一动不动盯着妮子。石小三照着猴子脑门拍了一下,猴子朝他眨眨眼不好意思地笑了,脸红得像猴子屁股。

房间没有灯,几个男人坐在黑夜里瞎聊,话题除了石头还是石头,石头到底是不是玉石,能不能卖到好价钱,这是讨论最激烈的话题。

"为什么没有光泽呢?怎么看也不像玉石,别拉一堆没用的石头让镇子人笑话。"这是石小三最担心的事。

"别担心哥,真是玉石呢,我亲眼看着河南人把石头买走的,赵金川能把它变成钱,咱也能把它变成钱。"猴子毫不质疑。

"这怎么可能是玉石呢,若真是玉石,这漫山遍野的石头岂不让人都发财了?我看它就是一堆普通石头。"刘四很懊悔。

黑暗里,突然一束亮光,光透过石头,呈现出碧绿的波纹来。进来的人是羊娃,他手里正拿着一支手电筒,他激动地叫道:"这一定是玉石。"

"是玉石!"石小三果断地判断道,他早听赵金川说过玉是通透的,只有在黑暗里用强光才能辨别出来。

"真的没想到,这堆石头竟然会是玉石!"刘四和猴子立即从羊娃手上接过手电筒,对着石头照了又照。

这个意外的发现让所有人都兴奋起来,最后,他们决定先把车上的石头全部卸下来,明天继续上山!

夜梦一般迷茫,只有石小三还睡不着,他一直在想母亲,母亲蜡黄的脸色越来越差;等一有钱,他要立即开个店,再也不让母亲四处给人做饭了。

三

天刚蒙蒙亮,几个人又像觅食的动物似地悬在了半山腰上。

仿佛在考验他们的耐心,他们要找的石头却谜一般地隐藏了起来。原来的地方再也找不到他们想要的石头,于是,他们只好爬到更高的山上,东边找几块西边找几块。空手上山很容易,可搬运石头却很艰难,山坡越来越陡,每个人脚底的碎石哗啦啦地响着,仿佛随时将人带入山崖。石头很沉重,每挪动一步就如同有千斤重量压在身上。

羊娃迅速跑到车上,将车上的麻绳拿到山上去。他们用麻绳将一块块石头绑上绳索吊下来,好几次石头脱离了绳索自己滚下山去,差点砸伤石小三。尽管如此,没有一个人想停下来,他们就是为这些石头来的,又怎么能够把它们留在大山上呢?

第二车石头装满时候,石小三一头栽倒在地上。他感到身上的骨头咯咯作响,几乎把他的肉体拆得七零八落。疼痛、疲劳,他终于再也坚持不住了。他一扭头,刘四早已趴在了一边,一堆肉软塌塌地晾在一块平展的大石板上。

挣钱真的不容易! 刘四狠狠骂道。

第三天,他们又强忍着上山去。山还是原来的山,可却热闹了起来,有几辆装载着重型挖掘设备的大卡车从他们身边呼啸而过。没过多久,山上便传来了炸山的声音,接着叮叮哐哐的挖掘声回荡在山谷里。声音兴奋、响亮,让他们一下子嗅到了大山的价值。

几天的探寻,他们要找的东西再也不见踪迹。不能空手而归,他们发了疯似地一次次爬到更高的山头去,可结果令他们大失所望,他们只好又把车折回原处,几个人分头去找。

这个办法果然可行,不到半小时,便传来了羊娃惊喜地叫声:"我找到另一种石头,很可能是另一种玉呢。"几个人纷纷随着声音寻过去,石头和他们找到的很像,可颜色却深了许多。不管怎样,不能白来一趟,车更不能空着,他们不由分说把车装得满满的,这才决定下山。

芳姐早已在镇子上雇了一辆大货车,他们一口气把所有的石头都装上了车。

临走时,石小三想塞给羊娃一千元作为酬谢,被羊娃坚决地推掉了。

要发大财了！三个人兴奋满脸通红。一路上车开得飞快,猴子不断对空山大喊着,刘四则扯开大嗓门又唱起了他的《把你的白脸脸掉过来》。

一切似乎太顺利了,发财真得就这么容易？石小三感到不可思议。不管怎样,他盼着这满满的一车石头回去能尽快变成钱。

石头方方正正地摆在了院中央,石小三拉了一车玉石的消息长了翅膀似地在镇子里飞着。

石小三家的院子一下子热闹起来,男的、女的、老的、少的,都来看稀罕,一拨人刚走接着又一拨人来,可唯独没有赵金川带回那些河南老板。人们七嘴八舌地议论着,有人说是玉,也有人说是不值钱的石头。不同的议论如同一根绳索拽着石小三的心,一上一下的,让他心神不宁。令他失望的是,所有的来人中,并没有一个有出钱要买的意思。

"那些买石头的老板有消息了吗？"每次石小三问猴子时,他总摇摇头。

一堆石头静静地躺在石小三家的院子里,一开始,看石头的人络绎不绝,渐渐地,再无人问津。

整整半个月过去,还是满满一院子石头,仿佛故意要令石小三难堪似的,一块不少地躺在院子里,一动不动。

石小三再也沉不住气,虽说石头不是花钱买的,可其他费用却足足花了二万多,车是猴子出的,而大半的费用几乎是刘四出的,石小三虽然只出了个小头,但那几乎是他全部的家当。至于猴子所说的河南老板更是消失得无踪无影,石小三陷入了绝望之中。

他眼巴巴地瞅着一个个来看石头的人从他家里离开,他像一个溺水的人急切地想抓住最后一根救命的稻草,可这些人似乎存心在折磨他,有不少人看了石头拿了碎石走,然后如同黄鹤般一去不复返。等石小三打电话追问时,他得到一个无比残酷的结局:这是一堆没有任何使用价值的石头!

石小三一下子像被人丢进了滚烫的油锅,让他顿时喘不出气来。

三个人中,刘四一直显得很沉默,这次出行的费用他整整出了两万元,他虽没张口埋怨任何人,可他毕竟是个商人,这么亏本的买卖他还是第一次做。吃完早饭,他便一声不响地独自带着两块不大的石头出去了。

望着刘四的背影,石小三心里的酸甜苦辣、五味杂陈一下子涌了上来。这次上山,不仅自己一无所获,还害了朋友,天上掉馅饼这样的事世上哪有啊,他觉得自己天真得像个孩子。

一堆没用的废物!他用力将脚下一块拳头大的石头踢得老远。

石头静静望着他愤怒地发泄,仿佛也有许多不满似的,它们有什么错,被他从它们生长的地方搬到这里,任人评头论足。

傍晚,刘四终于回来了。一进门,只见他的小眼睛成了一

017

条缝。

"三,我找人看了,老板断定其中一块确实是玉,不过成色太差,杂质多、色泽暗淡,卖也能卖,只是卖不出什么好价格,我把玉石打了二十只镯子,你瞧,还挺漂亮的。"说着,刘四从包里掏出了镯子。镯子青黑色,圆润光亮。

道行太浅了,连玉最基本的常识都不懂,石小三心里很懊悔,可一听其中一部分是玉,他们又仔细辨别一下,发现是最后一次捡的石头,这样的石头竟占六分之一,好歹里面还有真正的玉石,石小三想。

不管怎样,有一吨多呢,要把这么多石头尽快变成钱!刘四很快拿着样品回北疆找朋友甄别去了。

镯子怎么看都觉得漂亮,石小三与猴子分别给家里每个女人送了一只。不要钱的东西,女人们都高高兴兴地戴在了手腕上。其他的,石小三决定拿到镇上卖。

来到地摊上,石小三突然发现闹市的地摊上,竟摆着许多与他手中一模一样的镯子,他咧开嘴便笑了,原来这真是玉呢。他蹲下来向小贩问价,小贩一见有人询价忙伸出两个手指头响亮地叫道:二百。乖乖,一只镯子竟能值二百,一吨多石头有多少个二百呀!石小三心头一阵狂喜,他小心翼翼地拿出了包里的样品,问小贩如果他成批批发,小贩能给什么价?

小贩的眼神立即变得不屑一顾,他伸出三个指头在他眼前晃了晃说:三十。石小三的手顿时如同被狗咬了一口,这个价格正好是他一只镯子的加工费,他一把从小贩手里把镯子夺了过来。

离开地摊,石小三不想回家,他将镇上卖玉器的店挨个转了个遍,将不同的玉器仔细对比了一下,竟看出不少门道来,他用心地记住了各种不同玉的成色与价格。

刚走到家门口,一个女子细细的声音飘了过来,伸头一看竟是小莲,小莲主动来他们家了,他站在门口愣住了。

他忽然觉得小莲心里其实是明白他、喜欢他的。果然,小莲一见他便害羞地低下了头。她随意与他的母亲扯着闲话,两只眼睛却死死地落在他母亲手腕的镯子上。

小莲的父亲就是做玉石加工的,小莲是为这堆石头而来!

果然,趁石小三的母亲去倒水的功夫,小莲悄悄把他拉到了一边:"三哥,快让你母亲把镯子褪下来,这石头我爹看了,石头是玉石,可没什么用,更不能做成佩件戴在人身上,这种石头含矿物质太高,磁场对人体是有害的,特别对老年人危害更大。"

石小三一听,忙找来块磁石,"啪"的一声,只见磁石还没挨着镯子,镯子便被紧紧地吸了过去。石小三如同大冷天被人用力泼了盆刺骨的冷水,从头凉到脚心,他呆在了那里。

小莲什么时候走的,石小三竟没意识到,他彻底绝望了。

赵金川终于来了,在石小三最绝望的时候。他望着石小三笑得高深莫测:"三儿啊,这下你可不缺石头了,这石头足够你家盖二百平米的大房子了。"石小三听出赵金川的笑里带着明显的讽刺,他就是存心要让石小三难堪。

接着,赵金川又说:"这个世界上,再没有什么比人心与人心隔得更远的东西了,哪怕你和他近在咫尺!"

一句话扎在了石小三的心窝子上。看着赵金川嘲弄的目光,他恨不得立刻找条地缝遁身进去。

镇长赵万福是最后一个来的,尽管只站在院子外面,可他的到来,一下子就烫伤了石小三一家的眼球,母亲飞快地躲进了屋里。

"你来干什么?这里不欢迎你。"石小三不客气地下逐客令。

"三儿啊,缺石头给爹说一声,爹找人给你拉,何必大老远地费那么大劲做这亏本的买卖,既伤身体又浪费钱,你要愿意,爹这就给你找个正经事干干。"赵万福居高临下地望着他,冷气扣押着他,让他慢慢深感其辱。赵万福再一次刺痛了石小三。

"我亏本我乐意,跟你一毛钱关系也没有!"石小三冷冷地望着他。

"你是我儿,我是你爹,你咋能说没关系,我不能眼睁睁地看着你瞎胡整,让全镇人看笑话。"赵万福背着个手像长辈似地大声训斥他,好像他这次的失败全是他的过错。

赵万福的语气让石小三逐渐感觉到他和这个令人憎恨的人之间有一种奇怪的血肉联系在慢慢建立,他得无情将它们封闭。

"你给谁当爹呢? 哪凉快待哪去,少在这里剃头挑子一头热。我是我,你是你,我跟你八竿子打不着,再不走,老子对你不客气!"石小三冷冷地看着他,手里握紧了一把斧头。

赵万福尴尬地一愣,脸一沉背着手走了。

四

他再逼自己,就杀了他! 望着赵万福的背影,石小三那个压抑了很久的念头一下子又窜了出来。

他被这个窜出来的念头吓了一跳,对面正好一面镜子映射出他那张愤怒的脸。这张脸和赵万福多像啊,就连阴沉的表情都惊人地相似,像戴着同一种型号的面具,就是这张脸,要把他从那段见不得人的隐私里拖出来,暴露在众目睽睽之下,让他插翅难逃!

赵万福是他的亲生父亲！石小三痛苦地望着窗外的夜。

不仅仅是石小三的亲生父亲，更是他一家的噩梦。

痛苦的关联，是石小三一直小心翼翼关在黑匣子里的魂魄，一个不小心就会随便现身。只要一想起他与赵万福的关系，他就得穿过一条黑洞洞的走道，才能走到那只尸匣子的面前。

果然，赵万福前脚刚一离开院子，石小三就听到父母房间乒乒乓乓一阵乱响，父亲的骂声大而愤怒："老骚驴，老子还没死呢，就上门了来骚情了。老子只要还有一口气在，就绝不让你如愿，有本事你就弄死我！"

接着，父亲叫喊着冲向母亲："我打死你这不要脸的女人！老子这辈子最恨不干净的女人，在老家，被糟蹋过的女人比猪还要脏！"。

里面母亲一声声求饶声尖锐地刺痛着石小三，让他如同受刑一般。隔着窗户，他看到了病怏怏的父亲，大口地喘着气，一脚把母亲踹倒在地。他知道父亲的恨，父亲从小是个没爹的孩子；父亲的母亲是个不洁的女人，跟村子上几个男人有来往；父亲从小就遭到一村子人的耻笑，以至于他离开家后再不肯回去看望自己的母亲。

听到母亲的尖叫，石小三恨不能冲上去一脚将父亲踹倒在地，可当他看着父亲那只干瘦的手臂瘫软下来时，他的心被狠狠地锥了一下。就是这只枯瘦的手，在最冷的季节里，总是抓起石小三那凉凉的小手捂焐在自己的肚皮上。石小三身体外面那层最生硬的壳慢慢被撬开了，他的情感像一张纸一般地脆弱，眼泪哗地一下子淹没了所有的视线。里面两个都是他最爱的人，他却只能任由他们彼此一点点地被恨意撕碎。

他绝望地想，总有一天他要宰了赵万福那个牲口！

孤独地站在黑暗里。夜单薄而又脆弱，大片的月光落在他的身上,让他怀念起从前那段幸福时光。那时的父母多恩爱啊。父亲老实本分,母亲美丽柔弱,一家人温馨而又快乐。家中他排老三,上面两个姐姐。他曾是父母手里的宝,家中唯一的男孩,家里未来的顶梁柱。重男轻女的父亲整天把他扛在肩上搂在怀里。他小时很调皮,有一次,趁父亲不注意,朝他碗里撒了一泡尿,父亲乐得直咧着大嘴夸他有能耐。父亲是那样爱他宠他,尽管父亲只是一个普普通通的小个子男人,却把全部的爱都给了他石小三。

在石小三的眼中,母亲太过柔弱与贤惠,尽管她长得非常好看,却百般迁就长相普通、性格孤僻的父亲。这种过分的顺从从一开始便是一个危险的信号,顺从的背后隐藏着一个见不得人的秘密。

果然,这个秘密在他十五岁那年爆发了。

一场车祸,把这个见不得人的隐私撕开了一个大口子。急匆匆跑来给他输血的父亲,竟被医生告知两人没有任何血缘关系。这场突如其来的变故,给一对情深似海的父子顿时宣判了死刑,让石小三和父亲都傻了眼:他到底是谁的野种?空气里弥漫着一种诡异的气息,母亲更是吓得一句话说不出。

直到父亲拿着把板斧,一上一下砍着院子里的树,母亲才抖着筛糠般的身子告诉父亲:十几年前的一个漆黑的夜晚,母亲被镇长强奸了。父亲当时两眼一黑,一头栽倒在地。

从那以后,石小三的家便随时充斥着暴力,母亲常常被打得四处逃窜。望着发疯似的父亲,石小三并不怪他,反而怜悯他。父亲一夜之间老了,既不打他也不骂他,却常常用一种古怪的眼神盯着他看,像看一只下贱的牲口,仿佛要把他身上那个藏着的赵万福抠出来,还原给父亲。父亲不可能再爱他,他养得的竟是赵万福的种,这对他如同晴天霹雳。

从此后,父亲跟他远远地保持着一种距离,那距离遥远得如同隔了条银河。尽管他还叫他老爹,可他知道,他已经永远失去了父亲。

他从小最讨厌那个傲慢、蛮横、嚣张跋扈的镇长。是他让当会计的父亲没有了工作,是他霸占了他家那个最挣钱的果园,是他让他成了野种还失了学,是他让他再也无法与别的孩子一样,无忧无虑地在父母面前尽情地发疯、撒欢。不仅如此,他更怕镇子上任何人知道这个秘密,他无法想象他那自尊心强、爱面子的父母,该如何在众目睽睽之下继续活下去。

镇长赵万福第一次注意到石小三是从大前年那场抗洪开始的。

那年夏天,一连五场的暴雨。雨水无情地漫过了防洪渠,一路奔向墨玉镇。眼看着一地的棉花即将采收,赵万福不得不亲自带领全镇人去抗洪,镇子上所有的成年男人都参与了这次行动,石小三也不例外。

抗洪时,一向傲慢的赵万福作为总指挥冲到了最面前。正当他声嘶力竭指挥着队伍抗洪时,意外发生了,汹涌的洪水如同脱缰的野马瞬间将他脚底的那片空地冲垮了,赵万福一下子滑进水中。说时迟那时快,石小三一个健步冲上去,衣服也没脱直接就跳进了水里,一把把镇长拉到了堤边。接着,众人一起将他们拖出水中,接着,堤垮了,洪水奔腾而下。

"三呀,你可是叔的救命恩人,要不是你,叔这条命差点扔进洪水里啊。"上岸后,镇长死死抓住了石小三的一只手。

"你死了才好!"石小三阴个脸,一把抽回了自己的手。

镇长听了愣了一下,盯着石小三那张阴沉的脸,心里却莫名地一动,不再言语。

石小三找了块干净的石头坐了下来,将湿漉漉的鞋子、长裤脱了下来,正当他把腿脚伸直想把潮湿的地方晾干时,另一只脚朝他伸了过来,他愣住了。两只一模一样的脚,脚内侧都长着一块突出的大骨头,每个脚趾都长着一模一样脚毛,连脚都长得一模一样,这只脚是镇长的,他真是镇长的儿子!他再也无力否认了。从前,他一直希望那是母亲寻找一个搪塞父亲的借口或托词,可他确实太像他了,连脚都与赵万福长得一模一样。

赵万福也发现了,他独自嚷嚷道:"三儿啊,叔脚上这块骨头是我赵家几代传下来的,你怎么也会有?"

突然,赵万福像发现新大陆似地死死地盯住了石小三的脸说:"你不像你父亲,一点也不像。"

"我像谁关你个鸟事!"是的,他太不像父亲了,父亲不仅矮小,而且又黑又瘦,可他却长得高大、魁梧、英俊。

"三儿啊,你像我赵万福,你真应该是我赵万福的儿子,我怎么从前就没发现呢?"

"像个啥,你儿是赵金川,我爹姓石,咱俩八竿子打不到一起,你别自作多情,我跟你一毛钱的关系也没有!"石小三心虚地说着,抱起湿透的衣裤准备逃走。

"一毛钱关系没有,你会急着下去救我?那么多人都怕淹死,只有你不要命去救我,你还能说和我没关系?"镇长盯着他阴阴地笑了。

这笑更像他石小三,他甚至有些后悔跳下去救赵万福,这一跳一下子就暴露了他的心思。可他不救他能行吗?他是他的亲生父亲,他再不是人,也不能眼睁睁地看着他被洪水冲走。

打那以后,镇长开始盯着石小三,只要他一出现,镇长的眼睛就像雷达似地在他脸上扫来扫去,总想从他脸上找出他要的东西来。

其实,石小三比谁都清楚,他比他哥赵金川长得更像镇长。赵金川除一张方脸外,哪都像他母亲,而石小三几乎跟镇长从一个模子里刻出来似的,只要细心的人仔细观察就不难发现。真是老天捉弄人,这个秘密长在石小三脸上,他想藏也藏不住。可镇里却没人注意到这一点,因为镇长老给他父亲穿小鞋,没人会把他和镇长联系到一起。

不知从什么时候起,镇长已经确认了他这个儿子。他只要稍加留意,就能把他和他二十多年前那个夜晚做的事情联系在一起,镇长不再轻易放过石小三,只要单独遇见他,他总要刨根问底地想从他身上找到更有价值的东西。石小三并不领情,他见到镇长总是阴沉个脸,他不高兴,嘴角僵硬地扯着,这点更像极了镇长。

"你就是我儿子,我找你母亲确认过,真的假不了,假的真不了。"镇长硬生生地要把他从藏身的洞穴里拖出来,让他现身,多么残忍。

"你是个谁的爹,你再拦我,小心我对你不客气!"石小三一把推开他。

可赵万福却并不计较,反而很低三下四地对他说:"三儿啊,你别瞎混了,先去你哥公司干干,将来爹给你瞅个正经事。"

石小三头也不抬:"少闲吃萝卜淡操心,我爱混我高兴,关你个啥事。"

"三儿啊,爹是为你好,你也老大不小了,不能一辈子当个二流子吧?"镇长跟在他后面讨好他。

石小三一转身扔下镇长头也不回地走了,他要让他明白:他永远别想跟他扯上关系!

五

一堆宝贝变成了废物,不声不响地躺在石小三家的院子里望着他,似乎在嘲笑他。

他再也无法忍受这堆石头,恨不得有人立即将这堆石头全部拉走,哪怕不给他一分钱,他一刻也不愿再见到它们!每一个电话响起,他的心都会被揪起来,每次他第一个念头就是把电话与这堆石头联系在一起,可电话最终让他失望,没有一个是要买石头的。

走到镇子的玉器店里,他多么希望镇子上那些玉店的老板能关心地问问他的那堆历尽千辛万苦带回来的石头,可没有人问。他只好装模作样地去看玉器,他把它们拿在手上,那种光滑温润的感觉令他着了迷,他越看越觉得自己那堆石头粗糙不堪,他怎么就那么傻呵呵地将那么一堆石头当宝贝一样拉回了家呢,还捧着向所有人炫耀,真丢脸!

再没人关心他的那堆石头,就像没人真正关心他这个人一样。石小三彻底失望了,他一头扎进了"称心商店",此刻,他很想假借买水的机会趁机看看她,他已经有些日子没见她了。

一进商店,他一眼看见一个胖乎乎的男人正把手搭在小莲的镯子上,那人似乎在鉴别小莲的玉镯,镯子如同只道具,将两只不同的手搭在了一起。石小三心头顿时一股浓浓的酸直往外冒,他气得变了脸,他一言不发地坐在那里勾着头,阴沉沉地盯着那个男人。那男人正与小莲说笑,男人的手继续借着那只镯子不断地在小莲的手与手腕间摩擦着,让石小三眼睛里冒出了火,他恨不能把那只手剁下来。

小莲看见他在看她,手像被开水烫了似的,忙把那只戴了镯子的手腕缩了回去,可他的气愤还是无法掩盖,他举起那只喝完了的矿泉水瓶子,对着店里小狗的脑袋狠狠砸了过去。狗尖叫了一声,他站起身走了。

不能再等了,他要尽快地挣到钱!

走在大街上,落寞的树影斑驳地落在他身上,把他截成一段一段。此时,一阵风吹过,几片落叶在他眼前飘过,他伸出手想接住一片,然而在触到落叶的一瞬间,他心里猛地惊了一下,秋天已经到了,可他还是两手空空。时间被携带的日光和黑夜轮番照耀。繁华的小镇,什么都在变,唯有他一个人还是观众,他得尽快找到事做,尽快向小莲表白。

回到家中,院子里站了个人。男人背影高大,正弯着腰向瘦弱的母亲说些什么,不用细看,石小三只需用鼻子轻轻一嗅便知道是镇长。看见他,镇长讨好地对他笑着。

他来做什么?石小三的脑子"轰"地一声。镇长还是第一次这么明目张胆出现在自己的家里,出现在自己的眼皮子底下。不明白他究竟想干什么?空气一下子凝固了,此时的赵万福在石小三的眼里如同一头突然闯进来的怪兽,这是自己的领地,绝不能容忍这个人的介入。

三个人静静地在暮色里对峙着,他、镇长、母亲,尽管彼此很近,却像站在一条大河的对岸,相互渺茫地望着对方,中间有巨大的波涛在汹涌。三个人第一次这样面对面地站在一起,每个人都表情复杂地望着对方,谁也不说一句话。

石小三一声不响地望着赵万福,一团火炙烤着他。小院静得连一个细微的声音也能听得到。这时,房屋里传来了父亲的喘气声。

"老骚驴,老子还没死你就上门了,有本事你弄死老子,老子只要不死你就什么也别想得到!"父亲隔着窗户嘶哑着嗓子大声骂道。

"我把果园还给你了,明天你去果园干活吧!"三个人似乎都累了,镇长突然说话了。石小三愣了一下,可他依然一声不响地阴着个脸,镇长没再看他扭头走了。

晚上,父亲不吃饭,一声不响地躺在床上。母亲刚走进房中,便被他一脚倒,紧接着,他拿起一只小凳子狠狠地砸向了她,她尖叫了一声,立即从房屋里逃窜出来。

第二天,石小三看见母亲半条乌紫乌紫的胳膊裸露在短袖外面,他知道母亲是为他挨的打,眼泪一下子不争气地从他的眼角滑了下来。他才是这个家里真正的孽障,母亲则是最无辜的人。他正准备出门,镇子里的会计送来了果园的合同。合同上赫然写着石小三的名字,果园终于重新又回到了石家,石小三几乎不敢相信这是真的。

母亲的手臂尽管疼痛得抬不起来,脸上却闪现出喜盈盈的笑。她开心地做着家务,脸上偷偷浮现出多年不见的笑容。石小三悄悄地注视着母亲,石阶上那个小小单薄的影子,如同一尊风干了的木雕,他的泪再一次落了下来。

他忍不住跑上前去,抱着母亲如同孩子般地哭了起来。

六

太阳还藏在朝霞里,石小三已早早来到了果园。

果园终于又回到了石家,他一个人对着果园开心地笑了。果园还是原来的果园,是石小三最熟悉的地方。十多年了,他没再踏进这个园子半步,当年的果园早已变得面目全非。茂密的梨树、杏树不见了,取而代之的是一园子的枣树。从前的果园,被石小三的母亲管理得枝繁叶茂;如今的园子却杂草丛生,沟沟坎坎里长满了各种草,草几乎比石小三还高,远远望去简直就是一片荒地。

这园子被赵金川活活糟蹋了,石小三伤心地想。

一看到满园子的树,石小三浑身上下充满了力气。他拿起坎土曼、镰刀,用力将一片片杂草砍倒在自己的脚底下。整整一个上午,当他整理出第一块地时,竟惊喜地发现满园的枣树已经长得郁郁葱葱,比他人还要高出一截,树上结满了枣子。真是片不错的枣园啊!等到秋天就能卖到好几万块钱了,石小三咧嘴笑了。

汗水顺着石小三的脸颊直往下淌着,一阵风吹过,凉凉的,舒服极了。石小三暗自盘算了下,这个果园由他管理下去,不出三年,他也能到镇子里面盖套非常像样的房子,就用那堆石头!谁能说那是堆废物,到时它们就是他新房的地基。

他又想起小莲,一种从未有过的幸福溢在心头,他一定要好好待她,绝不会像父亲对母亲那样,他要让她给她生儿子,最好生两个。他再也不干那种到山上找玉的傻事了,哪怕山里藏着钻石他也不会再去了。这枣园就是他未来的生活,从今往后,他要好好打理他的枣园,他要过上一种镇子里许多男人都过着的平凡而又稳定的生活。

一连几天,石小三都忙着锄草、打杈、浇水。正忙得不可开交,手机响了。电话是猴子打的,猴子的声音很亢奋,跳出的音符如同剥豆子般清脆响亮。他告诉石小三羊娃在山上找到了真正的玉了。石小三听了什么也没说,平静地挂了手机,上次的教训太惨痛了,他不能再重蹈覆辙,他只想守着果园过一种安稳的日子。

傍晚,石小三刚端上饭碗,猴子便卷着一团飓风闯了进来,连同他一起来的还有一个人,石小三抬眼一瞅,竟然是刘四。

"哥,羊娃找到宝贝了,是真正的玉呢!"猴子一进门就大声嚷嚷道。

"前两天羊娃在山上放羊时,无意间被石头绊了一跤,你猜怎么着,等这货拿起石头一看,才发现绊他的是一块玉,一块真正的和田墨玉啊!深黑色、光滑圆润,能发现第一块就能找到第二块,他催我们快点上山呢!"刘四见石小三没反应,忙补充着。

他任由两人兴奋着,自己却一脸的麻木:"要去你们去,我哪都不去!"

"那哪行?三儿,咱可是一起患难的兄弟,有福同享,有难同当,现在有发财的机会,咱谁也不能丢下谁!"刘四极不甘心地睁大了他那双小眼睛,石小三竟然不知道他什么时候从遥远的乌市赶了过来。

"要去你俩去,反正我是不去了。"石小三坚决地摇摇头。

猴子和刘四两人对视了一阵,谁也不说话。

第二天,石小三正在地里锄草,突然听到背后有动静,一回头发现竟是刘四和猴子,两人手里各拿着一把坎土曼,一声不响地跟在他后面。见他回头,俩人朝他龇牙笑了。

"三儿哥,咱再去一趟吧,说不定这次真的就发了财呢。车现成的,不就是加点油的事吗?"猴子嘀咕道。

"真是好了伤疤忘了疼,上次的教训你俩这么快都忘了,我可不想再干那劳民伤财的事!"

"那算个啥事呀!丢了两万块我都不心疼,你心疼个啥?做生意哪有不赔钱的,上次咱是没经验,这次咱去把家伙带好,先带几块石头回来看看,成就成,不成全当咱仨又去旅游了一趟,损失不了啥的。"刘四劝道。

石小三摇摇头,摇得含义不明。

刘四与猴子也不再说话,在后面紧紧跟着。他回家,他俩跟着收工,他干啥他俩也干啥。多了两个人,地里的草很快被锄得干干净净,可两人依旧一人拿着一把工具,一声不响地跟在他后面。

石小三早就动心了,可他嘴上却一句也不说。直到收工的时候,他大声对两人喝道:"你俩别在这装孙子了,走,咱明天就上山去!"猴子和刘四俩相视一笑,其实他们早已吃透了他,有财谁不想发呢?

果园第二天还要浇水,可石小三已经顾不了这么多。说不定这次真是一次发财的好机会呢,此时,他又一次被上山的念头疯狂地占满了。

傍晚,石小三满怀心事地收拾着东西,窗台上有个东西跳来跳去。石小三一看,又是小黑鸟。真邪气!它对着石小三不停地叫,叫声很大,好像故意要让他知道它的存在似的。他看看它,它并没有惊慌失措地逃走,而是与他执着地对视着。他放下手里的东西,细细研究它到底是什么?还没等他研究出结果,鸟儿像在戏谑他,在他面前闪动着翅膀翻了几个跟头。

到底是不是喜鹊呢?等他刚要伸手抓住它时,它一个转身,飞快地张开翅膀飞走了。

七

车刚要发动,一个人死死地挡住了车的去路。

石小三极不情愿地拉开了车门,挤进来一张大方脸,是他干哥赵金川的大方脸。

"三儿啊,那么大的雾,听哥的,别再去冒险了,那事我干过,那不是在找玉是要命啊!果园也给你了,你要还不满足,就把果园给你妈,你上哥的公司来上班,哥一个月给你开三千块。"赵金川一只粗粗的金手链划过石小三的手。

金手链一下子就刺伤了他的眼,石小三心里顿时一股子无名之火冒了出来:"这算什么?可怜我吗,都是爹妈生的,我也是个男人,死皮白脸地到你公司里白混工资算什么!"

"三儿,听人劝吃饱饭,别赌气,哥是真心地为你好,那山早被哥已翻了个底朝天,有没值钱的东西哥还能不知道?"赵金川死死拉着他肩上的背包带子不放。

"哥,你是儿子,我也是儿子,你能让父母过上好日子,我也得让我爹娘过上好日子!"石小三的态度变得生硬而又粗暴,他一把拽开赵金川的手,"砰"地一声关上车门。

车忽地一下子把赵金川甩到了一边。走了老远,石小三才回过头去,只见赵金川那肥胖的身体还立在那里一动不动,他的发头在风中飘扬着,石小三鼻子一酸……

羊娃早早就等在了半山腰,看到他们,立即一个俯冲从山上跑了下来。当跑到跟前时,羊娃上前紧紧拥抱着他们如同久别的亲人。石小三的眼睛顿时湿润了,在这个复杂的世界里,淳朴的羊娃让他感到了一种人间久违的温暖。

牧场的炊烟袅袅升起,牛羊的叫声此起彼伏,妮子提着水桶在他们面前欢快地跳动着。一切还如从前般宁静而又恬然,石小三深深吸了一口气,沉醉在大山的暮色里,他尽情地享受着一种从未有过的安逸与温暖。

黄昏中的大山,因他们的到来呈现出一种幽暗的热闹。石小三一扭头,发现妮子正藏在哥哥的背后羞涩地笑着,两只天真的眼睛却与猴子偷偷对视着,这个发现让他不由地想起了小莲,他的目光在一瞬间抽去了坚硬的芯子,眼泪像水草一样柔软咸腥地蜿蜒在脸上。

已是第二次上山,原本几个人已做好了充分的心里准备,可这次上山还是出乎每个人的意外。

"真的要上这座山吗?"石小三抬眼一望猛吸了一口冷气,只见山壁如同刀劈了一半,光滑的石壁令每个人都不寒而栗。

这能上去吗？石小三呆呆地望着。只见羊娃拿着一根带铁爪的绳子扔了上去,接着,他抓起绳子身形敏捷地爬了上去,几个跳跃便爬到了半山腰。石小三两腿发软,绳子的一端已甩在了他的面前。他知道无论如何他都得上了,他抓紧绳子用力向上攀爬,尽管每一步都令他感到艰难无比,但他没有退路,只能咬着牙一步步向上爬,每上一步,他都在跟自己进行着艰难的搏斗。

"我真的再不来了,前面就是有座宝藏老子也不来了。"刘四大声骂道,一语击中了石小三的心事,他不敢分神,背部空空的,此刻哪怕一只鸟的袭击也会让他命丧黄泉。有好几次,他觉得整个身子凌空了,只要有什么东西轻轻一击,他的整个身子便会支离破碎。

终于爬到了山顶,石小三往下一看,吓出了一身冷汗,下面竟是万丈深渊。

天渐渐地黑下来,可前面还有很长的路要走,除了羊娃谁也不知道哪里是个头。一行人早已疲惫不堪。到了夜间,刘四说什么再也不肯走了。几个人只好停了下来,羊娃找到一处山洞,借着手机的微光,几个人立即钻了进去。

山洞又黑又冷,可谁也顾不了这么多,几个人一钻进山洞便躺倒在一块石板上,累得再也不想爬起来,只有羊娃一人起身出了山洞。

不一会儿,羊娃从洞外抱进许多干柴来。火点着了,山洞顿时亮堂起来。石小三这才感到了饥饿,他正想起身吃点什么,只听猴子大叫一声:"你们快看啊,山洞里的石头真得很漂亮!"

石小三抬眼一看也惊呆住了,山洞里石壁上竟然布满了各种颜色的石头,红色、绿色、茶色、蓝色,五颜六色、晶莹剔透。

"这可是真正水晶石啊!真他妈太漂亮了,只可惜水晶不值钱,不然咱谁也不用再上山了,直接把整座山洞的水晶石抠下来,全部带回去!"刘四兴奋得眼睛立即便眯成了一条缝。

一听水晶石不值钱,大家立即泄了气,一声不响地重新躺回到石板上。

第二天,疲倦的几人又开始继续赶路。

沿着蜿蜒的山路行走,山上被各种硕大的古树包围着,郁郁葱葱,呈现出无限生机,各种不同的石头出没在草丛里。一路上,美景不断,走不远便有一处山泉出现,泉水清澈无比,几个人忍不住喝了几口,泉水甘甜而又清凉。一路景色再美,可谁也没忘了此行的目的,不知又走了多久,山越爬越高,植物几乎看不见。

"这山上怎么没有植物了呢?"

"这里海拔将近4000米呢,咱再往上走,就什么植物也看不见了。"

"这么高的山上会有玉吗?"

"真正的好石头就藏在不毛之地的山上!"

羊娃终于站住了,所有人不由地吸了一口冷气。只见整座山峰如同突起的刀锋,两侧陡峭而又光滑。山顶上,一条一人宽的路如同一条细线顺着山脊伸向远方,两边则是万丈深渊。

"不会是要从山脊上走吧?"

"对,就是要从这走,过了这座山就到了。"

"我说什么也不走了,我可过不了这座山,再走我非摔死在这座山上!"刘四一屁股坐在了地上。

"必须走,这条路没有回头路,咱从另一头下山可以少走很多路。"羊娃说。

"这能过吗?"石小三看着顿时两腿发软。

"一定要过,除此之外无路可走,咱们歇歇再走吧。"走在最前面的羊娃突然停了下来。

"羊娃,还是抓紧时间上路吧,晚了天就黑了。"石小三心里有些着急。

"现在有风,想走也走不了了,在山脊上行走,非常危险,哪怕刮点小风人都会滚下山崖。"羊娃望了望前方,说什么也不肯走了。

几个人相互看了一眼,谁也不说一句话,眼睛不由地看着要走的路。所谓的小道,是山脊背上的一条线,在凸突起的山顶上,仅一人宽。

突然,刘四站起来说:"三儿,咱回吧,再不去冒险了,就是能挖到钻石咱也不去了,咱不能为了钱把命丢在这里。"

"要走你一个人走,你不怕把命丢在这大山里你就走!"猴子站起来第一个反对。

"谁也不准回! 男子汉大丈夫怕死就别来,既来之则安之,今天说什么咱们也要翻过这座山。"石小三"腾"地一下子站起来。

几个人又陷入死一般的沉寂。

中午的阳光温暖地照在山上,几个人都不由地泛起了睡意,石小三正准备进入梦乡,只听羊娃喊道:"快起来走了,这会儿一点风也没有,正是翻山的最好时机。"

所有人立即从地上爬了起来。

只能一人通过,几个人在山顶上排成了一条队,一路上没有人说一句话。此刻,他们命悬一线,哪怕一丁点的声音。

每一分钟都如同在刀尖上行走,石小三死死盯住羊娃的后背,他从来没有如此恐惧过,他的两只手臂不由张开,努力使身体保持着一种平衡。他已经做好最坏的打算,有好几次他的身体几乎飘出路基,他拼命将它们拽回了原处。他两眼死死盯着前面的羊娃不敢往两边多看一眼,仿佛只一眼,他便会一头栽下去。

下山时,石小三明显感地到身上凉飕飕的,不知什么时候,他的后背已经透湿了,伸开手,手心全是汗。当他回头看刘四时,只见刘四脸色惨白,泥一样地瘫倒在地。"真是块不错的玉!"羊娃手里拿了几块石头,石头温润而富有光泽。

所有人一起兴奋起来,石头让人们忘却了刚刚经历的危险。

这些石头果然与众不同!他们从中精心地选了几块,按照不同的纹理、不同的色泽和质地分别捡了几块,脱离了危险,他们有大把的时间用来甄别不同的石头。

他们不厌其烦地用手电筒把一块块石头反复照来照去,石头通体泛着绿光。最终,他们选择了几块细腻、温润滋泽的石头。他们又用磁石试了又试,不含磁性,这下总算放心了。

下山的速度远比上山时快了很多,令他们欣慰的是不用再沿着原路返回,几个人靠着一根绳索,一个个把自己挂在崖壁上,紧贴着石缝下了山。

山间的洪水沟并不好走,已经爬了一天山的人们早已筋疲力尽,洪水沟里大小不一的石头尖锐地碰撞着每个人脚趾最柔软的部位。石小三虽然很小心,脚还是被一块石头狠狠地硌了一下,痛得他不由大叫起来。他低头一看,竟是一块从未见到的石头。只见石头通体呈深墨色,却明显地透着光泽,摸在手上有一种滑溜溜的感觉,如同婴儿皮肤般地光滑。这块石头太不寻常了,一定是块玉,而且是块质地非常不错的玉!体积不小,足足有一个脸盆那么大,石小三心头一喜,顿时大叫起来:"我找到玉了,找到玉了!"

几个人闻讯迅速包围了上来。"这真是一块玉啊,这么大的一块玉,三儿,咱们发财了!"刘四眼睛直了。

"乖乖,这块玉不知从哪座山上滚下来的,一定是发洪水时冲下来的,而且不会太远,说不定就在附近呢。"猴子用手抱了抱,很沉。

这究竟是一块什么玉,谁也说不清。如果是和田墨玉,这么大一块价值一定不菲!

石头很沉,每个人都明显地感到了它的与众不同。几个人欣喜地挨个掂了掂,竟然有十几公斤重,所有人顿时忘了上山的危险与劳累。

茫茫大山,找玉是件艰难的事,可把玉弄回去同样也是件艰难的事。虽然只有十几公斤,可车还离得很远,他们只能将它背在身上。每走到一处山泉,他们又迫不及待地将石头放在水里洗了又洗,没有了尘土的石头显得更漂亮了,在太阳光下乌黑发亮。

"这说不定是块上等的和田墨玉!要真是块和田墨玉不知能值多少钱呢?"几个人围着感叹。

尽管石头很重,可一路上几个人都争着背在自己的身上,即便是背一背,心里也是高兴的。背着一块石头下山,走不了多久只能再换一个人。他们走走歇歇,整整走了两天,最后终于走到车跟前。有了这样一块石头,车厢虽然空荡荡的,可他们却被各种喜悦填得满满的。

一路上,看不见任何人与车,只有他们的车在山路上自由地奔跑着。有了意外的收获,几个人在车上不停地开着各种玩笑,就连平时极少笑的石小三也跟着说起了笑话。

石小三正咧嘴笑着,突然迎面一辆车闯了过来,路基很窄,对方还是个半挂,"砰"的一声,随着一声巨响,车身一下子飞了出去,石小三被震昏过去。等他醒来时,几双眼睛正死死地盯着他,看他睁开眼睛,所有人都长长地舒了一口气。

原来,眼看着就要跌下山崖的车子却被一块石头死死拦在了路边,真是不幸中的万幸。撞了车的司机早已开着车逃之夭夭,车已被羊娃几个人重新推上了路,车身除了右侧被撞了个大坑外,其他地方居然安然无恙。

几个人的身上竟然都没受任何伤,这次车祸总算有惊无险。"大难不死必有后福!三儿,看来咱们发财发定了!"刘四看着醒过来的石小三忍不住调侃起来。

这场突如其来的车祸,很快淹没在他们的欢快笑声中……

八

石小三从山上带回宝贝的消息风一般吹进了镇子的角角落落,玉石贩子竟在一天之内都鱼贯而来,他们的嗅觉如同狗一般灵敏。

这块玉石真大啊!人们围着石玉看了又看,他们不断地想从石小三的嘴里打探到石头的地点。可石小三的嘴如同上了锁,任他们怎样诱惑他都始终不肯吐出半个字。石小三是聪明的,他早已从他们急切的问话中嗅到了一种他想要的东西,这些东西关乎这块玉石的价值。

赵金川也来了,还带了个胖子。胖子带着一手的金,似乎在向人们炫耀他的财富。胖子拿出了个不大的东西对着石头照过去,一束光下面一片温润的墨色。照完石头,悄悄给赵金川递了个眼色。

赵金川不紧不慢地说话了:"三儿啊,哥明白你这趟辛苦了,东西看了是玉,不过成色要差点,哥给你出十万,买下这块石头。"石小三一听赵金川出价,便知道自己手上是块好东西,他坚决地摇了摇头。

"十五万怎么样?"赵金川与胖子迅速交换了个眼神。

石小三又摇了摇头,然后,他伸出一个巴掌说:"没有这个数不卖"。这一定是块不错的玉,他要搞清到底值多少钱,千苦万苦地弄回来,他不能两眼一抹黑任人宰割。

"多少?"胖子瞪大了眼睛问。

"五十万!"石小三这次回答得干净利落。

"五十万?"胖子摇了摇头,与赵金川立即对视了一下,两个人谁也不说一句话,从石小三家退了出去。

赵金川与胖子一离开,石小三立即叫来了猴子与刘四,三个人一合计,决定让刘四带上这块石头去找他南北疆的朋友。刘四当晚就把石头拍成照片分别发给了他的朋友进行甄别。

很快,刘四的朋友有了回信:是块上等的和田墨玉!

"咱发财了! 发财了! 具体能卖多少钱,朋友说看了货才知道,我这就带着货去见我的朋友。"

"值钱的家当全在你身上了,快去快回!"

"放心吧,石头卖了立即回来给大家分钱,到时咱再干个大的!"

刘四带着石头回北疆了,这回他没客气,还把其他的石头也一股脑儿地全带走了,一块也没留下。

刘四走后,不知为什么,石小三觉得心里空荡荡的,他的心也被刘四和那堆石头全带走了。黄昏的笑是轻薄的,可他和猴子每天站在镇子路口,眼巴巴地瞅着来来往往的行人。

每个夜色里,夹杂着万物迸发的声音,几乎把他俩淹没,可他们一声不响,一直呆呆地徘徊在镇子的路口。

半夜,石小三做了个梦,梦见自己发现了一座玉山,满山遍野都是玉,"哐当"一声,石小三从山上摔了下来,他的美梦被惊醒。

他连忙跑进父亲的房间,发现父亲不知什么时候从床上滚了下来。隔着墙,他大声叫着猴子,猴子电打般地窜了过来,俩两人一起把石小三的父亲送进了医院。

进了医院,如同碰见了讨债鬼,每进一道门槛都要钱,没几个门就把石小三和猴子的钱包掏得干干净净。石小三急得直冒虚汗。他把两手插在裤子口袋里,空空的口袋懒懒地盛着他的两只手,什么也没有。他太需要钱了,整整半个多月了,刘四没打一个电话。

他心里有种不祥的感觉,觉得有什么事可能要发生。

他拿起手机拨了一个号码,尽管是半夜,他还是拨了这个号码。刘四的手机里是他听不清楚的忙音,接着他又拨,还是不通。

三更半夜的,有几个人的手机能打通呢?他觉得自己太性急了。

"哥,刘四这货不会把货独吞了吧?"猴子突然冒了一句。

"你放屁,刘四不是这样的人!"尽管嘴上这样说,可石小三心里却七上八下的。

第二天,检查结果出来了,父亲暂时没有太大的问题。这一跤并没有摔出什么事,但需要卧床休养,石小三心里终于一块石头落了地。

尽管不需要花更多的钱,可他一想到那些石头,石小三心里就如同被人伸手使劲地拧了一把。他抓起手机继续拨刘四的号码,手机里依然发出不理不睬的忙音。石小三脸色煞白,神情却强镇定着,他多么希望刘四尽快带来振奋人心的好消息。

猴子却没有他这样的好耐心,刘四不像他和石小三,打小一起光着腚长大的。

"哥,那刘四不会带着货跑了吧?"

"不会!"石小三坚定地摇摇头。

整整一个月,石小三又拨了拨刘四的号,这次手机的信息和以往有点不同,一个甜美的声音提示:"你所拨打的号码是空号。"他两腿一软,巨大的眩晕让他几乎倒下,他对着手机大声喊着刘四的名字,声音在手机里空空地飘荡着,走来走去既走不到刘四那头,也走不到他这头。

"这咋还换号了,为什么呀?"猴子一脸忧郁地望着石小三。

"这个兔崽子,他把咱都甩了!"石小三颓然地一屁股颓然地坐在了地上。头顶上是滚烫的烈日,可他的周身上下却有一股刺骨的冰凉。

他多么希望这一切不是真的,眼看着就要发财了,又是一场空。

这一刻,他万念俱灰。

石小三丢了魂,一见到猴子便问:"刘四有消息了吗?"

"哥,我找他所有的朋友打听过了。他们说他失踪了,谁也不知他去了哪里。"

石小三一口气没上来,差点晕死过去。

一段时间,石小三像害了手机病,只要一看到陌生的手机号,张口就问对方是不是刘四。猴子担心地望着他:"哥,你别这样,咱就当从来没认识过这么个人吧!"

接下来的日子,刘四如同黄鹤一去不复返了,可他的那张大圆脸时不时在石小三眼前晃,特别是他那双笑眯眯的小眼睛。总让石小三想起了他们从前一起做生意、一起上山、一起躺在山上望星星、谈梦想……

一想到他那张笑脸,他的心如同被人用锥子狠狠地扎了一下,痛得他整晚翻来覆去地睡不着。

九

石小三受骗的消息很快如同长了翅膀在镇子里飞着,被镇子里的人传得沸沸扬扬。

有两个人一直在密切地关注着石小三,一个是镇长赵万福,一个是他干哥赵金川。

"三儿,你没事吧?"赵金川问。

"没事!"

"要不到哥公司上班吧?"

"不去!"

走在镇子上,突然,一个熟悉的身影拦住了石小三的去路,是赵万福,他转身想逃。可镇长那高大的身体硬生生地横在他面前。他逃不掉。

"三儿啊,听说你拾到的宝贝被人骗跑了? 你真傻,干吗不找你亲爹和亲哥搭伙呢? 不坑你坑谁?"赵万福开口了,一开口就戳中他要害。

"谁? 你说谁?"

"我呀,你的亲爹呀。"

"就你,只怕你这把老骨头还没到地方就被拆得七零八落了。"石小三阴森森地望着他。

"你也太小看你爹了,你爹从小在山里长大,腿脚可比你灵活多了。"

"你真想去？想去我下次就带你去!"石小三突然冒出一个念头,随便把他带到山上哪个地方,只要轻轻地那么一推……石小三被自己突然冒出的这个念头吓了一跳。

"你真带我去？那就把你哥也一块带去！这种好事最好咱自家人干,要人有人,要钱有钱,干吗还要找个外人呢?"赵万福信以为真。

"去个骡子,你以为你真能给我当爹呀？我吃亏上当我乐意,我找谁都不会找你!"石小三立即打消了这个念头,赵万福毕竟给了他生命啊,他不能杀了他。

赵万福气得一下子翻了脸,把脸拉了下来说:"三儿啊,告诉你个不好的消息,镇子准备修一条宽敞的马路。你家的房子正好挡在路中间要拆,回去告诉你父母,要他们随时做好搬家的准备！"。

"啥意思？想让我一家睡马路啊,你是存心不让我们一家好好活！"石小三死瞪着他。

"你是我儿,我咋能不让你好好活呢？"

"你有权、有钱,啥都有了你还想要啥？"

"我啥都不缺就缺儿子！三儿啊,我只有你哥一个独苗,只要你肯回赵家,你要啥我给啥,我北院那一百三十多平米的房子都是你的。另外再给你爹娘盖一套,算是补偿他们多年的养育之恩。"

他这么去赵家算什么？让全镇子人知道他娘当了婊子,他爹当了王八,他是个野种？

"跟了你,我到底是姓石啊还是姓赵?"石小三照着赵万福的脸上不怀好意地吐了口烟。

"当然姓赵了,认了我这个爹你就得跟我姓!"

"太阳还在天上挂着呢,你这不是白日做梦嘛!就你,你叫我'爹'还差不多,做梦也别想让我给你当儿。"赵万福存心糟蹋他,他听着自己的声音里有一种奇异的疼痛,又有一种强烈的快感。

"你姓赵也是我的种,不姓赵还是我的种,这是你的命,你改变不了的。别看他姓石的养了个儿,养儿也是给我姓赵的养的,哈哈哈!"镇长得意地走了。

"你别逼我,逼急了老子什么事儿都能干得出!"石小三气得浑身发抖,把赵万福带到山上的念头再次涌了上来。对,姓赵的再逼自己,他就杀了那老东西!

石小三再没心思闲逛,他知道赵万福的话不是空穴来风,一想到房子,他的心头顿时如同压了一块沉甸甸的大石头。

已是黄昏,石小三独自一个人坐在高处,眼神散乱地望着镇子。血色的夕阳早已把整个镇子染红,此时正是收获的季节,随处可见人们红彤彤的笑脸。看着别人都沉浸在丰收的喜悦里,只有石小三还是一无所获。往年这时候他早出去买果园、倒梨子,可今年他没心思。

赵万福与刘四,一左一右扯着他的心,他整个身体空荡荡的,像鬼魂一样在镇子上飘着。

猴子说他受伤了,被刘四伤了,而且伤得不轻。其实,没人知道除刘四外他内心隐藏的巨大恐惧。赵万福的那些话像一把把利箭,嗖嗖飞来,他不知道他的秘密还能捂多久,这些秘密已经被他藏得太久了,它们恨不能自己飞出来重见天日。

一家人住哪呢?赵万福的话如同天上一个炸雷,要是有钱该多好啊,有钱就能重新盖房,有钱就不怕他赵万福。当晚,父亲又在咳,咳得地动山摇的。

一大早,石小三的眼神跳来跳去的,老是聚不拢。

吃早饭时,眼前晃动着一个东西,他抬头一看是小黑鸟。小黑鸟又出现了,石小三心头一紧,他隐隐约约感觉到又和石头有关系,每当小黑鸟出现的时候,总有一种无形的力量拽着他走向一处诡秘的地方,他逃不掉。

果然,他刚睡了个午觉,猴子就打来电话了,告诉他羊娃来电话了,他在放羊时又发现了几块和墨玉相似的石头,要他尽快上山来看一看。

石小三心头一振,可一想到上山的危险与刘四的背叛,他的心就绞痛不止,这种冒险有意义吗,他摇了摇头。可他又想起了小莲手镯上另一只男人的手,他不能再等了,卖了枣,立即向小莲表白!

猴子火急火燎地闯了进来。

"哥,咱啥时动身上山?"

"你忘了刘四和院子里的那堆石头了?"

"忘不了。"

"忘不了还去?"

"三儿哥,眼看着咱离发财就差一步了,你怎能半途而废呢?"

"猴子,你说我们真能发财吗?"

答案好像浮在半空,飘来飘去,谁也捕捉不住。两个人都沉默了。

猴子一走,不知怎的,羊娃的消息刺激得石小三的心头直痒痒。是啊,山上还是有宝贝的,眼看着就要发财了,放弃真是可惜呀!

天阴沉沉地,像有什么不如意似的。没有了太阳,正是干活的好时光,石小三早早下地了。

一大早,他干得满头大汗,干着干着,他猛然感到背上像有什么似的。一扭头,果然地里多了几个黑影。一开始,他还以为是镇上到他地上拔鸡草的老娘们。走近一看,最前面的两人竟是猴子和赵金川,另两个不认识。除了赵金川抄着手外,其他三个人正干得热火朝天、满头大汗的。

赵金川也来了,他想干什么?

"哥呀,以后你的地就是我们的地,你的活就是我们的活。"猴子嘴上边说着,可手上一点也没闲着。

"三儿,咱本来就是哥俩,你的事就是我的事,这两人从今天起就发配到你地里干活了。啥时把你地里活干利索了,啥时候再让他俩回店里干活。"赵金川说话很有气势,他大手一挥,那俩店员干起活来如同兔子赛跑。

"川哥,我不能再上山了,我爹还躺在床上呢,我身上一个子也没有,拿啥去上山?"石小三望着赵金川。

"三儿啊,不是哥说你,啥时有好事哥不是给你留一份?可你有了好事却把哥撇一边了。俗话说打铁亲兄弟,上阵父子兵,咱虽不是亲兄弟,可这么多年和亲兄弟有啥两样?你不在时我把你爸妈照顾得比你在时都好,等你有好事时,却把哥撇到了一边,你去找什么刘四,那刘四算什么东西,能和咱哥俩的关系比吗?"赵金川单刀直入。

一席话,让石小三羞愧地低了下头,他自始至终觉得最对不起的人就是赵金川。从小到大,赵金川就是他的保护神,他就是赵金川屁股后面的一条尾巴,特别是当他得知赵金川就是他的亲哥哥时,那种黏稠般的温暖,让赵金川跟他更近了。血缘是多么奇妙的一种关系啊,它能把两个毫不相干的人紧紧联系在一起。

"三儿啊,咱啥时都是兄弟,干大事靠得还是咱这帮光屁股长大的哥们,靠外人自己咋死的都不知道,哥不逼你,但哥等你,想通了来找哥。"赵金川拍拍他肩膀叼着烟走了。

那是他亲哥呀,第一次主动来找他合作。

石小三再次犹豫了,他看得出赵金川志在必得!从小到大,他多么想为这个偶像做点什么,他终于下了决心。

十

一大早,天空被一团灰蒙蒙的雾包围了。

怎么这个季节还有雾霾呢,石小三心里"咯噔"了一下,可他知道自己没有退路。

临走前,他忍不住进屋看了看父亲。父亲正沉沉睡着,可面容却越发憔悴了,身体如同一截干枯的木头,挤不出一丁点的水分。他不知父亲还能活多久,想到这不由地心头一紧。他知道,其实父亲还是关心他的,嘴上虽不说什么,却暗暗盯着他的一举一动,他明白父亲心里还是爱他的。

已经过了约好的时间,赵金川还没来。

石小三和猴子两个人一声不响地坐在车上。昏暗中,石小三接过了猴子递来的烟,少了刘四,两人都觉得心里缺少点什么。虽没有一个人提起刘四的名字,可心里都空落落的。

"你说赵金川这鸟人咋还不来?会不会变卦了?"等抽到第三支烟了,猴子终于急了。话音刚落,一个影子急匆匆地赶了过来,一看就是赵金川。

"你这货咋回事,一到关键时刻就掉链子。"猴子一见赵金川劈头盖脸就骂上了。

"去不了,去不了了,酒店出事了,我得马上去看看!"赵金川声音急得如同去救火。

"你不去,我俩还去个啥啊?"猴子一听顿时泄了气,对着车门就是一脚。

"离了我地球还不转了,你俩去一样,这趟路费我出,弄回来东西算咱仨的。"说着,赵金川从包里掏出两万块钱扔进车里。

两捆钱砸进车里,不仅封住了猴子的口,也让石小三心里也踏实了很多,有了这两万块钱,他赵金川上不上山似乎就显得没那么重要了,两人一句废话也不说,立即开车上路。

一路上,虽然车上少了个人,可猴子却很开心,嘴上不停哼着小调,两只大眼睛扑闪扑闪的。

山里的天气仿佛存心和石小三过不去,明明晴了,可不大会儿工夫又淅淅沥沥地下起了雨。几天过去,石小三急得吃不下饭,猴子却一点不急,不仅不着急,而且还很快活,他每天跟在妮子的后面,躲在人看不见的后山帮妮子干活。即便如此,空旷的牧场仍然能听到一对恋人欢快的笑声在山谷里回荡。

除了上山采玉,石小三干什么都提不起精神,他把自己一个人关在屋子里想心事。猴子和妮子两个快活的身影不时闪过他眼前,他一下子想到了小莲,那双水汪汪的大眼睛立即在眼前闪动着,多好看啊,那怯懦的表情多像自己长年受气的母亲。石小三喜欢温柔的女孩子,尽管自己脾气很坏,内心却一直渴望有个如同母亲那样好脾气的女人做妻子,他对母亲不仅仅是爱,爱里还夹杂了更多的怜悯与不舍。

他想刘四,想他那双小眯眼,想他的各种笑话,那些笑话一直萦绕在他的耳边,挥之不去。他们在一起搭伙做过很多次生意,只要他回来,不管他做了什么,石小三都想原谅他,不知从什么时候起,他们早已成了生死患难的兄弟。

走出木屋,石小三看到猴子跟在妮子的屁股后面乐颠颠地问东问西,羊娃在忙着扎羊圈,所有的人都在忙,独独把他一个人扔在了一边。

站在山顶上,青色的柴烟喷吐出来。"大山真美呀!"石小山独自忧伤地想,如果可以,他真想带着母亲和小莲在这里生活一辈子,离开那令他耻辱的小镇。

天总算晴了,又等了一天,男人们终于要上山了。尽管地面还湿漉漉的,几个人快速地钻进了车。由于下了多天的雨,道路变得泥泞不堪,沿着蜿蜒的山路艰难地向上爬行,石小三明显地感觉到自己手中的方向盘在抖动。路面到处坑坑洼洼的,一些低洼处积满了水。

突然,车轮滑了一下。石小三往下看了一眼深不可测的幽谷,不由地猛抽了一口气,他再没勇气开下去,心里又开始后悔这次莽撞行动。猴子二话不说,从他手中接过了方向盘。

下过雨的路段非常难走,每走一段,几个人便下车拿起早已准备好的铁锹把路修整出来再继续上路。前面再没有了路,车子只好顺着洪水沟走,泥浆和石子不停地拍打着车门,车颠簸得如同行驶在大海里的小船。走着走着,车又陷进水坑,几个人不得不下车推车。藏羚羊、野骆驼、鹅喉羚各种罕见的动物不时从车前穿过,可谁也没心思多看一眼。

要上山了,石小山还是忍不住两腿发软。羊娃拿出了根早早准备好的绳子,将绳子的一头绑上石块,随之对着一块独立的山石用力一甩。绳子死死卡进了石缝里。羊娃拽着绳子,顺着山壁几下子爬了上去,随后,他把绳子甩给了石小三。

脚底很滑,由于下了几天的雨,山石明显松动,许多地方脚刚一触碰上,石块便呼呼啦啦地滚下山去。有几次,他的脚底一滑,要不是他死死拽着绳子,身子早已跌下山谷。他的两腿不停地发软抖,竭力将自己的两只脚死死钉在一道道石缝上,努力不让自己的身子沉下去。

不知道这次还能不能完好地活着回去？他又开始恨自己，为了发财一次次往崩溃的边缘滑去。他一遍又一遍在心里暗暗发誓：再也不来这鬼地方了，再也不来这鬼地方了，无不管他们如何诱惑他，他都坚决不来！

已经走了三天了，不知还要再走多久。

突然，听猴子大声喊道："快看，这和我们上次捡的玉一模一样！"

一块、两块、三块，不多，零零碎碎的，果然和他们上次捡到的墨玉一模一样。

他们正惊喜地叫喊着，一片奇特的石壁挡住了他们的视线。只见一片雪白的石头突兀地伸出来，非常显眼。这里面到底会是什么呢？羊娃拿起早已准备好的十字镐掘了起来。一片青色的石层掘开，突然一大块洁白的石头露了出来。他们继续挖，白色物体越来越大。他们掘下几块，几个人分别将掘下来石块用手托住。通体雪白，没有一丁点杂质，水晶般晶莹剔透。

到底有多大，谁也说不清楚，他们停止了挖掘，决定带几块回去找人仔细甄别一下。

真漂亮！它是玉吗？仿佛也不像玉，可它到底是什么？他们谁也说不清楚，每个人都装了一块在身上。

下山时，依然到处是泥沙的痕迹。他们沿着原路又走了两天，等到翻越最后一座山时，石小三发现绳子被他们截得越来越短，下山的速度却明显比上山时快了很多。尽管如此，石小三依然非常小心，可猴子却下得很快，眼看就要着地，突然，头顶一阵石块滚动声，石小三忙闪到了一边，紧接一声剧烈的惨叫。

"猴子!"石小三大叫着跑了过去,猴子的左胳膊被一块石头死死地压在下面。

两人慌忙挪开了石头,石头不算太大,但它足以把人体脆弱的骨头压得粉碎。

"猴子!"石小三再次叫他,猴子灰白的脸色一句话也说不出来。

石小三发疯般地开着车狂奔,他几乎豁出去了,尽管路依然非常难走,可他却把车开得如飞一般。山体飞快地移到了身后,大山冷漠地望着他们。

石小三恨透了这些无情的石头,恨透了藏在山中的宝藏,是它们,一次又一次如同魔鬼般地勾起他的欲望,吞噬他的灵魂。

医院的急诊室里,医生、护士的脚步飞快移动着。石小三得到了猴子半个手臂被截肢的坏消息,仿佛被重重地一击,身子颓然地瘫在地上。

如何面对猴子的母亲?如何支付眼下这笔手术费?石小三不知道。

一个人一声不响地站在他眼前,是赵金川。他打开包,将三万块钱塞在石小三手里,当石小川看到三万块钱时,"哇"的一声像个孩子般地扑到赵金川的怀里哭了。

"川哥,我该怎么办?怎么办?"

"哭什么,这不还有哥嘛,男子汉大丈夫这点事都挨不过去,算什么男人!"

他觉得自己几乎快要成个死人,可赵金川一来他又活回来了。赵金川一直就是他的主心骨,过去是,现在依然是。一想到猴子的胳膊,他身上的关节如同生了锈,在身体里莽撞地摩擦着,让他浑身有种说不出的痛。一阵强烈的饥饿感冲撞着他的身体,他这才意识到自己一天多没吃东西了。

两个人正准备去吃饭,一个好听的声音在走廊里脆生生地响着:"家属呢,家属在哪里?"石小川忙站起来,一块刺眼的东西飞快地递到他的手看。他认得出那是他们在最后那个山头上找到的那种白色的石头。石头死死地贴着猴子的胸,护士将它从猴子内衣的口袋里取了出来。"这石头真好看!"护士目不转睛地盯着它,可最终还是将它还给了石小三。

这害人的石头!石小三恨极了,一把抓起它准备狠狠地将它丢出窗外。

正当他要扔出去时,他的手臂却被死死地拦住了,只见赵金川的两只眼睛贪婪地落在了这块石头上:"多好的水晶硅啊,哪来的?"

"都是这该死的石头,害了猴子!"石小三欲从赵金川的手里抢过石头,却被赵金川闪到了一边。

"乖乖,多好的水晶硅,多纯的水晶硅,没有一丁点的杂质!三儿啊,我们要发财了。"赵金川眼睛死死地盯着石头,闪动着一种奇异的光。

石小三木然地瘫坐着椅子上:"不,我再不会上山了,无论谁劝我决不上山!"

"三儿啊,咱就要发财了,听哥的,最后一次,我保证最后一次,这次哥亲自陪着你一起去!"赵金川的眼睛依然一动不动地粘在那块石头上。

石小三目无表情地摇摇头,他的目光虚虚的,整个身子如同被拆散的骨架一样瘫在那里,没有一点儿知觉。

十一

"三儿,你哥说你找到宝贝了?"镇长半路上截住石小三问。

"关你屁事!"

"听爹的,再上山去一次!爹和你哥咱自家人一块去。"

"我不去,要去也不能带你去,你跟我去算什么?"

"真是个勺子,该你挣钱你却不去了,跟着你那傻爹也快变成傻子了。"

"我穷我乐意,跟你一毛钱关系也没有。"

"怎么没关系?你是我儿,听爹的话,过来给我当儿子吧?你要房给房,你要钱给钱。"

"你为什么死缠着我不放?"

"我就是要让这镇上所有人都知道,我赵万福有两个儿子!"

"你别逼我!兔子急了还咬人呢,你信不信我会杀了你!"

"别净整那没用的,还是好好想想修路时你一家往哪住吧;你除了会给你的亲爹撂狠话,还有啥大能耐!"

镇长背着手哼着小调洋洋得意地走了。

赵万福的话又一次在石小三原来受伤的部位用力豁开了个血口子。他内心的伤口越来越大,血淋淋的。

石小三阴沉着脸在镇子上转了一圈,他不愿回家,找了个小饭馆独自坐下来喝闷酒。正喝着,镇子上的独眼龙神秘兮兮地坐在了他对面。

"三儿啊,怎么不去山上捡石头了呢?"

"我再也不去山上捡石头了。"石小三有些醉,晃了晃脑袋。

"是吗?是不是镇长要把他的房子给你住了,你就不去捡石头了？他上次跟我喝酒,喝醉了说他是你老子呢。"独眼龙盯着他的脸,一脸的嘲笑和鄙夷。

"他说醉话！我还想当他老子呢,他龟儿子给谁当老子？""砰"地一声,石小三狠狠地把酒杯砸在了桌子上。酒杯瞬间成了碎片。

独眼龙本来还想再说点什么,一看石小三翻脸了,立即逃了。

赵万福竟然把秘密告诉独眼龙,看来他的秘密越来越捂不住了。这个千刀万剐的赵万福！这么多年,那些细细碎碎的耻辱像无数根带血的针无声地刺进他心里,太多了,太密了,拔也拔不完,他要杀了赵万福;这该死的从前霸占母亲,后来霸占果园,现在又要霸占他,他不能让赵万福得逞！他仿佛看到街上越来越多鄙夷与不屑的眼神。不行,他得杀了赵万福！

赵万福不是想跟他上山吗？就在后山上的老松树下,老松树后面有块松动的石头,下面是个很深的坑,他只要那么轻轻一推……

天黑透了,石小三才晃晃悠悠地往家走。走到家门口时,有个熟悉的黑影子迎面朝他闪过去,他有些醉了,并没仔细看对方是谁,等那人直愣愣地站在他跟前,他才突然意识到黑影子是赵万福。

他刚要进院子,却被赵万福拦住了。

"三儿啊,猴子的胳膊怎样了？"赵万福一句话就点了石小三死穴。

石小三的表情难看极了。

"上山的事你考虑清楚了吗？你不去也行。我跟你母亲谈了,一百三十平米的房子归你父母,你归我！"赵万福得意地望着他。

他心里咯噔一下,接着就听到院子里劈里啪啦的响声,紧接着是他母亲鬼哭狼嚎的叫声。

"我去!为了猴子、为了你,我也得去!你去我就去,你和我哥咱一块去,这次我谁都不找了,就咱自个一家子去!"石小三咬牙切齿地说,此时他已动了杀机。

十二

一大早,赵金川亲自带着胖子和他们的挖掘队浩浩荡荡地出发了。

没想到石小三会答应上山,赵金川兴奋得五官挤在了一起。车里面的笑声一路不断,只有石小三一人沉默着,笑声砸在石小三空落落的表情上便了无痕迹。

"三儿,高兴点,哥把胖子都带上了。哥干事你放心,保证万无一失。哥和胖子都签了合同,这次的生意你一分不出,利润分四份,你、我、胖子各一份、猴子和羊娃算一份,一公斤一千三,挖出来有多少算多少,胖子全要!"说着,赵金川拿出合同让石小三签字。石小三看也没看便在上面签了字。

走着走着,石小三突然感觉哪不对,怎么没见赵万福?他有些惊慌失措大声喊道:"赵万福,赵万福呢?"

"喊什么喊,我爹没来!"赵金川很不高兴。

"他怎么不来呢!他怎么能不来呢?"石小三想跳下车。

"三儿,我爹都五十多岁的人了,他怎么能来呢?"赵金川意味深长地看了他一眼。

"可他说他要来的,这兔崽子竟敢耍我!"石小三心里一沉。

"三儿啊,爹是为了我才说服你上山的,要怪你怪我吧。有咱兄弟俩就足够了,还要爹来干什么?爹年纪大了,上山这种事怎么能让他来呢?"赵金川刀子般的眼睛直盯着石小三,似乎把他心里的想法看得一清二楚。

难道赵万福已经知道了他的念头,可川哥又怎么会知道他心里的想法呢?石小三心虚得说不出话来。

竟然被赵万福耍了,石小三恨恨地想他不会放过赵万福,他再次后悔上山,可一想到猴子那空空的袖管,他又觉得自己应该上山,不为赵万福,为猴子他也要上山!

车很快到了,看不见猴子,妮子的表情可怜巴巴的,石小三的心里一阵刺痛却什么也说不出来。

已经过了十月,并不是上山的好时机。可赵金川却信心满满,干劲十足。他特意挑选了四个从小在山里长大的民工,这次他带足了现代化的装备,车里面除了帐篷,其他吃的用的一应俱全。赵金川真不愧是做大生意的人,每个细节都经过他的深思熟虑。

依旧是羊娃领路,山上已经开始下雪了。路很滑,车辆歪歪扭扭地行驶着。石小三早已习惯了这种艰难的行程,胖子却胆怯了:"老赵啊,这哪是做生意啊,这简直是要人命啊!"

"你又想要钱又要享受,天底下哪有这样一本万利的好事等着你,弯腰捡钱的事你给老子找个看看。"赵金川笑着骂道。

听赵金川这样一说,胖子再也不做声了。

终于到了山脚下,他们在山脚下搭帐篷、生火。火让人们感到了暖意。山上的夜格外冷,石小三裹着毛毯做着支离破碎的梦,梦里冻醒了好几回。

第二天,天亮了,没有太阳,地面和天空始终被一层雾霾笼罩着,阴冷的寒风刮了起来,所有人都能从空气里闻到一种可怕的气息,这种气息令所有人心惊胆战。

石小三强忍着内心的恐惧,他知道要抓紧时间上山了,这鬼天气不知什么时候就会下雪,一旦下大雪他们谁也下不了山。

没有了路,他们只能将车停在了山脚下,将必须使用的东西分别背在每个人的身上。胖子躺在车里死活不愿出来,他伸着一张苍白的胖脸死命地骂着赵金川:"赵金川,你要害死老子啊!你自己死还不够,临死还拉来老子当垫背的。你把老子骗到这里,是想让老子的命丢在大山啊!"

赵金川哈哈大笑骂道:"你就是个爱财如命的胆小鬼,你就一个人在山下窝着吧,到时候别怪我们挖到了好东西没有你的份。"

一听这话,胖子立即从车里爬了出来。

山坡很陡、很滑,这样的天气上山连羊娃都犹豫起来,没想到几个民工猴子般地飞快窜到了前面。羊娃与石小三分别背了一根长长的绳子。一些山根本无路可走。羊娃还是老办法,每走一段将绳子的一头绑上石头,对着上面的石块一抛,绳子便死死卡在了石缝里。几个民工凭着赵金川现代化的爬山工具如同猴子般上了山。

石小三上了一半便再也上不去了,他劝赵金川别上了。

"三儿啊,哥不上能行吗?这一干子人可都是哥带来啊,都到这份上哥说啥都得上。你别小看哥,哥吃的苦比你吃的盐都多,你以为哥的钱哪来的?哪一次不是舍了命换来的!哥从不做那亏本的买卖。再说开弓没有回头箭,箭在弦上不得不发啊!"赵金川说完拽着绳子利索地爬了上去。

赵金川爬山远比石小三利索多了,这太出乎石小三意外了。他只能小心翼翼地跟在后面。

山上已铺满了厚厚的积雪,没有任何草和植物,每往上爬一步,石小三都能听到自己脚下的声音,如同踩着块玻璃,又薄又脆;他的呼吸越来越困难。

整整走了两天,他们终于找到了地方。太阳出来了,太阳给每个上山的人带来了希望。

行走在陡峭的山上,四个民工如同山间穿梭的猴子,他们很快用现代化设备和工具撬开了石缝,挖出了石头。其他人一刻也不闲,拉石头、运石头。挖到梦寐以求的好东西,他们身上有使不完的劲。民工们背大石块,石小三几个背小石块,由于每个人身上都背着大小不一的石头,他们尽量顺着洪水沟走,石头沉甸甸地压在每个人的背上,背累了他们便停下来歇一歇。回去远比来时还要艰难,他们一直走了三天,才将石头装上了车。从背上卸下石块时,石小三的背部早被石块磨出了血。虽然只装了车的一个小角,却足有几百公斤重。

"三儿啊,咱发了!"赵金川疯狂地拥抱着石小三,而石小三的眼前却只晃动着猴子空空的袖管。

车没装满,几个人都很不满。晚上,他们决定在山脚下好好休息了一夜,明早继续上山。

一听说还要上山,胖子躺在帐篷里死活也不肯出来,他两眼一闭大骂赵金川,把赵金川的祖宗十八代骂了个遍;赵金川只好将他留在了山脚下。

等到第二趟把石头搬回来时,一来一回又是五天;石小三浑身酸痛,他再也支撑不住了,说什么也不肯再上山,躺在帐篷里,任凭赵金川怎么劝他,他与胖子都一动不动。

"三儿啊,咱背得不是石头,是钱啊!人一辈子能有几次这样的机会,干一次就发了,你听哥说再上一趟,最后一次,就最后这一次!"赵金川无论如何也不愿放过眼前发财的机会。

"川哥,我实在干不动了,下次吧,钱是挣不完的!"石小山的背上早已磨破,受伤的部位正火辣辣地痛着。山上开始下雪了,他已经躲过了好几劫,他不知道自己还能不能一直这样幸运下去。

"你以为还有下次啊,背一次就是几百万,来了这么些人,这样的好事还能有下次?你就想想你父母,想想猴子!听哥的话,最后一次,再背一次咱再也不上山了。"赵金川劝道。

石小三终于妥协了,他下定决心,这是最后一次上山,干完这次,这辈子再也不会来这鬼地方。看着石小山妥协,赵金川得意地笑了。

天又冷了几分,漫天的大雾渐渐笼罩了大山。已经有了两次上山的经验,一队人上山的速度更快。

爬到山顶时,他们踩着破碎的晨雾,如同踩着战场上的断垣残壁。赵金川咧嘴笑了,露出了抽烟熏黄的牙床:"三儿啊,这趟做完你再也不用守着那片破果园了,以后想干啥就干啥。"

石小三一下子想起了他那总唉声叹气的爹和低声下气的娘,他动情地对赵金川说:"川哥,这次多亏你!等挣了钱,我一定要在镇子上买一套像样的房子让我父母住,再也不让他们吃苦受累了!"

"你真是个孝顺的好孩子。"赵金川拍了拍他的肩。

雾不知什么时候包围了整座山,采石的进程明显慢了下来,疲惫、寒冷毫不留情地吞噬着他们。那些坚硬冷冽的敲打声,每一声都让石小三身上有种说不出的痛,他感到骨头都快散架了,他再也撑不住了:"川哥,咱回吧。"

"再挖点,坚持坚持,这一车可是好几百万啊,咱只要坚持着把石头背回去,就永远也不用来这鬼地方。"赵金川这句话也不知说了几遍了,可他还是舍不得山上的石头。

雾越来越大,几乎遮住了石小三的眼睛。石小三的心暗了下来,他预感到暴风雪马上就要降临了,他盼着能早点下山。

"哥,咱不挖了吧?"石小三再一次劝赵金川。

"三儿啊,坚持坚持,不多挖点你怎么给你的爹妈盖楼房啊?"赵金川的方脸朝他伸了过来,浓密的一字眉下,一双锐利的眼睛。眼睛里的寒光让石小三有些厌恶。他想起了镇长的眼睛里的寒光,射在他脸上那种嘲笑、得意,他想起了父亲那张被羞辱了的脸,恨意在雾里扩散开来。

"哥,我不想挖了,说什么我也不挖了!"石小三说。

"三儿,这可是你一生中最好的一次发财机会!咱是亲兄弟,听哥的,不管哥做什么都是为你好。我想好了,等这次回去以后,你就跟着我干,咱哥俩在镇上吃香的喝辣的!"赵金川亲热地拍了拍他的肩。

"川哥你糊涂了,你是我干哥不是我亲哥,你搞错了。"石小三立即纠正道。

"哈哈,爹都跟我说了,你就是我亲弟弟!真没想到你竟然是我亲弟弟。"赵金川毫不含糊地说。

"赵万福给你说的?"石小三心头一怔,没想到这么快连赵金川也知道了,这个秘密他想包也包不住了。以后呢,镇上的每个人都会知道,每个人望见他都会捂着嘴偷偷笑他,笑他的父亲,他们会时时在他背后指指点点。赵万福为什么要告诉赵金川?为什么?石小三越想越可怕。

"你咋能这么叫爹呢,那可是咱们的爹啊!是爹告诉我的又怎样,咱俩是亲兄弟多好啊,以后我的就是你的;我又多了个兄弟,咱一家人和和美美在镇子上过日子,这墨玉镇将来就是咱哥俩的天下!"赵金川热切地望着他。

"还有谁知道?"

"就我和爹,你以为还有谁知道?"

怎么办?怎么办?石小三一下子绝望了,他的视线越来越模糊,只能看清几米以内的东西,他心里始终有团雾。他无法看清眼前的一切,白花花的石头,除了石头还是石头,各种腿,各种模糊的脸在眼前左右晃动着。

石小三心里很躁,赵金川的腿挡着了他的去路,他对着赵金川就是一脚,背后是大雾迷漫的山崖。

"三儿,救我!快救我!"赵金川大叫一声。

石小三一眼看到即将滑下去的赵金川,抓起绳子就准备扔过去。

"三儿,别用绳用手啊!你快救哥!等这趟回去我就要所有人让他们都知道你就是我亲弟弟!"赵金川死死抓住一块不大的石头。

声音尖锐传过来,像刀锋,一下下地戳着石小三。他使劲哆嗦了一下,手和绳子顿时停在了半空中。

"你为什么要跟我说这个?你为什么要告诉我这个?"石小三的声音变了调,他如同多年隐藏在黑暗里的幽鬼,此刻要被拉到阳光下曝光。

"三儿啊,救哥、快救哥!我是你亲哥啊!你要什么哥都给你!哥只要你拉哥一把!"赵金川就在一瞬间从石小三眼里看到了一种巨大的恐慌,他突然意识了处境的危险,可怜巴巴望着石小三。

声音虽不大,一声比一声更让石小三觉得惊心动魄。他感到即将坠入万劫不复之地的不是赵金川,而是他石小三。他内心拼命挣扎着,紧紧把绳子握在手上,仿佛那是他唯一的一根救命稻草。

渐渐的,赵金川的声音消失,他的眼前只有一团雾。人们还在聚精会神地搬石头,石小三茫然地望了一下,喃喃地说道:雾太大了。

十三

赵金川死了,尸体在山崖底下支离破碎。

石小三已经看不清眼前的赵金川了,只听到一个声音不断在戳着他的胸口,那个声音越来越大,他对那个声音恐惧极了。雾太大了,他已经看不清眼前的赵金川,只觉得赵万福得意的狞笑就在眼前,僵硬地望着他。那个令他恐惧的声音消失了,他安静下来。

石小三的意识始终是模糊的。他不清楚自己是怎样下的山,眼前得一切多么不真实啊,赵金川竟然死了,那是他的亲哥,他最爱的亲哥,可突然间就死了。他恍惚地记得赵金川在与他说话,说自己是他亲哥。赵金川干吗要在那时候告诉他呢?川哥难道不知道,这么多年,石小三一直死死地捂住的不仅仅是一个秘密,而是他一家人在镇上活着的脸面和尊严。

所有人面对赵金川的死都很茫然,他们不知道哪里出了问题,他怎么掉下去的?他什么时间掉下去的?没有人说得清楚。几个民工喃喃地对前来询问的人说:"雾太大了,什么也看不清楚,他什么时候掉下去的没有人知道。"

"是啊,山上的雾太大了,大得让人迷乱了心智。"石小三喃喃地自言自语道,他突然想起了《大藏经》里的一句话:自他无别,同体大悲。宇宙间一切的生命皆为一体,爱与罪恶也皆为一体。

石头整整卖了八百多万,胖子当场就把六百万打给了石小三。其中二百万是给赵金川的,还有二百万是给猴子和羊娃的。石小三这辈子从没见过这么多钱,可他却一点也高兴不起来,他眼里总有团拨不开的雾,那团雾让他怎么也看不清眼前的世界。

刘四突然回来了,带来了老板和钱,他一把把钱塞到石小三的手中说:"三儿啊,咱有钱了,我把石头卖了,把老板也带来了,咱又可以搭伙上山捡石头了。"

"猴子的胳膊断了,赵金川死了,都是这石头害的,我还要钱干什么,钱能买回猴子的胳膊吗?钱能买回川哥的命吗?"石小三茫然地望着刘四。

当石小三准备把钱给猴子时,却发现猴子失踪了。他发疯似地四处寻找猴子,可就是找不到。石小三找过他所有的朋友打听,没人见过猴子,石小三打手机,手机没有任何回音,猴子躲猫猫似地人间蒸发了。

石小三孤独地坐在院子里,他的脑子里又装了一团雾,他有钱了,而他却越来越糊涂,他的脑子始终被一团雾堵着。

一天,石小三终于清醒过来,那团雾一下子从他脑子里散去,他开着车再次疯狂地上了山。山里的深秋,迷人而又忧郁,枯黄的草覆盖了整个山野,雪点缀着远远近近的山峰。突然,远远传来一阵熟悉的歌声:

"我愿做一只小羊,
跟在她身旁。
我愿她拿着细细的皮鞭,
不断轻轻打在我身上……"

一个女子在前面赶着羊群,一个男人在后面挥动着羊鞭,半个空空的袖管在风中飘着。是猴子,石小三眼睛湿润了。

石小三是孤独的,一个人在车上,可车上仿佛坐满了人,猴子、刘四、胖子、还有赵金川。想到他的川哥,石小三的手再也不听使唤,他停住了车,趴在车方向盘上失声痛哭起来。

人的身上一定藏着两种东西,一半是天使,一半是恶魔。石小三被这两种东西折磨得痛不欲生。

回到镇子,他第一次主动去看镇长赵万福。赵万福明显地老了,一双泪眼里再没了锐气,高大的身体深深地塌陷下去,瞬间成了一个年迈无助的老人。他就这么面无表情地坐在镇子的路口,如同一座空空的庙宇,躯体还在,灵魂却走开了。

石小三从前是那么地恨他,可现在看到他这个样子,却难过得说不出话来。他再也不用担心赵万福会捅出他的身世了,因为,赵万福的眼里已经没了石小三。

当他把二百万递给镇长赵万福时,赵万福一动不动地盯着他看,目光却如同铁铸般地钉在石小三身上。

"三儿啊,那可是你亲哥啊,你把他照顾得真好!"赵万福一动不动地看着石小三,知子莫如父,他早就看穿了他。

"我对不起你,对不起川哥!"石小三难过地哭了,他的川哥死了,可他分明还感受到他的魂魄还在这里,他就在上空看着自己。

他第一次在镇长面前毫不掩饰地哭了。他是个彻彻底底的失败者,从前是,现在更是。

小黑鸟又出现了,它在他面前得意洋洋地舞蹈,不停地叽叽喳喳叫着,那得意仿佛在嘲笑他那愚蠢而又可笑的行为。它哪里是个黑色精灵,分明是个恶魔,从一开始它就控制了他,它对他发生的一切和即将发生的一切了如指掌。

石小三终于看清了它。它是这世间的贪婪与欲望,正是这贪欲和欲望引他走向一条不归路。这一次,石小三再也没有犹豫,他掂着一只鞋狠狠地砸向小黑鸟,这个突如其来的动作让那个生命顿时没了张狂。小黑鸟的叫声戛然停止,小躯体沿着窗棂一头重重跌落下去。

赵万福的头发一夜间白了,眼睛里再没了光泽。他不再当镇长,而是每天很固执地坐在赵金川的酒店前,半痴半傻地流着眼泪,对所有来劝他的人说他要等他的儿子赵金川回来。

石小三家买了一套二百多平米的大房子,房子装修得富丽堂皇,父亲住进了医院,他不再打石小三的母亲。父母终于过上了好日子,可石小三依然不快活。他现在最怕见的人是赵万福,每当他看到那个长发披肩的赵万福,如同一副标本似地坐在镇子路口时,顿觉万箭穿心。

"爹,你别再等我哥了,咱回家吧,以后我来为你养老送终!"石小三叫他爹,他要赎罪,他不再怕任何人知道他的秘密,脸面难道比活着更重要吗?

"别碰我!别叫我爹!你不是我儿子,我儿子是赵金川,你是石小三!"赵万福静静地望着他,仿佛在惩罚他,替他死去的川哥惩罚他。

所有的罪恶都是有灵魂的,石小三再也无法承受这种良心上的责罚。这种痛每天如同无数只虫蚁不断撕咬着他,痛得他死去活来。他大叫一声,朝着路口一路疯狂奔去。

石小三疯了。天冷了,石小三一个人站在大路口,他的脑子始终被那一团雾包围着,时而清醒时而模糊,他在自己的迷宫里,逢人便跑过去拉着对方,一个人嘴里不停地喃喃道:"雾太大了,他怎么就不声不响地下去了呢?"

看 瓜

一

　　一向乐呵呵的老胡最近突然蔫了。不知道的人说老胡是被瓜愁的,只有他自己心里知道为个啥,老胡最近得了件闹心事,说起来不大点事,可他如同肚里钻进二十五只小耗子——百爪挠心。

　　还是大前天的一个中午,爱睡午觉的老胡躺在瓜棚里做了个奇怪的梦,梦里打了一中午的架,跟他打架的不是人,是两只羊。别看只是两只羊,可打得死去活来,羊"咩、咩"叫得很温和,对着他却气势汹汹,凶猛得如同两只狼,一前一后四只顶子死死顶住他,顶得他鲜血淋淋。他一急,梦跑了。

　　怎么会和羊打架呢,老胡忍不住龇牙一笑,自己想想自己都觉得这梦真好笑,因为老胡就是属羊的,而且羊一直是他最喜爱的动物,温和、柔弱、与世无争,多像自己,他怎么也不相信自己一个老汉还会被羊欺负了。老胡觉得这梦很蹊跷,可梦里心口那种巨剧烈的疼痛让他怎么也忘不掉,梦也会让人感到痛,还真是件奇怪的事。

真是白日做梦邪了门了。

睁开眼,老胡这才发现自己还躺在瓜棚子上,他直起身子不由地站在高处朝四周望望。这一望不打紧,两团白乎乎的东西匍匐在瓜地里正在移动,不是一个,而是两个。老胡很不满,准是谁家的女人趁他睡午觉,借口拔鸡草顺手捎带两个瓜。

想到这,老胡的心一下子就疼了起来。六月中旬,头茬西瓜才刚刚下来,市场上一公斤三块五,一个瓜能卖一二十块钱呢,老胡已经尝到了甜头。如今的团场人口袋里有的是钱,不光要吃饱穿暖还得要吃点新鲜的。大热天的,一口甜丝丝的西瓜吃下去,心里别提有多畅快了,所以那一二十块钱也就不算个啥。老胡的西瓜名气很大,皮薄瓤甜,不仅团里就是市里也有不少西装革履的人开着小车跑地头买瓜,所以,他的瓜如同十八岁的大姑娘——特别抢手。看到有人偷瓜,老胡的心窝子顿时如同被人用刀戳了一下。别看种瓜挣钱,那可是老胡一家人没日没夜干出来的,怎么能这么顺手牵羊呢?老胡忙一骨碌下了瓜棚,直奔着那两团白乎乎的东西而去。

那两团东西很隐蔽,时隐时现,妈的!等走近了老胡才气不打一处来,原来那两团白花花的东西不是人,那是个啥么东西呢?老胡随手抄了个家伙就奔了过去,跑近一看,才发现是一大一小两只羊,两只羊看见人来毫不理会,见老胡来,仿佛妨碍了它们,直起身子"咩、咩"地叫了两声,而后又继续俯下身子啃瓜。

这羊也太嚣张了,全当老胡是空气。面对愤怒的老胡,羊依然不屈不挠地对着瓜一口口地啃下去。老胡低头一看,脸都气得绿了,地上连吃加上被糟蹋的瓜竟有十几个,别看羊虽是个动物,却也会挑肥捡拣瘦,瓤红的多啃两口,没熟的咬两口便再换一个。乖乖,这些瓜要都熟透了,最少能卖个二三百块钱呢。老胡一生气,抄着家伙对着羊的勾子后面捅了几棍子,羊挨了打,撒起四只蹄子跑了。

羊虽跑了,可老胡的气还没消。是羊都有主人,只听说野狗、野猫,还没听到过野羊的呢,。老胡翘起了山羊胡子,他得找羊的主人说道说道,只要找到了动物的主人一切都好办,而且他知道羊的主人一般都跟在不远的地方。

于是,他多了个心眼,抬头四处望了望,这一望还真瞅到个人影,老胡瞄了一眼就知道是谁——连里的杨麻子,心头不由猛抽了一口冷气!

杨麻子正弯着腰在地里割草,老胡望着杨麻子,心里不由"咯噔"一下。老胡不是第一天和杨麻子打交道,杨麻子啥德行老胡太清楚了,连里不少人背后叫他"南霸天",出了名的蛮横霸道不讲理。即便是连长,平时也得让他三分,因为他有个厉害的大舅子在团里当生产科长。

此时,杨麻子正站渠帮子上挥着镰刀割青草,杨麻子是个大高个,即便弯着腰也高出了草丛许多。

老胡是个胆小怕事人,可再胆小怕事,羊这样糟蹋了瓜,不是往老胡的心窝子里蹾脚吗?于是,老胡不得不走到比自己高出一个头的杨麻子跟前,本来满有理的老胡一开口却觉得自己矮了三分。

站在杨麻子跟前,他先讨好似地打招呼:"麻子,割草呢?"

杨麻子长得有些吓人,一脸疙里疙瘩的横肉,两道短短的八字眉下藏着一双精明的小眼睛;左眉上有一条蚯蚓般的长疤,据说为了一亩半地跟人争斗时被人用刀划下的;他的嘴是个翘皮,即便笑起来也让人觉得像是皮笑肉不笑。

杨麻子头也没抬便呛了他一句道:"不割草羊吃啥长大?"

老胡又问:"麻子,这两只羊是你家的?你家条件那么好,咋还想着养上了羊呢?"

杨麻子这才抬头看了他一眼说:"我条件再好也只能看个连队的库房,哪像你,拍上了连长的马屁,包上挣钱的瓜地,钱挣足了跑到这里说风凉话!"

几句话把个老胡噎个半死,老胡一下子从杨麻子的语气里听出了气,这气竟然和他包瓜地有关,可羊吃瓜对老胡来说也不是个小事,于是老胡声音怯怯地进入正题:"麻子,养羊是好事,可你家的羊啃着我地里的瓜了。"

"瞎叫唤个啥,瞎叫唤个啥?听你的声音跟个小叫驴,那牲畜又不是人,你能管住不让它吃两口。"杨麻子立直起身子,把手往后一背大声训起老胡来。

"按说吃两个瓜也不算个啥,可这会儿的瓜心疼人着呢,一个瓜少说也要一二十块,这样吃下去我可要亏大了呢,麻子,你家的羊你不看好谁看好?"老胡一听他的口气就来气,明明偷吃了他的瓜,还这么理直气壮的。

"你说怎么看,它长着四条腿你能看着不让它走路?再说了,你训它两句它能听懂人话也行,你老汉也一把年纪了,怎么能跟个牲口一般见识呢。"杨麻子说完不再理他,继续割自己的草,小镰刀故意在老胡裤腿边挥得唰唰直响,吓得老胡忙闪到了一边。

说这话简直不是人,老胡气得直瞪眼,可一想这话说得也对,那杨麻子跟个牲口有啥区别,人又何必跟个牲口一般见识呢?老胡折回了瓜地,想到杨麻子,老胡一口闷气阻在了胸口,气得他躺在瓜棚里直唉声叹气。

二

杨麻子如同一块骨头硌在了老胡的喉咙里,这些年,老胡可没少吃他杨麻子的苦头。

老胡其实不姓胡,叫马成良,老胡只是个外号,还是杨麻子起的。老胡是个矮个子瘦老汉,他有个特点,尖瘦的脸上一直留着一撮长长的山羊胡,杨麻长子第一次见他就叫他"老山羊胡子",哪有名字叫五个字的,真麻烦,于是,干脆杨麻子就叫他老胡。

杨麻子也不叫杨麻子,叫杨明娇。一米八的壮汉叫什么不好,却起个娇滴滴的名字,老胡叫得很别扭。自从杨明娇给老胡起了个外号,老胡也开玩笑地叫他杨麻子。在他们老家,村里几乎每个人都有外号,叫绰号像叫自家人一样亲。杨明娇黑胖的脸上一脸的麻子,这名字很妥帖,全连人很快就叫开了,渐渐地人们都忘了他真正的大名杨明娇。杨麻子平时最怕别人注意他脸上的麻子点,这下好了,像打上了记号想逃也逃不掉。

久而久之,连里便没了马成良和杨明娇,只有老胡和杨麻子。

这事也就是个屁大点的事,可杨麻子心里不痛快。杨麻子在连里一向很强势,再加上他长了副凶相,看人还总斜个眼,一脸的横肉坑坑洼洼,连里一般没人敢招惹他,更不愿拿他开玩笑,谁知连里最不起眼的老胡却开天辟地地给他起个了麻子的绰号,这不是太岁头上动土嘛?这让他很不满,杨麻子从此心里记上了仇。

前些年,老胡爱养羊,杨麻子也养羊,本来养牲口各家养各家的,谁跟谁也不搭界,可牲口也有爱扎堆的毛病,也许是因为连里养羊的人没几家,那两家的羊一见面就分外的亲,趁人不注意就跑在了一堆。人在时,老胡赶忙将自家羊撵开。有一次,老胡不在,两家的羊又混在了一起。老胡不在,可杨麻子在。老胡家的大公羊恋上了杨麻子家的小母羊,赖在杨麻子家羊堆里硬是不肯走。这下好了,杨麻子理直气壮地把那只大公羊撵进了自家的羊圈里,等老胡找杨麻子讨要时,杨麻子硬说那只大公羊是他家的。乖乖,一只羊一千多块呢,气得老胡躺在自家的床上病了好几天,从此再也不养羊。

后来,老胡又养上了狗。老胡其实不喜欢狗,养狗是因为小孙子喜欢狗,他是在放长线钓大鱼。老胡对自己暗自耍的小聪明很得意,对他来说那北京、上海虽然离得远,可只要孙子惦记着心爱的狗,定会嚷着到新疆看爷爷,这样儿子一家人就能多往新疆多跑几趟。

可就这点美好的愿望也被杨麻子破坏了。杨麻子也养上了狗,这不是跟老胡较劲吗?老胡养的是条可爱的小京巴,板凳般大。这条狗跟老胡一样胆小、温顺。而杨麻子养的狗,是一条气势汹汹的德国牧羊犬,高大威猛。

养狗的人都有个习惯,喜欢出去遛狗。

傍晚,每家吃饭的饭点都差不多,于是老胡遛狗时,老胡的京巴经常遭遇杨麻子的德国牧羊犬,如果这两条狗是一公一母,说不定还会生出美好的爱情来,可两条狗偏偏都是公狗。自古雄性好斗,狗也不例外。连队傍晚,天色黑得有点模糊不清,这时一条道上突然走来了两条狗,就有点狭路相逢的味道。俗话说的狗仗人势,狗眼看人低就是这么来的。狗通人性,那条威风凛凛的德国牧羊犬好像一眼就看出老胡是个受欺负的主,一见老胡的小京巴扑过去张口就咬,可杨麻子不但不制止,而且表情还很高兴。老胡不悦,可打狗也要看主人嘛?杨麻子在,老胡不能上前踹那只德国牧羊犬,更何况那条狗让老胡一见也不由地抽一口冷气,于是,老胡只得对杨麻子说:"麻子,你的狗欺负我的狗了。"

杨麻子眼一瞪说:"老胡啊老胡,你怎么儿娘们家家的,那狗与狗闹着玩玩,你怎么就认真了呢?再说了,你又何必跟个畜牲生一般见识呢?"

欺人不欺物,欺物就是欺人。老胡被杨麻子噎得说不出话,只好绕道走,一见杨麻子遛狗便远远躲开。中国人有句俗话叫是祸躲不过。老胡在的时候德国牧羊犬没敢把小京巴怎么样;可老胡不在的时候,德国牧羊犬竟然上前一口把京巴的气管咬断了。小京巴死了,孙子心爱之物没了。这下可把老胡气坏了,可再生气又能怎样?老胡只能蛤蟆鼓肚子干生气。后来,老胡想起来了,杨麻子就是属狗的,他属羊,两种本来不搭界的动物,碰在一起就相克,从此后,老胡见了杨麻子总是躲得远远的。

虽然,杨麻子处处喜欢欺负老胡,但在承包瓜地这件大事上,一向老实巴交的老胡却占了先,这事让杨麻子气得直跳脚。

这块瓜地原本是杨麻子先看上的。杨麻子老家来了个外甥闲得没事干,种瓜挣钱这事杨麻子早就看好了,他想以老婆的名义承包下来,给外甥找个挣钱的差使。杨麻子原以为有亲戚撑腰,万无一失,可连长却偏偏把瓜地承包给了没权没势的老胡,这让平时处处都占上风的杨麻子第一次占落了下风。

连长是一连之长,做什么事都考虑得很周全。老胡是个种瓜的,在连里种了一辈子瓜,人称"瓜老汉"。而杨麻子是连队库房的保管员,已经捞了一个轻松的美差,像承包瓜地这样的好事连长自然就给了"瓜老汉"老胡。

杨麻子也不是个受气的主,跑到团里去告了连长一状,可连长的解释却振振有词,团领导一听连长处处为职工着想,便觉得这个杨麻子是没事找事,无理取闹。尽管他有亲戚在一旁帮腔说好话,到头来杨麻子还是挨了一顿批。状没告成却吃了瘪,杨麻子不敢把气撒在连长身上,便瞄准了老胡,连老太太都知道柿子专找软的捏的道理,杨麻子更清楚,对付老胡这样的软柿子,他有的是办法。老胡自知自己跟杨麻子斗,好比绵羊遇到恶狼,惹不起却只能躲得起。

所以,一见杨麻子,老胡就如遇瘟神,远远便躲开了。

三

安安稳稳过自己的小日子比什么都重要,这是老胡的处世态度。

在连里除了杨麻子,老胡对什么都很满意。老胡的老家在甘肃一个小山沟沟,那里穷得吃饭都成问题。老胡打小就吃过不少苦,生活在团场的几十年,用他的话来说就是好日子掉进了蜜罐罐里——比什么都甜。

这些年,团场土地承包到户,老胡可挣了不少钱。他早早包了连里的三十亩瓜地,看瓜、卖瓜,小日子过得平稳又安逸,一年好歹也有六七万的收入,老胡很知足。

老胡有两个儿子,一个在北京,一个在上海,都是在大城市,按说应该很开心,可老胡提起来却很伤心。

老胡十八岁那年就来了新疆生产建设兵团,整整四十年了,眼看着五十八岁,马上要退休了,可瓜地却没了继承人。瓜地是五年前承包的,承包年限是二十年,老胡再有两年就退休,按连里政策,瓜地可以由承包人的子女来继承。三十亩地还有十多年啊,这么好的兵团政策老胡家却没人能享受,老胡气得整夜整夜睡不着觉。

老胡和老伴去北京、上海看过俩兔崽子,那日子过得可怜呢!大儿子一家三口挤在一套六十来平米的小阁楼里;二儿子更可怜,挤在一套四十多平米的阁楼里,跟自家的一间客厅大小差不多,老两口去了别说住,站没站地儿,坐没坐地儿的。老胡气得待了几天就回新疆了。还是新疆好啊,客厅大得随便翻跟头!

孙子一来便爱上了这里,没事就在里里外外疯跑,乐得跟孙悟空回到花果山似的。孙子高兴,老胡更高兴,可老胡要留下孙子,儿媳便不乐意了,脸掉得如同吊死鬼,快快带着孙子回了上海。老胡看不上儿媳妇,"阿拉上海人"别看生活在大城市,小气得买个香梨蛋蛋都要跟小商贩计较个半天。老胡看不上儿媳那抠门的德行。

于是,每次儿子带着媳妇回来,老胡买梨、买苹果成箱成箱地往家扛,叫儿媳妇看看,让她瞧不起农场!叫她明白大城市算什么,一个小梨蛋蛋也能把人的自尊心踩在脚底下。

再加上儿媳妇不愿把孙子给他留下,老胡有气没地儿撒,就故意让儿媳妇难堪。儿媳妇舍不得给孙子买玩具,老胡就专捡最贵的买;儿媳妇舍不得给儿子花钱,老胡一塞就塞给儿子好几千,当着儿媳妇面塞。给儿子、孙子花钱,老胡一点不心疼,他挣钱不就是给他们的嘛,不然,光老两口能活出个啥乐趣儿。

老胡不仅看不上儿媳妇抠门,还看不上儿媳妇不爱干活。老胡自小在农村长大,又一直生活在团场,看惯了女人蓬头土脸。儿媳就不一样了,一出门就描眉涂眼的,穿件衣服还爱露一截大光背。老胡是一百个看不上,那哪是自家的儿媳妇,简直就是《西游记》里的妖精,专勾男人魂的。早知道儿子娶这么个妖精回来,还供他上什么大学,直接让他跟着自己刨地,种瓜,找个结结实实的团场姑娘得了,生个白白胖胖的小子,一家人乐和和呵呵地过日子。

过日子过的是人气,可儿子们都离得远远的,这叫啥日子?一百三十多平米的大房子进进出出就老两口。儿子们总说忙,每年春节才回来一趟。老胡觉得这日子过得真没意思。家里没了人气就好比人塌了脊梁骨,钱挣再多也觉得没意思。

儿子生活在大城市里,不光房子住得小,每天上下班往返得十几公里,大城市堵车,儿子每天天不亮就起床,天黑透才到家。老胡心疼儿子呀,想把瓜地留给儿子,可儿子说啥也不干。儿子在大上海一个月也就五六千,和瓜地挣的差不多,可儿子就是不回团场。老胡想不明白,这人活着是图个啥,就图大城市的霓虹灯就比团场的漂亮?儿子也不回来好好瞧瞧,团场现在变化有多大,团场个个都城镇化了,虽然连队里还住着小平房,可团部哪个搞得不是像个小城市,高楼大厦、亭台楼阁,花团锦簇,那环境一点儿也不比大城市差。而且,房子不贵,才一千多一平米。老胡早跟老伴商量好了,要买就买套大的,跟连里的平房一样大,就买一百三十多平米的,钱再不投给儿子,爱回不回。买套一百多平米的楼房,让儿子、媳妇、孙子看看团场人过的啥好日子。

老胡一想到儿子就窝火,这些年平白无故地受了杨麻子这么多气,不就是因为儿子不在身边嘛。老胡也生自己的气,虽苦心费力地培养了两个儿子,可他这有儿子的跟没儿子也没多大的区别,顶多也就一年回来过个年,这要是中国不过春节,是不是一年一趟也不用回来了。生气的时候老胡恨恨地想,早知道当年给俩儿子花那么多钱供儿子们上大学,还不如把钱投到地里面,包两片果园,这样儿子人也拴住了,心也拴住了,还能天天逗孙子开心。

一生气,老胡自己跑回了一趟甘肃老家。甘肃老家那穷山沟沟还是穷山沟沟,比团场的日子过得差远了,别说买小车,弟弟家过的还是大老远打水的日子,老胡一看就心酸了,愣把弟弟家的一儿一女接到了自己身边。

新疆的钱好挣啊,只要肯出力气,到处都是挣钱的地方。就说这瓜地,老胡老了,本来干瘦的身体还不足五十公斤,背起瓜来两条腿像两根软面条。侄子、侄女一来就不一样了。侄子狗娃又黑又壮,扛起一袋子瓜走几百米连气都不喘一下;侄女巧巧洗洗涮涮干净利落,而且,俩孩子比自己的孩子还孝顺,老胡忍不住满意地笑了。

他下定决心要把俩孩子留在身边,不仅留住孩子,等孩子们日子过好了,他还打算把自己穷山沟沟的弟弟也接过来,一大家子热热闹闹地在一起,那才叫过日子。

老胡也想好了,等自己退休,将来这一百三十多平米的房子大儿子、二儿子谁也不留,就留给弟弟一家子过来住,看看那没心肝的儿子心里啥滋味!

四

盛夏的太阳火辣辣的,老胡才撒了泡尿,汗珠子就顺着脸颊子淌到了脖子根。

天气预报上说最高温度三十九度。三十九度啊,是人发高烧的温度,这让五十八岁的老胡热得招架不住。老胡是个矮个子,身高还不到一米六,男人个子矮也是个明显的缺陷,每每老胡站在那一米七以上的男人面前好像也矮人三分。于是,在连里,老胡对人对事都谦让着,久而久之,养成了他胆小怕事的性格。

　　撒完尿,老胡一头扎进了自家搭建的瓜棚棚里。棚子是狗娃五月初就搭好的。狗娃从小在农村长大,农活干得是样样拿手。就拿搭瓜棚这事来说,这瓜棚子搭得多气派,谁来了都夸,又高又大又结实,四根碗口粗的大柱子,有四、五米高,上面树枝、树叶、麦草搭得结结实实,远看还以为是座瞭望塔,近看才能看出是瓜棚,站在棚上不但能看到远近的人,还能睡觉走动,就连刮风下雨也跟棚子毫无关系。狗娃还在棚子上支了张大木床,铺上了厚厚的褥子,床宽得能睡老胡和狗娃两个人。

　　想起狗娃,老胡心里就暖暖的,别看他老胡长得矮,可狗娃却生得虎背熊腰一米八的大个子。

　　还有侄女巧巧,站在老胡面前比他还高一截,虽不是自己亲生的,可老胡看着就是喜欢,俩娃不仅长得好,又勤快又懂事。为了瓜地,狗娃没日没夜地跟他干,重活累活全包了,老胡也把他当成了亲儿,挣了钱给狗娃分一半。为这,老婆没少给老胡脸色看,毕竟不是老婆的侄子,这亲戚和亲戚隔了层肚皮就是不一样。

　　正想着,老胡突然好像又听到了那个熟悉的声音,瓜棚高出地面好几米,老胡往四下一瞅,便发现了目标——两团白乎乎的东西正在瓜地里移动,不用细瞧,老胡就知道两团白白的是啥么东西,老胡抄起个家伙就撵了过去,果然还是昨天那两只羊。

　　羊正啃得欢,根本没把气势汹汹的老胡当回事,看见他,挺不耐烦地向他龇了龇牙,似乎嫌他妨碍了它们,然后低着头,对着里面的红瓤子狠狠咬过去。

　　老胡一看这哪是吃瓜呀,分明就是啃他的心头肉,再看地上有不少瓜被啃了牙印子,气得火冒三丈,掂起棍子狠狠夯了几棍子,羊痛得连着"咩、咩、咩"地叫了几声跑了。

大概羊还没吃够,老胡正准备折回去,可一扭头,发现羊也跟着折了回来,那羊才刚尝到甜头哪舍得轻易撒手?没办法,老胡又掉头去赶。羊虽然是个动物,但动物也有动物的智慧,迂回战术不光是人类也是自然界动物的一种本能。吃过亏的羊一见老胡来掉头就跑,老胡刚一离开,羊又扭头钻进瓜地,两条腿的人哪能跑得过四条腿的动物,更何况上了年纪的老胡。

几个回合,便把老胡累得气喘吁吁,可羊一点事也没有,还恋恋不舍地站在农渠对面望着他,仿佛就等他一离开随时准备再冲进去。

折腾几次,就把老胡跑得上气不接下气,大声骂杨麻子:"卖哈屄的杨麻子,缺德事干多了,当心生个孙子没屁眼。"

嘴上虽解了气,可解决不了实际问题,那羊依旧不依不饶地站在毛渠对面望着老胡,老胡顿时火冒三丈,从地上捡起土坷垃照着大羊身上砸了过去,大羊跳了几跳,扭身带着小羊跑了。

一屁股坐在地上,老胡这才发现自己浑身上下都湿透了。

老胡顺手摘了瓜坐在路边的树底下,一抬头,看见狗娃已经送饭来了,老胡舍不得一人吃瓜,等狗娃走近,他才将瓜一摔两半,两人各抱了一半。瓜已熟透,老胡舌头刚一挨上,一股甜甜的汁液顺着嘴流进了喉咙,他忍不住又咬了几口,才开始吃饭。

对面的狗娃早已三下五除二把瓜瓤吃了个精光,完了又抱着瓜皮舔了舔。

头茬瓜金贵,老胡一般舍不得吃;狗娃更是舍不得,狗娃是个老实娃,不管叔在与不在,老胡要不摘,他自己决不偷偷摘了解馋。可新疆的瓜太甜了,狗娃在甘肃没吃过那么甜的瓜,怎么吃也吃不够,每次吃完都又抱着瓜皮再舔舔。

狗娃这个动作还是被老胡发现了,老胡心里一酸,转身到地里又摘了个小个的,对着地面一磕,递给自己的大侄子。狗娃想也没想,接过去又把瓜啃了个精光。

吃完瓜,狗娃这才把卖瓜的三千块钱递给了老胡,老胡本来是个小眯眯眼,一看厚厚的一叠人民币喜得眼睛就眯成了一条缝。

"乖乖,这么多钱!趁着这阵子瓜价格好,赶快抓紧时间卖,等今年挣了钱叔给你张罗着在连里找块地,一辈子留在新疆,叔也有了亲人,等挣了钱,叔再给你娶个媳妇,咱别在新疆找,还回甘肃老家找,找个勤快能干的,一块在团场过日子好不好?"老胡望着流了一头大汗的狗娃忍不住说。

"叔,我真能留下?"狗娃的眼睛一下子就瞪圆了。

"那还有假,现在连里正缺劳动力呢,这事我跟连里的技术员已经提过好几次。有机会给你妹妹巧巧也找个好婆家,你兄妹俩一块留团场种地,到时把你爹娘都接来,咱一大家子人好好过日子。"老胡信心十足地说。

"叔,你放心,我一定好好干!我年轻有的是力气,苦活累活都让我干,你把俺随便使,俺留下来给你当儿子用,你就看看瓜,等你老了俺来伺候你。"狗娃一听能留下来,激动得恨不得把浑身的劲全使出来。

吃完饭,太阳还热辣辣地照着瓜地,尽管两人身上都冒出了汗,可叔侄俩谁也不愿耽误摘瓜的工夫,一头扎进地里面。

五

累了一中午,狗娃一走,老胡很快进入了梦乡。

梦里狗娃卖瓜卖了一大包钱，老胡抱着狗娃叔侄俩不停地笑，两人正笑着，两头羊窜了过来，大羊"咩、咩、咩"连叫几声叼起包里的钱就跑，老胡急得在后面追，追着追着就从梦里跑了出来，还没睁开眼睛，耳朵就灌进了羊的叫声，惊得他一屁股从床上坐了起来，站在梯子上四下一望气坏了，还是那两只羊。

这算咋回事？事不过三，还没完没了了呢？他顺着梯子下了瓜棚。

两只羊吃得正欢，见老胡举着棒子过来撒开四只蹄子就跑。老胡不放心，一直把羊撵过渠。虽然被撵过渠，羊并不急着走，而是站在渠对面与他对峙着，气得老胡说不出话来。

老胡叉着腰直喘气，他不望还好，一望就望见了不远处的杨麻子。杨麻子就躲在渠沟沟里割草，老胡看看杨麻子，杨麻子跟没事人似地头也不抬地在割草，嘴里还哼着小调。看着杨麻子得意的样子，老胡这才明白羊跑到瓜地里吃瓜他比谁都看得更清楚，羊就是杨麻子故意放的。

老胡气得一屁股坐在地上，却不知该怎么办才好。正气着，老胡却发现眼前多了个人，仔细一看是连里的技术员小四眼，看到小四眼，老胡眼前一亮。

小四眼是连里的技术员，巴掌大的脸上整天戴着副宽大的金边眼睛，所以连里的人喜欢叫他小四眼。小四眼的真名叫林黎昕，一个文绉绉的名字，这名字不仅拗口也难记，连队人不喜欢。小四眼有个习惯，只要一和连里的漂亮女人说话眼睛就眯成了一条缝，那个林黎昕的名字远不如小四眼来得痛快和形象，于是，人们就干脆利索地叫他小四眼，他的真名反而连里没几个人记得了。

小四眼和老胡本来是不搭界的，可小四眼有个爱吃的毛病，爱吃的人嗅觉都特别灵敏，连里谁家做了好吃的，小四眼隔着几百米都能闻到,更别提那一地甜丝丝的瓜了。小四眼早就对老胡地里的瓜垂涎三尺,可前一阵子被派到团里帮了一个月的工,要不是帮工,他早来老胡的地里蹭瓜了。帮工刚一结束,小四眼就迫不及待地直奔老胡的瓜地了。

别看小四眼是来蹭瓜的,可老胡却欢天喜地让他蹭。

老胡平时很喜欢小四眼,老胡因为瓜地被绊住了脚,女人又是个极不爱出门的,外出买东西的事总是麻烦小四眼。小四眼特别爱看书,有事没事总喜欢找借口往团部的小书店跑。他本来就是个热心肠,喜欢帮连里的人捎东西,加上老婆孩子都离得远,小四眼几乎把连队人当成了自家人。在连里,小四眼虽是个单身汉,可他这个单身汉过得有吃有喝,逍遥自在;因为他是个热心肠,连里的人家做了好吃的都喜欢叫上他。碰上团里开会,连长也总爱叫他去,所以,他到团部的机会比一般人要多得多,办起事来也比一般人方便得多。

虽然老胡自己舍不得吃瓜,可见小四眼来吃瓜却很高兴。此时老胡心里正憋着一口气,这口气没法出,小四眼来得正好,老胡知道小四眼最恨的就是杨麻子。

不光老胡,连里人都知道小四眼跟杨麻子有过节,说起来这事让那些老娘们笑得肚子痛。连里人都说小四眼跟杨麻子的老婆有一腿,其实这一腿谁也没看见,是闲得爱戳是非倒闲话的老娘们说的。不光一个老娘们说,连里好几个老娘们跟着一起说。

小四眼有辆125的摩托车,有事没事他总骑着往团部跑。连里有摩托车的人多了去了,可小四眼这辆摩托车后面极少空着,每次后座总会坐着个女人。团部离得远,很多女人都不大敢骑摩托车,特别是上了四十岁的女人。女人们上团部不方便,小四眼就特别体贴,他不像连里其它他男人那样怕麻烦,总是自顾自的。他上团部时总不忘问问连里的女人,一方面搭了个伴,另一方面那些女人也不是白坐的,做了好吃的总不忘叫上他。有了这样的方便,女人们都很喜欢小四眼,再加上小四眼最喜欢跟女人们说笑话,所以连里的女人们对小四眼都很热情。于是,连里的男人都说小四眼是"妇女之友",有的干脆叫他妇女主任。

小四眼对这些充满贬义的称呼并不生气,还很高兴地对男人们说:"当妇女主任有啥不好,你们要是放心把女人们都交给我,我还不乐得天天当皇帝。"

其实,小四眼也就嘴上那么一说,逗大家穷乐呵,谁也没当回事,可有一个人当回事了,这个人就是杨麻子。

小四眼虽然摩托车后面总带个女人,可带得最多的是杨麻子的老婆小桃红。四十来岁的小桃红虽长得不漂亮却很风骚。漂亮女人与风骚女人最大的区别是漂亮女人对男人不一定主动,可风骚女人对男人一定很主动。

小四眼每次带着小桃红总感觉和别的女人不一样。别的女人坐在摩托车后面,身子都僵硬地挺着,和小四眼保持着距离,好像小四眼身上有刺要扎她们似的。可唯独小桃红不一样,两只胳膊总是把小四眼的腰搂得紧紧的,不光抱得紧,还把身子软绵绵地贴在小四眼身上,所以小四眼带着小桃红经常激动得眉飞色舞。小四眼老婆离得远,带小桃红时虽不能干点别的,可感觉却很带劲。

单身的男人好像比单身的女人更容易犯错误,因为小四眼平时特别爱开玩笑,所以男人们常常忍不住打趣小四眼,问他对小桃红下手了没。每逢这时,小四眼总是神神秘秘地说:"我跟她上演的是《牡丹亭》。"小四眼是个文人,说话文绉绉的,可连里的男人都是大老爷们,没几个人看过《牡丹亭》,所以对他的话大多没听懂,没听懂就追着问。于是,小四眼大声唱道:该出手时就出手,风风火火闯九州啊……后面这段词人们一下子听懂了,听懂了个个乐得龇牙咧嘴。

男人们乐完也就算了,可女人们听完却喜欢瞎琢磨。她们琢磨来琢磨去就把目标锁定在小四眼和小桃红坐摩托车这个片段上,因为连里不止一个女人看见小桃红坐摩托车时把小四眼抱得紧紧的。其实小桃红坐其他男人的摩托车时,也把那些男人抱得紧紧的,就因为这个原因,连里的女人们都把自家的男人看得很紧,不让自家的男人带小桃红。可小四眼没人管,于是,带小桃红几乎就成了小四眼的专利,小四眼正好也乐此不疲。

人多的时候,女人们故意问小四眼有没有对小桃红下手。小四眼挤着眼睛对女人们说,下手了,不光下手了,还下得又狠又准,于是就满足了女人们的一颗猎奇心。女人们乐得哈哈大笑,男人们也跟着一起乐得开怀大笑,小四眼自己也笑得很开心。其实小四眼是个小矮子,个子勉强一米六,那小桃红一米六五,再加上她喜欢穿个高跟鞋,站在小四眼面前比他高出半个头,用老娘们的话说,亲嘴还得搬个小板凳呢。人们想想这俩也不可能。连里人就是故意在他身上寻个乐子,可杨麻子却恨在了心上。

去年春天,连里的副连长调到其它他单位高升了,小四眼便成为炙手可热的副连长候选人。人逢喜事精神爽,小四眼见人就乐得合不拢嘴,可还没等到正式任命下来,小四眼却在节骨眼上出了事,。连里有十几家种的棉花出苗率只有一半,人们查来查去就查到了种子上面,这可不是一件小事,简直可以以破坏生产罪定罪。

小四眼即便长八张嘴也说不清,连里的棉花种子年年是小四眼负责的,小四眼是这方面专家,连队这样的事自然离不了他,种子是小四眼购进的,第一责任人就是小四眼,。为此,小四眼不光在全团挨了批,要不是连长亲自跑到团里去说情。小四眼别说当副连长,差点滚蛋,最后罚了两万块钱了事。

罚两万块钱是小事,可白白耽误了小四眼的大好前程,气得他几天几夜睡不着觉。后来,小四眼发现问题出在杨麻子身上,他仔细察查看了那几家剩下的种子,明显发现棉花种子被人调了包,杨麻子是发货的保管,能掉调包的人只有杨麻子。等他找杨麻子理论,那杨麻子脸一黑说:"你说那种子不是你进的,那谁能证明呢?"

是啊,这事除了杨麻子谁也证明不了,更何况种子就是杨麻子换的,他不可能端起屎盘子扣在自己头上。

小四眼为这事找到了团里,生产科的科长本来就是杨麻子的大舅子,一听这事,便劈头盖脸地训斥小四眼:"要死了还要拉个垫背的,再这么多事明天就滚蛋!"吓得小四眼连滚带爬回了连里。

人生能有几次机遇呀,眼看就要升职了,却被人下了套。吃了那么大的哑巴亏,小四眼从此便恨上了杨麻子。从前他见杨麻子很热情,现在见了杨麻子扭头就走,不仅不理杨麻子,而且摩托车后面再也看不见小桃红的影子。

同命病相怜啊!此时,老胡见了小四眼就像遇见了救星,忙从地里摘了两个又大又甜的瓜。见老胡如此热情,小四眼也不客气。老胡趁着小四眼高兴,便一股脑儿地把羊吃瓜的事告诉了小四眼。小四眼虽不是连长,可大小也是连队的干部,而且,连长最喜欢小四眼,老胡知道小四眼一定会帮自己说话。

其实,老胡并不指望小四眼真能帮自己解决掉那两只羊,可是杨麻子就是老胡体内的毒素。老胡昨晚在电视上看了一个养生栏目,养生专家说人不能总生气,生气多了会形成体内的毒素。毒素多了容易得癌症,会死人的。这话老胡死死记住了,老胡虽不能把杨麻子怎么样,可他得排排他体内的毒素,而且他猜想,小四眼体内也和他有一样的毒素。

果然,一提起杨麻子,小四眼就畅所欲言了,他比老胡更气愤:"连里三令五申不许职工把羊放在地里面,这货就是故意的,以为自己家有个狗屁的亲戚就目中无人。"

老胡一下子就达到了目的,心里顿时就好受了,他告诉小四眼:"杨麻子每天都把羊放在我瓜地里,他这是要踩着肩膀往人头上拉屎哩。"

小四眼说:"老胡你要当心啊,杨麻子就是个十足的小人,最喜欢从背后出其不意地偷袭别人,阴险哪,我可是领教过。"

老胡叹了口气说:"这真的太坏了,我们老家说坏事做多了会有报应,这麻子也不怕遭报应?"他知道眼下小四眼虽解决不了这两只羊,但他还是想跟他说一说,不说他心里堵得慌。

小四眼眼睛一翻说:"他还以为他做的恶事没人敢管啊?你得找连长。连长最讨厌有人把羊放在地里面。他再拽,也不过是连里的保管,他还以为他是团长呢。"

老胡一想也对,只有连长能管他,"对,这事必须找连长,可要是连长不管怎么办?"

小四眼说:"连长一定会管的,连长这个人最嫉恶如仇的。"

听小四眼这么一说,老胡的心里一下子就敞亮了,别看他杨麻子强势,可毛主席说团结就是力量,杨麻子再霸道,失道者寡助,也就没那么可怕了。

老胡虽是个弱者,可弱者也有弱者的智慧,再加上一个小四眼,两人合在一起对付一个杨麻子,心理上就不再是弱者。于是,老胡从羊说到了狗,又从狗说到了瓜地。小四眼从种子说到了杨麻子,又从杨麻子说到了丢了副连长之事。总之,杨麻子就是个罪大恶极的人,两人可找到了知音,气得一起大骂杨麻子。

老胡骂杨麻子顶多就是坏怂、远不如小四眼。别看小四眼是个文人,文人骂起人来虽不用一个脏字,可用起词来却格外阴毒。他说杨麻子是条冬眠的蛇,一苏醒就要窜出来偷袭人。又形容杨麻子长得如同鬼獒,啥叫鬼獒?老胡没弄懂,小四眼告诉他鬼獒是藏獒的一种,这种狗又高又大、面目可憎,咬起人来凶残无比,他这么一比,让老胡想起杨麻子的大块头和那张疙疙瘩瘩的脸,觉得这个比方很贴切,一下子忍不住笑了。

排了毒,老胡顿觉得一身的轻松,再也不担心得癌症了,他决定晚上就去找连长。

六

盛夏的傍晚,忙碌了一天的人们都喜欢钻到连队的小商店前去凑热闹。

连队所有的职工都有一块地,每天起早贪黑地忙在地里,不光累也没啥乐趣。别看同是下地,地与地之间隔得老远,所以大多数人从早到晚见不到一个人影。小商店就如同是个俱乐部。寂寞了一天的人们到了晚上都喜欢跑到小商店去报到。一来想见的人都能见到,二来打个牌下个棋,吹吹牛皮开个玩笑,一天的疲惫与烦恼很快就没了,连队人也就这点乐趣。

老胡不爱去,有时间他喜欢忙自家的小菜地。可今天他得去,别人去是为了热闹,他去是为了一个人,这个人是连长。他得找连长说说羊到瓜地吃瓜的事。从小四眼那里,老胡知道连长最讨厌连里的职工把羊到处乱放,不是啃了东家的包苞谷就是吃了西家的菜,要不就是啃了公家的树。啃了公家的树还好,最令他厌烦的是羊啃了私人的东西引起职工间的矛盾与纠纷,害得他这个连长左右为难。连长在连里就好比是个大家长,看到连里人闹矛盾,而且因为个畜生,就会大发雷霆。

老胡知道连长最喜欢扎堆,尤其这个时候。连里的男人、媳妇都集中到了小商店,自然也少不了连长这个热闹人。连长还有个不算爱好的爱好,喜欢和连里人开玩笑。到了傍晚,忙了一天的小媳妇们都洗得干干净净,穿得花花绿绿,和平时下地一点儿也不一样,这样的场合男人们都很开心。

要到连长家去说事,光着两只手可不行。老胡就多长了个心眼,虽说是个小事情,可毕竟是去连长家办事。于是,他让狗娃挑地里最好的白瓜青皮脆装了满满一袋子。这瓜可值钱着呢,正好也让连长一家尝尝鲜,这样也不白辜负了连长把瓜地分给他老胡。

送瓜也是送礼,有点贿赂的嫌疑,老胡自己先去探路,让狗娃绕道绕到连长家后面等着。

果然,老胡刚一走近连队小商店,就听到连长敞亮的笑声。连长是个大块头、大嗓门,笑起来"呵呵呵"地格外响亮,扎在一群人里很容易辨别出来。小商店前早已站了不少人,男男女女、老老少少都有。吃饱了饭的人们纷纷走出家门去乘凉。

人堆里有两个人很抢眼,一个是连长,一个就是小桃红。

连长本是个爱热闹的人。连队的男人女人都爱跟他开玩笑,那男人们开玩笑,多少有点巴结的意思,可小媳妇们跟他开玩笑除了讨好还有层喜欢的意思。

另一个扎眼的人物是杨麻子的老婆小桃红。小桃红其实叫李桃红,小桃红这名字乍一听像青楼里的妓女。那小桃红小鼻子小眼小嘴巴,除了皮肤白点,跟连里的其他女人一比,一点也算不上漂亮。可小桃红身上却有个秘密武器,这个地方和其他女人长得不一样。小桃红胸长得很丰满,而且她特别知道自己的长处,所以,平时她特别爱穿紧身衣,夏天穿得少就更明显,顿时有种波涛汹涌呼之欲出的感觉,。这感觉是小四眼形容的,让人觉得太刺激了,不光男人们喜欢,小桃红自己也喜欢。小桃红时常不忘利用自己的长处,尤其男人多的时候,小桃红左摇右摆更显得动荡不安,这一摆动,就显出了小桃红的风情万种,连里一些不规矩的男人趁机占便宜。

对于男人的不轨行为,小桃红从不恼,正因为不恼,连里那些轻薄的男人们才特别爱跟她动手动脚。小桃红虽不恼,可那些与小桃红打情骂俏的男人家的女人们却暗自恼了。她们的恼不能挂在脸上便挂在了嘴上,她们故意叫她小桃红,表面上是夸她面如桃花,心里其实是骂她不要脸。

杨麻子不傻,一听就拉了脸,可光他一人变脸没有用,连队的女人多,一张嘴对付不了多张嘴。而且小桃红自己不生气,小桃红喜欢这个绰号,她文化程度不高,还以为人们夸她长得美呢。那杨麻子虽然平时在连里很霸道,可好男不和女斗,他再小心眼也不能老和一群老娘们斤斤计较,更何况他比谁都更了解自己的老婆。再加上他平时最爱欺负人,那些受过他气的男人与女人们就叫得更响了,仿佛这么一叫,就给杨麻子戴了顶绿帽子,心里的气一下子也都出了。

所以,老胡暗暗与人总结,这女人骚不骚不在脸蛋子上,而在心思上,女人要是心里骚,什么也拦不住。

天刚蒙蒙黑,正是小商店最热闹的时候。杨麻子一般这个时间都在大路上溜遛狗。杨麻子不在,时不时地就给了其他男人可乘之机。有几个平时就喜欢和小桃红打闹的男人,趁机在她身上摸一把。

快五十的连长也喜欢小桃红,因为小桃红见了连长比一般女人更主动。但连长的原则是君子动口不动手。看着女人开心的样子,连长也很开心。其实连长也不过分,顶多也就过过嘴瘾,从没见连长动过手的。

小桃红一见到连长,声音娇了,身子也软了,恨不能化成一团棉花贴上去。

夏天热,女人们身上都穿得比平时少,而小桃红今晚穿得更少。下了一天地的小桃红好好洗了个热水澡,没装内衣只穿了件吊带裙。

男人们都看见了,连长也看见了。

连长今晚格外兴奋。来了几个从前一起当兵的老战友,一高兴多喝了两杯。平时连长尽管也开玩笑,但那玩笑开得是很有分寸。而今晚,看见贴过来的小桃红,连长便有些心猿意马:"小桃红,你今晚的衣服穿得是不是太少了点,女人们都像你这样,那男人们可要犯错误了。"

小桃红背后有个使坏的男人一听,故意将她往连长怀里一推,小桃红"扑通"一声就扑到了连长的怀里。连长一看吓了一跳,连忙想把小桃红推开。

好不容易才靠近了连长的小桃红,不仅没让连长推开反而顺势滚进了连长的怀里。连长愣了一下。那小桃红却笑得花枝乱颤,偷偷狠狠地掐了连长一把。

连长"哎哟"大叫了一声。这一叫,让人一点也不觉得是连长身上的疼,还有一种说不出的快乐。这下好了,男人们兴奋地大声叫道:"她敢掐你,快收拾她!收拾她!不收拾这娘们,你就不是连长。"

连长一着急想一把推开小桃红。可那个软绵绵的身子并不愿离开连长,反而贴得紧紧的。

脚下有块大石头，所有人都看到了，可连长没看见，周围没一个人提醒连长，因为大家都等着看好戏。连长习惯了与男人摔跤，对付男人就是一个扫堂腿，对付小桃红根本用不着扫堂腿，只需那么轻轻一推。连长抓着小桃红刚准备把她撂倒在旁边的草垛上，可没留意脚下有块石头，他还没使劲，后面便被人狠狠推了一把，脚一滑身子向前一扑，这一扑正好将体形不大的小桃红扑倒在地。

　　大家看上了好戏，顿时乐得"哈哈哈"地大笑起来。

　　老胡也在一旁看得很过瘾，尽管他自己胆小没本事跟女人开玩笑，可看到连长与小桃红闹也觉得很带劲。正笑着，他突然看到杨麻子一张阴阳怪气的脸，手里还牵着他那条德国牧羊犬。

　　人们还在瞎胡闹，老胡忙大叫一声："麻子，你遛狗去了？"声音很大，其实是在提醒连长。

　　杨麻子从鼻子里重重嗯了一声，脸拉得老长老长。

　　看到杨麻子和那条上蹿下跳的狗，人们都惊了一下，仿佛自己占小桃红便宜被抓住了一样，立马"轰"地一下散了。

　　连长虽然块头大，可立即爬了起来。小桃红泥鳅般地滑脱了。

　　此时，连长见了杨麻子也有些尴尬，可连长毕竟是连长，拍了拍身上的土，跟没事人一样跟杨麻子打了个招呼。

　　杨麻子瞪着连长一声不吭，可他手里的牧羊犬却一下子蹿了上去。别看连长天不怕地不怕，从小就怕狗，见这么大个家伙蹿上来，顿时吓得往后退了几步说："麻子，你快看好自家的狗，小心别让它伤了人。"

　　杨麻子阴着脸说话了："这条狗虽是畜生可比人还强呢，有些人是人不干人事，还不如这畜生！"

这话仿佛像在骂连长,连长心里虽然有点不痛快,但也没和他计较,两手一背走了。

七

看见连长走,老胡忙脚跟脚跟在连长身后,悄悄进了他家的小院。

连长刚一坐下,才发现身后跟了两个人,仔细一看是老胡和狗娃,还扛着满满一袋子瓜,连长一下子就高兴了。连长早就馋瓜了,可一个瓜得一二十块钱呢,连长不舍得买,看见一袋子正是他最爱吃的青皮脆,连长的嘴一下子咧成了半个小月牙。

看见连长高兴了,老胡心里也很高兴。因为平时老胡见了连长如同老鼠见了猫,有点战战兢兢的,可这会儿到了连长家,连长不仅一点架子也没有,还热情得问长问短的。就连连长的老婆一见老胡,又倒水,又端瓜子的,那热情非比寻常,把个老实巴交的老胡激动得不知说啥才好。

老胡本来想说说杨麻子羊偷吃瓜的事,可不知怎的话一到嘴边就变成了感激连长的话。

连长嘴上虽大大咧咧地推脱着,心里却很高兴,便关心起老胡的生活来,连长善于体察民情,早就明白老胡的心思,于是,他特意问起了狗娃户口的事,这一问正中下怀,问到了老胡的心坎上。就连连长的老婆也跟着凑热闹,打听起他家巧巧有没对象的事,听那口气有意想和他搭亲家,想把他家巧巧介绍给儿子建军做媳妇,竟有这等好事,老胡激动得语无伦次。

"你家建军是大学生,我家巧巧只是初中生,就好比麻布手巾绣牡丹,不配呐。"

"说啥呢老胡,巧巧不仅人漂亮,而且懂事、能干、心眼好,比啥都强呢。巧巧是甘肃姑娘,我也是甘肃人,我一听巧巧说话心里就亲得很呢。"

老胡这才想起连长老婆也是甘肃人,老乡见老乡,见面自然三分亲。难怪连长老婆看上了巧巧,这可是一件好事情,他怕好事跑了,立即表态道:"这事我一百个赞成!只怕我家巧巧是搭上梯子摘月亮——高攀不上!"

"只要你老胡点头,这事准能成,咱以后就能成为一家人了!"连长老婆看看连长。

"不过,现在孩子都讲恋爱自由,就怕咱剃头挑子一头热,还不知建军啥意见呢?"老胡又有点犹豫。

"你还不知道吧?巧巧常到建军大棚里去干活呢,建军说所有到大棚里干活的女人就数巧巧最勤快、最能干,从不偷奸耍滑。"连长的老婆乐开了花。

真要能成就是太好了!老胡乐得早就忘了此次的来意,看天色已晚,忙带着狗娃回家了。

一路上,老胡一想到连长的儿子建军,心里乐开了花。建军不仅长得白白净净、干净利落,而且小子贼能挣钱!大学毕业回到连里,一口气建了十几个大棚,专培育番茄、辣子苗,听说一年能挣一二十万呢,巧巧要是跟了他,那还不掉进了福窝里?

老胡早就把巧巧当作自己的亲闺女,一直想给她找个好人家,这真是想睡觉就有人送枕头。这丫头生得细皮嫩肉、细腿柳腰,老胡还一直担心她营养不良,这下好了,女娃子要飞上枝头变凤凰呢。巧巧要是真嫁给了建军,不但自己有个好归宿,而且从此连里再没人敢随便欺负他老胡,更重要的是狗娃留在团场的事这下也有了盼头了。

老胡一路喜滋滋的,以后要是真的与连长搭了亲戚,也就有了撑腰的人,再也不用怕他杨麻子。想到这,老胡的腰杆子一下子直了起来。一高兴,他忍不住得意地哼上了家乡的小曲。

刚哼了两句,突然一个沉闷的声音吓了他一跳:"可以呀,长本领了,鸽子也能变老鹰了,又去拍领导的马屁了,难怪连长把瓜地包给你,赶明看连长再送给你几个香屁吃吃。"黑暗中,那个黑黝黝的影子说话了。

老胡一听,就听出了是杨麻子,毕竟是去告状,状虽没告成,可老实的老胡还是一阵子心虚说:"赶明我让狗娃也给您送袋子瓜去,让你老哥也一块尝尝鲜。"

"哼,吃你的瓜?那可是上坡子路上吃馍馍,胀不死也噎死了。我可不敢吃,我怕硌了我的牙,羊吃两口你都要跑连长家告黑状,更何况人呢?我可不干你这种癞蛤蟆过门槛既蹾沟子又伤脸的事呢,你那糖衣炮弹里指不定藏的啥见不得人的狗屁东西呢。"杨麻子头早就看透了老胡,一脸的不屑。

老胡一下子被噎住了,站在那里一时不知该说什么好。

狗娃早就对杨麻子不满,一个健步冲上来就骂道:"你算什么东西,你这是骑着老虎去上坟给你先人使威风呢。我叔怕你我可不怕你,你要再这么欺负人,小心我对你不客气。"

"就你还想对老子不客气,老子不收拾你就不错。"杨麻子上前一步抓住狗娃的衣领子。

狗娃一把推开他,只听"哎哟"一声,杨麻子一手捂着他的另一只胳膊大叫道:"好你个老胡,我的胳膊被你侄儿打折了,你看怎么办吧!"

这不是故意讹人嘛!老胡看得很清楚,明明两人还没交手,好端端的胳膊怎么就折了呢?好汉不吃眼前亏,老胡忙上前赔礼道歉。

杨麻子要的就是这个结果,便大声嚷着要上医院,要给派出所打电话报案。一听要去派出所报案,老胡脸都吓白了,忙说:"麻子,狗娃是个孩子,你大人不计小人过,咱该上医院看就上医院,我看派出所就算了吧!"

"行,你给我拿一千,明天我自己上医院看去。"杨麻子可不想就此放过老胡,说什么他也要出这口气。

啥玩意儿,狗娃一听一千块就火了,一个箭步冲上去,却被老胡死死拦住了。

"好,你说一千就一千,明早我就让老婆子给你送去。麻子,这事就此了结。"宁和君子争,不和小人斗,老胡恨得咬牙切齿。

"行,一千块钱了事,看在你面子上,我也不和你家狗娃计较。"杨麻子早就吃透了老胡,他知道老胡准得答应,既然已经占上了便宜便想抽身。

"姓杨的,你等着,我不会放过你!"狗娃气得大声叫喊。

"尕尕的狗娃子,还想站着粪堆上充大狗子呢!不给你点厉害你就不知道天高地厚,就你小子还想留连里,当心老子发个脾气就能叫你快快滚蛋!"杨麻子得意洋洋走了。

八

中午,火辣辣的地里就有两个人不睡觉,一个是老胡,一个是杨麻子。

大热天的,两个人的心思都不在自己身上,一个在地边割草,一个站在瓜棚上瞭望,两个人的眼睛就盯着一大一小两只羊,中间的农渠是个边界,羊吃着吃着草只要过了渠,就撒开四只蹄子钻进瓜地。老胡也盯着那条渠,羊只要过了渠,他立马就得从瞭望塔上跑下来过来撵羊。割草的杨麻子也盯着那条渠,羊只要过了渠,杨麻子立即就找片草地躲起来躺着睡大觉,很多时候他并没有睡着,而是听着老胡与他的两只羊搏斗,他知道老胡并不敢把他的羊怎么着,但他一想到老胡与羊对弈的样子就躺在草地上乐得偷笑。

七月,是一年中最热的季节,上午、下午都得摘瓜,好不容易凑着中午没人买瓜还要对付两只羊,老胡渐渐体力不支。

到了下午上班的时候,杨麻子要上库房去发货,羊也就跟着一起走了。虽然羊走了,可老胡的气还没消,这一来,他的体内又积累了毒素,就盼着小四眼来。

按说小四眼与老胡年龄差一截子,文化也差一截子,可老胡就盼着能和小四眼说说话,尤其能说说杨麻子。老胡体内的毒素就是杨麻子,他得听小四眼骂骂杨麻子,这一骂正中老胡下怀。小四眼特别擅长用形容词,说杨麻子以为自己是只绿头乌龟王八,要活上千年呢。老胡一听乐了,这个比喻比得有水平,听起来是说他长命百岁,其实是骂杨麻子是只戴了绿帽子的王八。听小四眼骂杨麻子,老胡心里别提多痛快多带劲,尤其两人一起骂时,更是酣畅淋漓,这一骂,老胡体内的毒素就排完了。

老胡这招其实是弱者的对抗办法,对付杨麻子实在是没有办法的办法。

真是心有灵犀一点通,老胡正想着小四眼,小四眼就如同老胡肚子里的蛔虫般突然冒了出来,吓了老胡一大跳。老胡忙迎到地边干净的空地坐下来,随后给小四眼挑了个脆皮的甜瓜。

瓜在地面硬的地方轻轻一碰,整个瓜就裂开了,面对甜丝丝的瓜,小四眼毫不客气,拿起一块大口吃了起来。

人们都说男人的交情大多从吃吃喝喝开始,老胡和小四眼也不例外。小四眼喜欢到瓜地里来蹭瓜,老胡也喜欢他来。每次小四眼来蹭瓜嘴也从来没闲着。小四眼是个小灵通,由于经常跑团部,认识不少人,新鲜事特别多,再加上小四眼老到团里去开会,有什么新闻连里他第一个知道,那个谁谁谁要扶正,谁谁谁要下台,谁谁谁被双规了,这种内参小四眼比连里谁都知道得早。

这些事虽然跟老胡挨不着,可老胡却非常乐意听。老胡虽然当不了干部也决策不了连里的大事,但老胡也是个男人,是男人都关心政治,也关心团里的大事,即便是听听也是好的,听不了团里的听连里的,听不了上面的听听下面的,这是老胡的精神生活,对他来说比喝酒吃肉有意思得多。

吃着瓜,果然,老胡就听到了自己想听的消息。

"老胡,你听说没?连里的王木墩马上要调走了,他老婆的那片果园没人看了,你不正愁你家狗娃户口没安上嘛。这可是个大好机会,包上了果园也就安上了户口。看果园可是个好差使,果园忙完了忙瓜地,瓜卖完了正好摘梨,两不耽误。这消息我可是第一个先告诉你,趁没几个人知道,要先下手为强。"小四眼一边吃瓜,一边不失时机地把这个好消息告诉老胡。

"够意思,真是没白交你小四眼,可我找连长说这事是不是也得瞅个机会才好下口。"老胡有些犹豫。

"你放心,这事包在我身上,诸葛亮纵有神机妙算也得有场地让他施展才行。过两天我就把连长带到你瓜地里,别的地儿请连长检查工作连长不一定乐意去,我要是在大热天请连长到瓜地来检查工作他保准乐意。"小四眼说着又拿起一块瓜塞进了嘴里。老胡一听心里也乐开了花。

虽然听到了想听的消息,可今天还没骂杨麻子,老胡有点不甘心。小四眼总说他们俩是共同体,什么叫共同体,老胡不明白,但老胡明白他们共同讨厌的人是杨麻子,既然是共同体就不能不提提杨麻子。

可老胡又是个胆小谨慎的人,一般不肯自己先开口骂,得让小四眼先开口,他附和着小四眼,这样,即便哪天传到了杨麻子耳朵里,他也不是罪魁祸首。小四眼今天好像只顾自己的嘴却忘了杨麻子,老胡只得自己提点着小四眼。

"最近好像好久没见你带小桃红逛团部了,你俩不会闹掰了吧?"老胡眯着眼笑道。

果然,一提起小桃红,小四眼就恼了:"杨麻子那个绿头王八,还以为自己的老婆是只熟透的蜜桃呢,谁都想上去咬一口。老胡,我给你说杨麻子可是个变态的家伙,这种人你最好躲得远远的!"

"谁说不是呢,可这种人你想躲也躲不掉。"

"从生物学的角度说,杨麻子这种人是个没进化好的物种,处处带着野性,你看非洲草原上的老虎、狮子一般都充满了野性,他跟它们就是一类的。从精神学的角度来看,杨麻子一定有一个不幸的暴力童年,这种暴力导致他身上的暴力无限延伸。从心理学的角度来看,杨麻子属于质问者,他始终把世界看成一种威胁,带着极大的攻击性,稍不留意,你就会被他伤得体无完肤,伤不起啊老胡。"

老胡就喜欢听小四眼说话,这有文化的人说话和没文化的人就是不一样,就连骂人也骂得相当有水平,虽不带一个脏字,可让人听了非常过瘾。

老胡正聚精会神地听着,小四眼的嗓子突然卡住不说了。老胡抬眼一看,原来一个女人正一扭一扭地走过来,仔细一看是小桃红，难怪小四眼不说了。

小四眼一见小桃红便热情地招呼道："小桃红，快来吃瓜！"

本来是去边上的棉花地干活的，此时一见到小四眼，小桃红一下子变得风情万种起来，身子扭得像条蛇，一屁股贴着小四眼就坐了下来。

大概好久没见小桃红了，此刻一看到小桃红出现在瓜地里，小四眼顿生出美好的诗意来，眯起眼睛如痴如醉道："云想衣裳花想容，春风拂槛露华浓。若非群玉山头见，曾向瑶台月下逢……一枝红艳露凝香，云雨巫山枉断肠。"

老胡和小桃红不仅不是文人，而且文化都不高，没听出个啥名堂，小四眼乐了，解释说："这诗是形容杨贵妃美若天仙的。老胡，你说这小桃红有没有点像杨贵妃？"

老胡忍不住笑了，觉得小四眼说一套做一套，刚刚还说小桃红不是熟透的蜜桃，可一见小桃红立即又眉飞色舞的，说不定小四眼心里真偷偷喜欢过小桃红呢。别看老胡文化不高，可老胡在老家常听戏，知道杨贵妃是谁，虽然小桃红也有股子风骚，可要跟那千娇百媚的杨玉环比，这哪跟哪呀，风马牛不相及嘛！

一听说自己像杨贵妃，小桃红的嘴顿时咧得老大，那杨贵妃可是四大美人之一，见小四眼拿自己比杨贵妃，小桃红一下子变得含情脉脉，声音软得像棉花："林技术员真不愧是大才子，出口就能吟诗，我哪能和人家杨玉环比呢？再说我要是杨贵妃，那谁来做李隆基呢？"

这分明就是赤裸裸的挑逗，小四眼一听这下正逮着机会说："你要是杨贵妃，我就做李隆基，跟你在天愿作比翼鸟，在地愿为连理枝。咱俩在一起，那才是郎有情来妹有意，翻山越岭都不累。"

老胡一听"扑哧"笑了,笑着骂道:"难怪你小子一直不肯把老婆接过来,原来就是为了自己一个人瞎快活。"

小四眼也笑了说:"接老婆干啥?一个人自由自在多好!我老婆可是个母夜叉,哪能和小桃红比,要是我老婆也能像小桃红这样,我早把她接过来天天搂在怀里头。"

三人正说得高兴,突然听到"嗯哼"一声,齐齐抬头一看是杨麻子。杨麻子不知什么时候冒出来的,看见老婆和小四眼坐在一起,脸黑得跟包公似的。小桃红表情也讪讪的,站起身子到她的棉花地里干活去了。

老胡本来并不想理杨麻子,可见此尴尬场面不得不圆个场说:"麻子,又来割草呢?"

杨麻子虎着脸说:"我不割草我割蛋,谁敢动我的女人小心我就割了他的蛋,一个武大郎也想吃我女人的豆腐,也不看看自己有几斤几两?"说着,朝小四眼了挥了挥手中的镰刀走了过去。

杨麻子一走,老胡扭头再看小四眼,只见他的笑容也没了,整个脸都绿了,便安慰道:"你何必跟他一般见识呢?"

小四眼气哼哼骂道:"真是个变态的家伙,这种人不仅心理不健康而且行为也不健康,这种人怎么配待在连队这么文明的地方呢?应该回到原始森林去,和老虎、豹子这些野兽生活在一起。"

九

小四眼果然没让老胡失望,没两天,连长真的到老胡的瓜地来视察工作了。

一见老胡,小四眼就朝老胡挤挤眼说:"老胡,听说你瓜地今年试种了几个新品种,在市场上特别受欢迎,连长特意来视察你的新品种,还不赶快摘几个给连长尝尝!"

听小四眼这么一说,老胡忙激动地大声吆喝狗娃摘瓜。听到老胡喊,狗娃立即冲进瓜地,别小瞧这摘瓜,看着简单也是门技术活,哪瓜能摘哪瓜不能摘,狗娃比谁心里都有数。裂口的不要,那裂口的虽甜但不能放,刚放过水的地方不能摘,刚放过水的瓜虽然水分足比平时重上个几百克,但糖分明显地被水分稀释了,所以经狗娃精心挑选的瓜,个个又脆又甜。光在地里吃可不行,狗娃又摘了满满两麻袋子,小四眼和连长一人一袋。

小四眼自然忘不了自己的使命,边吃瓜边使劲地给老胡使眼色。

看连长吃得高兴,老胡心一横,便向连长提出了让狗娃承包果园的事。

连长听着听着,吃着瓜的嘴停了下来,犹豫地说:"狗娃是个好孩子,不光你喜欢我也喜欢。连里的年轻人越来越少,我已经给团里打报告补充一些年轻的劳动力,你家狗娃已经报上去了。按说承包个果园也不是多大个事,可杨麻子也想包给他外甥,找了我几回了,要把果园给那赖孬,我心里有一百个不情愿,可你也知道他大舅哥在团里也是个人物,咱不看僧面看佛面,这事你就别想了。"

老胡一听泄了气,虽然也知道事情不一定能办成,但美好的愿望一瞬间泡了汤,心里还是忍不住难受。

"我知道你想把狗娃留在身边,这事我一直搁在心上呢,连里的大小事我都搁在心里呢,你也别泄气,咱包不了果园可以包块棉花地嘛!马上又有几个职工要退休。现在的孩子都不愿种地,到时候给狗娃瞅块合适的地,正好把户口也一块落在连里。"连长安慰道。

一句话说得老胡心里暖洋洋的。连长真是个好连长,他这么个小人物能让连长这样的大人物惦记着,真不是个容易的事!

正说着,巧巧来给老胡送饭来了。连长的眼睛一下子便搁在了巧巧身上。老胡忙凑上前讨好说:"尝尝巧巧的手艺,这丫头没有别的本领,可做饭的水平没得说,没来前在饭馆里干过两年半,虽然比不上大厨子,但做个家常便饭还是没问题,你要是不嫌弃,想吃啥让巧巧给你做去。"

连长接过碗。红是红,绿是绿,拉条子炒菜,米肠子、面肺子,伸手捏了几片放在嘴里一尝,便大声叫道:"真好吃!你还别说,我就喜欢巧巧这样的女娃子,虽说是农村来的,却又老实又本分,能吃苦又勤快,农场人图的是实惠,娶媳妇就得娶这样的,现在社会上的小姑娘都成啥样子了,娇滴滴地露个肚脐眼,真不知爹娘咋教的?"

小四眼也趁热打铁道:"连长你那么喜欢巧巧,干脆把巧巧娶回去给你建军当儿媳妇得了。"

三个人正扯得高兴,突然"咩"的一声响起把连长吓了一大跳:"老胡你咋回事,怎么还把羊养在瓜地了呢?"

一句话戳到了老胡的痛处,可让老胡逮住了机会,赶紧向连长诉苦:"这是杨麻子家的羊,天天来,把瓜地当成了杨麻子家的自留地了,撵都撵不走,可糟蹋了不少瓜呢。"

"连长,杨麻子的为人你还不了解?仗着团里有个破亲戚,霸道得很。连里不少人现在都不叫他杨麻子了,改叫他杨霸天,说他就是这连里的南霸天呢,想欺负谁就欺负谁,看老胡这样的老实头守着瓜地,每天故意把羊往瓜地赶呢。别说老胡,就是我,他也经常想欺负就欺负。上次种子的事,不就是他偷梁换柱搞的鬼,他现在无法无天,以为他就是这个连里的天呢。"总算被小四眼逮着了机会,他可不会放过这添油加醋、煽风点火的大好机会。

"这个杨麻子太不像话,找机会真得好好管一管。"连长非常生气。

目的终于达到,小四眼与老胡偷偷相视而笑。接着,两人一唱一和,毫不留情地把杨麻子以往的种种劣迹好好地在连长面前数落个干净。

连长果然动了怒:"这个杨麻子,我早就听说他挺不是个东西的,没想到这么不是玩意儿,不就仗着有个破烂亲戚嘛,有啥了不起的,看老子哪天不好好收拾他。"连长生起气很吓人,老远一看杨麻子还真就在不远处,连长的脸一下子就黑了下来,扭头走了。

虽然,连长并没有立即把杨麻子怎么样,可看到连长生气的样子,就好比给老胡出了气,有了连长的态度,老胡觉得自己像有了靠山,再躺在瓜棚里,老胡想想杨麻子也就觉得没那么可怕了。

多吃了一碗揪片子,老胡的肚子咕噜咕噜地不舒服。老胡本想直接就在瓜地里屙泡屎,可一望巧巧还在瓜地里拔鸡草,老胡憋不住,只好翻过瓜地到隔壁的棉花地里去。

翻过瓜地就进了棉花地,老胡怕巧巧望见,一直走到最里边的棉花行子里。满地的棉花已经结满了桃子,一串串饱满的棉桃喜盈盈地挂在棉叶底下,个别的棉花已经绽开,雪白的棉絮如同盛开的一朵朵小白花。老胡没带纸忍不住拽下来一个,掰开一看,白花花的棉絮已结在了里面,屙完屎老胡抓了把棉花擦了擦屁股,提上裤子就往回走。

穿过两行高秆棉花,老胡刚一迈脚身子却"扑通"一下子栽倒了,身子没着地,肚皮却被几个硬硬的东西狠狠地硌了一下。

肚子硌得很疼,是个圆圆的东西,不止一个,好几个,圆咕隆咚地往他身子底下窜,他一摸还凉丝丝的,低头一看顿时气坏了,这不是他家的瓜吗?金皇后、青皮脆,那是他跑到几十公里外的种子站买的新品种,长长的棉花沟沟里足足躺着一二十个瓜。这是把他栽种的精品瓜全都搬了过来,白瓜、西瓜,他瓜地里有什么品种这里就有什么,老胡一看很生气。他顺着棉花沟又往前走,竟发现每个毛渠沟里都有这样一堆瓜,老胡的脑子一下了子气炸了,顺便摘两个吃吃算了,还偷了那么多,八九个毛渠下来,足足有半吨多瓜呢,谁那么不要脸呢?

风一吹,老胡的脑子一下子清醒起来,他突然想起了小桃红经常在这片棉花地里干活,这地不正是小桃红的棉花地嘛!前不久,小桃红从他瓜地走过的时候还跟小四眼打情骂俏呢。这瓜啥时候被偷的我咋不知道?老胡这才想起了杨麻子每天中午单挑他打瞌睡的时候提个尿素袋,挥个小镰刀,原来那不是在割地边的草,而是来偷他老胡的瓜。难怪小桃红下地从来不带水,原来有他的瓜给她解渴过瘾着哩,这对狗日的!老胡气得一屁股坐在了地上。

果园是连队的风水宝地,连里就百十号人,老胡想让狗娃承包果园的事很快在连里就传开了。

一大早,杨麻子截住了正往瓜地走的老胡:"老胡,最近你长能耐了,听说你也想给狗娃承包果园?不是我说你老胡,你也不看看自己有几斤几两。"

"你想你的,我想我的,谁能想上不是你我说了算!"老胡想起杨麻子偷他瓜嘴里就没好气。

杨麻子偏不放他走:"癞蛤蟆打喷嚏口气不小,也不撒泡尿照照自己?跟我争,就你那小身板,我放个屁都能把你震倒。"

"麻子,你凭啥这么欺负人呢?"老胡脸气得变了色。

"我就欺负你了,咋了?有本事你也欺负欺负我。"杨麻子是个长麻脸,人还没过去脸先过去了,唾沫星子在老胡脸上乱飞。

"俺甘肃有句老话说得好,善有善报、恶有恶报,不是不报,是时候未到!"老胡狠狠地勾了他一眼,没等他说话,老胡抬起胸脯走了。

十

连长突然被告了,连长气得在大会上哇哇直叫,告连长的罪名竟然是耍流氓。这不是糟蹋人吗,可把平日里粗拉拉的连长气了个半死。

那晚,跟小桃红开玩笑,连长不是故意的。谁都知道是开玩笑,离耍流氓还远着呢。于是,连长很生气,连长生起气来很明显,全连人都看出来了。

过去晚上乘凉时,连长偶尔和连里的小媳妇开玩笑。现在连长不仅不和任何人开玩笑而且脸还拉得很长,大方脸变成了个长驴脸,特别是见了杨麻子的媳妇小桃红。小桃红的手指尖刚准备碰着连长,连长立即像被蜜蜂蜇了一般,虎着脸大声呵斥道:"干什么?干什么?你到底想干什么,是想耍流氓吗?还是想告我耍流氓?"这个帽子扣得可太大了,小桃红顿时电打般地缩回了手。

连长轻易不发脾气,可发起脾气来很吓人,想想"耍流氓"这个词也的确叫人糟心,倒不是因为它犯了多大的罪,而是把一个大男人的尊严和脸面摔在了地上,更何况那人是一连之长。

这个罪名不光让连长不自在,也让连里的女人们跟着一起难受。平心而论，高大威猛的连长很是讨小媳妇们喜欢，连长有点像电影里的孙红雷，跟这样的男人打情骂俏也是一种乐趣。不光女人，就连连队里的老爷们也都喜欢连长，那连长其实真是个好连长，有啥事心里都想着全连的职工；连长平时对谁都和气，从不摆当官的架子，跟男女老少都爱开玩笑，把一连人当成了自己的家人；连长就是这个连里的大家长，谁家有啥难事都找他；连长也总是把职工大大小小的事当成自家的事来办。所以，就连老胡这种软蛋蛋也有了包上瓜地的好事情。

连里人吃过前任连长的苦头。前任连长个头不大但派头却不小，见了职工总是爱搭不理的，头仰老高。连里人给他起了个绰号叫"上眼皮"，意思是他的眼里只有上面领导。前任连长爱整人，做事蛮横霸道，职工活没少干，有好事他全拿去孝敬上面领导，后来虽然升迁了，可连里人背后都骂他，还巴望着他走了永远别再回来。老话说雁过留名，连里人都说"上眼皮"是雁过拔毛，这种人到哪都是祸害。

所以，这么好的连长竟然被告了，一连人跟着想不通。

老胡一听连长被告了，他心里比谁都难受。老胡心里还有个别人不知道的小秘密，他发现建军已经和巧巧偷偷交往了，老胡暗暗把连长当成了亲家公，是命里的贵人。亲家公被告了老胡能不生气吗？更何况告他的是杨麻子，这让老胡对杨麻子更加厌恶。

但这讨厌老胡只能偷偷藏在心里，老胡站在杨麻子面前却什么也做不了。那杨麻子好比块硬撅撅的石头，而老胡如同薄皮的鸡蛋，鸡蛋怎么能和石头碰呢，这道理老胡懂。所以，老胡见了杨麻子只能撇撇嘴，把气咽在肚子里。

有了建军与巧巧这桩喜事，老胡很快忘了杨麻子的不痛快，再说他还得忙他的正经事。八月一到，他的"金皇后"开始上市了，"金皇后"瓜真是名副其实，金灿灿的瓜皮像穿了件花衣服，贼好看。刀子轻轻一碰，整个瓜身就裂开了，咬一口清香脆甜。那个甜啊，一直能甜到人五脏六腑中去。不仅当地人爱吃，就连内地人对"金皇后"也情有独钟，不少客商直接把车开到地头来找老胡谈价钱，老胡不好意思还价，一公斤二块五就二块五，前不久，一车瓜整整卖了二万五，乖乖，这对老胡可是个天文数字，看来品种比技术更重要。老胡咧开大嘴就笑了。

老胡还是很有经济头脑的。过一阵西瓜就不值钱了，迅速从原来的三块钱掉到了八毛。这个差别太大了，时间就是金钱，老胡日夜兼程摘瓜、卖瓜，眼看着一棚子瓜已经卖了个差不多。闲下来的时候，老胡与狗娃把帐账细算了一下，不算不知道，一算吓一跳，这三十多亩瓜竟然卖了八万多，全部卖完估计能卖个十万呢。

十万啊，老胡和狗娃乐得说不出话来。这次老胡没跟狗娃分钱，这笔钱他要派上大用场，他准备年底在连里给狗娃承包块地种棉花。有了地，弟弟、弟媳就都能来新疆帮着狗娃干地里活。他早盘算好了，过两年他与老伴都退休了，就搬到团部去享清福，白天在河边溜溜弯，傍晚和老头们打打扑克下下棋，忙活了一辈子，也过过城市人的夜生活。

羊还到瓜地里去，就像到老胡的瓜地上班一样，每天来，瓜不值钱了，老胡也懒得搭理它了。

就在老胡把果园的事快忘了的时候，连里的会计突然通知老胡到连里去交钱。老胡不知出了啥事情，忙四处寻找小四眼。见了小四眼才知道，那块原本准备包给杨麻子外甥的果园，连里决定包给他侄子狗娃，还要把狗娃的户口也牵迁过来。老胡不敢相信这是真的，又亲自跑去找连长问个究竟。

连长一看老胡，大大咧咧地拍着老胡的肩说："老胡，那块果园连里开会决定承包给狗娃了;狗娃这孩子不错,成了兵团人就得在团场好好干!"

"啥?"老胡蒙了,还以为自己的耳朵听岔了,他不相信地问:"那果园不是杨麻子一直想包吗,怎么这样的好事情竟然轮到我了呢?"

"妈的,这货跑到团里告老子耍流氓,害得团里大会小会公开点老子的名,老子这辈子都没受过这等窝囊气,老子还没来得及找他算账呢,就他还想承包果园,没把他的保管抹下来就不错!"连长发起脾气来有点天不怕地不怕的。

老胡却很担心:"还是包给杨麻子吧,万一他家大舅子知道了又要给你找麻烦。"

"怕个啥,老子做事正大光明,这是连里集体研究讨论决定的。我就把地包给你家狗娃了,看他能把老子怎么样?他再敢找麻烦,看老子怎么收拾他。"连长正好脚下有个凳子碍了事,他想起杨麻子一脚把凳子踢得老远。

天上掉下来了个大馅饼,老胡简直如同范进中举一样魔怔了,整个人腾云驾雾的,有些辨不清东西南北了,这阵子怎么竟得好事呢?

好事情宜早不宜晚。他生怕好事跑了,赶紧让小四眼骑摩托车带着他从团里的银行里取了钱,又跑到连里交了钱才放下心来。

看果园的人八月份就退了休,还有一园子梨没收,看果园的人等不及就直接将一园子梨低价折给了狗娃,回老家享福去了。果园里还有现成的三大间大房子,房子是从前连队盖下的,一分钱不用掏。老胡早盘算好了,过几天就把弟弟一家全接来。

瓜已经卖了个差不多,有了果园,这下全家里人全有活干了,谁也不用再出去打工。巧巧、老伴、弟弟两口子一家人全都有事干了,不用雇人就能把一果园梨收个差不多。老胡算了下,收梨子要忙乎一个月。收完梨,家里的女人们正好赶上摘棉花。瓜地边上全是棉花地,新疆正缺劳动力,到谁家地谁欢迎。一年下来轻松挣个十五六万,等冬天闲的时候,弟弟一家人还可以去建军的大棚找活干。团场正缺劳动力,工资开得特别高,这两家子人一处得挣多少钱啊,他老胡的好日子就在团场,不仅他的好日子,还有弟弟一家的好日子。

老胡想着就笑得合不拢嘴,梦里不仅他一家发了财,就连弟弟一家也挣了钱,两家人一块带着两包钱坐着小车到团部去买楼房了。

十一

老胡梦正做得美着呢,突然他的腿一阵子刺骨地疼,他一下子从车上滚了下来,眼一睁梦跑了。

"你拧个啥,是你爹死了还是娘死了,不让人睡个囫囵觉?"老胡这么美的梦竟被老婆扫兴了,顿时想发脾气。

正在犯迷糊,就听到自家院子前面有个女人一直在破口大骂。老胡隐隐约约听见女人骂得又脏又难听,句句都带着女人的下体,还没听出具体骂的是什么,但一听便听出是小桃红,别看小桃红平时见了男人娇滴滴的,可骂起人来整个就是一个泼妇。

"别以为攀上了连长就攀上什么狗屁的亲戚,惹了老娘,老娘让你们谁都不好过。"

看了一眼女人黑黑的脸,老胡终于才明白骂的就是自己家,骂他老胡已经让他很难受,怎么还把连长也捎带上了呢?

小桃红一口气把他和连长的祖宗八辈都骂了个遍,不仅如此,还把侄女巧巧也带上了,这让老胡很气愤。老婆几次想跳出去与小桃红对骂,被老胡死死拦住了。

他趴到院里的门缝里看了一眼,小桃红嘴张得很大,上蹿下跳的,门口正有一堆人围着看笑话,他从人堆里也看到连长,连长站在人群旁阴沉着个脸,背着个手,没听几句就一声不响地走了。

第二天,老胡带着狗娃去地里摘瓜,远远看到杨麻子的两只羊又朝着瓜地的方向奔过来。羊对瓜地早已是熟门熟路,跟回自己家一样。更何况那羊也早不用杨麻子放,撒开绳子自己就能找到地方,羊现在不仅仅中午来,而且上午一上班就自己往瓜地跑。

剩得的都是末茬瓜,羊来啃瓜也不是一天两天了,老胡已经懒得搭理羊,都已到了晌午,老胡发现羊并没有进瓜地,这可是个稀罕事,那羊早都把他家的瓜地当成了它们的自留地,这羊哪去了呢?

老胡很奇怪,忍不住想看个究竟,他抬腿迈过自己的瓜地,往农渠里一看,那羊陷在农渠出不来了。羊喜欢走老路,原来旱着的农渠进水了,羊脑子转不过弯来,还想从放了水的农渠走,可放了水的农渠羊根本不上去。于是,羊的半个身子浸在农渠里怎么也爬不上来。

老胡本来想把羊拽上来,可一想起杨麻子与小桃红那两张丑恶嘴脸,腿就绊住了,生气地想:活该!也该让这爱偷吃的家伙遭遭罪了。

他正想着,突然看到一伙人正往这走来,为首的人背着个手,走近一看是连长。

那羊一见到人,大概以为来了救星,"咩、咩、咩"地拼命大叫起来,声音拖老长。

"那谁家的羊?谁家的羊?怎么又在连里的地边放羊呢?"连长连连大声质问道。

"这两只羊这几个月来天天到处乱跑没人管,不仅糟蹋瓜,还把连里的树也啃了不少。"看到连长火气大,小四眼不失时机地加了把柴。

"难怪吃得肥头大耳的,我都认不出来了。"连长脸一抹,对后面的人大声训斥道:"你们几个都是吃干饭的?连里再三规定不许私自把羊放进地里,我的话你们都当耳旁风?这两只羊祸害了几个月你们都干啥去了,老虎不发威当我是病猫,把它们捞出来统统送进连队的小食堂去!今晚让大伙吃一顿免费清炖羊肉,我看他谁以后还敢随便把羊放到地里去!"

连长一声令下,身后几个人立马跳进渠里,牵头的牵头,拽腿的拽腿。连长对办事的人很满意,转身对着瓜地撒了泡尿。

老胡忙上前去,小心翼翼地提醒连长:"连长,那可是杨麻子家的羊,让他大舅子知道就麻烦了,这事还是算了吧。"

"我管他妈谁的羊,谁违反了连里的规定就这下场!他大舅子早都不知滚哪去了,还能有闲功夫管这蛋闲事!"连长故意声音很大,说给身后的人听,老胡听出了,连长心里早憋着一股子火呢,这下好了,羊成了这股暗火的导火索。

连长块头大、声音壮,一声令下很有气势,几个大男人都是抓羊的好手,三下五除二拽着羊脖子上的绳子把羊拖了上来。

连长看了一眼大手一挥:"带走!"

几个人早就积累了很多对杨麻子的不满,拽着绳子对羊的屁股上又踢又打,撵着羊往连队里走去。

那羊一边叫着,一边可怜巴巴地回头瞅着老胡。

老胡被这突然的变故惊得目瞪口呆,一个人愣愣地站在后面自言自语道:"乖乖,这两个大活羊两千块钱呢,就这么充公了?"

晚上,一听说免费的羊肉汤,全连人都拿着碗去小食堂打清炖羊肉。老胡老婆也拿了两大碗去打羊肉汤。不知为啥,老胡心里还挺不是滋味的,他心里一边在为连长担心,一边也为自己担心,他不知道杨麻子还会做出什么事情来。

谁知,老婆回来乐滋滋地告诉他杨麻子也去了,像这种好事自然也少不了他。老婆还告诉他全连人都夸连长是个好连长,杨麻子也夸。杨麻子夸是因为不知道全连吃的是他家的羊。

一开始老胡下不了口,他怕杨麻子找不到羊会去找连长拼命,看老婆和一家人都吃得津津有味,老胡心里又暗暗骂自己是个窝囊废,那别人能吃他为啥就不能吃,那羊好歹也吃了几个月他家的瓜,有半个身子都是他家瓜养的膘。这样一想,老胡就吃得格外的香了。

过了很久,老胡并没听到有关杨麻子去找连长拼命的新闻,却听到了一条跟小四眼有关的消息,小四眼升为副连长了。

升了副连长的小四眼一副洋洋得意的样子,背着手仰着脸迈着八字步到老胡瓜地里去吃瓜。看着小四眼得意的表情,老胡忍不住悄悄打探消息,却听到了一条令他无比惊讶的事:杨麻子大舅子由于贪污受贿被带走了。

"妈的,杨麻子他上次偷换劣质种子的事,我已经找到了卖给他种子的证人,他再不老实,当心老子送他进监狱!"小四眼"嚩"地一声,把瓜往地上磕成了好几瓣,仿佛那瓜就是杨麻子。

"你真把卖种子的人找到了?"

"那人是杨麻子的老乡,在其他地方卖劣质种子被逮住了。我一吓唬他,那怂立马都招了,这事我已经告诉团里了,不然我这次能升副连长？对付恶人要用手段,这叫师夷长技以制夷！老胡啊,以后杨麻子再敢欺负你你告诉我,看老子怎么收拾他！"小四眼第一次说脏话,说完,得意洋洋地走了,留下老胡一个人惊愕地愣在了那里。

"真是人在做,天在看。不是不报,是时候未到！"老胡一个人自言自语道。

改　制

一

刘家骆病了,胃下垂,病情来势汹汹,让一向身强力壮的他足足在医院躺了近一个月。

老领导生病了,高峰忙去医院看刘家骆。刘家骆是舒美包装公司的总经理,作为副总经理的高峰自然跑得飞快。为了去看刘家骆,高峰自然免不了大包小包的,还特意带上了自己的工段长小胖子。

病床上的刘家骆病得无精打采、气若游丝,一场胃下垂伤了他的元气。

"看来这场病让刘总伤得不轻。"脚一踏出医院大门,高峰担心道。

"是伤得不轻,刘总这次胃下垂是心病,心病还需心药治。刘总此时称病是'范增装病,意在赶走虞姬'。"小胖子不怀好意地窃笑道。

高峰如醍醐灌顶:"你这小子,鬼心眼不少!"他忍不住用手拍了拍小胖子的脑门。别看小胖子才三十多岁,一副貌不惊人的样子:小眼睛,胖圆脸,可他的脑子极为灵活,不仅是高峰的跟屁虫,还是他的狗头军师。

"当领导的谁不在乎自己的政治前途,自己的一亩三分地白白地归了别人,心里能好受吗?"高峰仰天长叹了一声,刘家骆是不是真得了胃下垂,没人知道,可四十多岁的他,事业正处在如日中天的时候,竟突然官位下移,这也许是刘家骆最不能承受的事。

一场兵团国企改制正在舒美包装公司如火如荼地进行着,作为团场企业的舒美包装,自然逃脱不了这场翻天覆地的改革。改革的力度之大,令每个人都不能无动于衷,甚至直接牵连到舒美每个人的利益,特别是舒美高管层的利益。

改制的结果是舒美包装公司被华誉食品有限公司兼并。把两个互不搭界的公司并在一起,起先,高峰心里极不理解,甚至与刘家骆消极抵触形成了统一战线,格外排斥这次师工业局所做的决定。

工业局的局长李飞宇宣布此项决定中的指导思想很明确:舒美包装长期亏损,管理中存在着许多漏洞,资金链断裂,长期依靠贷款,生产成本如滚雪球般越滚越大,不改制将会成为师里的一个沉重的包袱。

李局长同时也重申,"华誉兼并舒美的优势是两公司水电汽气共享,劳动力正好实现互补,三至八月份为包装生产旺季,而华誉生产期恰恰在十月至来年的二月份。这套组合拳设计得天衣无缝,利绝对大于弊,再加上两公司原本一墙之隔,如此兼并水到渠成。"

事情远没有想象的那么简单。原本舒美包装并入华誉,便成为华誉下属的一个分公司。令人意外的是华誉公司董事长周彬,晃着胖脸,挺着大肚腩直截了当地当众宣布:"从今后,舒美公司为华誉一生产车间,正式名为包装车间。"话声未落,底下一片哗然。

舒美包装从公司降为分公司整整差了一个级别,再由分公司沦为车间,又差了绝非一个级别。

高峰心里一沉,不由得朝刘家骆望去。刘家骆的脸此时难看极了。周彬的发言终于突破了舒美最后的底线,让舒美的高管想要抓住最后一根稻草的希望完全破灭。尽管会上周彬再三解释职务叫法不同,但待遇不变,工资不但不减还极有可能增加。但此时谁都明白一点,舒美从此将再无说话的分量,特别是舒美包装的管理层更是陷入一种任人宰割的绝境,那总经理和车间主任能是一个职别吗?

周彬一走,桌子上那只白瓷杯便成了替罪羊,被刘家骆狠狠地摔出了会议室:"真的不是玩意! 这不是把舒美当猴耍吗? 他懂个屁,这师里的领导脑子一定是让驴踢了,让外行领导内行,这不是明摆着项羽举鼎给拿破仑看嘛,真是狗屁不通,还要指手画脚,还以为力气大能够挡子弹,真是愚蠢可笑!"

冯超忙在后面附和,"这家伙太欺负人,人还没并进去就把舒美踩到脚底下,以后的日子该怎么过啊?"

高峰和其他几名高管一时间陷入了沉默中。他心里又何尝不知,他们的刘总已经沦为车间主任,以此类推,高峰则由副总变为车间副主任,这是一个多么明显的落差。兔死狐悲,一时间几个人心里都如同打翻了的酱菜瓶,五味杂陈。

刘家骆难过地看了看自己多年的属下,用沉痛的声音说道:"以后大家都要仰人鼻息了,做什么都小心点吧,散会!"

散了会,高峰与刘家骆、冯超三个人一前一后慢慢走着,谁也不说话。他们三人之间的关系一向很微妙,此时,冯超的身子依然紧贴着刘家骆,高峰被甩在了两人后面。这让他不由地想起了美国心理学家艾德华·霍尔曾提出的"空间关系理论",这个理论认为人与人之间的亲密程度与双方的空间距离成正比。同是副总,而能力平平的冯超在这三人的空间里一向占绝对优势,使高峰望尘莫及。冯超是刘家骆的铁杆,这在舒美是众所周知的。

高峰想起刘家骆的项羽举鼎给拿破仑看的说法,不由一阵苦笑,刘家骆今天不是用自己的矛戳自己的盾吗?

不懂得丁点包装技术的冯超作为常务副总整整高出了高峰一个级别。高峰凡事都要请示这个外行领导,这让高峰时常有一种无奈和难言的苦涩。员工们私下称冯超是"传话筒",也就是说他是刘家骆的传话筒。但这却不是一只支普通的传话筒,而是一种权力的绝对控制与压制。他们这种三角关系,被许多国有企业领导运用得妙不可言,这种用法只可意会不可言传。

高峰心里对自己的处境非常有数。十年前,师工业局组建舒美时,高峰与刘家骆作为包装行业的精英来自不同的国企,两人不论在技术还是管理经验上都旗鼓相当。平心而论,论能力,高峰显然更胜出许多。运气这个东西关键时候往往会左右人的命运,在任命总经理投票表决时,高峰却被一泡尿憋住了。很多时候细节决定成败,一泡尿也能决定人一生的命运。等高峰撒完尿回到会议桌上,选举结果尘埃落定,刘家骆任总经理,其他人员由刘总推荐拟定。

刘家骆表面大大咧咧,待人宽厚随和,其实心思缜密,而且极擅长社会关系哲学。打舒美包装组建起,他就从没小瞧过高峰的实力,甚至没忘了把他当作一个强有力的竞争对手。于是在任命管理人员时,刘家骆笑眯眯地推荐了两名不懂业务的人员为常务副总和副总经理,而高峰作为副总却一下子排在了第四位,其中一名就是善于察言观色、左右逢源的冯超。危机解除,刘家骆见了高峰自然也客客气气,这客气是用高峰的事业做代价换取的。

高峰因此在公司低调了起来,凡事尽量避免锋芒外露,多请示少擅自作决定,明知冯超这些外行错误的决定他也不得不执行,再加上他为人寡言少语,让刘家骆对他放松了警惕。高峰心里清楚,欲望是一把杀人不见血的刀子,一个人没了野心就没人把你当回事了。十年来,尽管舒美的生产经营一直是高峰一手抓的,但哪个领导喜欢自己的下属强过自己?更何况,刘家骆趁着喝酒也多次暗示过高峰,和太强的人在一起你会感觉不到自己的存在。高峰每听一次,便暗暗告诫自己,千万不能表现得太能干,哪怕是领导决定错误也要坚决执行,以免成为领导的眼中钉。经验教训也提醒他,关键时刻绝不能为一泡尿而坏了大事,于是遇到重要事情时高峰总会憋着。

其实,后来高峰才知道,他之所以没有当上总经理绝不是一泡尿那么简单。工业局的李局长是刘家骆的高中同学,人员早就已经内定了的,这又让高峰心里生出无限感慨,中国人的关系学博大精深,任何时候都不能小觑。

二

这场国有企业的改制,对舒美无疑是一场地震,触及舒美管理层每个人的根本利益,尤其是刘家骆。

刘家骆原本就是个火爆脾气,这场错综复杂的人事倾轧与权力纷争,让处于下风的刘家骆无比恼火。矛盾一触即发。

两厂共同召开的第一次技改大会,就成了舒美与华誉的矛盾的导火索,也是刘家骆与周彬的第一场正面交锋。

高峰与冯超作为舒美代表出席。刘家骆作为发言人,不紧不慢地提出了舒美设备技改方案。将原来的四台闭合式模切机改为全自动模切机,理由是原来的闭合式模切机需要人工放板料,效率低、危险性极大,极容易造成人身不安全,改技资金二百一十万元。刘家骆在会议上振振有词地提出了技改观点和措施。

二百多万啊,可不是二百多元,真是狮子大开口!这个烫手的山芋一下子就把华誉的高管狠狠烫了一下。

刘家骆的屁股刚一落座,底下立即发出一阵窃窃私语声。

周彬颇有深意地望了一下舒美的参会人员,慢条斯理地说:"一个技改项目就二百多万行不通吧,二百多万对华誉来说是九牛一毛,可舒美的效益在哪里?一分钱还没见到,就让华誉对一项技改项目投入这么大一笔,你当华誉是冤大头啊!"话里明摆着有舒美趁机占华誉便宜的嫌疑。周彬话一出口,华誉的其他参会者立即肆无忌惮地附和着他们的周总笑了起来,笑声中明显地夹杂着嘲讽。

刘家骆非常不满:"此项技改不仅是设备更新提高工作效率的需要,最重要的是直接牵扯到员工的安全问题,希望周董事长能慎重考虑。"刘家骆失了面子,表情虽然谦和,内心已经动了怒。

"为什么这么多年你们的员工都能安全使用,而现在归入华誉它就不安全了呢?"周彬的话一语掐在了刘家骆的七寸上。

这分明有挑衅的味道,刘家骆在舒美一向很自负,现在被人当众举了剑刺在了喉咙上。这不是有意拆他的台吗?他阴沉着脸一字一句地说:"这是一个困扰舒美多年的问题,二百多万的资金对于正处于亏损的舒美不是一个小数字,也是舒美一直无法对模切机技改的根本原因。现在决定权掌握在你们手里,你们同意就技改,不同意拉倒,冯超我们走!"说完,刘家骆站起来摔门扬长而去,冯超忙兔子般地跟了出去。

竟敢如此嚣张,在座的惊得目瞪口呆。高峰如坐针毡,走也不是,留也不是。

"太目中无人了,什么作风!"周彬勃然大怒,把桌子拍得几乎震裂,其他人也面面相觑。

只有高峰心里清楚,这是刘家骆的一贯作风。刘家骆有他摔门的资格。李局长不仅仅是刘家骆的老同学关系那么简单,他们私下的交情也有不少猫腻。刘家骆不仅是包装理论掌握得到位,而且把社会关系学也学到了家。他平常爱喝几口,一喝酒就说段子,他最喜欢说的一个段子就是:"现如今人际关系就像女人睡觉,得上面有人;不能像寡妇睡觉,上面没人;最怕是妓女睡觉,上面老换人;更不能和老婆睡觉,自己人老搞自己人。"说得众人哈哈大笑,刘家骆自己也很得意。

高峰算是看出来了,两公司领导都美其名其曰为公司利益着想,实则是为了争夺舒美包装的掌控权。

很快,摔门事件成了公司改制以来的不和谐开端。人们在私下议论说刘家骆让周彬跌了架子,失了面子,让大家知道刘家骆根本不鸟周彬。不仅刘家骆不鸟,舒美的管理层都有些不鸟华誉。虽是如此,但其他人的不鸟都在暗处,只是在暗地里发几句牢骚,说一些华誉的怪话,但见了周彬的面,一个个还是敷衍得溜光水滑,一口一个周总好、周总早,叫得毕恭毕敬,毕竟人在屋檐下,不得不低头。而刘家骆的不鸟明目张胆,就在明处,他公然地躺在了医院里称病,再不和周彬商谈融合的合作与细节。

刘家骆明里是对抗周彬,暗里其实是跟这次舒美成为华誉的一个车间的决策在暗暗叫劲。道高一尺,魔高一丈。他的举动得到了舒美员工前所未有的大力支持,员工们纷纷跑去医院看望自己的老领导,心里都怀着无限的敬意和感激。有了刘家骆在医院里坐镇,舒美员工一致对外,根本不配合周彬的任何指示,就连周彬也觉得此事棘手起来。兼并工作一时陷入僵局。

不知为什么,高峰发觉自己突然被重视起来,周彬的眼光常常停留在自己的脸上便不动了,而且语气变得语重心长:"小高啊,我可一直对你情有独钟,你可是包装行业的精英,好好干,有机会要给你加加担子。"

此时,周彬的"情有独钟"让高峰有些毛骨悚然。

"加加担子?"这个信号更有暗示要重用的成分,这让高峰受宠若惊,但他也深知这时的重用并不是什么好事情,是要把他放在火上烤啊,因为这时的重用牵扯到一个风向标的问题,倒向周彬就意味着背叛刘家骆,倒向刘家骆就意味着再次保持原地不动。在这非常时刻,华誉向他抛了个绣球。这不是什么绣球,是个火球,接不好会被烧得体无完肤。凭他的能力完全可以把舒美管理得有声有色,但作为刘家骆的手下,他也绝不想这么快就在这要害三关之时去背叛自己的上司,而且这时背叛的不仅仅是一个刘家骆,而是整个舒美公司。

常言道:不怕做错事,就怕站错队。中国的人际关系何等的复杂啊。

高峰迟疑了一下,回答也非常得体到位:"我一定会做好自己的本职工作,同时积极努力地配合好周总顺利完成两家公司合并。"

周彬还是意味深长地拍了拍高峰的肩,尽管他只比高峰大两岁,口气却完全像个长者:"高峰啊,机不可失,时不再来。这些年,你头顶上一直压着两座大山,把你压得喘不出气吧?只要你好好表现,我一定会重用提拔你的!"

高峰如同吃了颗坏蜜枣,吐不出来又咽不进去,让他异常难受。他心里非常清楚此时的重用与提拔是两码事,他不是舒美的突破口,更不想做枪手,他了解刘家骆的背景与底牌。

果然,没过两天,刘家骆装病就躺出了效果。由师工业局正式下文任命刘家骆为华誉公司副总经理。刘家骆一跃升入华誉高管行列,主管舒美包装。尽管不叫刘总了,但这个刘副总远比舒美这样的小公司的总经理职位上高出几级。刘家骆走到哪儿都得意洋洋地摆摆手,一副首长接见下属的派头。

小胖子私下里跟高峰嘀咕:"刘总这场病生得真好啊,鸟枪换炮了!"

高峰捋了一下胖子的脑袋说:"你懂什么,这叫蓄势待发,看起来是一场遭遇战,其实是一场蓄谋已久的伏击战。"

小胖子却神秘地笑道:"这下好戏开锣了,刘总职位越高,这场争夺战才越有看头。二虎相斗必有一伤,只要两公司兼并在一起,两人注定有一场持久的恶战,不信咱走着瞧!"

三

随着刘家骆的荣升,舒美包装的待遇也跟着得到了提升。舒美是刘家骆的舒美,一荣俱荣,一损俱损,这个道理明眼人一看就懂。

舒美名称上仍为舒美包装公司,不过中间多了一个字:舒美包装分公司。

一字之差,天壤之别,由独立的法人成了从属关系,虽由妻变为妾,但说话的份还是有的;可如果成为一个车间,那不就成了一个名副其实的小丫鬟,只有干活的份了! 舒美包装顿时变得风和日丽,和华誉一团和气。管理层也融洽了,经常坐一起吃吃饭,喝个小酒,喝醉了还亲热地拉着手冠冕堂皇地扯着一家亲,其实两方的笑容都有些勉强,有些绣里藏针。

山雨欲来风满楼,高峰从不乐观地看待这种表面的和谐。

果然,先跳出的不和谐音符是从一个叫王倩的女人开始的。周总为了尽快实现两公司融合,先进行了双方人事的融合贯通。抓人事一向是刘家骆强项,他立即从舒美派出了几名业务精英进入华誉机关重点岗位。明眼人一看便知所谓的业务精英,不过是当面诵善佛,背后念死咒的家伙。精英不过是个幌子,去的全是刘家骆的心腹。这也正应了刘家骆平时的那句话:"房子和车子都不重要,重要的是要看关键位置上有没有自己的人。"华誉也当仁不让地给舒美送来了一名姚书记,表面上是协同刘总一起管理舒美,实际上是安插在舒美的一颗钉子,便于周总遥控。

舒美委派的精英里自然少不了王倩。王倩在舒美可是一名不可轻视的人物,三十多岁,身材高挑,一双美目顾盼流辉,扎在人堆里绝对赏心悦目。王倩表面上和刘家骆是上下级关系,很受刘家骆的重用,私下里他俩关系极其暧昧。员工们把这种暧昧的关系揶揄地戏称为小蜜。王倩在舒美虽是个办公室主任,可权力极大,除了生产上的事,其他的都由她做主,就连高峰这些高管也不得不让她三分。舒美人都知道,王倩要是受了委屈,那会让刘家骆横鼻子竖眼劈头盖脸地训斥的。

周彬此次表现得非常大度。为了能顺利解决兼并的难题,他也拿出了与刘家骆合作的诚意,按照刘家骆的要求,将王倩安在了华誉财务部副经理的位置上,并直接主管舒美财务。

按说一切矛盾迎刃而解,可问题偏偏就出在了这个叫王倩的身上。王倩本来业务能力非常一般,更别提懂财务了。如果完全把王倩当作花瓶对她是不公平的,王倩非常擅长人际关系,而且还有她的独门绝活——能喝酒,喝起来一瓶子不倒,大有巾帼不让须眉之势。况且,王倩口齿伶俐,擅长左右逢源。可华誉不缺少这样的人才,华誉是大公司,这种攻公关能手在华誉一揪一大把,而且个个身手不凡,不达目的势誓不罢休。把王倩安在财务部原本是刘家骆的上上之策,把握好舒美的财政大权,就把握住了舒美的命脉。可这次他却失策了,在财务部,王倩明显水土不服,业务生涩,胸无大志。财务部的人不仅暗暗窃笑王倩胸大无才,而且还把整个舒美公司都笑话上了。

周彬一向在行业里素称冷面杀手,以治理企业严谨著称,他这次自然没被刘家骆送来的这朵鲜花迷乱了心智。他表面不动声色,抓住机会他毫不留情地将王倩从财务部副经理的位置上拿了下来,而且一抹到底,降为办公室最普通的一名业务人员。这一决定重重地打了刘家骆的脸。在舒美,王倩除了刘家骆,谁不敬她王倩三分,而刚到华誉不到一个月,便被拿了下来,受到此番羞辱。刘家骆的脸上便挂不住了,打狗还要看主人呢,更何况是主人格外宠爱的女人。

王倩本不是什么省油的灯,自然免不了在刘家骆面前扮成了受委屈的窦娥,本来就有隔阂的刘家骆,此举无疑在他伤口上又撒了一把盐。

你敢做初一,我就做十五。刘家骆便把气毫不客气地把火撒在了周彬送来的姚书记身上。

刘家骆虽为华誉副总,华誉也给他安排了间豪华办公室,可他除开会外没去过几回,开会前转一趟临时坐坐,除此之外平时依然还坐在舒美他原来的办公室里,对他来说,舒美还是他的舒美。而姚书记自从分到了舒美当书记,他来到这里就是监督舒美履行自己使命的,他每天只能待在舒美。

在办公楼里遇见刘家骆,姚书记总是热情地先打招呼,而刘家骆只是从鼻子里重重哼一声、或居高临下地点点头。可自从王倩被降为普通职员后,刘家骆直接连哼一声、点点头也省了,见到姚书记打招呼,直接抬头看天,或低头望地,然后面无表情地走过去。可姚书记脾气很好,笑笑就过去了。可脾气再好,他是来工作的,不能由着别人把他当空气,这不是侮辱人吗?

周彬为了加速兼并的步伐,由企划部策划搞活动,尽快让两公司的人员熟悉起来,这项工作自然就落到了姚书记的肩上。当姚书记主动找刘副总商谈工作时,刘家骆慢条斯理地顶了回去:"我们这是搞企业,企业要的是效益而不是形式主义。"由此看出,刘家骆心里不仅拒不接受华誉,而且一直有一种明显的排斥。姚书记在舒美的处境非常尴尬,连一般职员都比不上。聪明的人最擅长看脸色行事,刘家骆的脸色好不了,其他人自然也不会给姚书记好脸看。

高峰看在眼里急在心上,内心对姚书记是同情的。其实高峰是赞成国企改制的,从心里来说,舒美并入华誉不论从企业的角度还是职工的角度来看都是非常有利的,不仅舒美可以起死回生,而且企业员工也可以提高收入,何乐而不为呢?高峰在舒美的经营管理上一直独挡当一面,加上他极其能干,无论从工艺到设备、成本无一不精,在管理上,员工们没有不佩服他的。但刘家骆对他向来采取压制与重用两手都要硬的做法,既放权让他抓生产与人事,重大的决定又不让他参与。高峰不仅重大问题上插不上话,而且工资上明显比其他两位副总低了一半,对于这种不公平的待遇,他一直保持沉默。

小心驶得万年船,高峰不愿计较刘家骆对他的压制与重用。他在包装行业干了一辈子,他热爱自己的本职工作,更不愿与刘家骆争权夺利。因此,对于没有了锐气的对手,刘家骆一直态度很温和,并拿出了对高峰的关心,将他残疾的弟弟调到了企业看大门。

姚书记和高峰坐在同一间办公室。高峰明白姚书记的处境,也希望通过这次国企改制舒美能真正走出困境,在人事上、管理上,明里暗里时常帮着姚书记完成一些他个人无法完成的工作,尽量减少他工作上的阻力。姚书记在高峰那里找到了一些温暖,上班下班总喊着高峰一起走,没事时,还要找高峰喝两杯。

在一旁的小胖子急了,私下里把高峰拉到一边敲警钟:"你现在自己都泥菩萨过河——自身难保,还要狗拿耗子多管别人的闲事。目前的矛盾何止是人民内部矛盾,搞不好会上升为敌我矛盾。刘副总在高处泼冷水,你在低处给人家撑把伞,你活得不耐烦了,别怪我没提醒你啊,到最后只会落得猪八戒照镜子——里外不是人。"

小胖子的提醒还没过多久,刘家骆见了高峰便开始冷笑了:"小高啊,最近《史记》学得不错嘛,明修栈道暗渡陈仓,我都快成项羽了。"说得高峰脸上的笑一下子僵住了,他心里明白,刘家骆怕他和姚书记走得太近暗结死党。

半月后,姚书记被刘家骆调离了办公室,发配到车间当临时安全员。一段时间的冷板凳,让一向脾气好的姚书记暴跳如雷。

高峰从小胖子那里得来了消息,姚书记终于到周总那里哭诉去了,强烈要求离开舒美,高峰对小胖子的消息半信半疑。

很快,华誉那里也有了动作,周总直接将王倩从办公室拿下,安置到机关大楼收发报纸和打扫卫生,舒美的财务从此由华誉人员全部接管。华誉财务部个个都是厉害的角色,查账更是能手,得了周总指示的他们,连只苍蝇也不愿放过。

从账面上看,虽没查出刘家骆有贪污公款的嫌疑,但也查出刘家骆明目张胆地海吃海喝,光请客送礼这一项费用就颇为可观。其次,舒美管理非常松散,查账中竟查出舒美有几名长期拿着工资不上班的员工,而且还安然自得地享受着企业所有的福利待遇。这下子,华誉就悄无声息地抓住了舒美的小辫子,更准确地来说是抓住了刘家骆的小辫子。

刘家骆这次非常恼火,并直接把不满发泄在酒桌上。平时同事间请吃个饭,刘家骆高兴与不高兴时总要晕上两杯,几杯酒下肚,他便开始口无遮拦,舞马长枪地批华誉。因为喝酒的人都是舒美的人,所以批起来也畅快淋漓。目前,舒美的各路人马由妻变成了妾,心里自然是有气的,所以,这本账就一起算到了周总的身上,所以每逢批华誉时,总是将周总连带着一起批,对刘家骆来说,批周总乃是他喝酒的一大快事,批了他就把心里的恨都解了。可那毕竟是周总,说到底和前途命运绑在一起,其他人批起来总免不了遮遮掩掩,而且还有所顾虑。他们的"批"是极隐晦的,极讲艺术的,既附和了他们的刘总又不伤着周总。

周彬个子不高,脸型椭圆,肚子滚圆,由于他额前有道疤,平时他总尽量留一绺长发遮着,或带个帽子盖着。一个人恨一个人,总会先拿他身上最薄弱的环节下手,本来周彬这算不上什么的缺点却被刘家骆抓了个正着。对于周彬,刘家骆极擅长用形容词,称周彬为戴帽子的企鹅,又觉得企鹅这名字太可爱,给周彬不够狠毒,便干脆称他为一绺毛或刀疤。

刘家骆开始肆无忌惮地发泄,说大家现在可要小心点啦,一绺毛快要变脸了,刀疤又要动刀子了,刀疤又要拿谁开刀了。桌子上谁都知道刘家骆说的一绺毛、刀疤指的是谁。刹那间,一些自保的人忙闭紧嘴巴,却就有一些爱煽风点火的人,一看刘家骆喝高了,故意泼点油让火苗子蹿得更旺。

私下里,高峰曾劝说过刘家骆,那毕竟是他的老上级,他不能眼睁睁地看着他往火盆里跳。可刘家骆不听,大有愈演愈烈之势。

华誉精心举办了一次员工户外徒步活动,活动设计很合理,既简便又省钱,意在加强两公司员工感情交流。周总对这个活动的策划很满意。

刘家骆这次配合很积极,定了横幅口号,公司上下一新,每人从头到脚武装了一整套崭新的户外装备。出发时,华誉机关及别的公司全都穿着自己的便装,只有舒美全体员工服装整齐,一个个精神抖擞,格外扎眼。吃饭时,华誉员工每个人都是自带饭菜。而舒美的员工围坐在一起,尽情享受着公司采购的烤全羊、火腿肠、五香蛋,菜肴丰富,个个心情愉悦。同行的华誉员工,一个个眼巴巴地瞅着舒美好吃好喝。

徒步期间,华誉员工正在登高望远,享受山间空谷静幽、清泉潺潺。舒美一些员工在一旁便讥笑上了,说华誉好歹也是师里树立的一面旗帜,做起事来既寒酸又小气,出来玩,弄得像难民逃难,要锻炼身体何不围着公司小区多跑两圈,何必光着脚板跑这么大老远让别人遛自己,又不是遛狗,而且还遛得这么辛苦,说得华誉的员工们脸色青一阵紫一阵的,瞬间由风和日丽转为乌云翻滚。

高峰瞅了一眼刘家骆。刘家骆正吃得满嘴流油,与员工们谈笑风生,再看周彬的脸已是黑云压城。小胖子悄悄跟他咬着耳朵说:"天要阴了,暴风雨就要来了。"

果然,这场简单而又有意义的户外徒步活动,舒美足足花了五六万元。周彬艰难地在上面签了字,但一纸文件很快下来,文件明确规定:往后舒美的一切财务报销单据不必经刘家骆签字;刘家骆对华美只有生产管理权,而没有财务支配权。

刘家骆的脸色顿时如死灰般难看。

没人时,小胖子悄悄跟高峰总结:"跟领导对着干,无异于鸡蛋碰石头。刘副总不识时务,他这样做是在自掘坟墓。"

高峰却摇摇头:"大树底下好乘凉,有工业局李局长在背后撑着,天塌不下来。"小胖子却诡秘地笑了。

四

小胖子的话也不是空穴来风。那周彬果然厉害,对舒美用的是降龙十八掌,一出招就倒下一大片。

周彬这次来得杀气腾腾,把舒美杀了个片甲不留。先把舒美的名头拿下,由舒美包装分公司改为华誉包装车间。这一变动学问大了,摆明了就是要告诉大家,舒美从此没了,就是华誉的一小车间。第一刀就把舒美砍没了,从此舒美只剩下干活的份了。

第二刀,拿几名在企业长期挂名不上班的员工开刀。这些挂名拿着企业的钱不上班的职工在舒美原本就不是什么秘密,能拿着企业的钱而不来上班的个个都不是什么等闲之辈,谁都知道这年头社会关系可不是花拳绣腿,随便出一招都能要人命。

可周彬就敢拿他们开刀了,而且还就把刘家骆撇在了一边,直接一纸通知让他们全部来公司上班,不然做开除处理。这几个家伙自然跑得比兔子还快,都乖乖地来上班了。这件事在舒美掀起轩然大波,自然是亲者痛仇者快,但总体上是大快人心的。

高峰对这件事很欣赏,小胖子却说:"别高兴得太早,既然要动手,不动则已,一动就是大手术。"

接着,第三刀动到了舒美的根部,要精简业务人员。舒美既然成了车间,所有公司部门统统取消,管理人员明显富余了。如何安置富余的管理人员,周彬要求刘家骆尽快拿方案。刘家骆两眼一闭只当没听见。

职场上谁都知道上去容易下去难,哪个上去的不是使了十八般武艺好不容易才熬到今天,而且五个部门几十号人,一大半都是由刘家骆亲自安排进去的,能干的都是没关系的,有关系的又不能干,简谁不简谁,那不是给刘家骆出难题吗?

一时间,舒美包装上上下下人心浮动。

刘家骆的门庭成了接待室,打探消息的、哭诉的,刘家骆又一次成了炙手可热的人,每天要接待好几拨人。

周彬一套组合拳舞得虎虎生风,从根本上动了舒美的根基,让刘家骆措手不及。高峰素知刘家骆为人,对他来说,权力就是一切,政治就是生命。此时的刘家骆义愤填膺,由地下转为公开,直接指名道姓地跟下属们一起批周彬,批得酣畅淋漓。有好几次,他还故意当着姚书记的面一口一个刀疤,仿佛如同火热的天里吃了冷饮一样爽快,并且他还煽动舒美的元老一起集体去师里上访。

高峰历来不愿参与这种无谓的权力争斗,如今是多事之秋,多一事不如少一事。每逢这种情景,他总是借故离开。刘家骆一向也不把高峰当成自己人,但也没把他当圈外人。他虽说不是刘家骆的同党,但也不想落个帮凶的嫌疑,何况中间还夹着姚书记。

这些闲言碎语很快剁碎了又添油加醋地传到了周彬的耳朵里。

周彬平时最恨别人揭疤,生气地对劝他的人说:"刘家骆这个人哪里是鸡蛋,简直就是恐龙化石、茅坑里的石头,又臭又硬,还顽固不化!"

高峰的沉默逃避竟然为他赢得了周彬的青睐。高峰发现周彬把橄榄枝悄悄地抛向了他,这让他有些诚惶诚恐。周彬来舒美包装的次数并不多,但每次来都刻意私下向高峰了解一些情况,探讨一些管理理念,很多时候他们的想法竟然不谋而合。平心而论,公司长期亏损,高峰是心知肚明的。对于公司管理中存在的问题,高峰在关键时刻是插不上话的。周彬的现代管理模式他是赞同的,一个企业没有效益何来生存,这也是上级让舒美并入华誉的真正原因。

周彬临走总会拍拍高峰的肩说:"好好干,有什么事情直接向我请示,不用通过刘副总!"

对于周彬,高峰的心理始终是复杂的。他既认同周总的管理理念,希望舒美从根部进行一次彻底的改革,带活舒美,也让自己在企业发展中真正有所作为;又希望企业不要夹杂太多的权力纷争,让舒美再次成为牺牲品。

小胖子看在眼里急在心上,劝高峰没必要太认死理:"你别以为你不跟周彬,刘家骆就会放过你。这么多年来,你还不清楚你在舒美的处境,你不是关羽,人家桃园三结义里根本没你的份;你也不是孙悟空,唐僧取经非你不可。人家华誉有的是精兵强将,可周总却偏偏看中了你,不就是你比别人懂管理、懂工艺、懂核算吗?"又劝他,"现在最厉害的就是墙头草,风吹两边倒,不论形势如何改变,总会立于不败之地。你不做墙头草,自然有人抢着做,不信走着瞧。"

高峰对小胖子的点子全当耳边风。不管他说什么,他都这耳朵进那耳朵出,把精力都放在舒美的技改项目上。

小胖子气得骂他就会死干傻干,说这年头会干的不如会说的,会说的不如会送的,会送的不如献媚的。

一段时间,高峰变得举足轻重起来,就连刘家骆也发现了他的价值所在,对他的态度也明显热情起来。刘家骆不仅有时与他叙叙旧,而且还经常拉他在一起吃吃饭。以前在一起吃饭目的很单纯,大家就是喝酒聊天;现在加了目的的饭,吃得格外复杂。

高峰心里不舒服,想推掉,小胖子眨着小眼睛说:"何必呢,周瑜打黄盖——一个愿打一个愿挨。你若不去不但黄盖做不成了,还成了蒲志高了。"谁想当叛徒啊,一席话说得高峰目瞪口呆。他一直以为自己在做人做事上大脑很清醒的。别看小胖子三十来岁,工作能力一般,做人做事心里跟明镜似的。高峰不禁感慨万分,关键时刻还要小胖子点拨他。

高峰为了不承担叛徒的骂名,只好装聋作哑,昧着良心地吃了几次饭。期间,你唱我和,为演戏也为沟通感情。

姚书记自然看在眼里了:"周总最近老问你工作怎么样,为什么不主动跟周总打电话汇报工作?其实周总很器重你的。"高峰平日里最讨厌无聊的帮派争斗,而今他深陷其中不能自拔。两拨人斗得热火朝天,一股暗流无形中将他卷入了是非之地。他感到自己驾驶着车停在了十字路口,向左?向右?不知该何去何从。绿灯亮了,后面的车辆不断地按着催促他的喇叭,他却茫然不知所措。

高峰再没了吃饭的心思,硬着头皮推掉了几场饭局,刘家骆的脸沉了下来。

一天刚要下班,从不跟高峰闲扯的冯超笑眯眯地拦住了他和小胖子。冯超虽然业务不精,但为人处事绝对属于高智情商的一类。他玩笑开得很有水平:"小高啊,最近想啥呢?刘副总几次叫你吃饭都推掉了,又不是鸿门宴,吃一顿饭能吃出什么立场问题啊。刘副总可夸你了,说你是咱舒美里最聪明的人了。"

高峰感觉味不对,有股胡椒面的味道,呛人得很。

果真,接下来的话就不怎么好听了,冯超闪着小眼睛说:"刘副总可说了,说你是《潜伏》里的余则成,比余则成还余则成,别看蔫里了巴叽唧一声不吭,城府深得很,人虽在舒美待着心却早跑到华誉报到去了。"说完,笑得呵呵的。

高峰的脸顿时滚烫,感觉被人狠狠地抽了一耳光。他不明白,自己一向行得端坐得正,不知从何时起变得如此龌龊,他很想找机会来消除他与刘家骆之间的误会。

还没等他找到机会去跟刘家骆解释,姚书记却找上门来。

"小高啊,周总最近对你很失望,企改的方案到现在还没拿出来,你可要抓紧啊。我们都是外行,顶多在门口看个热闹,你是这方面的行家,现在正是你大显身手的时候,关键时刻你可不能掉链子!"这企改方案岂是高峰能做主的,刘家骆不定调子,他拿了岂不是卖厂求荣?到时只怕刘家骆对他的误解会更深。

姚书记看他不说话,也知他的难处,便叹了口气说:"周总其实一直很看好你的,他认为你有能力有才干,在舒美包装绝对是挑大梁的。"

一边给苦杏子,一边给酸枣,高峰夹在里面左右为难。他讨厌企业里无谓的争斗,这些争斗又无形中影响了企改的进度。他不想陷入任何一方,他费劲地从泥潭里拔出脚来,每天在车间里专心致志地干好自己的工作。

渐渐地,两股势力都远离了他,等他回过神的时候才发现,他在中间夹生了,双方都用不信任和防范的眼光盯着他。

小胖子急了,跑过来说:"整个这一圈人里就你高风亮节,那种善观风向、玲珑八面的,不论谁来都岿然不倒。你倒好,你以为你还能隔岸观火啊,其实你早已身陷江湖。你看冯超多高明,半截身子贴着刘副总,半截身子粘着周总,两不耽误。"

高峰不理他,他知道自己天生就没有看别人眉高眼低的本事,照样忙自己手中的活。小胖子一把夺过扳手扔到了地上:"男怕站错队,女怕上错床。甘蔗不能两头甜,你还是跟着周总干吧,照刘家骆这样折腾下去是兔子的尾巴长不了。这年头不换思想就换人,刘家骆这样和周总对着干迟早会出问题的。"

小胖子看他不说话,小声告诉了他一条机密消息:"工业局马上要进行人事调整了,最近有人检举李局长有腐败问题。"

"真的?"高峰心里怔了一下,知道小胖子也是皇亲国戚,他姐夫便是工业局的王副局长,他的消息一定假不了。

五

一转眼进入生产期,高峰每天忙得昏天黑地,连抽烟的工夫都没有。

高峰再没工夫理睬刘家骆与周彬之间的刀光剑影。他分析过自己,既不擅长趋炎附势,又不懂得人事周旋,除了实干他一无所长。他还是一门心思地把精力用在工作上。设备检修,开车试机,人员调整,件件事忙得他焦头烂额。他现在是两大派系都忽略的人物,乐得逍遥自在。

只是工作一忙起来,他嘴巴也上火了,嗓子也吼哑了,回到办公室,桌子上竟放着一大包降火、消炎止痛的咽喉片。高峰心头一热,他不知道这么多年除了小胖子还有谁那么关心他?

正思量着,姚书记悄无声息地闪过来,吓了高峰一跳。姚书记笑得很暧昧:"这可是周总特意安排人为你买的,看看人家周总,多爱惜将才啊。"高峰顿时心头一热。

姚书记还告诉他:"周总考虑到你们几个离家远,专门为你、刘副总几个管理人员各安排了一间标准间,生产期可以好好休息休息。"周总连这都想到了,高峰的眼睛一热,湿乎乎的。标间就在公司院内,一下子就解决了困扰他多年的生产期不能回家的问题。这些年,他累死累活的,有谁真正地把自己的功劳看在眼里了?都说鱼儿离不开水,有谁把水当回事了?可周总就当回事了,不仅看在眼里还表现在行动上了,高峰的心不由自主移向了周总。

生产期正在如火如荼地进行着,不仅高峰,就连刘家骆也全身心投入到了生产中。这让高峰对刘家骆另眼相看,尽管他在管理上有些问题,但高峰一直还把刘家骆当作自己的老领导。

华誉包装的工资打破了原来的年薪制,员工工资实行绩效考核,多劳多得,改变了从前的平均主义,严格的考核让许多员工无所适从。改革方案无情,刀刀见血,让吃惯了大锅饭的人们一时间竟无法接受。高峰却暗自窃喜,这下企业真的要活过来了。

紧张的生产期,让周彬与刘家骆的矛盾并没有被淹没反而更加凸显了。舒美管理一向松散,实行人性化管理,员工请假几乎不怎么扣工资。而华誉管理严字当头,工资与考勤和产量直接挂钩,而且每天计算单耗。从前,舒美做包装时原料成批采购,而华誉要求严格按照客户订单进料,原料的幅宽必须按照客户订单预算,绝不允许超额和浪费,这样一来成本大大降了下来,却给供应商提出了难题。原来舒美购进原材料一向赊账,而现在舒美对原料要求提高了,对方也强烈要求舒美支付现金,这让刘家骆很头痛。往年欠款还未还上,现在又要求原材料量身定做,这让供应商不停地催讨往年的欠款,这样一来,让刘家骆对周彬更恼火。

成本降下来了,生产的包装很快就有了赢利,可刘家骆却被煎在油锅上。财务上他不能做主,债主把他逼得无处躲藏。他把不快压在心里,而周彬依然精神饱满地来包装车间指导工作。外行领导内行,在刘家骆的眼里就是指手画脚。周彬还毫无察觉,再三要跟刘家骆探讨包装的改革方案。刘家骆早已火冒三丈,改革不就是全盘否定他从前的做法吗?于是,他出言不逊地顶撞道:"马笼头给牛戴能合适吗,你不能老把食品生产的一套原封不动搬进包装,你知道这叫什么?生搬硬套!"

对于刘家骆的借题发挥,周彬尽管表面上还大度地微笑着,但高峰看得出他心里早已恼羞成怒。高峰忙逃遁般地离开战场。战争中他既不是主角,也不是配角,他早已领教过夹板气的滋味了。

累了多天的高峰晚上不愿回家,死狗般地躺在周总安排的标间里。没回家的冯超硬要拉着他斗地主,高峰一时兴起建议把刘家骆也叫过来一起斗,刘家骆可是斗地主的高手。冯超却闪着小眼睛说刘副总今晚另有活动安排。看着冯超神神秘秘的样子,高峰也不愿多问,便拿起手机叫来了小胖子。

三个人边甩扑克边瞎扯,小胖子最擅长讲狐狸精的故事,不但爱讲狐狸精,还特爱讲小三。他说:"男人之所以喜欢狐狸精,是因为狐狸精比较骚。中国女人都被传统束缚了,一个个道貌岸然地装矜持。而狐狸精就可爱多了,不仅美丽动人,还性感风骚,简直就是男人心目中的梦中情人。男人们一见狐狸精能不上勾钩吗?于是小三们就产生了。"

冯超问:"那你咋不找一狐狸精过过瘾呢?"

小胖子眨眨眼说:"我也想啊,山珍海味吃多了还想换换玉米棒子面呢!可狐狸精都不勾我这样的,要勾也勾刘副总那样的,既有权力又风流倜傥;再不就勾你这样的,看起来一本正经,其实骨子里骚透了。"

"去你的狗蛋,你小子也就狗掀门帘嘴上功夫!"冯超笑着照他脑门上一巴掌。

三个人正扯得带劲,突然听到女人尖叫的声音,接着噼里啪啦一阵乱响。高峰起初以为地震了,心里有些慌乱,镇定下来才发现声音是从刘家骆住的标间里传出的。声音很尖锐像吃了火药,几个人扑克一甩忙跑了过去。

高峰跑过去看了一眼吓了一跳。没穿衣服的王倩被刘家骆的老婆追得四处逃窜,头发也扯毛了,脸也被抓花了。美人这次真的容颜失色了。刘家骆倒是收拾得衣冠整齐,关键时刻不乱分寸。

很多人都没回家,这一叫招来了不少人围观。一些平时就站在周彬一边的人使坏地笑了:"妈呀,这可是活色生香的艳照门。艳照门是图片,远没大活人好看。"

让高峰没想到的是冯超也说起了怪话:'刘副总真是不简单,关键时刻还能衣冠楚楚。"

场面不堪入目,高峰不愿看笑话,忙跑过去拦着刘家骆的老婆让王倩穿上了衣服。

王倩平时一见男领导就喜欢笑得花枝乱颤的,遭到了不少人的妒忌。在观看一场真人秀后,人们幸灾乐祸地笑道,这两人暗渡陈仓也不知多少回了,这样逮住还是头一次。

这次捉奸事件让刘家骆丢尽了脸面。

冯超突然得到了重用,连升两级调到华誉机关上班了。不知为什么,刘家骆突然和冯超撕破了脸皮。

一场捉奸案,人们谈论得唇齿生香。很多人说这是一场精心策划的阴谋,是有人挖好坑等着刘家骆跳。刘家骆与王倩平时日遮月掩的谁都知道他俩有一腿,但谁也没真正花心思让他俩出丑。有内部信息透露:是冯超给刘家骆的老婆打的电话,让早就疑神疑鬼的女人直接逮了个正着。这背后的指使人一定是周总。

　　小胖子兴灾乐祸地跟高峰咬着耳朵说:"刘家骆这次是腹背受敌,单一个周总都够刘家骆对付的了。这下再半路上杀出个程咬金,刘家骆能不落网吗？听说冯超现在已经鞍前马后地侍候周总去了。"

　　怎么会这样啊,冯超不是一直都是刘家骆的死党吗？高峰心里很难过。他一直还是很敬重周总的,但他第一次对周总有了看法。他想起了蒲松龄笔下的狼,身已半入,止露尻尾,欲从背后出其不意地偷袭别人,真阴险！

　　小胖子则不以为然地说:"这叫师夷长技以制夷,谁叫那刘副总有爱偷腥的毛病,常在河边走,哪有不湿鞋的。做人不能太猖狂。"

　　高峰一下子说不出话来,周彬这次不仅伤了刘家骆,还把刘家骆的脸面都撕破了。

六

　　八月正是包装生产的旺季。新疆是水果之乡,只见苹果、香梨水灵灵地挂在了树上,眼看着客户排成了长队,可包装车间的产量却怎么也上不去,第二次技改会议如期举行。

　　会议室两边的参会人员庄严肃穆地坐在那里,周彬和刘家骆两位主要领导自然成为了会议的主角。上次的捉奸事件让刘家骆丢尽了脸面,王倩不得不离开了公司,另谋出路去了。此时,仇人见面分外眼红,高峰担心地看着他俩。

果然,一谈到舒美包装的技改问题,就又扯到了更换四台模机的老问题上来,一扯到更换模切机两人立即针锋相对。

刘家骆一开口就夹枪带棒:"模切机必须更换,不更换模切机直接影响到产量与质量,最重要的是直接影响到员工的生命安全。天天嘴上喊安全,我看就是挂羊头卖狗肉,公报私仇!"刘家骆存了一肚子火,存心让周彬在众人面前难堪。

周彬的修养一向十分到位,没和他计较:"技改问题不是没有考虑,可资金在哪里?效益在哪里?你们包装车间长年亏损拿什么技改?一台设备六十多万,是换个轴承那么简单吗?"

"别拿企业亏损说事,我看你就成心阻碍技改。设备老化,又要效益,既想当婊子又想立牌坊,这世上哪有两全其美的事。"刘家骆的话越说越难听,高峰和一桌子人全听明白了。这两人拿着技改当幌子泄私愤,高峰心里不由地叹了一声:"完了,又短兵相接上了,技改的事情肯定泡汤。"

果然,周彬腾地一下子站了起来,手指着刘家骆问:"你说谁是婊子?谁是婊子?你今天必须说清楚,自己的篱笆扎不紧,野鸡都跑进去了,还有脸骂别人是婊子。"

刘家骆原本是打个比方,没想到周彬当着众人把他的丑事扯了出来,顿时勃然大怒,"我今天就骂你了,怎么着?你是人老不干人事,我不光骂你还想揍你呢!"

主要领导眼看着就要打起来,会场一下子全乱了,人们一边护着周彬,一边拦住了刘家骆。

"从现在起,撤销刘家骆一切职务,这样的人根本不配当领导!"周彬当众拍板道,作为华誉的总经理,周彬这么多年还从未当众受过如此羞辱。

"我是师党委任命的,又不是你任命的,你没权力停我的职!"刘家骆高声吼叫着,人们忙将他拽离了会场。

"我宣布,从今天起,停止刘家骆的一切工作,散会!"周彬的情绪糟糕到无以复加的地步。

人们似乎早就预料到迟早会有一场暴风雨,只是没想到暴风雨来得如此猛烈。

高峰木然地离开了会场,技改的希望再一次落了空,恨得他牙根直痒痒。回到华誉包装,他望着"安全就是效益,安全就是生命"几个金光闪闪的大字,大声地骂了句:"全都是扯淡!"

七

刀子割得很快,几个小时后一纸红头文件下到华誉包装办公室,刘家骆还是副总,但停止一切工作,舒美包装暂时由姚书记接管。

夺走了舒美包装,刘家骆这下真的成了光杆司令。他一向是舒美包装的老大,人人都以为老虎屁股摸不得,谁想到就摸了,不仅摸了还被狠狠地踹了一脚。

员工们纷纷议论。以刘家骆张扬的个性,资格又老后台又硬,在舒美包装谁能奈何得了他,动他就是动工业局的李局长,华誉这下又有好戏看了。

高峰也看不明白周彬这一手叫什么。小胖子说:"这叫温火炖肉,慢慢炖才有嚼头。"

小胖子给高峰分析:"周总最擅长东方不败的葵花宝典,表面上什么事情都面带笑容,其实阴毒着呢,杀人刀刀不见血。周总这招叫项庄舞剑,意在沛公。"

"你小子这辈子没当官实在太可惜了。"高峰却深深地感到一种疲惫和厌倦,他不明白人为什么活得这么辛苦,企业为什么会陷入这样一个人事的怪圈。

业内人士很快爆料了:工业局的李局长正式调离工业局。消息是从小胖子嘴里飞出来的,可信度没人敢怀疑,因为小胖子的姐夫王副局长已经正式接任了李局长的位子。这消息如同暗箭,射在刘家骆的死穴上,一招致命。

高峰深深地吸了一口气,接下来的局面让他突然感到了现实的残酷和人性的冰冷。树倒猢狲散,这树还没倒猢狲就散了。

由姚书记来接管舒美包装,高峰的感觉怪怪的,喉咙里像卡了块骨头。生产期临阵换将本是兵家大忌,何况姚书记在包装上完全是个外行,又是外行领导压制内行这一套,这种钳制权力的伎俩再次在舒美上演。他不由想起地了周总从前对他所谓的器重、看好、加担子、独当一面,不过是演了一出调虎离山计,自己就是那个被孙策耍得团团转,最后还不得不投奔曹操的刘勋。

自从姚书记上任后,高峰发现他一下子就变了,变脸如同翻书一样快,一向和颜悦色的他此时头昂得很高,背着手,架子大得如同省级领导,而且整天脸阴沉沉的。真是过河拆桥。高峰不明白这人都怎么了,手上一旦握了权就变得六亲不认。

小胖子说:"姚书记从现在起要攻城掠地占山为王了。从前受气的小媳妇终于熬成了婆,他不容易啊!"

面对趾高气扬的姚书记,高峰不得不事事小心翼翼起来。

没了刘家骆这只拦路虎,舒美包装接下来的改革方案执行得很顺利。

姚书记很快在舒美包装开始大施拳脚,他毫不留情地砍掉了员工享有的所有福利,又将管理人员的工资与产量挂钩,触及到了员工的根本利益。高峰只管抓好生产,做好自己的本职工作,而且大小事情都要向姚书记请示汇报。

每天有不少客户在等着,让高峰无暇顾及其他,他现在每天都待在车间里,情愿和工人们一起干活,他突然觉得自己做一个劳动者好哇,简单、踏实,不必活得这么虚伪与扭曲。

车间里每日机器轰鸣,模切机继续迈着陈旧的步履与紧张的生产奏出不和谐的旋律,员工们在模切机上忙碌着。笨重的机器一张一合,员工手中的板料在它的开合中有节奏地拿进拿出。高峰每每望着这几台沉重的模切机,就格外担忧,设备已老化,员工的手臂稍不留神便会被这只笨重的机器夹在里面。这样的机器,谁敢保证有一天不出事故?尽管高峰每天早上晨会都会再三强调模切机的安全问题,可谁知道哪天会不会出问题?

只有刘家骆一直是支持技改的,高峰难过地想。回到办公室,他路过刘家骆的办公室犹豫了一下,尽管他极想进去可还是没敢进去,他知道刘家骆就坐在里面。刘家骆现在每天唱的是空城计,曾经门庭若市的办公室现在早就空无一人,一场八级大风早就把那些见利忘义的人全刮到了姚书记那一面去了。从前那些阿谀奉承的人如同躲避瘟疫迅速地闪到了一边,把刘家骆干巴巴地晾在了那里,刘家骆现在成了一座瘟神,谁都不敢靠近他。

小胖子面带同情地说:"此一时彼一时啊。从来都是新人笑,有谁管他旧人哭。这是一个权力导向的问题,从前包装是刘副总的天下,大家都围着他转;现在局势变了,谁还敢靠近他。人们为了向新领导表明立场,巴不得离他远远的。"

林子大了,啥鸟都有。一场变故,让高峰看清了人们的势利与丑恶。

姚书记对刘家骆再也用不着提防,孤家寡人也翻不起什么大浪。他把看贼的功夫都用在了高峰身上,见了高峰整天阴阳怪气的。

高峰知道为什么,姚书记成为舒美包装的负责人后,所有业务人员的热情与笑脸一致转向了新领导,只有高峰还时不时地去看望刘家骆,跟老领导切磋一下工艺与技术。刘家骆的办公室在姚书记的办公室往里走的一间,每次到刘家骆办公室必然要经过姚书记办公室。

姚书记现在很厉害,两只眼睛就像探照灯一样,凡找刘家骆的人,姚书记都会照一遍。而找刘家骆的人正好要经过他的办公室,姚书记总是把自己的门敞得大大的,以此辨清哪些人忠心哪些人不忠心,哪些人还想靠近老领导。

透过门缝,高峰看着刘家骆失魂落魄地坐在那里,心里挺不是滋味。尽管刘家骆有些专制,但毕竟做了自己多年的老领导,而且非常精通技术和业务,见刘家骆此番处境,高峰常忍不住进去坐坐。

有几次高峰从刘家骆办公室出来经过姚书记的办公室时,姚书记便会主动从里面走出来,皮笑肉不笑道:"又来向老领导汇报工作啊。"接着夸他:"小高真不愧是忠臣啊,是精忠报国的岳飞。"

这么明显的讽刺高峰自然听得分明,他脸皮薄,笑得灰溜溜的,有种剽窃他人隐私般地不自然。还有几次,他正好碰上姚书记从里面出来,高峰便硬着头皮装着找姚书记有事的样子。姚书记的眼睛是锥子,那眼神摆明了告诉他:"我就看住你了,看你怎么着。"

时间一长,高峰觉得自己落下心病了,不管谁上谁下,自己都活得不自在。

姚书记一走,高峰便把气撒在脚上,一脚把凳子踢得老远,自己又不是动物园的动物,还整天让人看着。他对企业里这种古怪的派系斗争感到气愤,觉得复杂的人际关系像一口热锅,把他放在热锅上煎来煎去。他成了热锅上的蚂蚁,工作没把他压垮,人际关系快把他搞死了。

等货的车辆在舒美包装门前排起了长队,高峰看着几台老掉牙的模切机,心里再度着急起来,不得不硬着头皮去找姚书记。姚书记对高峰主动跟他谈工作自然很高兴,可一提到技改的问题,脸就像被烟头烫了一下突然变得很难看。他表面上敷衍高峰说:"这事啊急不得,二百多万呢,你当换个轴承啊,我得向周总反映反映。"背后却对其他人说:"这个高峰啊,就是爱钻牛角尖,这不是皇帝不急太监急嘛?"一番话虽有些刺耳,但也算是对高峰的提醒,受了暗伤的高峰无计可施,只好把技改的事情放下了。

技改的事虽然放下了,可高峰与小胖子各得了一件喜事。

高峰的月收入一下子翻了一倍,高峰心里又对周总热乎起来,觉得周总是个实干家,非常重视人才。小胖子荣升为车间主任。对于小胖子的升迁,尽管高峰知道小胖子凭的是自己的姐夫,但还是很为他感到高兴,毕竟两人多年来一直掏心掏肺地在一个锅里搅勺子。

对于小胖子的提拔,舒美包装刮起了不少的风言风语,说就凭小胖子那两下子卖卖嘴皮子还行,真搞起管理来只怕是盲人打拳——瞎舞一阵。也有人说,这年头打虎亲兄弟,上阵父子兵,这小舅子关键时刻至少抵半个兄弟。

可高峰还是和小胖子一样高兴,尽管小胖子能力差些,但小胖子非常肯干,也很好学,高峰决定好好带带他。对于自己的缺点小胖子直言不讳,他厚着脸皮对高峰说:"这年头能干的又听话的重用,不能干可听话的凑合着用,能干不听话的可用可不用,不能干又不听话的坚决不用。我水平差点但绝对听领导的话,你就凑合着用吧!"

一番话说得高峰哈哈大笑起来:"你小子怪有自知自明,那我就凑合着用吧,谁让你做了我这么多年的跟屁虫呢!"

小胖子眨巴着小眼睛说:"你别小看这跟屁虫,跟屁虫也有大学问,跟好了虫变精灵了,像冯超这样跟不好成了屎壳郎了,让舒美人人都瞧不起。"

高峰嘴一咧,不由地用手捋了一下小胖子的脑袋:"就你人小鬼大。"

小胖子受到了鼓励,张嘴就来:"那是,不然怎么当得了你的狗头军师?这年头不在于你能不能干,而在于你会不会站队。队站好了前途无量,队站错了被人卸磨杀驴,像某某人。"高峰不用小胖子说也知道某某人暗指的是刘家骆,心里便生出无限感慨。这些年来,国有企业的弊病越来越凸显,庞大的管理体系,错综复杂的人际关系,光人事就把人搞死了。

领了钱,出了财务室,高峰与小胖子两人非常开心,互相揶揄着对方请客,不知不觉走到了车间门口。整个车间竟然鸦雀无声,在繁忙的生产期里,这种安静格外反常。高峰现在变得非常敏感,他立即感觉到情况不妙,两人快步走进车间。

进了车间更奇怪,一车间的人竟一下子不知道跑哪儿去了,整个车间只有贴面机在孤独地旋转着,发出沉重的声音。高峰忙问贴面的几个员工,贴面的值班长告诉他:"车间全体职工罢工了,一发工资员工发现伙食补贴全被砍掉了,所有的工人全集中到办公大楼静坐去了,要不是贴面跟不上,我们也去了。"

事情竟然发生得悄无声息,连他这个生产负责人都毫无察觉,高峰不由地大吃一惊,如此有组织有纪律的罢工,背后一定有人指使和操纵。

高峰忙拉着小胖子往华誉办公大楼跑。果然,舒美包装的员工黑压压地坐了一片,两百多号人如同泰山压顶,压得周彬喘不过气来。周彬大声地给员工解释着什么,还没等高峰凑到跟前,一辆黑色轿车戛然停在人群前面。车门开了,下车的竟然是前任工业局局长李飞宇,人们一下子面面相觑。李飞宇一下车便一脸怒气:"这是怎么了?这是怎么了?这舒美一离开刘家骆,都乱得不成样了,你们这么多管理人员都是吃干饭的?"

小胖子悄悄地说:"这一招叫声东击西,避实击虚,弄好了死而后生,好戏又要开场了。"

竟然克扣了员工的伙食补贴,这还了得?李飞宇一副义愤填膺的激昂,让周彬当众表态立即退还扣下的职工伙食补贴,马上恢复员工的各项福利。员工们对这一答复很满意,人很快散了。接着,李局长跟着周彬进了办公大楼。

高峰觉得今天罢工事件很蹊跷,忙问小胖子目前的局势是啥情况?小胖子诡秘地一笑说:"这你都看不出来?胡汉三又回来了,李局长贪污的事已查清,现在已荣升为李副师长了。"

怎么会这样?高峰对此一向反映应迟钝,这次他却清醒了:"是不是刘家骆要官复原职了?"

"这回你老人家总算脑子又开窍了,这次罢工的幕后指使人肯定是刘家骆,最大的受益人一定是他,不信咱走着瞧!"

高峰百感交集:"现在的刘家骆真是看不透,之前是不动声色,一出手却是飞沙走石,这次的秘密武器太有杀伤力了。"

"冬眠的蛇才是最可怕的。春雷一响,蛇信子就该出来伤人了,一出口绝对让对手死无葬身之地。"

高峰捋了一把小胖子的脑袋,忙拉着小胖子往回赶。

回到办公室,高峰刻意透过门缝看了看刘家骆。果然,刘家骆满面春风,正得意洋洋地哼着《智取威虎山》中的《打虎上山》片段。

这招声东击西果然上手,下午一上班,周彬就召开了高层会议,正式宣布刘家骆荣升为华誉公司的常务副总,在华誉排名第二,位置仅次于周彬,并继续由他主管舒美包装。散会时,高峰看见刘家骆一脸诚恳地向周彬请示工作。周彬也亲热地拍了拍刘家骆的肩以示友好,两个人一拍一推,大有握手言和的味道。

高峰实在看不懂刘家骆的所作所为,刘家骆这是怎么了?眼前的一切如此不真实,让高峰以为自己眼花了,这确实不是他以往的风格。

暴风雨过后,一切风平浪静。

八

舒美包装又恢复了原来的名头。舒美包装的员工们都露出了笑脸,仿佛他们又把舒美重新找回来了一样。

刘家骆此次复出真正掌握了实权,舒美的一切管理体制又恢复到了原样。高峰看到了这场变革的彻底失败,同时也看到新旧管理体制与错综复杂的人际关系搅和在一起,简直就是破了皮的饺子在开水锅里煮,最后乱成了一锅粥。

舒美包装车间重新改为舒美包装公司了,可高峰发现刘家骆不再是从前的刘家骆了。

刘家骆变了,总是一副沉思的样子。高峰每次向他汇报工作,他只是象征性地点点头,从不轻易说出自己的观点与决定,再不像从前那样大手大脚地指挥高峰,更不会神采飞扬地跟他切磋技术。

高峰不明白一场人事变故怎么让人的性子也变了,他不自在,不舒服,这种感觉有一种疏远与阴谋。小胖子悄悄跟高峰咬耳朵:"刘副总现在是关羽,不小心大意失荆州,如今好不容易把荆州找回来,哪有不看好的道理。"

高峰却并不苟同,那关羽侠胆忠义,刘副总是关羽吗?充其量不过是野心勃勃的司马昭。

小胖子无奈地望了高峰一眼说:"刘副总再不是从前的麻辣烫,他现在可是海底里的礁石深不可测,曾经沧海难为水啊!不知道他心里打什么鬼主意呢。"

刘家骆重新掌权第一件事,先把冯超拿了下来,像这种吃里扒爬外的东西,刘家骆决不姑息。冯超原本没什么能力,这下大家都说他活该,自作孽不可活,千方百计地搬了石头最后却砸了自己的脚。做人做事还是要实诚些好,像高峰,决不在关键时刻落井下石。

高峰顾不了这么多。刘家骆现在掌握了实权是好事,他再次跟刘家骆提起了模切机的技改,面对刘家骆他再三提出了他的担忧。

刘家骆现在的表情很古怪,虽然也一脸的忧心忡忡,可出言却令高峰格外惊讶:"高峰啊,二百多万啊,你以为是换个零部件那样简单,我现在就好比是个家族的大丫鬟,只拿钥匙不做主啊。"

这不是姚书记从前的语气吗?高峰非常气愤,都他妈扯淡!改来改去,企业一遇到真正的问题谁也不管,高峰很不满,也让他看清了从前刘家骆口口声声的技改不过是作秀,是把它作为与华誉争斗的筹码。他抬头看着"安全是生命、安全是效益"几个苍劲有力的大字,那明晃晃的金色分明是一种极大的讽刺。他一生气直接去了周彬的办公室。周彬恰好刚睡了午觉,看到高峰来找他,有些意外,非常热情地招呼他坐。

高峰为了避嫌,一向极少去周总办公室谈工作,他的到来引起了周彬的高度重视。高峰一股脑儿地将模切机存在的弊端、员工的安全、生产的效率,他的担忧毫无保留地道了出来。他再三地强调模切机不出事则已,一出事绝对就是大事故。高峰发现周总刚开始还有些睡意蒙眬,接着很认真地听,听到最后他反复地问:"这么说这次技改势在必行对吧?"

"对,一定要改,否则迟早会出大问题。"高峰再次肯定地告诉他。

"好,我这就召开会议再次讨论技改方案。你这小伙子有点可惜了,我原本是让姚书记去过渡一下,将来好把舒美包装交给你。这下没希望了,你才是真正为企业干事的人,不像某某人,只会把企业带向死胡同。"周彬拍了拍高峰的肩。一阵热流传遍高峰的身体,高峰此时的感觉很复杂。他不知还能不能再相信眼前这个周彬,但不管怎样,至少他又从周彬那里看到了一丝希望。

至于对某某人含沙射影的看法,高峰顾不了这么多,如果没有权力的争夺战,模切机的技改也许早就实施到位了。

从周总的办公室出来,高峰又重新找回了信心,觉得机器的轰鸣声不那么嘈杂了。当他来到模切机前,再听到这沉重的"哐当哐当"声时,甚至还有一种留恋,毕竟这个声音整整陪伴了他十年。十年啊,他一生中最好的年华都在这里。

下午便有人通知高峰开会,会议由周总主持召开,议题主要就是模切机技改的问题。令人匪夷所思的是,在投票时,刘家骆竟然一声不吭,并没有投赞成票,也没有投反对票。一票之差,让模切机技改再次陷入了僵局。

怎么会这样呢?散会后,刘家骆死死地盯着高峰,像看身边的一颗定时炸弹:"小高啊,技改是件好事情,但有啥事咱不能关起门来在自家讨论吗?为什么偏要跑到人家那里说长道短的,搞得像我们内部不团结似的。"

原来刘家骆在为高峰找周彬的事而恼火,高峰一听赶紧躲进了自己的防空洞,一声不响地拉着小胖子走了。

小胖子安慰他说:"国企现在就是穷庙富和尚,这些家伙只管自己的票子和位子,没几个真正为企业忙的,都在忙自己的私利。"

正说着,高峰突然接到了周彬的电话,周彬在电话里明确告诉他,他已经决定立即购买新的模切机,再不召开会议了,这次不管谁反对,他都坚决要购进一批新的模切机了,他要高峰放心干好自己的工作,他一定会最大限度地支持他!

一席话让高峰顿时眼圈一红,他最盼望的事终于要解决了。

新模切机还没到,可客户越来越多,加班的时间越来越长,高峰每天晨会都会再三提到安全问题,尤其是模切机的安全问题。高峰最近觉得自己的神经出了问题,每天老是魂不守舍地盯着几台模切机。

客户催货的车辆在厂大门前排成了长龙,可车间许多员工却累倒了。生产的高峰期到了,高峰的压力更大了。车间一些工序开始缺员,人工越来越紧张,高峰下令所有的业务人员全部补充到生产一线上,可即便这样还是无济于事,就在这时,模切工病倒了一个,这对高峰无疑是雪上加霜。这个岗位无论什么情况他从不允许新手替补。

小胖子看到眼里急在心上,自告奋勇要求上模切机,被高峰一口回绝了,他再没辙也不能轻易去冒这个险。正当他无比焦虑的时候,刘家骆来了,要求高峰无论如何要赶出这批包装。客户是舒美长常年的大客户,梨子已经摘到地上就差包装了,再见不到包装客户就要上吊了。

"他不上吊你我就要上吊了,这会儿哪管得了这么多,小胖子上!"刘家骆扔了一句狠话走了。既然领导都发话了,高峰再无法阻拦,何况他也看到了,客户为了这批包装每晚睡在办公室不走,可他还是不想让小胖子顶上。

小胖子走上前说:"哥,你让我上吧!刘副总已经下命令了,再说除了我,这个厂里再没有第二个熟手了,你忘了,我可是从模切混出来的。"

高峰眼睛一热,知道小胖子也是为了解决他的难题。小胖子跟着他已有好几年了,其实他们之间已经超出了上下属的关系,他们早已如同兄弟一般。

"可你两年没干了。"高峰担忧地望着模切机。

"没事的,我是老马识途,你不用担心。"小胖子看着高峰焦急的脸。

既然刘副总已经下了命令,若高峰再阻拦,他便是抗旨不遵,何况那个大客户还是刘家骆多年的好友,眼下没有任何办法来解决目前的困境,他只能再三叮嘱小胖子要小心。

小胖子利索地换上模版,粘好压条,拿了几张半成品板料熟练地表演给高峰看,高峰只好答应了。

高峰在车间转了一圈,设备轰隆隆地响着,每个部位都很正常,每个岗位的员工都在紧张有序地忙碌着。高峰的眼睛又不由自主地盯上了小胖子的模切机,远远地看着小胖子熟练地拿出一张板料,放进一张板料。机子一张一合,小胖子的动作非常有节奏。突然,一张板料掉了下去,小胖子的手臂不自觉地伸了下去,紧接着,模切机笨重地合上。"啊"的一声惨叫,"小胖子!"高峰大声喊着跑过去。小胖子的大半条手臂压在模切机下,模切机有节奏地一开一合。

事情在一瞬间突然发生,猝不及防。

高峰用最快的速度上按下了保险杠,小胖子已经痛得面无人色。高峰大喊着:"快叫车!"

几个员工飞快地跑去办公大楼找刘家骆,没一会员工们跑回来告诉他:"刘副总说公司的车全出去了,要等等。"

"这是能等的事吗?这可是人命关天的大事。"高峰望着小胖子非常着急,公司偏远,离市里的医院还有三十多公里。高峰招呼几个人把小胖子抬到厂大门口等车,准备自己去找刘家骆。正在这时,刘家骆已经气喘吁吁地跑来了。他仔细地看着小胖子的伤势对高峰说:"公司的车全出去了,要等等。"

"我们马上问华誉要车,现在出了事故让华誉立即派车。"高峰焦急地望着刘家骆。

刘家骆心事重重地摇摇头:"不合适,这件事绝不能让华誉参与,我们找华誉要车不是让他们看笑话嘛。"

"我们现在本来和华誉就是一家公司有什么不合适,现在救人要紧,还顾忌那么多干什么?"高峰第一次用这种态度对刘家骆说话。

刘家骆也无比焦急地看着小胖子,沉思了一下说:"好,我这就给华誉打电话,让华誉立即派车。"

新疆的八月,太阳依然火辣辣的,高峰焦躁得像热锅翻炒的栗子,皮已破,心马上要蹦出来了。今天他偏偏把手机落在了家里,三十分钟过去了,每一分钟都等得高峰如坐针毡,可车连鬼影子也没见到。

高峰又派人去刘家骆那里催了一下,刘家骆很快又跑过去看了小胖子的伤势。他眉头紧皱,脸上的乌云更加凝重。"我再打电话,这狗日的周彬!"刘家骆咬牙切齿地走了,一脸恨不能把周彬放在嘴里嚼碎的表情。

时间一分一分地过去,小胖子的脸色越来越难看,疼痛的眼神滞留在高峰脸上,有一种可怜的哀求。高峰再也等不下去了,"腾"地一下子站起来。

刘家骆带着手机却没见他拨电话。高峰突然有一种很不好的想法,是不是刘家骆有意在拖延时间,根本就没给司机和周彬打电话?高峰不敢想下去。他快步走向办公楼,一把推开刘家骆的办公室门,只见刘家骆正聚精会神地蹲在水盆边,逗一只掉在盆中垂死挣扎的小耗子。还有心情玩耗子?高峰顿时怒不可遏:"刘副总,我请你立即打电话叫车救人!"

"你急什么,天大的事有他周彬扛着。他不是能耐得很吗?再三阻碍技改。我倒要看看,工业局局长的小舅子都出了事他该如何收场!"

刘家骆竟把周彬当成了落水的耗子,高峰惊愕了。他终于看清了刘家骆的嘴脸。刘家骆就是条深藏在草丛里的蛇,一直在暗中窥伺机会。现在机会来了,他要利用此次的事故逮住周彬狠狠咬一口。他终于明白了,刘家骆就要想把事情搞大,最好大到出人命,看周彬怎么收场。

这不是空手套白狼的游戏,这是一条鲜活的生命啊,高峰气得浑身发抖,一时间杀他的心都有了,他愤恨地说:"出了事,我第一个不放过你。"

真是咬人的狗不叫。高峰一阵心寒,现在的刘家骆声色不动波澜不惊,原来想出其不意地置周彬于死地。

高峰拿起刘家骆办公室的电话,直接拨了周彬的号码。周彬正在外地出差,听到消息非常震惊。他告诉高峰他正在邯郸购买新式全自动模切机,并已付款,而且很快就会到货。他表示马上打电话以最快的速度派车救人。

高峰又回到小胖子身边。小胖子的右手臂毫无生命迹象地耷拉在那里,面如土色已经说不出话来。高峰哭了,把自己的脸紧紧地贴着小胖子说:"小胖子,你要坚持住,车马上就到了。"

正说着,周彬平日坐的那辆黑色轿车飞快地行驶过来。高峰与几个员工迅速地把小胖子抬上了车。小车一路狂奔,把小胖子送到了医院急诊室。小胖子的脸色越来越难看。高峰难过地抚摸着他的头一阵子心酸:"你要挺住,你一定要挺住,一切都会好起来的!"

医生的脚步快速地移动着,高峰焦急地坐在急诊室的门外,穿着白大褂的医生护士一会儿进来一会儿出去。一个多小时过去了,不知小胖子到底怎样了,高峰从来没觉得时间过得如此漫长,仿佛过了一个世纪。

突然,门开了,一个五十多岁的医生走过来告诉他,病人状况不好,右臂已经全废了,必须马上截肢,让高峰做好心理准备。高峰一下子就瘫倒在椅子上,不知该怎么打电话把这个坏消息告诉小胖子的母亲。他来到值班室,艰难地拨通了电话。大脑被无数个蚂蚁撕咬着,满眼都是小胖子鲜活的身影。一想到小胖子空空的袖管,他觉得自己一头扎进了冰窟窿,从头凉到脚。号码拨了出去,他始终说不出一句话,每一秒钟都无情地折磨着他。

回到手术室门前,不知又过了多久,还是那位医生用手拍了拍他的肩,他意识到手术做完了,他难过地站了起来。走廊的脚步声突然多了起来,小胖子的母亲,小胖子的姐姐、姐夫……

小车从抢救室缓缓推了出来,白色的单子、白色的布,高峰突然极其厌恶白色,这种白让他惶惶不安。

医生沉重地拍拍他肩:"太晚了,送来得太晚了……"高峰还是没反应过来发生了什么。

小胖子的母亲第一个冲了过去,"哇——"一声撕心裂肺的哭号,白布撩起,是小胖子的脸。高峰终于看到了,是张灰死的脸,是那种黑云压城的僵硬。怎么会这样?高峰顿时觉得他的头被人狠狠地甩了一板砖,身体雕塑般地僵在了那里。

小胖子死了。

九

群雄并起并没有乱世。舒美还是舒美。

人们对于这起安全事故纷纷议论,说孙悟空在取经途中,打死的都是些没有背景的妖怪,有背景的都被领回去了。这次由小胖子的姐夫王局长处理,死的还是自己的小舅子,王局长处理起来毫不留情。刘家骆这一出借刀杀人演砸了,刀尖落在了自己头上。他再次被革职,革得很彻底。本来很有作为的周彬这次也赔了夫人又折兵,本来也是要一抹到底的,可由于事故发生时他在内地出差,而且是为购买新模切机,于是从轻处理,被调离了华誉公司,去了一个僻远的小单位。

高峰被正式任命为华誉的副总经理,接替了刘家骆的位置,主管舒美。

有人说,螳螂捕蝉,黄雀在后,高峰就是那不动声色的黄雀。高峰笑得苦涩极了,他哪里是黄雀啊,充其量他是只伤痕累累的鸿鹄,如今他要展翅高飞了。

高峰抚摸着崭新的全自动模切机,眼前又浮现出小胖子那张可爱的胖脸,禁不住感慨万分。他下决心要让舒美跳出人事的怪圈,要在舒美全面实行改革,全员解聘,全员重新竞聘上岗,他要让有能力的人最大限度地实现自我价值,他要带着整个舒美走向美好的未来。

红柳坡

一

连队边上有个红柳坡,连队没人不知道。红柳坡是块盐碱地,只长红柳,不长麦子和水稻,这话连里人都信。连里人都说喝了红柳坡的水,女人的肚皮成了块盐碱地,只生丫头片子不生儿子,这话连里人也信,因为连里的女人喝了这里的水,一口气生了四十多个丫头片子,和生儿子的比例是三比一。

红柳坡是王实头喜欢的地方,因为红柳坡后面有片湖叫罗泊湖,夏天时,王实头每天干活要出一身臭汗,正好可以跳在罗泊湖里消消汗。

不光王实头,连队里很多男人都喜欢溜到这里过过瘾。除了洗澡,说不定还能看到什么特别的东西,许多男人说这话时笑得贼兮兮的,像吃了一顿红烧野兔子肉,比钻进水里扎个猛子过瘾得多。王实头不懂,憨憨地问别人:还有啥好事比吃顿红烧野兔子肉还过瘾呢?男人们不说,都咧着大嘴笑,笑得不怀好意。

王实头是个老实头,脸皮薄,不好意思再问。他还是个小伙子,准确地说是个三十多岁的老小伙子,还没碰过女人的王实头比一般男人身体更燥,更容易出汗,于是来红柳坡的次数也更多。

红柳坡之所以叫"红柳坡",顾名思义是个长着红柳的地方。新疆天旱,一般娇贵的植物在这里存活不了,红柳坡的红柳很皮实,只要老天给点雨就长得一丛一丛郁郁葱葱,尤其是到了六月的时候,红柳花红彤彤地开了一大片,引得连里不少藏着心思的男女偷偷跑到红柳坡去约会。连队只要哪个小伙暗恋上哪个姑娘了,不好明说就说晚上红柳坡见。找的借口如同掩耳盗铃,帮姑娘打红柳疙瘩烧柴禾用,其实就是看上那姑娘了,这是一种心照不宣的暗示。这种暗示比情书有意思多了,既委婉又不伤面子。若是姑娘没看上,小伙子的损失也不大,顶多就是浪费了点力气给姑娘打上一捆柴禾,然后积一身臭汗跳进湖里痛痛快快洗个澡,一湖水也就把心里的那点阴霾彻底洗个一干二净。

连队都是些青年男女,浑身有的是力气,打土坯盖房子,就等着筑巢引凤。虽盖了不少单身宿舍,可一般都最少住俩人,热恋中的男女,宿舍里亲热自然是不方便的,可红柳坡大,天当被盖地当床,有红柳遮遮掩掩,把男女间该做的事都偷偷做了,竟也是一件十分浪漫的事。

因为掺杂了男女之间的事,提起红柳坡,人们的眼里就多了些暧昧。毕竟,一男一女躺在红艳艳的红柳坡里,想想都面红耳赤,心慌意乱的。

王实头也想,时常想得睡不着觉,可没姑娘和他一起钻红柳丛。从五六年跟着老乡马得六跑到新疆来支边,已经来了好些年了,连个媳妇的影子也没寻到。不是王实头不着急,而是戈壁滩上姑娘比红柳丛里的兔子都少,狼多肉少王实头只好饿着。王实头身上如同着了火，只好来红柳坡后面的罗泊湖里泡一泡。

来到红柳坡，王实头先刨上一捆红柳根，刨出汗了，然后撒开两腿就往湖跟前跑，就准备跳进湖里痛痛快快洗个澡，还没等他跑到湖跟前，就发现已经有个身体把湖占了。恁大个湖，一个身子占不了多大的地，可关键是把罗泊湖占着的是个女人的身体。王实头的脑袋一下子炸了，腿如同被钉了钉子，不仅不敢往前走了，还得用最快的速度把自己的身子藏起来。因为让女人知道有哪个男人看到了自己的身子实在是件很丢人的事，那毕竟是女人最珍贵的东西，偷看也是偷，女人的身子一旦被偷就不值钱了，所以，王实头不能让女人知道。

"哪个女人这么大胆，敢这样毫无遮拦地泡澡呢？"王实头跟做了贼似地躲在一丛高大的红柳后面一动不敢动，王实头本想离开，可又怕女人听到了动静发现自己。偷看女人洗澡毕竟在道义上是件很不光彩的事，蹲在红柳后面的王实头连忙把眼睛挪向了别处，可眼睛却不听使唤粘在了湖里的那个身体上。

"屁股圆圆定生儿子。"此时他脑子里"腾"地冒出了奶奶平常最爱说的一句话。

他一动不动地盯着看了很久，竟忘了眼前的危险。女人身子慢慢转了过来，一张麦芽黄的脸，一张略有些显大的嘴，是连里的姑娘小黄菊。

小黄菊，王实头再熟悉不过，跟他一样还是个没有对象的大姑娘。连队没对象的女子不多，掰着指头数下来总共剩三个，一个是细眉大眼、水蛇腰的上海姑娘，这个姑娘看上她的人不少，可她看上的人一个也没有，原因是姑娘铁了心要从哪来还回哪去，她对土不拉几唧的红柳坡没有丝毫留恋的地方。一个是北京姑娘，北京姑娘白净的脸上架了副深度眼镜，姑娘除了干活,其他的时光全被书上的文字给打发了,她对书的爱好远远胜过小伙子的一身肌肉,不要说连里,就是团里的小伙子也没几个想她的好事,因为她的学问要用斗车来装。连里的许多小伙子都刚从万恶的旧社会解放出来,别说学富五车,就是能把一本书完整地看下来的也没几个。所以,迄今为止,团里还没哪个小伙子敢到她面前自讨没趣。

剩下是就是这位小黄菊了,小黄菊的真名叫黄月娥,之所以到目前为止还没对象,有人说是因为黄月娥长得丑,贼眉鼠眼、皮肤黄,其实眼睛小点、眉毛短点,这些都不算什么太大的缺点,毕竟戈壁滩上白璧无瑕、花容月貌的女人见不到几个,关键是小眼睛下面有张厚厚的嘴唇,这张厚嘴唇像朵菊花似的向外盛开着,花瓣翻卷有种自然的美感,而人的嘴唇要像花瓣一样翻卷着就不仅没有美感,还有一种强烈的、故意破坏的作用。

于是人们就干脆叫她小黄菊。

连里人嘴叼,长得黑叫黑妞,眼睛不好叫熊瞎子,像王实头本来叫王结实,父母的意思是身体结实,可连里人非叫他王实头,意思是个老实头,没叫他臭蛋、狗剩已经很不错了。看人取名是连里人的强项,什么上海鸭子、江苏嘎子,人们嘴上叫得很过瘾,不仅过瘾还朗朗上口,像在家乡叫自家人一样亲切妥帖。

长得丑,其实也不算什么太大的缺点,在戈壁滩待久了,再细皮嫩肉的女人也晒得粗皮糙肉。其实小黄菊之所有没找到对象,跟连长有关系。这小黄菊是连长的小姨子,是连长的小姨子也没什么,连长的小姨子也是女人,是女人都要嫁人。可连长没把老婆接过来,却单接了小姨子,让不少人浮想联翩。连队有的是结过婚的小媳妇,小媳妇闲得没事时都喜欢扯闲话,一提起小黄菊,她们最爱说小姨子是姐夫的半拉屁股,说这话的时候,女人们都笑得屁噻一样,好像她们看见了点啥。

其实,这都是些没事干的女人们瞎猜的,而不是女人们真的看到了啥。晚上,连队里没任何娱乐活动,那些吃饱喝足的小媳妇们,聚在一起,纳着鞋底子,没别的话扯,就喜欢扯些张家长李家短的风流韵事。扯风流韵事远比扯连里的活,扯谁谁家吃了一顿白菜炒粉条更有味道。快三十的小黄菊至今没相上对象,女人们就会说:那小黄菊不找对象是不是连长打算自个用啊?那连长的虎背熊腰怎么舍得这样浪费啊?明明有老婆,怎么可以让老婆长年在几千里之外的老家农村待着呢,不是身体有问题就是思想有问题。

东方不亮西方亮,那小黄菊再不济也有自己的优势,身体该凸的地方凸,该凹的地方凹,丰满的身体像一朵即将盛开的大花苞子,可连里的小伙子们却远远地躲着。

王实头虽然有着与小黄菊一样的麦芽色皮肤、厚嘴唇,可王实头也看不上小黄菊,王实头的嘴厚却周正,给人一种实诚可靠的感觉,再加上王实头高大魁梧,看上去像座铁塔。可王实头嘴笨,三棒子打不出个闷屁来,姑娘们自然也躲着,一躲就让他躲到了三十三岁。三十三,山庙里的旗杆光棍汉,在老家都这么说。王实头嘴上不说,可心里急得跟热锅上的蚂蚁一样。

二

第二天,连队的工作照样是挖排渠。新疆幅员辽阔、地广人稀。红柳坡有大片的荒地要开,就有数不清的排碱渠等着挖。

挖排渠是个非常辛苦的力气活,一人定额三十多方土,从天不亮挖到天黑,要把全身的劲都使完了才能完成任务。不到晌午,人们的背上已经湿嗒嗒的,衣服贴在了肉上。身上出了汗,男人们开始脱褂子,女人们开始脱外衣。到了中午,火辣辣的太阳在人们的脑门上照着,汗水顺着衣衫直往下流,男人倒没什么,王实头发现女人却更好看了,衣服贴紧着身子,一条带弧度的曲线格外好看。

那天也巧,小黄菊正好就在王实头的前面挖,想表现的小黄菊根本没注意身后面还藏着个心思缜密的王实头,她把全部的力气都用在了挖排渠上。作为连长的小姨子,她比谁都更想在连队的黑板上多挣几面小红旗,好让自己的姐夫脸面上更加风光。她知道自己脸长得丑,但勤能补拙的道理她还是懂的。

有了想法的小黄菊,挖排渠挖得很带劲,身子在王实头眼前甩来甩去,把王实头的眼睛就甩花了,心也慌了,脸也红了,手上的铁锨更有劲了。

"这身子一定能生出一堆儿子来。"王实头被自己的这个想法迷住了。他一向把生儿子看成是男人的终身大事。在老家农村,没儿子的人家常被人背后叫做"绝户头"。可这生儿子的事也不是想生就能生的,许多夫妻别看晚上折腾得热火朝天的,到头来还是折腾了一堆丫头片子。

"要是真能娶上小黄菊也不错。"他突然这样想,想着想着,有劲的手臂将一铲子土豁到了小黄菊身上。

"你咋挖的?"前面的小黄菊扭过身子来,本来一脸的怒气,可看着汗流浃背的王实头在愣神,便有些同情,竟咧开嘴冲王实头笑了一下,然后伸手友好地把自己的水壶递了过去。善良的小黄菊以为王实头口渴了,她怎么也想不到老实巴交的王实头心里想的是另一回事。

她这一笑,王实头顿时心花怒放。他再看小黄菊,脸也没那么黑了,嘴没那么翻了,成了山里的山花红艳艳。"只要能生儿子,管她好看不好看。"望着小黄菊的脸,接过水壶时他脸"腾"地一下子红了。小黄菊不知王实头为啥脸红,还以为喝了自己的水不好意思的,就扭过头继续挖自己脚下的土。

喝着小黄菊的水,王实头心里甜丝丝的,他觉得小黄菊其实是个好女人,又勤劳又能干,身子还长得那么好,是天底下最好的女子,他咋从来没发现呢?

挖排渠虽然累得每个人都直不起腰来,可王实头今天浑身有使不完的劲。挖完了自己的把小黄菊的一并挖完才下班。

王实头的劲没白使,姑娘的眼睛又不瞎,可她什么也没说,只是不停地冲着王实头笑,情人眼里出西施,这一笑,让王实头如同喝了一杯蜂蜜水。

到了晚上,王实头就翻来覆去地睡不着,他的脑子里被小黄菊挤得满满的。从前咋看小黄菊不顺眼,如今再看小黄菊,胸是胸,腰是腰,那身子美得赛貂蝉。

王实头心里有了奇怪的想法藏不住,这想法就跑到了行动上。挖排渠时再见到小黄菊,王实头趁人不注意就偷偷地往小黄菊兜里塞了个鸡蛋。别小看这一个鸡蛋,那可不是个普通的鸡蛋,是团里为了鼓励连里尽快完成挖渠任务特意从老乡(团场人对当地少数民族的俗称)那里买来的鸡蛋。连里的伙食是定量的,男人中午一顿两个大馍,女人一顿一个馍,挖排渠是要下死力气的。很多人排渠挖不到一半馍馍便消化光了,一个鸡蛋最少顶半个馍馍,而且鸡蛋远比馍馍好吃得多。

塞完鸡蛋,王实头觉得还远远不够,干活时又千方百计跟小黄菊分在一起。有了意思的男女,虽然还是挖排渠,可干起活如同打了鸡血,浑身都是劲。不知是有意还是无意,小黄菊有好几次碰到了王实头的手,把他撩得满脸通红。

几天下来,连队的黑板上,小黄菊名字后面就多了一排小红旗。

尽管每天王实头帮小黄菊挖排渠,可他还像做了贼似的藏着掖着,以为没人看出苗头,可有一个人却清清楚楚地看在了眼里,嘴上还说起了风凉话:"实头、实头,这年头真是怪事多,猪八戒也能变杨贵妃,跟小黄菊这样的女子瞎浪费功夫,还不如躺在床上睡一觉呢。"

说得王实头脸上青一块紫一块的,这不是在糟蹋人嘛,说这话的人是马得六,王实头没法生气。

马得六是谁呀,是和王实头一块从河南坐着火车千里迢迢来新疆的铁杆老乡。

马得六个头不高,却生得浓眉大眼,长得有点像《红色娘子军》里的洪长青。本来这么高大的形象在连里应该是个响当当的正面人物,可连里没人叫他洪长青,见他偏叫他马屁精。连里人嘴刁,损人也不带看脸色的。马得六的嘴皮子功夫在连里十分了得,由于他父亲在旧社会是个说书的,大小也算是个文化人,让从小就耳濡目染的马得六显得有些与众不同,虽然功夫比父亲差远了,但竟能把《三国》和《水浒》讲得头头是道。马得六天生遗传了他父亲说书的表演才能,不光嘴不闲着,而且手脚并用,把个刘备、张飞演得跟大活人一个样。连里有不少人喜欢听他说书。吃完晚饭,除了吹牛皮顶多就是打个扑克、下个象棋,连队没其他娱乐项目,听听说书那是个最高雅、最有文化的活动,光马得六的十几本书就让全连人对他刮目相看,佩服得五体投地。

马得六最擅长说话,见了团长、连长,像他们肚子里的蛔虫,他们爱听啥马得六会说啥。就连一向黑着脸的连长老远见了他嘴角也向上咧着。连里百十号人,独独把马得六照顾到了女子班,连里人说别看马屁精瘦得跟地里的麻秆一样,到了女子班却成了洪长青。这个洪长青可不是白当的,很快就给自己物色了一个吴琼花,吴琼花叫刘桂芬,一条大辫子挂在屁股后面,虽没长得浓眉大眼,可却像电影《红色娘子军》吴琼花那样能干泼辣,是连队里好些单身汉追逐的对象,可最后还是让马得六近水楼台先得了月。

按说,马得六自己有了可心的对象应该理解王实头,可马得六偏偏饱汉不知饿汉饥。不单单是因为小黄菊长得不漂亮,长得不漂亮不是小黄菊的罪过,罪过是小黄菊把马得六的好事情给占走了。从前,王实头每次挖排渠都是跟马得六搭伙的。

马得六干活最喜欢跟王实头在一起,全连人都知道。

从小没吃过什么苦的马得六,干起活来喜欢偷奸耍滑。王实头跟马得六在一起,人们都说王实头吃亏,一到挖排渠,马得六不是腰酸就是膀子疼,不是歇口气就是抽口烟,真是懒人屎尿多,嘴上还磨叨着:"我营养不良,你多担待点!"王实头头也不抬地说:"我个大力气足,你就让我多干点!"打土块,马得六端起土坯模子直晃悠,马得六打一百块,王实头打二百块,下班时,两人还搭着肩膀一起走。

连里的上海鸭子背着王实头笑得嘎嘎的:"王实头就是个勺子,被人卖了还帮人点钞票。"

王实头装着没听见,其实他觉得自己跟着马得六一点都不吃亏,马得六把连领导的马屁一拍,连长每次分活时,总给把最好挖的地段分给他俩。马得六每天晚上嘴闲不住,《水浒》《三国》给王实头灌了个饱,王实头从小最爱听说书,可那是要钱的,像马得六这样不掏钱的说书先生到哪儿找。马得六一高兴还教王实头识几个字,这免费的先生更是不好找,过去只有地主家的少爷小姐才有机会学文化,王实头高兴得合不拢嘴。

可自从喜欢上小黄菊,合作很久的王实头想和马得六散伙了。

这不是拆台嘛,马得六很生气,尽管马得六是班长,可这个班长是要干活的,不仅要干,还要比班里的女人们都多干一点点,这一点点让马得六明显很吃力,有了王实头,马得六就不吃力了,早早干完还可以捎带着多帮其他女人干一点,比如,这个刘桂芬就是这样得手的。没有了王实头,马得六每天累得跟头骡子似地呼哧呼哧直喘气。

还不到下班时间王实头的任务已经完成了,扛起坎土曼就要去帮小黄菊,马得六就站在一边撇上了嘴:"你这个傻实头又去犯贱,找个二手女人都比找那小黄菊强。"

王实头是个实在人,说道"得六哥啊,有新鲜馍谁愿意吃剩馍,再丑的大姑娘也比那二婚女人强。"

马得六眼睛一翻说:"那可不见得,那小黄菊你能敢担保她是个新鲜馍,没准早被她姐夫啃了个遍。"

糟蹋小黄菊就是糟蹋他,王实头坏了心情想翻脸:"你咋知道呢,你又没见到,你这不是睁着两眼说瞎话嘛。"

"女人不怕丑,找啥样的女人都不能找搞破鞋的。"

"你这是狐狸吃不上葡萄说葡萄酸,狼叼不上羊说羊硌牙。"

"不听老人言,吃亏在眼前,早晚有你后悔的一天。"马得六气得扭头走了。

王实头根本不理他那一套,他现在就是鬼迷心窍了。小黄菊在他眼里就是一片肥沃的土地,只要播点种子,就能开花结果。别看她刘桂芬泼辣能干,王实头早看好了,那扁扁的屁股不生一堆丫头片子才怪!这话王实头可不敢说给马得六听。

因为小黄菊,两人一下子有了隔阂,只要一看到王实头去帮小黄菊干活,马得六嘴上就忍不住冒出怪话:"这年头真是怪事多,猪八戒变杨贵妃,老母猪变王昭君,情人眼里出西施啊,人人都说红颜是祸水,没想到丑女也能祸害我们王实头。"

王实头不赞成马得六的话,他高个,小黄菊也个子高,两人站一起挺般配,而且准能生出个高个子的小子,他可不想像老家村里的那些老光棍一样,临到老了还做了个绝户头。

三

连队晚上没有电,没电的时候人们最喜欢聚在一起凑热闹。

累了一天的人们,吃完晚饭碗一丢,即不用下地又不用再开大会,于是,男人、女人、孩子一连人乐得像村子唱大戏,一伙伙地都汇集在了连队的空地上。空地边是食堂,食堂前面是一堆老胡杨根和柳树疙瘩,还堆着一堆连里准备盖房子的石头。男人跑到这里纯粹是瞎唠嗑;女人们也来,不是为了看男人,而是跟男人一起图个热闹。男子聊天只动动嘴皮子,可女人的手啥时候都不敢闲着,一家子的穿戴就靠这会工夫,三三两两地坐在红柳疙瘩上打毛衣,纳鞋底,这对女人们来说也是件很快活的事。

没有电,没人愿意待在屋子里。王实头和马得六也不愿坐在黑房子里大眼瞪小眼,都跑到空地前凑热闹。王实头对小黄菊有意思全连人很快都知道了,连队就屁大点地方,有点什么新鲜事没有人不知道。

聚在一起的男人和女人嘴就闲不住,见了王实头就故意问:"实头,你天天帮小黄菊干活得手没?"那声音跟吃了一顿红烧肉一样兴奋。

王实头低着头不回答,不回答是没法回答,但他笑得傻傻的,他总觉得他和小黄菊现在的关系不一般。

怎么个不一般？干活的时候,小黄菊把身子时不时挨着王实头,让他全身跟过电一样,更有意思的是,小黄菊还装着什么也不道,扭着身子晃来晃去,脚踩两脚泥,两手不停地忙上忙下,像在自家的小菜地干活。

"上手了没?"人们似乎不愿轻易放过这么有意思的话题。

王实头低着头依然不回答。他知道连里人这样问并没有羞辱他的意思,只是想拿他穷开心。正因为没摸上人们才故意这么问,暧昧不清的事才有嚼头,要是摸上了再问这问题就跟问你"吃饭了没"一样没味道了。

见连长也在,都知道连长是有老婆的,可为什么老婆一直没接过来呢,女人们一想到这个问题兴奋得就跟吃了春药一样,于是有个女人便开口了:"连长,这么好的一块肥田你怎么舍得白白撂荒呢,不会是身体有什么毛病吧?"

连长也不怕这些小媳妇,呲着一口大黄牙笑道:"我这么好一块肥田咋舍得荒着呢？有没问题今晚你到我房里试试就知道。"

女人们一听就红了脸,却不愿就此放过连长说:"你留着小姨子不嫁准备干什么?"

连长不慌不忙地说"急啥,又不是尿急挖茅坑。再好的男人不一定能找上老婆,再傻再丑的闺女一个都剩不下家里头。"连长和小媳妇打情骂俏向来有一手。

于是,女人们便扯着嗓子对连长说:"都说那肥水不流外人田,小姨子的屁股蛋蛋里有姐夫的一半,连长你莫不是要把小姨子留着自个用吧?"

大家接着笑,一个个笑得前仰后合的,只有王实头不笑。

王实头心里很气恼,大家开玩笑虽没有半个字扯上他,可提到连长的小姨子就像是说他一样。小姨子和姐夫的故事能随便乱说吗，没出嫁的女子是不能随便让人占便宜的，就是嘴上开玩笑也不行，更何况是被姐夫占了的便宜。在老家，一个没结婚的女子若被姐夫占了便宜就比猪圈里的猪还脏。

王实头气得一脚把脚下的石子踢得好远。石子正好穿过了连长的裤裆，把连长吓得一身冷汗，连长是个爆脾气，扯起嗓门大声骂道："谁呀谁呀，哪个二百五眼睛装裤裆里去了，有本事砸老子就有本事站出来，看老子不开他的批斗会。"

人们便哈哈笑成一片说："连长你可得当心点，别为了小姨子整成太监就不划算了。"

王实头虽然非常讨厌连长，但还是吓出了一身冷汗。天黑没人发现，身边的马得六却看得清清楚楚，他忙拉王实头回了房子。王实头心里不痛快。马得六也不痛快，毕竟是自家兄弟，打断骨头还连着筋呢。

马得六生气地说"吃豹子胆了？今天的石头要再往上点你就成了反革命了，吃不完让你兜着走！"

王实头想想刚才就很解气："我不是有意的，可那石头偏长着眼睛往连长身上跑，活该！"

马得六不满地说："还嘴硬，在老家都说红颜祸水，这丑女也能成祸水，真是太阳打西边出来了。咱家有句老话：颧骨高高，杀夫不用刀，不说别的，就凭小黄菊那两块大颧骨，一般男人就没人敢娶她。你算个啥男人，连红柳坡都没去过还这么卖力气。"

王实头愣了一下，去没去红柳坡可是个很敏感的问题，在连队有了意思的男女只有钻进了红柳坡，关系才有了实质性的进展。虽然他没少帮小黄菊出力气，可小黄菊心里到底怎么想，他好比在山洞里迷了路，摸不清前面的方向。

"连红柳坡都没去过瞎起个啥劲啊？天天花那么大力气，有那会子工夫还不如在太阳底下晒晒呢。"马得六从头到尾就没看好这件事。

有没有身体上的接触，在男女这件事上很重要。王实头虽然嘴上不说话，可心里一直暗暗琢磨这件事。

"脸皮厚吃个够。你这脸皮，薄得像层鸡蛋壳，咋找女人？对女子就得下手狠点，女人只要上了手，就像打了记号，谁先上手算谁的。"马得六尽管不希望他俩相好，可也希望他能早点找个老婆成个家。

这次王实头觉得马得六总算说到点子上了，就连瘸子李根富都找上了女人，不就是因为下手狠吗？这次他也要下决心去试一试。尽管舍了不少力气和鸡蛋，其实他和小黄菊的关系始终还隔着一层纸，这层纸不捅破两人就什么也不是！

约小黄菊去红柳坡是马得六的主意，人也是马得六约的。六月，正是红柳花开得旺盛的时候，红艳艳的一大片。红柳坡偏僻，一般没人去，男女约会又清净又浪漫。尽管马得六嘴上那么不待见小黄菊，可王实头是他兄弟，他不能眼睁睁地看着兄弟打光棍。其实，马得六不喜欢小黄菊还有一个重要的原因，那小黄菊不仅见他嘴翻着，眼睛也翻着，好像他是一只雨后从土堆里爬出来的泥鳅。"不看看自己的瘪行！"马得六在背后暗暗骂道。

约会的时间是傍晚，马得六这狗日的怪会选时间，王实头忍不住开心地笑了，他觉得不管别人怎么挑拨，关键时候马得六比谁都够哥们。太阳落了，这时的小黄菊应该最耐看。

下了班，王实头连忙换上了自己平时舍不得穿的白衬衣，王实头没啥像样的衣服，白确良衬衣还是在老家相亲时母亲给买的，接着，又打了盆热水在宿舍里把浑身上下冲了个干干净净。

小黄菊还没来,王实头却激动得想了一肚子要说的词,不管说什么一定得说到点子上,不光要说点啥最好还能做点啥,这样他们的关系才能向前迈上一大步。

没等他把词完全想好,小黄菊跟鬼一样黑突突地跳到了他跟前。一张红赤赤的大嘴像传说中吃人的鬼,把他吓了一跳,这一吓把他心里想好的词全吓跑了。他一把拉住小黄菊直愣愣说道:"小黄菊,我喜欢你很久了,咱俩好吧?"

小黄菊却一把甩开了他的手,表情古怪地说:"咱俩好不好我说了不算,那得问我姐夫。"

王实头一听就急了:"好不好是咱俩事,跟你姐夫有啥关系啊?"一提起她姐夫,王实头就有点来气,可再有气今晚也得忍着,他可不想让他的坏脾气破坏了红柳坡的气氛。

他刚想再说点啥,一抬头才发现小黄菊背后还站着个黑黢黢的影子。

"王实头,你也不撒泡尿照照自己是什么东西,猪八戒出门还知道照照镜子。俺家月娥是什么人,跟着你等于跟上了头牲口,要本事没本事,要能耐没能耐。"昏暗中,黑黢黢的影子说话了。

一句话让王实头脸上红一阵白一阵火辣辣地不自在,王实头这才看清黑影子是连长不是鬼。大好的月亮下怎么窜出来了个连长呢?王实头不明白,连长说话恨恨的,好像前天晚上的事他屁股后面长着眼睛,王实头不喜欢连长,尤其今天晚上更不喜欢。

王实头恨不得把连长扔进罗泊湖,可他不敢,尤其是看到连长那双严厉的眼睛,王实头扭头走了。

"咋这么快就回来了,看样子今晚有点出师不利。"马得六一见王实头回来就龇牙咧嘴地笑,仿佛他早就料到这个结局。

王实头黑着脸,一声不吭地把自己埋进了被窝里。

四

团里有件大喜事,师里要下来放电影了。

六十年代,能在团部看场电影那可不是件容易的事,比过节还热闹。放的还是南斯拉夫的,片名叫《沸腾的生活》,一连人议论得沸沸扬扬的,听说里面有男人和女人亲嘴的镜头,这可是个稀罕事,团里一年到头也看不上几场电影,看的不是偷地雷就是挖地道,总之大部分都是和打仗有关的,别说亲嘴,就连见个女人都困难。

要放电影的消息几天前就传开了,一听说要来放电影,连里也早早收了工,因为连长比谁都急着看。

电影都在团部的露天空地上放,地方虽大,但想看的人很多。空地上没凳子,得早早占位子。王实头一下班先到团部放电影的地方抢先占上了位子,不光占自己的,还把小黄菊的也占上。这样,晚上看电影的时候就可以和小黄菊身子挨着身子。尽管那天红柳坡的约会不成功,可第二天小黄菊一直远远地望着他,那表情似有千言万语,大冷天的,让王实头的心一下子又热乎起来。

从前看电影,都是王实头给马得六占位子,可今天王实头没占马得六的,因为一想到晚上看电影的时候能和小黄菊紧挨着,这样的好事自然不能叫马得六来扫兴。

放好板凳,占好了位子,王实头才回来吃晚饭。

团部不远,和连队只隔两公里多地,离演电影的时间还早,可看电影的队伍已经迫不及待浩浩荡荡地出发了。

团场看场电影不容易,电影一般是在不同单位轮流放映的,其他地方放完才能轮到团部放。尽管如此,人们还是早早坐在凳子上等着,即便是下雨也没人离开。有时候不知什么原因,等上一晚上竟没有等来,没来看电影的人就会故意问:"昨天看了个啥电影啊?"有的人回答月亮照白墙,也有人回答英雄白跑路。

看着人群三三两两已经从大路上出发,王实头心里急得像热锅上的蚂蚁,恨不得一步跨到团部去,因为今晚他想抢到小黄菊前头落个好。一着急就抄了小道,连里有片杏子园,一头正好连着团部,从连队的杏子园里穿过去,这样可以多节省十来分钟。

天太黑,王实头心里有事就走得快,走得快就栽了大跟头,栽了跟头的他半天没能爬起来,他被绊了个狗啃屎,两手一摸那皮粗硬,像牛皮一样还有温度,软和和的还在动弹,吓得他一下子蹦了老高,大声喊道:"你是人还是鬼啊?"

谁知那鬼还慢吞吞地说人话了:"我是人啊,快点救我,再不救我要死了。"

"原来是个大活人!"王实头总算看清楚了,地上的人蔫不拉叽唧地直喘气,一双手死死拽住他的裤腿,看着脚下有个半死不活的大活人,王实头一下子就把和小黄菊看电影的事飞出了脑后,救人要紧。

王实头在单位是出了名的大力士,可今晚他的力气怎么也不够使,背上的人像块沉甸甸的大石头,几乎快把他的脊梁压断,走出果园他这才发现对方块头比他还大,足有一米八。

救这么个人不是件容易的事。背这么个大块头,两公里多,不是二百米,他只好走走停停,歇歇走走,直到最后他再也背不动,这样下去可不行,他只好把人先放在半路,自己跑回连里。

都去看电影了,连里再没有一个人,架子车被锁在了一间破房子里,王实头砸开锁把架子车推了出来,地上的人块头大,光一个人就把车占满了,等把人安顿好,王实头又拐回果园处,将那人一堆行李拉上车,来来回回折腾好几趟,等把人彻底安顿好,王实头累得泥一样瘫倒在床上。电影没看成,没和小黄菊挤在一起,尽管是他最想看的《沸腾的生活》,但善良的王实头并不后悔,他想起了马得六最常说的一句话,叫"救人一命,胜造七级浮屠"。其实,浮屠是个啥么玩意他也不明白,但他明白那就是积德。

要死不活的人叫胡二白,湖北人。

王实头问胡二白:"湖北这么好的地方你不待,咋跑新疆干啥来了?"

这一问,勾起了胡二白的伤心事,胡二白的眼泪掉得扑扑啦啦的。

白胖胖的胡二白原来是大饭店里的大厨。有一手好厨艺,可两年前一场飞来横祸彻底改变了胡二白的命运。一天傍晚,胡二白的老婆下班时突然被一辆大货车迎面撞了个正着,当场断了气。还没等悲痛欲绝的胡二白从悲伤里抽出身子,儿子又失踪了。中国人对人生际遇喜欢形容成好事成双、祸不单行,胡二白就是最最倒霉的那一种。

有人看见偷他儿子的人就是当地人。听说这个人流窜到新疆去了,胡二白卖掉了所有的家当来到新疆找儿子,找了整整两年连个影子也没找到。可已经家破人亡的胡二白不甘心,他下决心不找到儿子誓不罢休。

听说王实头救了个饭店的大厨,一连人都跑来看新鲜,连长也跑来了。连长比谁都更想吃大厨做的菜,现在连里条件好多了,吃饱肚子早已不成问题,最好能吃点有特色的。

没等王实头找连长,连长自己先找上门来。当天晚上,连长和胡二白聊得很尽兴,一口湖北乡音让连长格外怀念起自己离开多年的故乡。老乡见老乡,两眼泪汪汪,这让连长对胡二白生出了许多好感。没回过几趟家的连长见了家乡人亲得跟兄弟似的,不仅把胡二白留在了连里,还留在了连队的大食堂。

王实头平日里一见连长总躲着。连长眼睛有点斜,看人时总喜欢用眼角夹人,看他的眼神更是古怪,不像看人,像看贼。自从他喜欢上了小黄菊,就像偷了连长家里的大白菜那样不自在。可这次连长让王实头刮目相看,连长办了一件大好事,帮胡二白解决了工作问题。王实头很满意,见人就夸连长办事公道,有能力。

那胡二白还真有两下子,自打进了连队的职工大食堂,一连人都高兴得合不拢嘴。那胡二白的手艺好得真没得说,把食堂的一日三餐弄得像城里的大饭店,红是红、绿是绿。连长也是个对吃极有偏爱的人,自从吃了胡二白的饭,大会小会上夸胡二白是个模范职工。尽管王实头比胡二白干活力气下得大,可连长从来不夸他。连长看人时眼睛一般都往下垂着,脸上挂着笑,唯独见了王实头,要不眼睛翻到了天上,要不直盯着他看,好像他脸上爬了个虱子,看得王实头眼皮怎么也抬不起来。

只有爱说怪话的马得六对突然冒出来的胡二白一点好感也没有,私下里还神神秘秘地对王实头说:"这个胡二白脸太白了,白得像戏里的太监,人不人鬼不鬼,天生就是个绝户头。"王实头不说话,觉得马得六这个人什么都爱大惊小怪,他实在看不出一张白脸能说明个啥问题。

"这个胡二白别看爱笑,可笑里藏刀,一肚子的鬼心眼。"见王实头不附和,马得六不高兴。

王实头还是不接话,他知道连长打算让胡二白当连里的司务长,可这个位置是马得六谋划了很久的,为这个还特地送给连长一条大前门。"以小人之心度君子之腹",这是王实头刚学到的,他觉得马得六其实就是个小心眼,跟《三国》里的周瑜一样。

马得六一听生气了,瞪着眼睛对王实头说:"给你棒槌当针认,一点心眼也没有。那胡二白是九头鸟,鬼精得很,到时候把你卖了还在替人点钞票,咱河南人还是得和河南人在一起踏实。"

王实头这次没听他的,不但不听,还把胡二白安置在了自己房里。

王实头不是不想听他的,是因为没顾得上,最近他心里有件高兴的事,小黄菊红着脸来他房子串门子了。不止一次,还来过好几次,每次来都冲着他笑。不过,每次来都不是找他的,而是连长差她叫胡二白到家里去吃饭,说是吃饭,其实是给他当大厨。胡二白来这后就成了连长的私人大厨。王实头其实并没有和小黄菊说上什么话。倒是胡二白,每次都滔滔不绝的,把小黄菊说得嘴巴咧成一朵小黄花。

王实头躺在自己的被窝想心事,马得六就挖苦他:"再想也是人家的,别看小黄菊长成那样,其实骨子里还是挺骚的。"

王实头生气了:"我咋就没看出来呢,你说得不对,那风骚的女子一般都很主动,爱主动的女子一般都不检点,可小黄菊一次也没主动过,说明小黄菊是个好女子。"

"她对你不主动,不见得对别人也不主动。"

一句话戳到了王实头心窝子里。他低头生闷气,不说一句话。

冬天,正是连里最闲的时候,闲下来的人们谁都不愿白白耽误工夫,都忙着找些有乐趣的事做。那些结了婚的一个个跑到连长那里请假探亲;那些没结婚的都一个个趁机把婚事办了,免得耽误了生儿子的功夫。

马得六也要结婚了,于是催着王实头赶快把婚事也办了,免得夜长梦多。

王实头其实比谁都想结婚,可小黄菊不急,他不能硬把人拽进洞房里。王实头每次碰到小黄菊都眼巴巴地瞅着她的脸。男大当婚,女大当嫁。那小黄菊怎么就不急呢?

王实头心里一时没了底。

五

过年了,王实头回老家看了趟父母,心情好极了,家里一切都好,父母身体也好,就是急着抱孙子。

王实头悄悄跑到街上给小黄菊捎了条红丝巾,家里正流行给女方买丝巾,小黄菊一定会很喜欢,他得趁热打铁把自己和小黄菊的事定下来。一路上,王实头满脑子都是小黄菊,要尽快说说结婚的事,最好回去两人就能结婚,要尽快和小黄菊生个儿子,这样人生大事就完成了一半。王实头被生儿子的念头困住了,能生几个就几个,连里有好几个女人都生了四五个,最好他也能生上四五个,没人带,把父母接过来一块过,老婆孩子热炕头,这才是王实头要过的日子。

刚回到连队,脚跟还没站稳,得了消息的马得六就赶来了,看到大包小包、满面红光的王实头,马得六表情有些讪讪的,像他欠了王实头的钱没还上般地不自在,王实头觉很奇怪。

"出啥大事了?"王实头问得小心翼翼,因为马得六的脸色很难看。

马得六一把抢过王实头手中的红丝巾甩在了地下,气哼哼地说:"小黄菊结婚了。"

"你这不是胡说八道嘛,跟谁呀?"王实头吃了一惊,以为自己耳朵听岔了。

"小黄菊结婚了,男人就是你救的胡二白。"马得六小声哼哼唧唧,像做了贼。

"你说啥?你说谁?"王实头听清了,可心里头没弄明白。

"小黄菊结婚了,男人就是你救的胡二白,这下你死心了?"马得六声音很大,带着气愤。

王实头听清了。怎么会是胡二白?他一阵眩晕,像被人打了一闷棍,一定是马得六搞错了,他得问问胡二白!

王实头四周看了一下,这才发现胡二白不在。不但胡二白不在,连行李也一件没落下。王实头这下才明白自己这回真的是引狼入室了,怎么会是胡二白呢?他心里狠狠被蜇了一下,自己不是胡二白的救命恩人吗,做人怎么可以恩将仇报?

会不会搞错了呢?胡二白整整比小黄菊大了十岁,还是个二婚,这小黄菊脑子有毛病?原来快三十岁的小黄菊不是不想嫁人,只是想嫁的人不是他。女人心思真是猜不透。

他恨不能把胡二白狠狠揍上一顿。

马得六也很生气:"你听过农夫和蛇的故事没?你就是那农夫,胡二白就是那蛇。你路上救了条冻僵的蛇,还把蛇暖在怀里。蛇醒了,没报恩还狠狠地咬了你一口,这下你舒坦了!"

王实头难过得一句话也说不出,难怪上海鸭子天天笑自己是勺子,看来自己真是个这天底下最傻最傻的勺瓜。

马得六忿忿不平:"那女人我就看不出有啥好,倒找我钱我都不要,就你还把她当块宝,不过是他姐夫蹭过的二手货。你记住,狗改不了吃屎,有他胡二白吃的苦头。"

王实头脸色铁青,一脚把地下的凳子踢飞了出去。

几天后,王实头很快见着了小黄菊,小黄菊脸上画得白一块青一块的,王实头这才觉得她丑得像个鬼似的,自己以前咋没看出来呢?看到了他最不想看见的人,没意思,他扭头走了。

王实头一直没再见到胡二白,因为胡二白并没像当初连长许诺的那样当上司务长,年十五还没过完,新被窝还没暖热的胡二白就被连长支到山上去放羊去了。

司务长变成了马得六。好事成双,升了职的马得六跟大辫子姑娘刘桂芬结婚了,眼睛笑成了一对小月牙,屋子里只剩下王实头一个人。

自从小黄菊嫁给了胡二白,王实头最不愿提结婚的事,尤其不愿让人提到小黄菊。他知道连里有不少人在看他笑话,特别是那个上海鸭子,见到他比从前笑得更响了,兴奋得如同嘴里塞了块肉,可不该发生的事什么也不会发生,要发生的事谁也挡不住。

结了婚的马得六照样有事没事老在王实头房子待着。来了一坐就是一晚上,仿佛那床还是他的床,那房还是他的房。马得六结了婚,扯的话题也跟从前不一样了,从前爱扯《三国》,扯《水浒》;扯哪个小伙子看上了哪个姑娘。现在说话活像个老娘们,嘴一张,就扯那谁谁家的男人不老实老想偷腥,谁谁家的女人肚子又大了,特别是一扯到小黄菊,马得六的眼神立即变得神神秘秘,说连长和小姨子绝对有一腿,不然怎会把新床还没暖热的胡二白支到山上去放羊。

看来结了婚不一定就能过得好,不结婚不一定就过不好,这个结局谁也没想到:王实头心头顿时敞亮了许多。

其实,结了婚的马得六不仅仅是为了来看老乡,看老乡的同时还有其他更重要的事要办,结了婚的马得六日子越过越紧,口袋里从没超过一块钱。本来是来扯闲话的,可扯着扯着马得六的话就跑了题,一跑就跑到过日子上面,王实头就知道马得六又没钱了,于是就格外大方地给他借个三块五块的,而且这钱借得从来都是"肉包子打狗——有去无回"。

王实头很奇怪,从前一个人花,马得六也没借过钱,现在两个人的钱搁一块儿反而不够花了,王实头不好意思张嘴问。其实平时他也很节俭,有钱了总想给家里的爹娘寄俩,一个月就这么点死工资,为了攒钱他把烟都戒了。时间久了,占了不少便宜的马得六自己都不好意思起来,非张罗着要给王实头介绍个对象。

王实头与小黄菊虽然注定就不会有一场的婚姻,可小黄菊还是让王实头受到了不小的打击,他想不出连小黄菊这样的女人都不愿嫁给他还有哪个姑娘能嫁给他。他不是没好好掂量过自己,嘴笨、皮肤黑、老相,哪个姑娘看上他,一定是把一泡臭狗屎看成了喇叭花。这个地方原本就男多女少,女人又不是个馍馍,想吃可以一个掰成俩。更何况,连里有的是没老婆的单身汉,比他长得好,嘴巴能说会道的更不在少数。

没过多久,谁也没想到一向不靠谱的马得六竟真给王实头说上了个对象。

那对象让王实头很不满意,不是因为姑娘有啥不好的大毛病,姑娘好腿好脚,比王实头还小个七、八岁。

啥,地主小姐?王实头一听就炸毛了,这年头谁都知道阶级斗争不能忘啊,黑五类分子地主、富农、反革命、右派、坏分子,个个都是开会斗争的活靶子,走到哪都抬不起头。在老家,王实头没少跟村民一块儿斗地主,斗得激动时还上去踹两脚,他可不想到了他这一代被一个地主小姐耽误了终身。于是,他一听是个地主小姐,头摇得如同拨浪鼓。

"你这傻货,有田种总比荒着好,管她是个啥呢,只要能做老婆就行。咱这地方偏远,主要任务就是开荒种地,别看一个个都人模人样,好多人的出身说出来吓死你。新疆这地好啊,啥人到这里都能吃饱肚皮穿暖身子。"马得六开导他。

找不到老婆也不能找个黑五类!王实头低着头一声不吭。

不达目的不罢休,马得六苦口婆心开导他:"咱娶的是老婆,娶老婆也是为了更好地扎根边疆,你也不撒泡尿照照自己,现在要不是打土豪分田地,那地主家的小姐哪会看上你,能让你看一眼都是你的福气。"马得六生气地拍了拍王实头的脑门子。

王实头经他这么一拍也开窍了,他一下子想起了从前他打长工的地主家女儿林小可,多水灵的一个小姑娘,好看得跟画里一样,只要她一出现,多少双长工的眼睛直盯着她看啊。也不知马得六介绍的地主小姐长啥样的?晚上,王实头的脑子又开始自己给自己放电影,影片的内容全是他自己虚构的。不知为啥,一想到地主家的姑娘,他脑子里就窜出了林小可,多好看的一个小姑娘,他想着想着就睡着了。

连队就屁大点地儿,谁有点啥事不想让别人知道都不行。一顿饭的功夫王实头找了个地主小姐的消息插着翅膀飞向了连里的角角落落,甚至飞到了团里。好心人个个都跑来劝他,也有没安好心的一个个呲着牙看他的笑话。就连连长都愤愤不平地说那马得六就是个害人精,自己找个好媳妇,给王实头找个成分不好的,没安好心,还不如找个寡妇。

王实头一直不喜欢连长,第一次觉得连长也不是什么坏人。

连里许多人都劝王实头千万别让地主小姐来。干不能干,看不能看,成分不好会影响他一辈子,想上进,下辈子都没机会了。

就连结了婚的小黄菊,听到消息后也站在路边好心劝他,好像他找了地主家小姐是她的过错似的。王实头虽然老实却很有骨气,自打小黄菊结婚后再没跟她说过一句话,这一次他在小黄菊面前很硬气:"地主小姐怎么了,我爱找谁我乐意,肯定过得比你强!"一句话把小黄菊噎得说不出话来。

自打小黄菊嫁给胡二白后,王实头终于出了口闷气,心里头一下子舒坦了。

晚上,王实头做了个梦,梦到自己娶的媳妇有点像林小可,可不管怎样比小黄菊漂亮多了。

六

这个星期天,全连放假一天。

这个星期天和往常的星期天有点不一样,连里有两个重要的人要来,一个是连长的媳妇,另一个是王实头的媳妇地主小姐。

这两样事让全连上下兴奋得比看上一场电影还过瘾。对于这两个媳妇,全连里人明显对连长媳妇关注得更多。都快四十的连长到现在才肯把媳妇接过来,这让一连人都感到不可思议。为此,连里关于连长姐夫与小姨子的故事编撰了好几个版本。一个说连长相亲时本来相中的是小姨子,可结果家里定亲的却是姐姐。另一个说小姨子之所以守着一直不嫁,是因为心里一直对姐夫念念不忘。还有一个更让连里人说得嘴上抹油的,那就是胡二白大半年都被连长支去山上放羊,胡二白的床上躺的是连长。

总之,连长夫人一来,这下要热闹了。

连长毕竟是一连之长,夫人形象关乎连长幸福,关乎连队形象,关乎平时的流言蜚语。

王实头的地主小姐在人眼里就没啥可稀罕的了,一颗社会主义的大毒草,连里的职工大多是苗红根正的,而且大多受过地主剥削压迫。人们用词也比较狠毒,叫她八分钱媳妇,意思是花了八分钱邮票就邮过来的媳妇。

听着大家八分钱媳妇八分钱媳妇地叫,王实头心里很生气。这么说有点欺负人,叫八分钱媳妇有点不值钱的意思,好歹以后是自己的老婆,他也有男人的通病,自家媳妇的好坏只能自己说,别人说了就是没把自己放眼里。于是,一听到有人叫八分钱媳妇,他就翻脸给人难堪:"我找媳妇干你们个啥事,你们以为自己的老婆多漂亮,说不定还不如我那地主小姐。"

毕竟是自家的媳妇要来了,连长还是很重视,亲自套了连里的大马车去火车站迎接。

人还没影子呢,就有不少人等着看笑话。一连人啥也不干,齐刷刷地站在连队的大路口迎接,等着两个即将到来的小媳妇。

王实头心里很紧张,比他紧张的还有马得六,别看他平时吹得天花乱坠,可地主小姐长得啥样子,马得六也没见过。

直到中午,连长的马车才出现。一出现,全连人眼睛都直了,车上坐着两个女人,都穿着大红袄,可区别老大了,一黑一白、一胖一瘦。一个张飞眉、铜铃眼、厚嘴唇、黑皮,腰粗得似水桶;另一个细皮嫩肉、柳眉凤眼,皮肤薄得一吹就破了,一双细密的睫毛好看地垂着,比画上的人还好看。人们惊呆了。

王实头看着胖女人,脑子一下子就炸了。这下完了,娶个比小黄菊还丑的母夜叉,这日子可怎么过啊! 比他紧张的还有马得六,他颤颤巍巍地说:"实头啊,这地主家的粮食就是多,真没想到把姑娘喂得那么胸丰臀厚的,实在不行,花俩钱把她打发回去吧,就当她来新疆玩了一趟。"

新房是一早连里几个热心的女人帮着布置好的,这可怎么办好?王实头想死的心都有了,他觉得自己太倒霉了,老天爷竟跟他开了个天大的玩笑。

连长脸一黑,把个红袄女人往王实头怀里一推说:"媳妇来了,还傻愣着干啥?"王实头一下子傻了,这不是从前自己东家女儿林小可吗?这么好看的姑娘怎么就成了自家的媳妇呢?这不是在做梦吧?他幸福得使劲掐了一把自己的大腿,腿很疼,这一切是真的!

一连人本来都等着看王实头的笑话,结果没看上王实头的,却看上了连长的。

"连长真可怜,这么丑的婆娘,以后的日子可怎么过呀?难怪连长不愿接她来。"女人们第一次有了同情心。

男人们摇摇说:"早知道这样,还不如当初就直接跟小黄菊把结婚证扯了,花那么大的功夫接过来,真是不划算。"

连长媳妇太丑了,全连人不愿浪费眼睛,便把目光一起投到地主家小姐脸上,看了又看,怎么看也看不够。

"乖乖,这女子咋长的,好看得跟画似的。"

上海鸭子酸不溜秋地说:"别看王实头这小赤佬傻噔噔的,竟摊上个这么漂亮的媳妇,真是老天瞎了眼,让一朵鲜花插在了牛粪上。"

尽管有人公然把王实头比做了牛粪,王实头还是高兴得眉飞色舞、手舞足蹈。

人们都围着林小可看,那林小可一看就娇滴滴的,男人们眼红地说:好汉没好妻,赖汉娶个娇滴滴。

马得六却说:"那叫憨人有憨福,这是命。王实头待人厚道,是上辈子修来的福。"直说得王实头咧嘴傻笑,他也觉得是自己这辈子积了德。

马得六也没想到地主小姐这么漂亮,忍不住眼馋地说:"老实头,我给你介绍那么好个媳妇,看你拿啥来谢我。"

"行,你借我的钱从此一笔勾销,这下总行了吧。"王实头这次答应得比哪次都爽快。

人们看着连长一副可怜相,忍不住同情地说俩媳妇搞颠倒了,应该换一下才对,王实头嘴一撅幸福地说:"这老话说得好啊,是你的逃不掉,不是你的争不来,凭啥我就该摊上那母夜叉?"

婚礼是当天晚上举行的。房子小,人多,人们闹个不停。一波拨人走又一波拨人来,一直到晚上一、两点,人们才总算放过了王实头。

林小可害羞得一直低着头,直到人都走完才敢抬头看上一眼王实头,只看了一眼便又把头低下了。

王实头笑得有点尴尬,像偷了地主家金子般的不自在。好在林小可并没认出来他就是当年自己家长工,他却做贼般地心虚,一直低着头。

红红的烛光下,王实头发现林小可并没认出他,反而一直羞涩地低着头。此时说什么也不能让林小可认出他来,王实头忙吹灭蜡烛。

指尖刚一触碰到那个软软的身体,王实头头一晕便什么也不知道了。

七

林小可成了连里的一幅画,一幅好看的画。

这幅画不仅男人爱看,女人也爱看。每天中午全连人都在睡午觉,林小可不睡,坐在门前的大柳树下一针一线地绣花。林小可长长的睫毛、翘翘的鼻子、小巧的嘴、鼓鼓的胸、细细的腰,引得一群孩子围在她身边看。

林小可不说话,蝴蝶、碎花穿到了林小可身上,让她变得更好看了;新衣新裤穿在王实头身上,让王实头和从前判若两人。

人靠衣妆马靠鞍。王实头整天笑得乐呵呵的,觉得有家的男人就是好,衣服有人洗,饭有人做,再也不用去吃大食堂了。自从和林小可结婚后王实头精神了很多,说话也不再像从前那么木讷了。他现在白天干活没劲了,晚上却很有劲。两块地都需要他耕种,自家的地比公家的地重要。

连里人都爱看林小可,男人们看林小可,羡慕里面加着眼馋。

可女人们看和男人们看不一样,她们把林小可看出了一种和她们不一样的味道。

女人们再坐在一起纳着鞋底子闲扯时,话题一跑就跑到了林小可身上。"瞧她那浪劲,长得就像个骚狐狸。"女人都是小心眼,对不如自己的女人总是格外大度,对比自己好看的女子却手下无情。她们在一起极少议论连长的母夜叉老婆,而把所有不好的词全给了林小可。

"别看她长得好看,再好看脸上长不出大米来,被人伺候惯了,屁也不会干一个,也就是个玻璃棒槌——中看不中用。"

女人们很快拿住了林小可的短处。娇滴滴的林小可,从小到大衣来伸手饭来张口,连衣服都由老妈子洗得平平展展,别说干体力活,就连个坎土曼也拿不动,这下连里的女人们都开心了,提起林小可,女人们就用最难听的话,说得唾沫星子乱飞。

也怪林小可,这林小可傲气十足,见谁都不爱搭理。

连长是百十号人的连长,这么个大活人林小可就像没看见似的,见了连长从不打招呼。林小可家从前的长工也有百号人,林小可不稀罕。马得六算是连里最有学问的人,可林小可家的教书先生比马得六更有学问。上海鸭子可是大城市来的人,据说林小可的哥哥在英国,这一比,差距就更远了。林小可见谁都不爱搭理,在她眼里,连里人就是一群土得掉渣的乡巴佬。

林小可的傲慢激怒了连里人,不少人在王实头面前挑拨离间,搬弄是非。

林小可不仅不爱理连里的人,还看不起王实头。

关上家门,林小可说"你以为你是谁?你就是我家里的长工。"她仰着细长的脖子终于想起来了。

"可我是你男人。"王实头一脸的不高兴。

"你就是穿了龙袍也变不成皇帝,你还是我家的长工。"

"长工咋了?现在是新社会,长工都当家做主了,你别以为地主还有啥了不起,地主现在都在挨批斗,你要再敢在外面亮你地主小姐的身份,晚上开大会第一个批斗的就是你。"王实头吓唬她。

这一招真管用,林小可立即吓得闭上了嘴,她知道这件事的分量,她爹在老家已经被人活活斗死了。从此,她再不敢提有关地主的话题。可她还是嫌弃王实头,嫌他早上不刷牙,晚上不洗脚;嫌他木讷不会说话,还嫌他人太老实总被人欺负。

连里不少女人开始扯林小可的闲话,还有一个人不喜欢林小可,那就是马得六。

按说马得六是媒人加老乡,应该更亲才对,可自从林小可来后马得六再也从王实头那里借不出钱了,林小可把钱管得死死的,就连王实头最爱嗑的葵花子再也没买过。占不上便宜的马得六不高兴了,马得六不高兴,净给王实头出馊点子:"打出来的老婆和出来的面,女人三天不打就上房揭瓦。一个地主小姐能什么能,不听话就开她的批斗会。女人啊,不听话就得打,给她点厉害她才能知道谁是她的爷们。"

王实头是个实在人,听了这挑拨离间的话也没好好过过脑子,还以为马得六真心为他出谋划策呢。于是,林小可再嫌他脏时,他一个大嘴巴子抽过去。林小可一下子愣了,不认识地看着王实头,然后"哇"地一声哭着跑了。

媳妇跑了,王实头一开始还硬撑着。天一黑,他肠子都悔青了,他满脑子都是林小可的好处。自从娶了林小可,王实头就过上了从未想过的好日子,家里的吃的穿的和别人家都不一样。别人家蒸的发糕是苞谷面和白面混在一块的,可王实头家的发糕上五颜六色的,有葡萄干、杏干、和瓜子仁;别人家改善伙食大不了是猪肉炖粉条,可林小可家凉拌绿豆芽、小葱拌豆腐、南瓜粥、土豆泥,一日三餐不重样,馋得马得六动不动就找借口到王实头家蹭吃蹭喝。

林小可处处和别人的女人不一样。连队职工大多来自农村,平时工作忙,很多人房子乱得像猪窝,可林小可把家里收拾得像宫殿。林小可会绣花,做的衣服比商店里买的都好看。林小可长得像天仙,别说连里,就是团里也挑不出一个比她更好看的人,竟让老实巴交的王实头娶回了家。

能娶上林小可,他很感激,是新社会让自己这个放牛娃翻身做了主人。林小可这样的仙女能让他看一眼就是他的福气。想到这,王实头再也坐不住,蹬上自行车去找媳妇。

找林小可并不是件太难的事,能让她去的地方并不多。林小可在连队虽有几家河南老乡,可林小可和她们并不亲,跟林小可最亲的是隔壁单位的李梅。李梅的男人上山放羊去了,李梅小时候是伺候林小可的丫头,现在好了,却成了林小可最好的姐妹,王实头觉得这世界真奇怪。

看到王实头来,林小可头一扭没搭理他。就连李梅也耷拉着眼皮没跟他打招呼,不光没搭理他,连个凳子也没让他坐一下,坐了冷板凳的王实头很尴尬也很无趣,只得灰溜溜地一个人骑着自行回去了。

林小可不回家,王实头见了马得六脸冷得如同寒冬腊月天。

马得六不管,人逢喜事精神爽,马得六的老婆怀孕了,他得找王实头一块分享内心的喜悦。看着王实头家干过锅冷灶的,马得六这次没再生林小可的气,反倒劝王实头赶快把媳妇接回来,劝说他生儿子传宗接代才是大事,临走前又趁机问王实头借了五块钱,他说:"你侄子正是需要营养的时候,我儿就是你儿,你可得多支援支援!"

林小可不在,王实头又能做主了,一听这话,心一软,把家里攒了好几个月的零花钱一股脑儿地塞给了马得六。

连队并不大,王实头老婆离家出走的事在连里传开了。上海鸭子一见他笑得嘎嘎的:"这下好了,老实头把自己的漂亮老婆搞丢了。"

这不是添堵嘛?"关你个啥事!"王实头心里正窝着火,冲上去就要狠狠把嘲笑的人揍一顿,被人们死死挡住了。还没等王实头和上海鸭子再打起来,林小可自己跑回来了。王实头很纳闷,也很高兴,不知为啥,他却明显地觉得自己的老婆胖了,衣服虽然还扎在裤子里,可小肚子却鼓出了一截。

晚上,王实头跪在地上发誓说,他要一辈子给林小可当长工,一辈子只对林小可一个人好,再不听信别人的闲话。林小可听了半天没接话,"扑哧"一声笑出声来:"我怀孕了。"王实头愣了一下,接着一下子就抱住了林小可说:"你不仅是地主家的小姐,你以后也是我们家的小姐,我给你打长工一辈子伺候你,照顾你,你让干啥就干啥。"

林小可笑了,一把推开他:"谁要给你家当小姐,谁要你当长工,现在是新社会,我有腿有脚才不稀罕你伺候呢!"

八

立了秋,瓜熟蒂落,两家的孩子几乎同时落了地。

一路上,两个喜得贵子的男人脸上的表情却截然不同。马得六一直耷拉着脑袋没精打采,王实头却兴高采烈把马鞭扬得老高。通往连队的路是条土路,荡起了老高的灰,王实头不管,快活地唱起了他的河南梆子。

走到路口,连里人纷纷围过来问:"生了个啥?"

林小可躺在马车上大声地回答:"我家添了一本书,老马家添了一枝花。"

连里人没明白是个啥意思。

王实头开心地说:"傻,这都听不懂。书就是儿子,花就是闺女,我家添了个大胖小子。"

上海鸭子说:"到底是人家地主小姐有文化,说起话来和大老粗就是不一样。"

马得六家生了个姑娘,王实头家得了个儿子。这次生了儿子的王实头腰板也直了许多,在全连人面前终于扬眉吐气了。

生了儿子的林小可没变丑,反而更加漂亮了。胸脯圆圆地挺了起来,屁股翘翘地撅着,不仅王实头爱看,其他男人也爱看,尤其是连长更爱看。有几次连长趁王实头不在家去串门,却被林小可拿着笤帚毫不留情地撵了出来。

马得六羡慕地对王实头说:"你这货咋这么有福气?找那么好个媳妇!"

人人都以为连长会嫌弃自己的丑媳妇,可谁知连长不仅从不动手打媳妇,还月芬、月芬的叫得很亲,不仅对自家媳妇好,还对小姨子一块好,好得不分彼此,连里的女人都夸连长最会疼女人。到年底,月芬没给连长生大胖小子,却生了一对双胞胎闺女。连长见人就呲着嘴笑,嘴里露着一排大黄牙。

不知啥原因,小黄菊的肚子始终还是扁扁的,可小黄菊的屁股依旧圆圆的。没人时,王实头望着小黄菊的背影暗暗想:不是说屁股圆圆定生儿子嘛?看来老话也不可信,幸亏当年没找小黄菊,不然别说儿子,就是丫头片子也捞不着。

王实头的儿子都会满地跑了,可小黄菊的肚子依旧空空的,不光王实头奇怪,连里的人也很奇怪。女人们的眼睛是锥子,她们的眼睛像探照灯一样落在小黄菊身上就看出了问题,白胖胖的胡二白早已不是个胖子,变得又黑又瘦。胡二白的瘦不是用在自家女人身上的,是在山上追羊追的。胡二白已在山上放了三个年头的羊了,可连长还是不让他下山。王实头每次见了胡二白都主动上前打招呼,好像他现在受的罪都替他王实头受的。

连队的女人们都说小黄菊的肚子就是块盐碱地,根本不会生。肚子不顶用,不管换哪个男人都没用。只要小黄菊给连长生不出儿子来,连长这辈子也不会让胡二白下山。

女人们说这话也不是一点根据都没有。有一次连里放电影，还是连里人盼了很久的《霓虹灯下的哨兵》。全连人都去看电影，只有连长和小黄菊没去。走到胡二白家门口的时候，王实头差点跟个黑影子撞了个狗啃泥，王实头一抬头认出黑影子是连长，连忙把帽檐拉下来，好像偷人的是他王实头而不是连长。再后来看电影，连长和媳妇都去看，小黄菊也去看，只是看电影时，连长坐中间，媳妇和小姨子一左一右。女人们都笑得屁嗤一样，说连长现在是妻妾成群，又说小姨子就是姐夫的半拉屁股。

不知怎的，王实头现在碰到小黄菊的机会特别多。有好几次，见王实头走过来，小黄菊远远地站在家门口等着，等王实头走过来，结了婚的小黄菊远比从前热情大方，硬拉着他的胳膊往家里拽。王实头去过两回。小黄菊很热情，又端瓜子，又拿兰花豆，弄得王实头很不好意思。说起胡二白，小黄菊就眼泪汪汪的，让王实头不由地同情，觉得一个孤孤单单的女人连个孩子也没有，怪可怜。

女人们也同情，却都把同情用到了胡二白身上，还同情到了嘴上。见了母夜叉黄月芬，女人们会说："昨晚上月亮真好啊，又大又圆，连长又上胡二白家串门去了。"女人们不说小黄菊，知道她俩是姐妹。

十五的月亮十六圆，大晚上亮得像白天，有些不想让别人知道的事藏都藏不住。尖锐的声音一下子划破了夜空。胡二白家门口很热闹，不是男人与女人的热闹，是两个女人的热闹，让一连人不想听都不行，全连人都以为谁家又出事了，把胡二白家围个水泄不通。

两个女人在打架，小黄菊和姐姐黄月芬。别看黄月芬对连长很温柔，对偷自己丈夫的妹妹下手却毫不留情，她当众把小黄菊按在地上,并把整个肥墩墩的屁股骑了上去,把瘦弱的小黄菊压得叫得杀猪似的。女人们却一点都不同情小黄菊,不少人还站在连长老婆一边吐吐沫,骂她偷汉子不要脸,偷的还是自家的姐夫,活该!

王实头看了一眼立即从人群里溜出来,他生怕人们看到他,把他跟小黄菊重新联系在一起,他可不想因为小黄菊破坏了他现在正在过的好日子。

立了冬,胡二白就回家了。

王实头看见胡二白老远热情地打招呼:"二白,回家了?"从前,他心里一直后悔救胡二白,见了胡二白爱搭不理。现在他不但不后悔而且感到很庆幸,见了胡二白跟见了自己的恩人似的,幸好救了个胡二白,胡二白现在就是自己的替罪羊,要不是二白当年抢了小黄菊,今天上山放羊的就是他王实头。心里一感激,王实头招呼就打得格外真诚。

"嗯。"胡二白鼻子里重重嗯一声就再没话了。胡二白现在很瘦,一张大胖脸快变成了小锥子,见了谁都沉着脸,表情阴森森的,很是吓人。

晚上吃完饭,王实头去马得六家串门,路上又碰见了胡二白,见胡二白夹了把弯刀往外走,刀很锋利,明晃晃的刀锋在夜里闪眼睛。

王实头吓了一跳问:"二白,你拿把刀干啥呀?"

胡二白闷闷地回答了一声:"我去砍红柳!"

明明是大晚上,黑漆漆的,砍什么红柳?王实头觉得胡二白红口白牙说瞎话。望着他的背影,王实头又觉得一个男人活到这份上怪没意思的,被人戴了绿帽子还得打碎了牙往肚子里咽。

见到马得六扯闲话,王实头忍不住把路上碰到胡二白的事告诉了他。马得六一听就幸灾乐祸地说:"怎么样,听我的没错吧?我早看出那女人就是个骚娘们。女人骚不骚不在脸蛋上在屁股上,你看那女人的屁股咧得像朵喇叭花,一见男人就开放了。"

马得六说这话的时候,马得六的女人刘桂芬正好从王实头眼前飘过。王实头抬头一看刘桂芬的屁股夹得紧紧的,就觉得马得六这家伙就是厉害,看人看事八九不离十,特别就像过去街头上的算命先生。难怪他当年要娶刘桂芬,这好女人坏女人原来就是这么区分的。刘桂芬可是连里头出了名的好女人,把马得六伺候得像个旧社会的老爷,而且从不多看其他男人一眼。

再碰到小黄菊,小黄菊照样硬把王实头往家里拽,不光给王实头拿好吃的,而且眼睛里多了一层水水的东西,身子突然间泰山压顶似地压了过来,吓得王实头夺路而逃。

九

林小可又怀孕了。

连队的人们都说树弱易结果,女弱易怀孕。别看林小可瘦,可身子却是块肥沃的土地。刚过一年又怀上了,跟她比赛的是马得六家的刘桂芬,俩孩子又一前一后落地了,王实头再次把脸笑成了一朵花。

王实头家还是一本书,马得六家还是一枝花。

连生俩儿子的王实头让连里人羡慕得直撇嘴:"别看老实头人老实,可地种得好,种啥得啥。"

也有人说:"那是憨人有憨福,王实头这样的大好人,是做好事积来的福。"

说得马得六没听完脸就垮了下来,这话像是在骂他。刘桂芬土地也肥沃,连生了俩丫头片子了。人们讥笑马得六生来就是张老丈人的脸,阴盛阳衰。

"娘美美一窝。"王实头一高兴,忍不住在马得六面前得意洋洋。

马得六一听就变了脸:"你神气个啥,不就得了几个儿子吗?当初如果不是我,你还不知道在哪打光棍呢。"

王实头也自觉理亏,不该在马得六面前瞎显摆,吃水还不忘挖井人呢,于是便说:"我俩儿子都是给你生的,咱两家以后搭亲家,等孩子们长大,我儿子就是你儿子!"说完又想起胡二白,那胡二白虽然有儿子,可和没儿子有啥区别,到头来还是个绝户头。

红柳坡还是红柳坡,罗泊湖还是罗泊湖,连队人对罗泊湖的热爱依然有增无减,动不动就钻进湖里泡个澡。

生了孩子的林小可也爱洗澡,一洗浑身上下水嫩嫩的更好看了,可一好看王实头就不放心了。

林小可最爱单独去罗泊湖洗澡,单独去是因为王实头说别小看罗泊湖边的老胡杨,有很多胡杨都是几百岁的老寿星。

湖见得多了,林小可不稀罕,可在家乡几百岁的老胡杨从来没见过,林小可喜欢一边安静地泡在水里,一边静静地欣赏胡杨。跟王实头找不到浪漫,就躺在湖里沐浴着阳光,抚摸着水中倒映的胡杨,幻想着能有像《第二次握手》中的主人翁苏冠兰与丁洁琼那样浪漫的爱情。林小可没事喜欢看书,最爱看的是《第二次握手》,这本书让她流了很多次眼泪,书里男女主人公的爱情纯洁得令人不可思议,一生只握过两次手,那是一种什么样的爱情啊!

红柳坡还是红艳艳的一片,可红柳却少了很多。许多地方被开成了地,红柳一少,湖面上的东西很容易看得清清楚楚。王实头不高兴,不高兴是因为连长也经常往那个方向去。尽管林小可从不给连长好脸色,但羊不惦记着狼,不等于狼不惦记着羊。

当年长着那么茂密的红柳,小黄菊还是被王实头偷看到了身子,不仅看了还动了生儿子的念头,现在的林小可不知要比小黄菊好看多少倍呢,王实头心里不踏实。

下过雨的罗泊湖,金色的胡杨、茂密的芦苇、紫色的红柳花、碧绿的湖水,如同一幅金灿灿的油画。天一热林小可又要到湖里去洗澡,王实头正忙着和男人们打扑克,看到林小可一个人要去红柳坡洗澡,脸顿时拉了下来,眼睛里射出两道骇人的光。

即便王实头警告了很多次,可林小可还是要去罗泊湖。见丈夫不高兴,林小可只好又约上了小黄菊。林小可本来不喜欢小黄菊,可没生出孩子的小黄菊见谁家的孩子都亲,尤其是王实头家的,见到王实头儿子的大眼睛、红嘟嘟的小嘴巴,总是亲了又亲,跟亲自家孩子似的,前不久还特意送给她小儿子一个拨浪鼓。林小可本来打心眼里瞧不起小黄菊,可见她对自己孩子如此亲,又觉得没孩子的女人真可怜。

新疆盛夏的阳光格外强烈,男人们甩扑克甩得正过瘾,林小可却挎着小黄菊的胳膊一扭一扭朝着红柳坡的方向走了。王实头盯着两个美好的背影再没了心思,他把扑克让给别人,自己却坐一边抽烟生闷气。

男人们一看王实头魂不守舍就瞎起哄:"实头,你怎么那么没出息,都俩孩子爹了,看自家老婆还跟看贼似的。"

连长也接了口说:"王实头就是个没见过世面的土包子,整天抱着个娇滴滴不撒手。"

王实头不接他们的话,只顾闷头抽自己的烟,等烟抽完,猛然发现甩扑克堆里少了点啥。王实头的脸"刷"地一下子白了,因为少的人是连长,王实头烟一丢忙奔向红柳坡。

连长果然去了罗泊湖,王实头着了急,眼看连长的身影就在二三百米前面晃动。远远的,水里两个光着身子的女人在嬉笑,水珠子泼得很高,女人们笑声脆得像银铃,叮叮咚咚很好听。

前面的连长对水里的两个女人比他看得清,看得清就走得更快。水里的女人玩得正高兴,做梦也没想到红柳坡里有两个男人在赛跑。快走到湖跟前,连长衣服一脱,那架势就准备冲到湖里去生擒活捉两个女人。

王实头虽然平时很怕连长,但此刻自己的老婆正在水里,绝不能让连长占了便宜。他急得满头直冒汗,他知道单凭自己不是连长的对手。脚下正好有根木棒子,他一弯腰捡起来握在手中。

等王实头再抬起头时,发现岸上突然多了个人,也是个男人,男人比他跑得更快,旋风般一下子就冲到了赤条条的连长跟前,男人的手臂迅速而又有力,一下、两下、三下,瞬间,红彤彤的血顺着连长的肚子往下流。

连长倒下了。一个男人站着,站着的男人是胡二白。

两个女人惊叫了一声钻进了水里。胡杨枝头上几只叽叽喳喳的鸟,扑棱棱惊恐地张开翅膀飞向远方……

星期五

一

13号,星期五,又是个黑色的星期五。

程小蝶的心不由地咯噔了一下,西方人忌讳"13"号那天是星期五,把那天称为黑色星期五,西方人忌讳,小蝶也忌讳。

一年中有十二个13号,黑色星期五的概率几乎是六分之一,那么一年最少有两个,程小蝶仔细算过,可她躲不过。这个世界很奇怪,每个人都有一些特定的日子,这些日子带有一种无法解释的神秘潜入你的生活,冥冥之中会撕裂你的人生。

"当"的一声,墙上的挂钟响了,指针重重地定在了"1"的坐标,丈夫刘逸飞还没回来,她突然预感到他今夜不会回来了。男人夜不归宿?这是她最怕面对的,可它说来就来了,之前没有任何征兆。他能去哪呢?这个问号太大了,生活中有许多问号悬在那里,程小蝶不敢问,她怕一问立即会把这个外表看起来一直风平浪静的家的面纱撕毁了,里面的汹涌波涛会瞬息而来,这是她无法面对的。她不得不还人前人后地伪装着,对于她,那不是伪装,那是她活在众人面前的一份自尊和脸面。

锦衣玉食,从前是她从不敢奢望的,可现在,二百五十多平米的上下小二楼温暖而又华美,雕花的门套、古典的油画、欧式气派的家具,把房子点缀得温馨而又华丽。无忧无虑的生活却让程小蝶时常感到很失落,过去的温馨一去不复返了,一个人时她常常怀念从前紧巴巴的日子。

她一边心安理得地住着,一边却觉得某个地方令她隐隐作痛。

丈夫从什么时候变的,好像跟这个房子有关。从前,她也曾羡慕过别人家的大房子,她做梦也想不到有天她也能住上这样的房子,上天是个偷心的贼,溜进来偷看了她心里的秘密,于是,如同阿拉丁神灯般的,心愿达成,梦想成真了。

实现她梦想的人竟是丈夫的哥哥。程小蝶从没听说过丈夫有一个哥哥,真奇怪。她吃惊地询问这个人,可婆家人仿佛都不愿提他,即便是逸飞,他的表情也总是淡淡的,谈得很勉强,在他的嘴里不自然地溜出一个奇怪的称谓:那个人。多么冷冰冰的态度,程小蝶不喜欢。

以后的日子,那个人仿佛带着魔咒,只要他一出现,整个气氛就坏了。

两年前,那个人死了,却留给逸飞一大笔钱,这笔钱多得足够他们家买房,买车,开公司。天上掉馅饼的事只在电影里出现过,可程小蝶的生活中却发生了。四百多万,这笔巨款对程小蝶来说简直就是天方夜谭,她只是学校一名美术老师,累死累活年收入也不过三万。

逸飞怎么会有个哥哥?直到死,他还从未出场,对此她很不满,对未曾谋面的那个人充满了好奇。

硕大的房子空旷而又安静,程小蝶又时时为自己的漠不关心感到愧疚,也怪她,她原本是个冷漠的人,结婚了十几年,却始终对他的家事漠不关心,不是她故意不关心,而是除了对儿子刘默默和逸飞外,她几乎对所有人都漠不关心。她知道她的这份孤僻与格格不入从童年就开始了,但她走不出去,像一张密织好的网,在她很小的时候就把她死死困住了,这是她的世界,她走不出去,别人也走不进来。

逸飞的哥哥死了,怎么死的她不知道,只是后来隐约听说他是个天才画家,他的画卖了不少钱,全部留给了逸飞,而不是他的父母,这让小蝶又吃了一惊。那个人竟然那么深爱一个对他漠不关心的弟弟,而不是他的父母。丈夫家很奇怪,从前,她一直觉得那是个温馨和美的家庭,婆婆、公公、逸飞,互敬互爱的三口之家,"那个人"竟从没听他们提起过,这个和他们血浓于水的人,他们怎么竟然无视他的存在?可见在温馨的背后还藏着不可告人的秘密。

他是个天才画家。程小蝶很遗憾,她也是个画画的,她此生最热爱的就是画画,那么志同道合的一个亲戚,自己怎么就错过了呢?她为自己感到惋惜。

"那个人",程小蝶对逸飞的称谓很不满,逸飞一向是个温和阳光的人,可一提到那个人他就变了,表情倦怠而又冷漠,让她明显地感到一种奇怪的距离与疏离。也许,每个人都有两面性,他的表情立即让她想起一个人,她的婆婆。难道性格也会遗传?那个慈眉善目的女人,逸飞在的时候,她对她多么和蔼亲切啊,仿佛她不是媳妇而是她的小女儿。可当丈夫一转过身去,那个慈眉善目的表情一下子就不见了,两束冷冷的光在她身上扫来扫去,像黑夜里的雷达,让她坐如针毡。她一直以为是自己过于敏感,后来无意间才听说,婆婆家对于她这个儿媳妇从一开始就极力反对的,可逸飞太坚持了,谁也改变不了,他们还是结了婚。

婆婆为什么不喜欢她,不知道,她也不想问。

关于逸飞的哥哥是个谜,程小蝶不问,刘家人也不提;小蝶也不是不想问,可这个话题一出现就被一堵冷冷的墙顶了回来。

白发人送黑发人,丧子之痛对两个七十多岁的老人打击几乎是毁灭性的。程小蝶懂,就连一向偏爱她的公公也变得神情恍惚、答非所问。即便是丈夫,言语间看似那么地不在意,死了个最亲的人后,逸飞明显瘦了,胖胖的身子狠狠缩了一整圈,他的眼睛经常泛着红红的血丝,就连看她的眼神也变得恍惚了。小蝶知道他没睡好觉。

不是不在意吗?毕竟是自己的亲哥哥,打断骨头还连着筋呢,那种不在意原来只是种表象。仿佛看破红尘,逸飞一下子变得冷冷的,对家冷了,对她冷了,就连对程小蝶的身子也失去了所有的热情,这让她不舒服。一个人死了,可他却迷弥漫在她生存的整个空间里,活生生地插在她的生活之中,让她感到生硬。

小蝶一向非常安静,从不怎么爱说话,随着丈夫的冷漠她就变得更加沉默寡语。丈夫的夜不归宿,她隐隐察觉好像和一个叫蓝琪琪的女人有关。这个名字常出现在丈夫的手机里,让她格外敏感起来。因为这个名字一出现,瞬间就把丈夫风一样地拽跑了。

丈夫夜不归宿,她心里像有块沉甸甸的石头垒在那里,让她几乎忘了其实房间里还有一个人,儿子默默。

一阵熟悉的音乐飘了过来,那扇门仿佛将一切拒之门外。十七岁的默默不知从什么时候起,同他的名字一样沉寂得悄无声息,谁也说不清青春期的孩子为什么如此古怪而又叛逆,孩子是敏感的,特别当家庭出现了不和谐的音符后。默默总是把自己关进另一个世界里,跟谁也不说一句话,尤其对程小蝶,仿佛她犯了弥天大罪,对于父母感情的隔阂,他表现出明显的憎恶和不满。

活在自己的世界里?多么像她啊,自己的世界是将自己与他人隔离的樊篱。儿子的这种消极令她忐忑不安,儿子几乎是她的全部,她怕这种隔膜,可她左右不了。

《天空之城》再次从默默的房间飘出来,她怔了一下,这是她再熟悉不过的音乐,她站起身来走到儿子的画室门口。门开着,画室里贴满了《风之谷》的动漫。

宫崎骏?她站在那里愣了一下,儿子从什么时候迷上了宫崎骏她竟然不知道?曾经有个人也迷宫崎骏,一个人突然从程小蝶的记忆里跳了出来,多么奇怪而又相似的爱好啊。程小蝶的身子突然一紧,整个人倒在了楼梯上。

她无声地站在楼梯旁望着他,心里惴惴不安。他专注地一点点将一点点地颜色铺在画面里的人物上,仿佛她不存在。

默默从什么时候起竟然如此迷恋宫崎峻?还有他的《天空之城》?多熟悉的音乐,她站在那里一动不动地望着他,突然,她看到了一种极其熟悉的眼神,茫然的神色里充满了半个世纪的绝望。

多么熟悉的眼神啊,那个人,那个人的眼神也是这样的——魏杨仟默。

"咔嚓",窗外,沉重的雷声突然将天空拉开了一个口子。一道强光一闪,她的眼睛被刺了一下,紧接"轰隆隆"震耳欲聋的雷声把她淹没在这沉寂的世界里。

"默默!"她大声叫了起来,她怕闪电,从小就怕,雷电中,她是那样的孤独与恐惧。

也许太吵了,儿子终于看了她一眼,仿佛世界被突然打扰了,他站起身来"啪"门被用力地关上了。她被关到了门外。

二

巨大的黑淹没了整座城市,雨哗哗地将天上的黑幕一点点拽了下来。

雷电交加中闪出一张忧郁而又生动的脸,淹没了她所有的恐惧,仟默、魏杨仟默,有多少年没再想起这个名字?雷声捶击着她的心,一声声几乎把心脏劈成了几瓣,她的呼吸顿时困难起来。默默、魏杨仟默,没有人会把这两个名字联系在一起,那是程小蝶深藏在心底一个无人知晓的秘密。

她怎么可以忘了他呢,魏杨仟默,这个在梨城中学独一无二的四个字的名字,一个多么生动而又特别的名字,一个特别的男孩。

十七岁,多美的花季啊!小蝶只要一想起仟默,这个名字如同一根细细的钢针,对着她活蹦乱跳的心狠狠扎了下去,疼得她喘不过气来。

"知道吗,你是个最特别的女孩。"说这话的时候,仟默一脸的迷茫。

她忙把头扭到了一边,躲开了他的好奇。因为她太知道这个"特别"的含义,十七岁的她,是全年级最漂亮的一个女孩,单薄、瘦弱、忧郁,细瘦的腰身如同凹进去的山谷,她的胸异常丰满,与细瘦的腰部连成一条优美的弧线,她站在那里,美好的身姿里散发出一种婷婷袅袅的美。

十七岁的她,几乎拥有所有女孩都向往的美,窄肩、细腰、长腿,她具备着许多美人不具备的美,不仅如此,她还长着一双迷人的大眼睛,镶在一张苍白而又尖细的脸上,透着一种说不出的味道。她是风情的,是那种娇柔妩媚的美,每当她从人群中走过,背后总有不少眼睛盯着她,可她并不自豪。她的脸色太过苍白,镶在尖细的瓜子脸上有种病态的美,她的眼睛很大,却是孤独而又忧伤。

拥这样的美,她一直那样的自卑。她从不笑,也从不和班上任何活泼快乐的女孩疯闹,她总是独自安静地坐在那里,安静地看书,安静地画画,安静地看每一个人的喜怒哀乐。

没有人能轻易走进她的世界,她太敏感了,与那些天真活泼的少女相比她更像个玻璃人,她把自己武装得深藏不露,从毛发到脚跟,她容不得自己出一点差错。她早就学会了如何小心翼翼地保护着自己,因为她是个外表光鲜内里空荡的瓷娃娃,哪个调皮的孩子都会微不留意地闯进来打碎自己,她决不能容忍这种致命的破坏发生。

绘画,是她一个人生命的独舞,只有坐在一堆五彩缤纷的色彩中,她的内心才会欢腾起来。

"魏杨仟默,你的名字真特别,为什么会有四个字?"她第一次主动地跟一个男同学搭讪,而他只是沉默地看了看她,什么也不说。

"你是个很奇怪的人。"她歪斜着脑袋对仟默笑了,这于她而言极为不易。从很小起,严厉苛刻的母亲就用一双极为挑剔的眼睛盯着她,那锥子般的眼神明明白白地告诉她:不许与任何男孩子交往!

从小到大,她没有一个异性朋友,她似乎没怎么和男同学讲过话,更没有对他们笑过。

在这所学校里,他的确比她还要特别,她早就注意到了这一点。他是全校师生公认的天才。他从前不是这个学校的,可他一来就轰动了整个梨城中学,门门功课全年级第一。他不仅绘画好，而且，所有的成绩在全年级都名列第一，可他的孤僻与他的学习成绩一样突出，他总是独来独往，几乎不与任何同学交流。他的优秀犹如华山中那僻远秀逸的孤峰，秀挺寥寂而又高不可攀。

两个孤独的人，一条无形的绳索悄悄将他们扭在一起。

他和她是无意中的遇见，这种遇见的方式与其说无意，不如说是学校刻意的安排。两个绘画天才，学校重点培养的特长生，画室仿佛专门为他俩准备的，每个星期六的下午，当所有的学生被学校早早放假赶回家的时候，只有她和他静静地坐在画室里，享受校园美好而安静的时光。

这是一片独有的天地，学校的画室里除了美术老师外，只留下了她和他，更多的时候，只有他与她。美术老师总惦记着她那个还不怎么会走路的孩子，常常把所有的空间都留给了他俩。画室很安静，只有唰唰唰的画笔声，学校把培养美术特长生的期望落在了他们两人身上，尤其是他。

年级的老师个个偏爱他，他出色的学业成为学校培养清华大学的重点生，成了所有老师关注的焦点。八门课中，有四门课他竟然能得满分，真是一个令人瞠目结舌的奇才。

少女的心是敏感的，更何况像她那样一个女子，她很快捕捉到了他的喜欢，一个眼神、一个微笑，都能在她心中荡漾好几天。

她其实也有不少暗恋者的，可当她得知他们背地里给她起绰号"花瓶""木头西施""猪头美人"后，她便无端地自卑起来。在他面前，她其实更加自愧不如，学习成绩在全年级倒数，光这一项，作为一个学生来说，几乎是致命的，她把班级老师的脸面丢在了地上，班里每次公布考试成绩的时候，她总能看到老师与同学们鄙夷的眼神，挡都挡不住。她简直恨不得立刻就遁身钻进地缝里。

其实,她是一个自尊心多么强的女孩啊,她学习一直非常刻苦。可她知道,不管她怎样努力都是没有用的,她记忆的关键部位大脑受伤了,这种伤一直暗藏在她心灵深处。她常因一些莫名其妙的事遭到母亲的暴打,有几次她被母亲揪住头发撞在桌子上,几乎痛得昏死过去。

有一次,大概母亲太用力了,血从她的头部不住地流,医生用粗陋的针脚缝合了外部的创伤,却缝愈不了里面的内伤。

她是个失忆人,这是她的秘密,她不能让任何人知道。她不能让他们知道她还是一个被父亲抛弃的女孩,有一个暴躁抑郁的母亲,在所有人面前,她极力装成一个正常的孩子。

父亲在哪里?她不知道,只知道父亲在她六岁那年便抛弃了她们母女。七十年代,那还是个多么正统的年代,离婚就像一条爆炸性新闻,那个风流成性的父亲竟然把一个未婚少女的肚子都搞大了。这些丑闻,每一件都让会小小年纪的她,在众人面前抬不起头来。为了守住这个秘密,母亲不得不从一个地方搬到了另一个地方。

母亲长得不漂亮,她那生硬的五官拼凑得像一幅被破坏了的作品,皮肤太黄、眼珠太鼓、鼻子太凸,尤其她那两块凸起的颧骨山峰般地孤立在脸面上,张扬地呈现出一种呈凌厉之势,那样凌厉的长相再加上那样凌厉的性格,任何男人都承受不了,更别说是风流倜傥的父亲。

父亲和母亲怎样结合的?她不知道,两个人在一起简直就是暴殄天物,这样一桩极不协调的婚姻,注定了它的必然解体。

程小蝶常怀疑自己不是母亲生的,在她的身上几乎也找不到丁点母亲的影子,她简直就像一个妖精投胎,不管她多么不喜欢,可她的确是从那个子宫里爬出来的。

她其实更情愿她不是母亲亲生的,母亲对她的态度明显带着恨,仿佛她是父亲和哪个野女人苟合的结晶。"臭不要脸的",从小到大,这是母亲对父亲唯一的称谓,一想起那个臭不要脸的,她就会拿出柔软的柳条,把小蝶的身上抽得青一道紫一道。程小蝶从小就恨上了柳枝这种浪漫的植物,从上小学起,即便是夏天,她也总把自己裹得严严实实,生怕同学们看出蛛丝马迹,她太敏感了,经不起同学和老师任何嘲笑的眼光,哪怕是一点轻微的嘲笑都能浸入她的骨子里。

她一直都知道自己的性格是有缺陷的,敏感、自卑、脆弱,以及对人的不信任。

她的种种性格缺陷为她带来的是孤僻与格格不入,尽管她漂亮的外表博得了众人的眼球,但却常常成为老师和同学鄙夷的对象,尤其是她的女班主任,那个一脸庄重、一本正经的严老师,提起她嘴巴咧到了耳后跟:"程小蝶你是不是从小在猪圈里长大的,脑子笨得跟猪似的。"老师还没说完,班上许多同学就跟着哧哧地笑起来。那种笑,像一把把匕首,在她不大的心房里嗖嗖地飞来飞去,把她的自尊戳得千疮百孔。

每个星期六,宁静的画室是她的美好时光。

阳光很好地铺洒在雕花的窗棂上,梨树上枝头的鸟雀唧唧叽叽喳喳地在叫着,画室里,她跟仟默呈八字分坐着,唰唰的画笔声如同潺潺流水,瞬间勾勒出一副美妙的图画,她的手就是一条流动的小溪,在山间快乐地游离着,她迷恋这种日子。

当一副素描快要完成时,小蝶的鼻尖总会冒出细密的汗珠,这些秘密想藏也藏不住的,她总是紧张,紧张构图不够精致,紧张色调不够协调。每当这时,她的眼光总会偷偷越过画夹落在仟默的画上。他画得那样好,色彩的运用与构图几乎达到极致的完美,特别是对色彩的运用,有种神秘、梦幻,有种强烈的视觉冲击力,这是小蝶无论如何也做不到的,她知道,这就叫天分,尽管她也是个绘画天才,对色彩的运用惟妙惟肖,可在他面前,她这点优势简直不值一提。

阳光不失时机地斜射进来,通过余光她偷偷看他的脸,他长得清秀儒雅,一撮好看的卷发几乎遮住一双深褐色的眼睛。那是一双多么忧郁的眼睛啊,即便是笑也带着莫名的忧伤。

不到一个月,她便知道了他的忧郁来自哪里。大凡沉默的孩子都来自一个特别的家庭。

他是一个从小寄养在别人家的孩子。一场车祸,养父母死了,难怪他有如此忧郁的性格,从别人家中回到自己亲生父母身边,爱变质了,最亲的血缘关系被多年的遗弃破坏了,特别是再见时的陌生与不信任,把这种美好的血缘生硬地撕裂了。他其实长得有些像他的亲生父亲,可这种身份需要多年外观生长、形成来验证。时间太久了,没有人能理解一颗幼小的心灵被亲人的质疑与歧视带来的伤害。

他恨他们。这种恨从他懂事起就一点点积攒起来,并随着他的年龄增长而一点点放大,大到几乎把他的心房撑破。十几年的光阴,他与亲生父母不再是最亲的亲人,而是毫不相干的陌生人。他根本不想再回这个家,他情愿死在外面。

他的不幸触动了她内心的柔软,让她想到了自己,同病相怜,也许是这个世间最近的一种距离。很快,她发现他喜欢她。

尽管他俩同一年级,但并不在一个班级,平时即使见了面,她也只能把头一低匆匆而过,可他看到她时总是一直盯着她,直到她的背影消失。

只有在每个星期六,每当素描作业完成时,他们又会愉快而小声谈论梵·高,谈论莫奈,谈论杨·维美尔。在他面前,她变成了一只快乐的小鸟,她迷恋那个眉毛像鸟一样的墨西哥女画家弗里达,她懂得她,称她是用伤痛作画。而他则着迷于宫崎峻,他被他的《风之谷》《天空之城》迷住了。他们俩都有听着音乐作画的习惯,他听的是《天空之城》,而她听的则是柴科夫斯基的《六月船歌》。很多时候,他们也为听什么音乐而争论不休,最后两首曲子轮换着听。他与她谈论时,她总是害羞地低下头不敢注视他的眼睛,而他越来越直白地盯着她的脸。

她心里对他有了一种很特别的依赖,可她却什么也不说。他开始寻找各种机会跟她在一起,他不再躲躲闪闪,他的感情大胆而又热烈。

一天,两个人准备离开教室时,他突然走过去,把她的手紧紧地攥在自己的手心里说:"你是个温柔善良的女孩,我喜欢你。"接着,他又说:"你需要温暖,其实我也需要温暖,让我们俩永远在一起互相取暖吧。"

程小蝶身体外面那层最生最硬的壳一下子被他撬开了。她恋爱了。她悄悄地把这个秘密与她的闺蜜周周一起分享。

周周是一个与她没有任何秘密的女孩,包括恋爱。对于程小蝶的幸福,周周是一个最好的分享者。仟默前几天说了什么,今天又说了什么,每当她俩谈起仟默,她们的表情总是眉飞色舞、神采飞扬。

周周也是个特别的女孩,而且她俩站在一起时,这种反差格外明显。她太男性化了,周周似乎在母亲肚子里的时候便把性别搞错了。高高的个头,一头男孩子般坚硬的短发,她喜欢笑,笑起来那么的肆无忌惮,粗粗的声调几乎让人们忘了她的性别。

在小蝶的记忆里,周周不像女孩更像男孩。一次,一个男同学企图欺负小蝶,周周冲过去就把男同学的本子撕成两半。还有几次,她竟然与男同学大打出手,班里有许多男同学都怕她,可小蝶却喜欢她。她如同一座山似地守在小蝶的身边,让她终于找到了一处安全地带。

那是个多么令人值得信赖的好朋友,也是程小蝶在学校唯一的好朋友。

仟默、周周,这两个名字突然从她的脑子里蹦出来,令她顿时呼吸困难。十八年了,这些人从她的记忆剥离开又合拢,原来他们一直幽居在她的心灵深处,尽管她总是失忆,可当她孤独与无助时,他们总会从她的记忆里跳出来。

最后一次见仟默是什么时候,十八年前吧,他怎么会又跳进了她的记忆,《天空之城》,对,是《天空之城》又让她想起了他,弯曲的刘海、忧郁的眼神,是他,儿子身上这些熟悉的东西和仟默一样,一个人怎么会把自己的影子根植在另一个人身上呢?

真是活见鬼了!儿子怎么可以像仟默,十八年了,她觉得自己竟是残忍的,几乎从没去打听过关于仟默的只言片语,真的把他从记忆中抹去了吗?没有,从来没有。

三

第二天天不亮,逸飞便回了家。

他跟个没事人似的看也不看程小蝶一眼。终于有机会两个人面对面地坐下来,接下来谁都不说一句话,像对面挂了个银幕,马上会有精彩的戏要上演。

"吃饭了吗?"还是小蝶先开口了,但开口问的竟不是昨晚去哪了。

"吃了。"

接下来,两人便没话了。

一夜未归,丈夫没解释,小蝶也没再问。尽管她内心很想知道答案,她盯着他的眼睛,他其实早看到了她心中的问号,却残忍而又快速地闪开了。

　　她的心有多疼痛啊,难道他就真的感觉不到这种疼痛吗?

　　坐在宽大的沙发里,逸飞独自想着一个人的心事,并没有再看一眼她呆滞的目光,然后一头扎进默默的房间。两个人关上门,神神秘秘地说着什么。

　　儿子与丈夫背着自己有秘密,小蝶不喜欢。没有谁喜欢最亲的人将自己排除在外,她要和他们一同分享秘密,于是,她鼓起勇气走过去,可她刚一走近,他俩立即停止了交流,快速地交换了一下彼此的眼神,然后用一种警惕的目光同时盯着她。瞬间,两个粘在一起的身体迅速分开,接着面无表情地各干各事去了。

　　程小蝶忍不住跑回房间掉下了眼泪,我到底做错了什么他们要这样对我?她独自坐在那里有种强烈的虚无感,这种虚无孤零零的,让她感到了世间的寂寞与空旷,在空旷的空间里,她不过是一粒细小的粉尘,轻渺得无依无靠。

　　家,是这十几年来她一直精心铸造的一座城堡,可她眼睁睁地看着它即将分崩离析,她不能任由它轰塌。她身边有太多她这个年龄的夫妻分道扬镳,她受不了这个,她不是他们,她忘不了小时候父母的离异给她留下的剧痛。对她来说,家不仅仅是吃好穿暖,更是她所有的情感家园与精神依托,她的一切未来与幸福,都被这座她精心建造的城堡囊括了。

　　晚上睡觉时,逸飞抱着被子匆匆去了另一个房间。他到底想干什么?程小蝶心里委屈,但她不想让坏脾气破坏了他们多年的感情,她厚着脸皮抱着被子跟他挤到了一张床上。他"腾"地一下子转过身去,他明显在躲她!她再也顾不得自尊了,硬着头皮跟他挤在了一起,他烦躁地翻了个身子转到了床的另一头。

"我们离婚吧!"从床的另一头传来了一个沉闷的声音。

"为什么,我不离!"程小蝶心里一揪,抱紧了被子,她不再说一句话。她什么也不想说,更不会傻到主动地去问那个叫蓝琪琪的女人,仿佛她根本不存在。

果然,他恼了,沉不住气了:"真是个疯子,我越来越不能忍受你了。"他翻过身子背对着她,竟很快睡着了。

他已经很久没碰过她了,不仅不碰她而且躲她躲得远远的。其实,她与丈夫的夫妻生活并不是很愉快,他总是缠着她,可她总躲着他。她老觉得疼,每次下身都隐隐有种撕裂的疼,其实她很明白,那不是身体上真正意义上的疼痛,那是一种来自她心灵深处的疼。

听到了一阵鼾声,程小蝶又把身子贴在了他的身上。丈夫身体上厚厚的一堆脂肪里包裹着一种温暖的舒适,他不是这两年才发胖的,他年轻时就微胖。程小蝶一直不喜欢太瘦的男子,丈夫胖胖的身体让她感到安稳和妥帖。这些年,他像宠小猫一样地宠着她,给了她朴实的温暖,她已经习惯性地把他这里当成了一处巢穴,一处让她觉得温暖的巢穴。她多么爱他啊!不能没有他!

从前的时光多好啊,她想起了第一次见到他的时候。

他正拍打着一只篮球。他个子很大,又高又帅,他的眼睛不大却总爱笑,笑起来非常好看,似一轮弯弯的月牙,两个浅浅的酒窝,让她一下子陷了进去。

他是学校篮球队的,见到她时,手心里总带着一只球,和她讲话时。他喜欢边拍篮球边追着她说话,尽管球在跑,可从不影响他嘴巴里蹦出那些感人的句子,他说在这个学校里他最喜

211

欢两样东西,一个是篮球,一个就是她。他说这话的时候眼睛深情地望着她,让小蝶无法怀疑他的真诚。

尽管他很帅气,但她还是很快从他迷人的笑容里拔了出来,她无法忘却远方的仟默,不过她还是迷恋他笑的样子,那是一种她和仟默从未有过的笑,是一束明媚的阳光,把昏暗的世界一下子就照亮了。

可这两年,那束明媚的阳光骤然不见了,只剩下莫名其妙的冷漠与疲惫。这两年,他用哥哥留下的资产,拼命地让它从原有的一部分变得更多,谈生意,应酬,筹集资金,他活得很挣扎,整日周旋于各种生意、金钱与复杂的人际关系中。他变了,变得麻木不仁,忽视一切,变得程小蝶不认识了,物质也许真的能改变一个人,他们俩如同两列相错的列车,朝着各自不同的方向向前行驶,却越走越远,难道这就是婚姻?小蝶很怀念从前贫穷而又温馨的日子。

黑暗中,镜子里面折射出一个好看的弧度。她的腹部依然扁平,腰部沿着臀围处深深陷下了一个窝,突出了她丰满的臀部。从前,她从不知这个窝的美妙,后来逸尘告诉她这个窝叫美人窝,极少有女人拥有,陷下去的窝把她的屁股显得很饱满。她的眼角不知什么时候已出现了细细的褶皱,尽管如此,那张苍白的脸依然还是那么精致。同学聚会时,她的许多女同学已经明显地显出中年女人才有的微胖,可她站在她们中间依然亭亭玉立。

像是谁坑了他似的,这两年逸飞的脸上总是寡淡的,有事没事地皱着个眉头,其实她还是那么的漂亮,可却再也打动不了丈夫,她做错了什么,他要这样对她?逸飞比她小整整两岁,她突然想到了这个问题,男人更喜欢年轻的女人,特别是有了钱的男人。

两年前的逸飞可不是这样的,他那么迷恋她的身体,每晚睡觉时,他总是亲热地用手揽着她的腰,把圆圆的肚子贴在她的腰窝处。她的肾不好,腰部总是特别怕冷,那团肉却恰到好处地贴在了她腰的冰凉处,让她有种说不出的舒服,她是离不开丈夫的。

贴着丈夫的肚子,她把自己陷入了他的怀里,她还是一眼看到了他的白发,小蝶心疼地望着他,刚四十岁的他却已经有了许多白发,他还比她小两岁,可他也老了,肚皮松塌塌地裹着她躯体,她有些心酸。尽管他们的身体紧得没有一丝缝隙,可他的心却已经离她很遥远了,远得如同隔条银河。

她还记得第一次他看到她的表情,他把嘴巴夸张地张成了"O"型,惊讶得几乎说不出话,"你叫什么名字,你太美了,简直就是我心中的奥黛丽赫本!"他高出了她整整一个头,正开心地拍着一只篮球,看见她,急忙弯下身子给她让路。

那会儿魏杨仟默去了哪里,他正在五千多米海拔高的高山上站岗放哨。她不明白他为什么竟干出这样的傻事,她很后悔她在他面前表现出的不自信,因为她知道她不可能考上大学。于是,在高考那天,他做了一个谁都意想不到的决定:放弃考试。他的举措让整个学校都愤怒了,可他无所谓,他这样做仅仅是为了给她一点信心,他要她明白:为了她他什么都可以放弃,他知道她是一个那么敏感、自卑、脆弱的女孩啊。

可她做了什么,她如期地参加了考试,尽管没考上大学,却考上了另一座城市的美术中专,在这里还遇见了对她一见倾心的刘逸飞。

逸飞从第一眼见到她就喜欢她,他明知道她有男朋友还那么死命地追她。他常常在学校的岔口不经意地出现在她面前,他在她面前那么的开心,一见她便没心没肺地笑着。她却处处小心翼翼地躲着,她心里装着她的仟默,没有人能撼动他在她心目中的位置。

四

蓝琪琪出现在程小蝶的眼前时,竟让她有些措手不及。

她从没想到她会以这种方式出现,出现在儿子的生日上,还竟然出现在她的家里。她如此张扬没一点别扭,大大咧咧地把屁股一扭便坐在了程小蝶家的沙发上,好像这是她未来的家。

程小蝶很意外也很不满。这不过是一个家庭的私人聚会,家里请的几个都是与他们相处了多年非常熟稔的老朋友,可蓝琪琪就这样插了进来,如同一个外来的侵略者,存心要在这个家里谋一席之地似的。她没想到蓝琪琪会来,所以,程小蝶并没有刻意收拾打扮,尽管她是个公认的美人,但那天她蓬头垢面,一身的油渍,一手正举着一只炒菜的锅铲子,一手正往嘴里塞着一块肥肉,活像个街头粗俗的中年妇女。

可就在这时,蓝琪琪出现了,一身的珠光宝气,仿佛存心要出她的丑,蓝琪琪优雅地微笑着,就这么满眼复杂地望着她,让她恨不能找个地缝钻进去。早知道蓝琪琪要来,她一定会把自己精心打扮一番,精致梳妆,光彩照人,她不能输给蓝琪琪,尤其是第一次见面。

可这一次见面,她的确输了,她只穿了件最普通的黑色毛衣,毛衣的袖口还脱了线。蓝琪琪简直就是盛装出场,披肩的卷发、弯弯的月眉,尤其是猩红的嘴唇如同一支腊月里盛开的红梅。一进门,就让所有人眼前一亮,远远望去如同时装模特,她拎着个很大的生日蛋糕,在见过每个人时,她表情夸张地微笑着,然后主动上前跟每个人熟稔地套着近乎。

蓝琪琪并没她想象得漂亮,却浑身上下洋溢着有一种大胆而撩人的风情,女人漂不漂亮不要紧,可一定要有风情,风情是顶要命的。

程小蝶并没有让丈夫难堪,她保持了一贯优雅的姿态,只是迅速地跑进卧室,以最快的速度略微收拾一番,然后打起精神,在客人面前谈笑风生,妙语连珠。她原本是不善谈的,连她自己都很吃惊,女人竟可以如此善变,原来为了家庭是可以豁出去的。

她本来就瘦小,站在高大的蓝琪琪面前更显得小鸟依人,她对每个人友好地微笑着,静看蓝琪琪表演,只是令她奇怪的是丈夫对蓝琪琪没有一丝一毫的亲热,他极不耐烦地潦草地敷衍着,程小蝶一眼便认定蓝琪琪绝不是丈夫所喜欢的那一类型。

蓝琪琪身高足足有一米七五,还偏偏穿了双近十公分的高跟鞋,与高大的丈夫站在一起几乎一样高。蓝琪琪虽然肤色很白,眼睛却小得眯得成了一条缝,她的嘴巴大却缺乏性感,这让她看起来有几分怪异,不管怎么看,蓝琪琪都远远无法与她程小蝶相媲美。

程小蝶得意地笑了,从蓝琪琪发达的四肢与硕大的骨骼中,她很快猜到了她的身份,绝对是体校出身,而且从她那张开的手指小蝶准确地判断出:这个蓝琪琪也是个打篮球的,而且就是当年那个拼命猛追丈夫的女同学!

旧情复燃了吗?不可能,丈夫从来就没喜欢过那个女同学!程小蝶微笑地望着蓝琪琪,准备欣赏一场精彩表演。

蓝琪琪的脸很白,但是那种擦了粉的白;程小蝶从不擦粉,她要的就是未经粉黛天然去雕饰的自然美,尽管蓝琪琪比程小蝶小两岁,可看起来却比她老多了。程小蝶放下心来,笑容落在脸上格外地真诚,她给蓝琪琪主动夹了菜,并真心地劝她多吃点。

蓝琪琪好像根本不吃这一套,私下里逮着机会故意问她什么时候和逸飞离婚。

"是吗？我们好着呢,为什么要离婚?"程小蝶把嘴巴张得老大,一脸天真地问。

"逸飞说你们早就分开睡了,一定会离婚的。"蓝琪琪眼里充满了挑衅,她并没有打算这么轻易地放过她,蓝琪琪可不想这么轻易地便宜了她,如果当年不是她的出现,现在的刘夫人一定就是蓝琪琪自己。

连床上这点事也告诉了蓝琪琪,可见他们关系不一般。程小蝶的心像被人狠狠拿针扎了一下,脸上却笑得一朵花:"哈哈,他在逗你玩呢,逸飞老是这么喜欢开玩笑!前几天他还对我说你还像当年那样死缠着他不放呢。"她咯咯地笑起来,笑得像个开心的小女孩。

"是吗?"这次,蓝琪琪的嘴巴张得很圆,她显然被惊着了,脸上的表情一下子僵住了。

程小蝶看到她这个表情很过瘾,她终于还击了她,她知道,她比蓝琪琪厉害,嘴里含着蜜手里却握着剑。

蓝琪琪明显地心不在焉起来,特别是当丈夫和蓝琪琪站在一起时,她始终微笑地望着他,那表情却十足向他传递一个信息:原来你夜不归宿的人就这样啊,她揶揄的微笑中又有一种明显的鄙视。

丈夫的表情果然很难看,他显然被激怒了。当她转过身时立即收敛了她虚假的笑容,其实她的心真的很痛,她依然还那么爱她的丈夫。

躲进厨房,她的眼泪一下子不争气地掉下来,这是怎么了？为什么会变成这样？这么多年,他不一直都把她像个孩子般地宠爱着,照顾着吗？虽然她从没未向他表白过什么,可她的生命早已与他融为一体不能分割。十八年了,她生活得内心安定、无风无浪,她无法容忍任何人闯进来破坏它。

从前,她一直以为自己只是把他当成了一座避风港,现在才知道她不是,这么些年他的身影那么轰隆隆地将仟默的光芒遮盖去了一大片,他早已成了她生命中不可缺少的一部分。她怕失去,她不能失去！她无法接受失去这个她苦心经营了多年的家,她不仅是妻子还是母亲。她不能像母亲一样沦为一个弃妇。她美丽、善良、温婉、贤惠,多少男人都羡慕逸飞,在逸飞面前她一直很自信。可现在,这一切如同一个完美的金字塔轰然间倒塌了,更可怕的是,她还不知发生了什么。

客人一走,累了一整天的程小蝶一个人故意心情愉悦地哼着歌收拾着桌上的残羹剩饭,不用看,她早知道逸飞正躺在沙发上不动声色地盯着她。她就是要让逸飞知道这种日子她过得非常舒心和快乐,她从前做得很开心,现在也依然做得很开心,她是真心爱他,爱孩子,爱这个家,她不能没有这个家。

逸飞显得很疲惫,他一直抽着烟一动不动地盯着她。他从什么时候开始抽烟的,她竟然忽视了,他以前从不吸烟,因为她最讨厌抽烟的男人。

过了很久,他终于开口了:"我们还是离婚吧！我会照顾好你以后的生活。"口气很硬,他以为她会很吃惊。

程小蝶朝他莞尔一笑说:"我不离！"

"为什么不离？"

"为什么要离？"

"你不觉得我不像从前那样爱你了吗？"

"是吗？你爱上了蓝琪琪了吗？如果你为了蓝琪琪我就离！"程小蝶突然忍不住地笑出声来，她觉得一切多么地滑稽。

"这和蓝琪琪有什么关系？凭什么我会爱上她？"逸飞被激怒了。

她"扑哧"一声笑出声来，这就对了，要的就是这个效果，否则她一天的表演就浪费了。对于这个蓝琪琪，程小蝶打心底里看不起，不仅看不起而且不屑，她一下子证实了自己的想法，丈夫根本不爱蓝琪琪，不仅不爱甚至还有点讨厌，可他爱的究竟是谁呢？

于是，她歹毒地说"如果你离婚是为了娶蓝琪琪，那我现在就离！"这个话题是团火，一出口就把人烫了。

"你真的变态！"他恨恨地把手里的烟灰缸朝程小蝶砸了过去，烟灰缸没砸住小蝶，转了个圈落在了椅子上。

他第一次骂这样的脏话，也第一次摔东西。程小蝶终于被激怒了，她狮子般地咆哮起来："我有什么错？我到底做错了什么？你这样对我！"她再也不愿伪装下去，她把烟灰缸狠狠摔在了地下，摔得粉碎。接着，她一把掀翻了桌布。桌上的碗、盘子一股脑儿地摔在了地上。

刘逸飞站起身子看也不看她一眼，"啪"地关上了灯，"嘡"地甩门而去，她"哇"地趴在桌子上大声哭了起来，她的盔甲一下子被空旷卸掉了，整个人彻底地软下去了。

哭了很久，她突然发现儿子默默就站在桌子旁，正一声不响地盯着她。

"默默，不要离开妈妈。"她叫了一声想扑过去抱住儿子。儿子似乎发现了她这个企图，还没等她扑过去，他迅速地抽回身子离开了客厅，"哐"地一声，默默的房门死死关上了。

"我到底做错了什么？我到底做错了什么？"程小蝶歇斯底

里地叫了起来,空旷的客厅只有回音,她把自己重重摔进沙发失声痛哭了起来。

钟表"滴嗒、滴嗒"响得格外沉重,又是一点钟了,她知道逸飞今晚绝对不会回来了。他到底去哪里?又是蓝琪琪那里吗?她一想起蓝琪琪那嘲笑的眼睛,她觉得自己快要疯了,她不明白逸飞为什么会把分床的事告诉蓝琪琪,即便他不喜欢她,也不该把这样的事情告诉她,那是他们自家的隐私!黑暗中,她看到自己内心的伤口重重地被丈夫撒上了一把盐。

今后怎么办?她把自己逼进了一条狭窄的死胡同里。

"我不离婚!绝不离婚!"她一遍遍地像是对自己说,更像是对逸飞说。站在黑暗里,她又想起她的家,想起了母亲,想起了无数个夜晚母亲寂寞地站在窗前被长长拖着的影子,她绝不能容忍自己重蹈覆辙。从结婚那天起,她就下决心:无论将来过得幸与不幸,她决不离婚!

她弯下腰来,认真地将地上的碎片一片片拾起。

忧伤的旋律从默默的房间里飞了出来,声音越来越大,一阵强大的气流几乎要将她包围,又是《天空之城》,她呆呆地站在那里。她情不自禁地走过去推开了门,儿子让她感到有种前所未有的害怕,默默站在那里一动不动地画着他的《风之谷》,弯弯的卷发遮住了他忧郁的眼睛。

这不是仟默嘛,真是活见鬼,她吓了一跳,这是怎么了,她这是怎么了,她冲进默默的房间,一把把随声听砸在地上踩了个粉碎。

儿子奇怪地看了她一眼,手指停也没停地在画布上继续画了起来。

五

她一直以为她这辈子一定会嫁给仟默的，可她不明白他怎么当兵当了这么久，整整五年，一千八百多个日子里会发生多少事啊！

13号，那是个黑色星期五。

学校放学后，她早早给母亲打了电话，尽管母亲的声音冷冰冰的，可她还是渴望回家。一整天都很顺利，放学，买票，坐车。天渐渐地暗了下来，她恨不能长出两只翅膀飞回去，可她越着急越出问题，汽车不知为什么走着走着却停了下来。一车人急，司机也急，修车修得满头大汗。等司机修好开到她所在的城市，天已经黑透了。她的家在团场。市里的公交车已经下班了，连队离市里还有好几公里路，她只能走着回去。

已是深秋，天黑得很快。太阳接近地平线后一下子就掉进了深谷里。路上偶尔有车灯一闪，很快又漆黑一片。她从小就怕黑，在黑暗中行走，背后如同被无数个鬼魂追赶，她两条细长的腿几乎一路在飞奔。尽管如此，回家的路还是漫长得让她怎么也走不到尽头。

风刮得呼呼的。她走得很快，两条胳膊上下用力甩着，这样可以加快行走的速度。背上的汗渐渐渗湿了她的碎花衬衫，不到一个小时她就看到了家附近的灯光，还有不到一公里路，可她心里很急，她穿着一双硬底的皮鞋，脚上早已磨出水泡，痛得她每走一步都十分艰难，尽管她很害怕，可她的两脚不听使唤地叉上了小道，这样可以少走好几百米路。

小道是一片果园。连队果园的果子早已被采收得一干二净。栅栏早早被拆除，到处是缺口，她很顺利地钻进了果园。

果园黑黢黢的,夜晚中的树干与树枝像无数个神秘的精灵在不断大声议论着,仿佛在谈论不可知的变数。刷啦啦的树叶声让她越来越恐惧,如同深谷里无数只怪兽的吼叫。天太黑了,她什么也看不清,她越走越快,快得被一个粗壮的东西绊了一下。

"咕咚",她被狠狠地摔倒在地上。她吓了一跳,想爬起来继续赶路,可她挣脱了许久没能爬起来,她的身体死死被脚底下的东西缠住了,她拼命挣扎,可还没等她爬起来,那个东西变成了一个巨大的黑影扑向了她,压得她喘不过气来,她想大叫,一股刺鼻的大蒜味封住了她的嘴巴,是个人,不是树桩,而且是个有力的男人。

她恐惧极了,拼命喊叫起来,一股浓浓烟臭味的布迅速塞住了她的嘴巴。"别叫,再叫老子弄死你!"这是个熟悉的声音,接着一双大手扼住了她的喉咙。

她睁大双眼,用力挣扎着,那双大手掐着她让她喘不了气来。紧接着,她被拖进果园的一个草棚棚里。她认出了他,他是果园点上出了名的小混混刘麻子。他身材高大,满脸坑坑洼洼,一双暴凸的双眼让他脸更加可怕。他一直和她是两个毫不相干的人,她从未和他说上过一句话,见了他那双可怕的眼睛她也只是远远地躲着。

她已经叫不出声,即便叫了也没人听到。她只好用力地踢他,哧啦的一声,她的裙子被撕开了,接着,她的内裤也被脆弱地分成了布条,她对男女间的事还一点都不懂,她不知道他接下来会干什么,但她不能让他挨着她的身体,她拼命踢他。男人有力而又干脆地把她压在了身下,她用力地挣脱,可是那股力量很强大,让她无论如何也挣脱不了,不管她怎么挣扎,对方如同一座山死死将她压住。

"啊!"一股钻心的刺痛,几乎撕裂她的下身,她疼得忍不住大叫了一声,尽管她的嘴巴还被塞得死死的,可她还是疼得叫出了声,那张丑陋的脸在她脸前凶狠地闪动着,她的身体不断地被撕裂,血顺着她的腿流了下来,她疼得昏了过去。

可那个身体还在不断地撕碎她,一下,两下,动作粗暴而又生硬……

六

蓝琪琪成了程小蝶家的常客,她竟然决定长住在这座城市。

她常常风一样地跑来,又风一样地离去,把程小蝶家当成了自己家,在小蝶家忙上忙下、跑前跑后的。逸飞在的时候,蓝琪琪来吹牛聊天;逸飞不在的时候,蓝琪琪陪小蝶逛街买菜。尽管程小蝶的脸色时好时坏,可她并不在意,像完成一件神圣的使命,认真而又大度,脸上还带着某种讨好。

"她像是个小妾。"没人的时候,程小蝶笑得吃吃地对逸飞说。

"你胡说什么?"

"她像是你的小妾,恨不得立即鸠占鹊巢。"程小蝶的嘲笑很露骨。笑声很尖锐,像根根钢针,直朝着刘逸飞麻木不仁的脸扎过去,针针见血。刘逸飞的脸色难看极了。

好一段时间,逸飞不再提离婚的事了,如同冬季里进入冬眠的蛇,所有的不快在他的脸上都不留痕迹。

以为逸飞终于回心转意了,小蝶开始约蓝琪琪一起逛街疯狂购物,看到蓝琪琪一身的名牌,她知道它们中一部分来自于逸飞的钱。于是,一向节俭的她内心里生出愤恨和不满,她也要拼命花他的钱,让他再累死累活地挣去。

她存心拉着蓝琪琪来到市里一家最贵的商场,从内衣到大衣,她挑了足足十来件,带着十足的快感,在蓝琪琪的面前,她两眼亮光闪闪,五官生动而且明媚,她脑子里浮现出逸飞惊愕的表情,她就是故意要惹他生气。

她一想到逸飞生气的样子便开心地笑起来,她得意得甚至忘了身边的蓝琪琪。蓝琪琪正盯着她手中的物品,表情很古怪。

她毫不犹豫地掂着大包小包来到付款台,用拇指与食指夹着逸飞给她办的银行卡优雅地递了过去,她被自己洒脱的动作迷住了,笑得很开心,原来拼命花钱的感觉如此美妙。

"不好意思卡用不了。"卡很快被递了回来。

"为什么"

"卡里没钱了。"

"你说什么?"程小蝶拿卡的手就像满月忽然被天狗咬去一口。这张薄薄的卡连着她的十指,又直指她心脏。

蓝琪琪就站在她身边,同情地说:"你卡上的钱早被逸飞取光了,他最近没钱了。"

"为什么没钱了?"

"逸飞把钱拿去买房了。"

"给谁?"她心里什么地方狠狠抽搐了一下,但是她得继续。

"给你。当然你也可以不搬,你不搬逸飞就搬,你们之中总有一个要出来。"蓝琪琪盯着她,一字一句地告诉她。

太意外了,逸飞竟然买房了,还是给她买的房。虽然不是买给蓝琪琪的,但结果一样让她无法接受。看来,逸飞是铁定了心要和她分开了,事前她竟一无所知,告诉她的人竟然是蓝琪琪。一个人站在大街上,小蝶如同被人当众狠狠扇了一耳光,满脸火辣辣地痛着。

为什么她嫁的人是逸飞而不是仟默,她一遍遍痛苦地问自己。

树影又筛落在她身上,把她截成一段一段,明明灭灭的。她一边走一边伸出一只手,想接住一片正飘下来的落叶。然而在触到那落叶的一瞬间,她心里猛地惊了一下,秋天又到了。

那也是个秋天,她无法甩掉那些记忆,有些记忆是一辈子无法抹掉的,她只要一回忆起那段往事她的身子便不住地颤抖。

她一辈子也忘不了那个清晨,当她苏醒的那一刻,母亲正盯着她。母亲原本下垂的嘴角显得更加生硬,那眼神更加锋利、短促、直接,像要再次把她的身体刺穿,下身的疼痛让她又恢复了记忆,她看到了破碎的内裤下赫然流着一大滩血迹,她绝望极了。

周周风一样地跑来了,兴奋地告诉她:仟默回来了。

她"哇"地一声哭出声来。周周呆呆地望着她,斑斑的血迹立即让周周明白她发生了什么,中学的时候,她们班也有个女孩,同样的哭声、同样的血迹。

那是个多么快乐的女孩啊!圆圆的眼睛、红嘟嘟的嘴唇,老远都能听到她干净、清脆的笑声,她那好看的脸上总漾起一抹新鲜、愉悦的气息。可是,就在一个午后,学校旁的电影院召开了一场前所未有的公审大会,全校所有的师生都参加了这次公审。从此,人们都知道她被一个男人强奸了,她把他告了,男人被判了整整十年。于是,学校沸腾了,判决大快人心。接着,学校的角角落落都传着流言蜚语,人们龇牙咧嘴地议论着女孩的种种。接着,人们如躲瘟疫般地躲她;接着,她因此而消失,不知所终。

"真是个骚货!"母亲把一只手伸向她,狠狠地拧了她一把,痛得她大叫起来,她的腿夹得紧紧的,她的下身还流着血。

"你就是个跟你父亲一样骚的骚货,像你这么脏的人就该去死,死了才干净。"母亲的骂声让她想到了死。

她真是她的母亲吗？活着还有什么意义？她绝望地想。

"我这辈子算是被那个臭不要脸的给毁了。"母亲又重复了一遍她爱说的一句话,每当听到这句话的时候,她总是吓得心惊肉跳的。因为,接下来母亲的手会毫不犹豫地伸向她,在她细嫩的皮肤上发了疯地拧着,直到她叫得鬼哭狼嚎时,母亲才肯罢手。所以她几乎从不穿露胳膊露腿的衣裤,即便是夏天最热的时候。

她是母亲的女儿吗？她再一次怀疑这种特别的母女关系。夜深了,母亲又把她一个人扔在了屋子里。

从很小的时候起,母亲就常常把她一个人关在黑屋子里。连队没有电,夜黑得伸手不见五指,到处影影绰绰,她怕黑,黑暗里,她如同一个婴儿般的惶恐与无助。她趴在小窗子上一遍遍地大声喊着"妈妈",可母亲并没有出现,陪伴她的只有窗外几只不断叫春的大黑猫,那种娃娃般的哭声让她对整个世界充满了无限恐惧,黑暗中,她趴在床上伤心地哭了。

忏默回来了,就在团部周围的一个连队,只有几公里,可他一直没来看她,整整五天了,她默默地数着,他还是没有来,周周也没来。她像明白了什么似地"哇"地哭出了声,哭得撕心裂肺。

她从床上爬了起来,一遍遍用水冲洗着身子,可有些脏钻进了她的骨子里面,怎么洗也无法洗去。

来到团场的团部,她的眼睛不断地从四周搜索着,企图从人群中搜到忏默,她不相信他真的会嫌弃她。可她并没有看到忏默,却看到了她最不想见的人——刘麻子。他就站在离她家不远的地方,叼着一支烟,咧开的大嘴里赫然袒露两排黄黄的牙齿,牙缝中露出一丝难看的烟垢。他正用一大一小的眼睛斜视着她,他是故意让她看到他的。

只要他轻轻一嚷,她就彻底不见天日了。她吓得脸色苍白,如同惊弓之鸟般迅速逃逸了。

她心惊胆战地活着,走到哪都觉得刘麻子正站在暗处盯着她的一举一动,像个魂魄一样寸步不离地跟着她。整整一个下午,她都躺在床上,噩梦一个接着一个。她完了,像那个失踪的女孩,仟默怎么可能再爱她这样一个不干净的女孩呢?她的一生再没有希望了。

"着火了!"外面突然热闹起来,人们叫喊着潮水般朝着一个方向奔跑。站在院子里,她看见母亲所在的棉花网套车间浓烟滚滚。所有人在奔跑,男的、女的,老的、少的,人们都匆匆忙忙拎着自家的水桶奔向一场灾厄。

只有她,静静地躺在床上,如果能这样死去该有多好!

叫喊声越来越大,火势很猛,浓浓的黑烟从棉花场的方向向外冒着,翻卷成一朵黑色的蘑菇云缓缓飘向天空。她突然做出了一个连自己也意想不到的决定,她快步冲出了小院,夹在救火的人流中,接着,她直接朝着火海里冲了进去,她只想让这场大火尽快地烧死自己。

死,大概是人类解决痛苦的唯一方式。她想不出还有什么更好的办法。火势越来越凶猛。火苗蹿向了房梁、草席,不断有火球从高处掉下来,她茫然站在那里。

整个棉花车间如同滚烫的火球,烤着她的肌肤,她的身躯几乎爆裂,一条火柱突然从顶部砸了下来,她害怕极了,她一下子后悔了,这时,一双有力的臂膀突然抓住了她,她不知所措,她一转身抱住了那个高个子消防员,泪如雨下。

是啊,她还这么年轻,怎么能死呢,她不能死的,她也不想死。这么多年里她活得比一只蟑螂还顽强,怎么可能去死?那种烧烤的滋味太难受了,还是活着好啊,即使再卑微地活着,也终究是活着好啊!

那场大火,侥幸只是给她的额角留了一个不大的疤,当晚,她毅然离开了家,一路上,她咬紧牙关发誓:永远也不再回到这个鬼地方。

可是两年后,她还是回到了这里,她要结婚了,娶她的是逸飞。

这次她很平静,并没有把强奸的事告诉他。她不再傻到像告诉周周那样,任由着她告诉仟默,那是她心灵上的一块疤,她不能再任由着它流血。于是,她轻描淡写地对逸飞说她早已不是处女了,她之前有男朋友。逸飞开心地回答说他无所谓,他也曾经有过一个女朋友,这下他们扯平了。可后来他俩在一起时,逸飞才羞涩地告诉她,这是他的第一次,程小蝶感动地哭了,她是从那一刻起才真正爱上了他的。

结婚时,逸飞又把她带回了这个团场。他和她竟在一个团场,这世界真是太小了。

结婚那天,又是个星期五,逸飞母亲选的日子,她不喜欢,一点都不喜欢,她的脸色很难看。可婆婆却执意说那是个好日子,婆婆是个迷信的女人,为了他俩的婚期专门花钱请算命先生查了日子。她不敢反对,没有人愿意娶一个身上有污点的女子,她还有什么反对的资格?她得尽快嫁人,能有一个属于自己的家。

婚礼很热闹。公婆把附近所有熟悉的人都请到了。主持人很幽默,尽出些稀奇古怪的节目让大家发笑。程小蝶一向不喜欢这样逗笑的场面,可婚礼中主角是她,只能勉强应付着。

一房子人都嬉笑着,她与逸飞分别站在主持人事先安排的高高的木凳上表演嘴对嘴咬糖块。这是个非常古老而又传统的节目,主持人很老练,用线绳吊着一块糖左右摇摆着,可她怎么也不肯当着众人把嘴递过去,两个新人憋得满脸通红。

"一二三四五六七!"主持人大声地给她鼓劲。

"我们等得很着急……"人们齐刷刷地回应。

就在她努力地将嘴伸过去的时候,突然,眼前出现了一个她熟悉的人——周周,她并没有请她,不但没请她,她熟悉的人一个也没请,她的出现令她很吃惊。

周周表情复杂地瞅着她,她咬糖块的动作一下子就僵住了,因为周周的背后还站着一个人,那个人是她魂牵梦萦的魏杨仟默,当她的眼睛落在仟默惊讶的脸上时,他突然大叫了一声转身向外跑了出去,"咕咚",她狠狠地从凳子上摔了下来。

十八年了,她再没有见过仟默,也没见过周周。

她极少回团场,准确地说几乎不回。这么多年来,她竭力地想忘掉连队,忘掉母亲,忘掉那肮脏的一幕,她的内心早已千疮百孔、破碎不堪,她不允许任何一个人再重新揭开她的伤疤。

母亲去世的时候,她又悄无声息地回到团场,回到连队。在那个高楼耸立的团部,她没见到仟默,没见到周周,却见到了刘麻子。他知道她要回来,故意在她家附近等着她。十几年了,他果然还不肯放过她,她可是一块小嫩肉,可她也知道他一定会来。这时的她已经三十五岁了,三十五岁的她早被生活打磨成了一把坚硬的利器,随时会戳向伤害她的人。

她事先准备好了录音笔,在母亲殡葬的那天,他果然像她预料得那样,一瞅着机会就来纠缠她。

他大概已经等了很久,迫不及待地扑向她,他厚颜无耻地告诉她这些年他一直惦记着她,可她就是不回来。他还威胁她,如果她再躲着她,他就把当年那点事当作茶余饭后说给全团人听。

那天,程小蝶表演得很成功,她故作天真地睁大眼睛问:"你在说什么呀,我怎么一点也听不懂?"

他果然就上套了:"是吗?那我可要帮你回忆回忆,十几年前的一个晚上,你还是一个学生的时候,你被我拖进果园里,那时你还是个处女,被我强奸,叫得跟鬼一样,到现在我还记得你叫得那个惨样,像被人用刀捅了似的。"他得意洋洋地望着她,好像她还是当年那个胆小柔弱的小绵羊。

她死死地盯着他,冷冷地说:"你信不信,我能把你这头畜牲生送进公安局,让你的下半辈子在监狱里度过。"程小蝶果断拿出录音笔,刘麻子那无耻的声音清脆地溜了出来。

他开心的表情一下子像被钉子般钉在了那里,五官随即不听话地扭曲起来,他害怕了,像一头丧家犬快速地逃离了她的视线。

她望着他的背影大笑了起来,魔鬼也有恐惧的时候,她笑得眼泪都快出来了,她从没像现在这样开心过,她突然觉得自己变得坚硬如铁,变得刀枪不入,他再也伤不了她了。

笑过之后,她想到了仟默,顿时泪流满面,如果当年没有那场意外,她和仟默是多好的一对啊。

走在人群里,她四处悄悄地打听着仟默,所有认识仟默的人告诉她,他失踪了,没有人知道他去了哪里。

七

婆婆病了,电话里的声音急促而又严厉。

程小蝶正在拖地,可她还是停了下来,因为她听到了一件和她有关的事情。

"怎么还不离婚呢?你什么时候能和蓝琪琪结婚?"

"我是不可能和蓝琪琪结婚的,我回去照顾你好了。"

"你来照顾我,看到你我人都被你气死了,我还是打电话叫蓝琪琪回来照顾我好了。"电话的一端是婆婆,电话隔音效果并不好,婆婆的声音从电话里飘了出来,程小蝶并不是有意要偷听,可她从小的听力就比常人要敏锐得多。

婆婆中意的竟然是蓝琪琪,原来分床的事是婆婆告诉蓝琪琪的,跟逸飞根本无关。蓝琪琪要暗渡陈仓了,婆婆急着修那个栈道。

"再不离婚我会死在你面前!"婆婆的声音很尖锐,毫无保留地刺进了程小蝶的耳膜。

程小蝶愣住了,原来要他们离婚的是婆婆,她从不知道婆婆竟然如此憎恶她。她呆呆地走进自己的卧室,突然觉得自己挺傻的,还以为她与丈夫的问题只是夫妻生活的不快,原来不是。

细想一下,她觉得自己过分了,难怪婆婆不喜欢她,这些年她都做了些什么?她从没有丁点地爱过她,更没把她当作自己的母亲。她总是淡淡地敷衍着她,她其实是怕她的,一直以来,她其实根本不知道该如何爱一个应该是母亲的女人。

"她为什么讨厌我,为什么这么讨厌我?"程小蝶呆呆地站在阳台前默默地想。

婆婆从一开始就不喜欢她,可他们还是结婚了。这么多年都过去了,为什么现在一刻也不能容忍,这里面仿佛藏着什么秘密,好像和蓝琪琪有关。

又是蓝琪琪,她根本没把蓝琪琪当作对手,可现在变了,在婆婆眼里蓝琪琪才是她的儿媳妇,真是不简单。原来,这么多年她不回去,蓝琪琪一直悄无声息像把刀似地横在他们中间,她竟一无所知。蓝琪琪什么时候离的婚,她竟从没问过。

来到阳台,她茫然地注视着远方,一抬头,发现对面阳台上竟不声不响地站着个四十多岁女人,女人有些古怪,头发长而散乱地披散着,表情呆滞,两只眼睛很大却如同毫无意义的黑洞。见她呆在那里,那女人也呆呆地望着她,小蝶突然觉得四十岁的女人真可怜,奋斗了很多年却被世界莫名其妙地抛弃了。

女人一动不动地望着她,表情复杂,有种说不清的东西,让她突然产生了一种巨大的恐惧。她们俩就这样面对面站着,无声地对视着,突然,女人在她面前张开了双臂,像只大鸟般地从阳台上飞了下去……

阳光很温暖,一轮血色的夕阳硕大宁静地在城市的高楼间慢慢沉下去。

那个肉体重重摔到地面上,顿时支离破碎。

一个鲜活的生命就这样消失了,程小蝶的眼泪"哗"地夺眶而出,她这才意识到那个女人的表情是痛苦,痛苦到了极点。她的眼泪像断了线的珠子不停地滚动下来,她为女人难过,尽管她不知道女人是谁,为什么放弃生命,但她突然明白了一件事,每一个放弃自己生命的人,她的内心一定隐匿着不为人知的痛苦,就像自己,没有人能理解她此刻的痛苦。

她猛然转过身去,大声告诉丈夫她要回家回到团场去,去好好照顾自己的婆婆,她的声音大到让逸飞吓了一跳。

他看了她淡淡地说:"真是个疯子,你最近有点不正常。"

"我是快疯了,这个家待下去谁都会疯的!"她歇斯底里地叫着。

"去吧,去吧,都走了才干净!"果然,他妥协了,显得极不耐烦。

她一定要博得婆婆的欢心,一定要把逸飞的心夺回来,一定要尽快把那个蓝琪琪从她的家里剔除出去。程小蝶顿时觉得力气陡增,身体里像突然铸了个铅芯子一样,被夯实在大地上了。

她憋得太久太难受了,她现在是不幸落在水里的人,周围全是惊涛骇浪,汪洋一片,只剩下不远处隐约起伏的一小块堤岸,堤岸就是逸飞,后半辈子她能依靠的只有逸飞。

逸飞还是爱她的,小蝶的心情一下子好了起来,犹如一股清泉从胸中流过,清爽柔软,汩汩有声。她快活地一边哼着歌一边收拾着行李。只有逸飞阴沉着脸,站在暗处一声不响地盯着她。

夜晚,她很主动地将温柔的身子贴向了丈夫,她极想和他好好温存一番,可下身那种撕裂的疼又浮了上来,这些年,这种疼如影随形,她永远也逃不掉。

第二天一早,她早早地提着行李,奔向团场。

团场的团部跟从前有很大的区别,从前大片的砖房被参差不齐的高楼所代替,高大的胡杨、长长的爬山虎从屋顶、楼檐的不同部位伸展出来,绿色、黄色、红色,五彩斑斓的色彩把小镇点缀得如同一幅油画。

傍晚,是团场最美的时光,家家户户烟囱上冒着袅袅炊烟。马路上,到处移动着忙碌了一天回家的人们。汪汪的狗叫声零星地散落于连队不同的角落,一股股浓郁的香味从不同的窗口飘出。程小蝶陶醉了。

她从来没觉得这个让她内心满目疮痍的团场竟然还如此的美好,眼前的一草一木,竟那样亲切和温暖,这毕竟是她出生的地方,她在这里整整生活了二十年。

自己的家与团场离得说远并不远,其实离她的家只有五百多公里,但还是成了她不回家的由头。她极少回去,离开那场大火后,她就发誓她不再回到这个伤心地,可她还是得一次次地回来,她是团场人,也许命中就注定了这个团场会跟她有着千丝万缕的联系。

她回得极少,十几年了,团场在一点点地在远离她,远得她都几乎忘记了它的存在。

路过母亲坟茔的时候,小蝶哭了。母亲一直孤独地住在小小的连队里,临死前小蝶回来看过她,见到她,母亲坚硬的表情里竟还露出了喜悦,她老了病了,对程小蝶的恨意不知从何时起早已淡了。

又有多少恨呢?小蝶毕竟是自己的女儿,母亲在她面前还提起了她的父亲,尽管还是叫他臭不要脸的,可表情里已没有了愤怒。母亲笑着问小蝶这些年过得好不好,程小蝶没有回答,她极想装出一副漠然的样子,可她一背过身子眼泪却不争气地流了下来,其实她内心深处一直是爱母亲的,她努力张开嘴很想能和母亲说点什么,但当着母亲的面,却突然哽咽着一句话也说不出。

她没敢告诉母亲,其实她是偷偷见过父亲的,在她刚结婚那两年。父亲不知从哪里打听到她的住所,见到父亲时,父亲微胖、白皙,还是风度翩翩,和母亲完全是两个世界的人。

那天,天空积了厚厚的云仿佛要下雨。父亲远远地望着她,向她招着手,她一见到父亲,眼睛一下子就潮湿了。她极想跑过去紧紧抱住他,可正当她跑到一半时,眼前突然冒出了一个胖女孩,那个女孩跑过去快活地搂着父亲的脖子撒娇。

她的心一下子被刺痛了,激动的表情顿时僵在了那里,那是个营养过剩胖乎乎的女孩,黑黑的皮肤上爬满了棕色的色斑,两只小小的眼睛像从圆圆的物体里强挤出的一条缝。

父亲却无比亲昵地揽着她的腰说:"这是你的亲妹妹。"

她长得一点也不漂亮,程小蝶站在那里傲慢地注视着她,这就是那个被父亲搞大了肚子的未婚姑娘的女孩,这么丑,可为了她父亲却毫不留情地遗弃了自己和母亲。从那个女孩身上不难判断,她的母亲一点也不漂亮。小蝶为母亲不值,更为自己不值。

于是,她的脸一下子就黑了,冷冷地说:"你弄错了,她和我没有任何关系,我没有这么丑的妹妹。"

父亲尽管很尴尬,却依然笑着说:"你妹妹长得像她母亲,我告诉过她你长得像个天使,所以,这么多年来她一直都嚷着想看看你这个漂亮姐姐。这么多年,我们一直都很想你。"

"我们"两个字,一下子深深地刺痛了程小蝶。她原本准备抱着父亲抱头痛哭的,这么多年来,她多么渴望见到自己的父亲啊!父亲终于来了,可带着对另一个家庭的爱,她看得出父亲非常宠爱这个丑女孩,她不得不承认她对女孩很妒忌,可这么些年她又算什么?

她的脸僵了,非常冷漠地回绝道:"请不要用我们,我们素不相识,也没有任何关系,请你们以后别再打扰我!"说完,她头也不回地走了,父亲还呆呆地拉着女孩站在原地。

回去的路上,她哭得像个孩子,风刀子般地割在她脸上,也割在了她的心上。

八

婆婆变得几乎让她有些认不出来了,整个身体如同枯萎的果子,缩得只剩下了一层皱巴巴的皮,尽管还有气息,可里面的腐烂散发着死亡的味道。

程小蝶的心顿时一颤,她几乎不敢直视这个老人,眼前这个老人真是她的婆婆吗,才六十多岁。几年前的婆婆多精神呀,眼角没有一丝褶皱,勤快、干净、利落,屋里屋外拾掇得一尘不染。

可现在的婆婆让小蝶感到十分害怕,整个人塌陷在宽大的床上,缩成了一根瘦小的枯草,正躺在湍急的河面上,被水流裹挟着,往下冲去。她的目光呆滞,两只混浊的眼睛始终平视着前方,无声地从里面渗出两行浑浊的泪水。

另一个儿子的死对婆婆的打击竟然是毁灭性的,她确实没想到。

这么多年小蝶从不曾单独回去过,不仅仅只是她内心排斥这里,她更怕跟婆婆单独相处。逸飞是那样地纵容她,一直由着她的性子,从不勉强她做她不喜欢的事,他把她宠坏了。

公公婆婆还住在团部附近连队红砖平顶的小院里。两个老人很固执,自己家换大房子的时候,本来说得好好的,新楼他们住,老楼房给公公、婆婆住,可老两口一直不去,任由它空着。婆婆说了一句让她很震撼的话:人没了,心没了,还要那么好的房子做什么。他们得继续住在连队的老房子里,因为婆婆相信那个死去的儿子会沿着老路来老房子看望他们。

程小蝶很好奇,不是提都不愿提吗?不是一点都不在乎吗?怎么突然间如同到了世界末日,人真是个奇怪的动物,失去了才觉得肝肠寸断。

傍晚,公公出去串门去了,他有个多年未见的老朋友突然回到了团部,他得去看看。

公公不在,婆婆的眼神落在程小蝶的身上像在审视一个罪犯,那刻薄毫不掩视。看了脸色还得低三下四的,这种滋味挺不好受。尽管小蝶一直极力地讨好婆婆，给她忙前忙后端茶喂药，可婆婆并不吃她那一套，似乎早把她看透了。

与婆婆面对面坐着的时候，小蝶如同受刑一般，一老一少两个女人沉默着，婆婆的眼睛像两只锥子，盯着她脸一句话也不说，这让她度日如年。她受不了这死一般的寂静，逃似地躲了出去。

走出小院，团场的秋天格外美丽。淡淡的梨香包围了整个连队，人们悠闲地走动着，男人们三三两两地聚在一起聊天，女人们领着孩子拿着毛线，偶尔有那么一两个面熟的老人还亲热地跟她打了招呼。

连队还是连队，不会因为她的离弃而做任何改变。她喜欢黄昏时的光线，暮色给她一种时空交错的感觉，荒芜，空旷，但是安全。

她正沉浸在思索中，突然一个声音打断了她。

"你是小蝶吧？多俊的闺女，这么多年了还那么好看。"一个七十岁的胖老太太笑眯眯地盯着她看。

"你认识我？"程小蝶吃了一惊。

"你是老刘家的儿媳妇呀，你结婚时我就见过你，我是你婆婆家的隔壁邻居。"原来这样啊，老人长得慈眉善眼的，让她心头不由漾起一阵好感。

"我婆婆家的人你一定都见过吧？"

"那当然，我们住了一二十年的邻居了，怎么会没见过呢。"老人微笑地盯着她，细细地端详着她。

"逸飞的哥哥你也见过吗？"程小蝶突然地问道。

"怎么，你没见吗？"老人很奇怪。

"是啊，从没见过。"程小蝶摇摇头。

"也难怪，他呀是个疯子，好多年都没回过这个家了。"

"他是怎么疯的?"

"听说他喜欢的女孩和别人结婚了,他受不了,疯了,在外疯疯癫癫了很多年,前年他们才找到他,据说他已经清醒了,可不知为何他却突然跳楼了。早知道这样还不如找不到,怪让人伤心的。"

"他为什么跳楼?"

"说不清。"突然,老人又神神秘秘凑到她耳边小声说:"听你婆婆说,他死前一直喊着一个女孩的名字,谁也拦不住。"

他的哥哥竟是个疯子,为了一个女孩?难怪家人都不愿提起他。暮色里,一阵风吹过,程小蝶流泪了,她说不清为什么流泪,她想起了那个跳楼的女人,她仿佛看到一个孤独的影子正站在黑暗里,她顿时浑身感到阵阵发冷。

离开胖老太太,她心里有种说不出的害怕,她虽没见过逸飞的哥哥,却分明感到他就站在她的背后。夜风里,那个疯子一定偷听到了她们的对话,他知道她在打听他。黑夜里,有个神秘的黑影幽灵般地包围了她,她回头看了一眼,什么也没有,可却发出呼啦啦的响声。一定是树,不,一定是那个疯子,那个疯子一定就在此地!她迅速奔跑起来。

推开婆婆家的门,门没锁,屋里没有开灯,满房子黑漆漆一团。

家里竟没有人,连生病的婆婆也不知去向。她从小很怕黑,一进门,就立即将所有的灯全部打开。家里没有一个人,她有些焦躁,直到走进卧室,她扑通扑通的心才安定下来。她焦急地等着公公、婆婆回家。

里面还有一间房,从前一直锁着,可今天竟突然开着,小蝶不由地感到好奇。房间很小,里面除了一张床和一个柜子外,几乎没有什么家具。柜子上赫然还摆放了个陈旧的录音机,这么些陈旧的东西竟然还保留着。

她一直以为门是一堵墙,没想到里面是个房间,她从前竟没有注意过,一定是丈夫小时候住的房间,她一下子来了兴趣,随手拉开了一个抽屉,里面满满一抽屉磁带,其中有一盘做了个很特别的标志,贴了张粉红的纸签,上面写着《划过指尖的声音》。还怪浪漫的,她笑了起来,她对这种东西再熟悉不过,她像她那个年代许多爱唱歌的小姑娘一样,一个人时,会偷偷地把自己关在屋里,把唱的歌录下来,然后一遍遍地放着听,她上学时做过很多这样的事情。

没想到逸飞竟跟她有同样的爱好,她随手拿起一盘磁带放进录音机,没想到录音机还能响,里面一个女子的声音顿时飞了出来,细细的带着羞涩,却很好听。

竟然藏了这么多年,一定是逸尘的初恋。程小蝶从没想过还有个女子藏在逸飞的心中,他心里究竟还藏了多少她不知道的秘密?听着歌,她如同吞了枚涩涩的青杏子,心里、胃里全是酸的。

邓丽君的《榕树下》,这歌她也会唱,不仅会唱而且还非常喜欢。里面的声音轻柔婉转,唱着唱着还不时地停顿一下,明显地用气不足,接着又唱了下去。她笑了,从前她也有这毛病,老中医说了,她是先天气血不足。

歌声飘回了二十年前,听着听着,她忍不住哭了,泪水顺着她的两颊夺眶而出。她想起了仟默,二十多年前仟默参军前的那个夜晚,她就站在仟默面前,头顶着星星,身吹着微风,一遍遍地把《榕树下》这首歌唱给他听。

一首歌听完,她又听了一首《野百合也有春天》,这也是她最喜欢的,真有意思,这是个什么样的女孩呀?竟连喜好也同她一模一样!听声音,很动人。听着听着,她突然怔了一下,这多像她的声音,接着她又听了一首。

她电击般怔在了那里,这是她的声音!她的歌!她不敢相信眼前的一切,这明明就是二十年前,仟默当兵前一晚她送给他的。

他当时一定坚持要让她把自己的声音录进磁带里,他要天天带在身边,就像她天天在他身边一样。

怎么会这样?怎么会在这里?

她不敢相信又听了一遍,是她的声音!是她送给仟默的!怎么会在这里?她拿着磁带的手颤抖起来,仟默什么时候把磁带送给了逸飞的?仟默为什么要这样做?为什么会送给逸飞?为什么要这样对她?难道她受的伤还不够吗?他就那么恨她吗?

他们什么时候见的面?他们背着她还说了什么?一定是有关她当年被强奸的事,她握紧了磁带,她要找到仟默,一定要找到仟默,一个抛弃她的人有什么资格把她当年被强奸的事告诉她的丈夫。难怪逸飞态度如此冷漠,那种若有若无的恐惧忽然就牢牢坐实了,就挂在她鼻子前,她伸手就可以摸到。

十八年了,不管仟默去到底去了哪里,她都一定要找到他。

九

她决定去见一个人,这个人就是周周。

天一直阴阴地沉着脸,仿佛跟谁生了气。程小蝶逢人便打听周周,没有人知道周周去了哪里,周周就像人间蒸发了似的没人知道她的去向。哪都找不到她,她死心了。再待下去也没任何意义,她准备收拾一下东西就回市里去。

临走前,她还是决定再去看看母亲,跟母亲告个别,她这一走不知何时再回来。

　　站在母亲坟前,她眼泪还是忍不住流了下来。墓群很幽静,她买了许多小金人、仿金小人服装,她希望母亲死后能有人陪着她,不要再怨气冲天。整个墓地一个人影也没有,程小蝶却觉得背后站满了人。

　　程小蝶小声地与母亲说着话。活着的时候两人一直无话可说。一阵风吹过,后面呼啦啦地一阵声响,像有什么东西似的,她回了回头,什么也没有。小蝶想继续和母亲说话,可总觉得有双眼睛上天入地直勾勾地盯过来,她抬头一看,眼前站着一个人。那人一头短短的头发倔强地翘着,黝黑的脸被阳光合成了深褐的小麦色,胖胖的身体像只被打足了气的皮球,鼓鼓向外冒着,粗糙的脸部显得有些浮肿,若不是她两个明显鼓起的胸,很容易让人把她看成一个男人。

　　是个女人!程小蝶很快判断。她没有喉结。小蝶在很多时候对自己的敏感几乎到了吃惊的地步,她继续低下头,可她还想和母亲说的话却哽在了喉咙里。因为,那女人一直在盯着她看。

　　她突然觉得女人有些熟悉,是周周!她对她脑子里突然冒出的名字吓了一跳。

　　果然是周周,她正一动不动地盯着小蝶。要不是她眼角的那颗黑痣,小蝶几乎认不出来她。小蝶吓了一跳。四十岁的周周目光毫无生机,像沉寂了几个世纪的黑洞,岁月把那个活泼好动的女子打磨得不成样子,只留下一具陌生的躯壳。

　　岁月真可怕啊,十几年的光阴竟然能把一个活生生的女子摧残成这样,会不会自己其实也这么衰败了?小蝶站在她面前一下子竟不知说什么好。她一直在四处找她,可当周周突然出现在她面前,她竟一句话也说不出。

"你终于来看他了。"周周望着她先开了口,目光却像刀锋一样从她的脸上划过。

"来看谁?"

"仟默呀!"周周却说了句令小蝶非常吃惊的话。

"他在哪里?"小蝶一下子抓住了她的手

"他就在你背后。"周周古怪地笑了一下。

小蝶吃了一惊,立即回过头去,空的,她不寒而栗。她很不满,她从小就胆小,尽管很多年没见,可周周不该在这里开这样的玩笑。

"他现在在哪里?"小蝶扑了过去。

"这么多年你才想起他,真狠心!"周周一把推开了她。

"他到底在哪里?"小蝶不甘心,她知道周周一定知道他在哪里。

"哈哈,他就在你背后看着你呢,你这冷酷的女人,你根本没资格见他。"

小蝶回过头去,身后立着的墓碑上刻着六个醒目的大字:魏杨仟默之墓。

怎么会这样?怎么会这样?这不是真的。

"他死了。"周周伤感地说。

"你在说什么?"怎么会呢?她觉得不可思议,她设计过无数个见面的结局,唯独没有这一种。

"仟默他死了。"周周扑上去,一把揪痛了她。

"你说什么,你疯了。"她疼极了,周周的样子可怕极了,吓得她不由地后退了好几步。

"是你毁了他,你毁了他一生,你这条冷酷的美女蛇。"周周扑在墓碑上大哭了起来:"是我害了他,我真没想到你这么心狠。我真不该欺骗他的,我没想到他这么爱你,即便你被人糟蹋了

241

他还这么爱你。"

"你说什么,谁疯了?"小蝶吃惊地望着她。

"你出事以后,他一直要见你,是我骗他说你已经离开了团场。看到他伤心欲绝的样子,是我骗他说你一直在等着他,他一直给你写信,他知道你母亲绝不会让你看到那些信的,他每次把信寄给我,我一直悄悄地模仿你的字迹给他回信,直到他复员的时候在婚礼上看到你。"

事情怎么会是这样的?怎么会这样?

"周周你为什么要欺骗我和仟默啊,你不是一直是我最好的朋友吗?"

"我也爱他,我比你更爱他,这世间没有人能像我这样爱他!"

周周竟然爱仟默,这事太不可思议了,程小蝶傻傻地盯着周周,这一切像做梦一样毫无真实可言。

"我一直以为如果没有你,他会爱上我,我真傻,这么多年,只有我一个人尽心尽力地照顾着他,可他连我是谁都认不出,他从来都没有爱过我,一次也没有,他心里只有你一个。"

小蝶感到震惊了,她从没想到事情的发展竟是这样的,自己还愚蠢地以为他变了心。

"是你害了他,害了他一辈子,知道你有多残忍吗?"

"我到底做错了什么呀?"程小蝶很不满,为什么人们把所有的怨气都发泄在她身上。

"你嫁给了不该嫁的人。"

"这和我丈夫有什么关系呢?"程小蝶觉得周周疯了。

"逸飞就是仟默的弟弟,他最讨厌的人——他的亲弟弟,你知道对他的伤害有多大吗?你可毁了他。"

"你到底在胡说什么?"太突然了,程小蝶刹霎时张大了嘴,半天都没法合上。

"哈哈哈,仟默就是刘逸飞那个从小送给了别人的哥哥,仟默从不愿提他的家,他恨那个家!逸飞家也从不愿提有这么一个儿子吧,仟默看到你嫁的人竟是他的弟弟,你嫁谁不好偏偏嫁给他弟弟。他一下子就疯了,你太残忍了。"

周周的每一句话都像锤子一样砸进小蝶的骨头里,她的眼睛顺着墓碑看下去,"父亲:刘永年""母亲:杨海莲""弟弟:刘逸飞""侄子:刘默默。"他们明知他爱她,墓碑上唯独没有她的名字,他们全都恨她!

怎么会这样?为什么会是这样?疑问蓦地沉落,程小蝶一阵昏眩,如同头顶正中被雷击了一般,倒在仟默墓旁。

十

她干枯地站着,像一株在阳光下暴晒着的光秃秃的树干。

仟默死了,仟默真的死了,程小蝶不敢相信这是真的。很多天,她都无法从那个巨大的悲痛中拔出自己来,尖利的疼呈不同方向放射状越扩越大。多么滑稽的一场婚姻啊,原来她一直深爱的丈夫,竟然是仟默的亲弟弟,她笑得眼泪快要流了出来。逸飞的冷漠,默默古怪的眼神。她觉得上天跟她开了一个天大的玩笑,命运多么诡异,如同一个巨大的漩涡,让她毫无防备地掉了进去。

"我怎么会那么傻呢?我怎么一点也没想到呢?魏杨仟默,魏杨仟默,难怪这个名字这么特别,原来一个名字里有两个姓氏,他养父的魏姓与他母亲的杨姓,我怎么竟然忘了婆婆就姓杨了呢?"程小蝶在周周面前,像祥林嫂般一遍遍地重复着。

那个人,丈夫嘴里的那个人原来就是仟默,那是怎样一种怎样复杂的情感啊,他一直对自己的亲哥哥那样冷漠,可当他亲眼目睹这个有着最亲血缘关系的哥哥因为自己和妻子疯了许多年,而后又摔死在自己的面前时,他痛得几乎快要死去,血缘原来是一条割不断的纽带,不论你多么不爱它,它就在你的血液里。

她的泪不由地滑落下来,一种巨大的罪恶感袭击着她。

她想起了那个夜晚,那个黑色的星期五,那片丛林,从那张丑恶的脸出现的一瞬间,她所有的幸福就被毁了。

她一直还侥幸地认为她可以遮盖着逃过这一劫,其实她插翅难逃,命运给她画了一个很大的圈,不管她走了多久终究要回到原点。她还一直像小女孩般地拥抱着一个漂亮的气球,可那气球轻轻一碰就破了,破得千疮百孔。从她遭遇强奸的那一刻,幸福就永远离她而去。那个禽兽至今还安然自得地活着,有多少像她这样的女孩只能打掉牙咽下去。强奸,对于一个少女来说就意味着是一场灾难,不管她日后多么努力地想改变一切。

没有人能理解她此刻的痛苦。她像个十恶不赦的罪人被钉在那里,赤裸裸地接受着众人的审讯。因为她,那么多人的幸福给毁了。

仟默,她毁了一个绝顶的天才,他那样优秀,那样富有才华,她让他成为一个疯子,最后走上了不归路。

还有逸飞,她让他背负了沉重的十字架,她其实是把软刀子,将每个人刺得千疮百孔;还有默默,他还是个孩子,他是那样迷恋他的画家伯伯,可他却眼睁睁地看着他因为自己的母亲跳楼摔死在眼前。他身上到处混合他的气息,弯曲的刘海、忧郁的眼神,难怪默默如此像他,他的血液里一直也流淌着他的血。

巨大的秘密被毫不费力地揭开了,所有人都把这个秘密捂着,唯有她不知,她在众目睽睽下表演着,像个十足的傻子。

她离开了婆婆家,她再也无颜面对两个伤心的老人。

她能去哪儿呢?她不知道。

外面灯火阑珊,每个窗口从温馨的窗幔里透出一丝温暖,可这些已不属于她。

家还是家,丈夫还是丈夫,默默还是默默,可一切却回不去了。

她一个人空荡荡地如同幽灵游走在团场的马路上。大片的落叶砸在她身上,她再也找不回仟默了,可却看到了她最不想看到的人——刘麻子。

他就站在她的对面望着她,当她与他对峙时,他却在奸笑,那是一种得意的笑,脸上的麻子还随着他的得意在跳动。看着她一脸的茫然,他开口了:"你婆婆到处给人说你要离婚了,要不你就跟我凑合一下吧,反正我现在也没老婆。"

看她不说话,他又说"你能把我怎么样,老子强奸你就强奸了,这么多年过去了,老子还不是过得好好的。"

她脸上没有一点表情,也没说一句话,却把手里的录音笔握得紧紧的,这么多年以来,他一直就是她的梦魇,只要回到这个团场,她总是把这支笔带在身上,仿佛有了这支笔,她便有了对付邪恶的武器。

她恨透了他得意的笑,仟默死了,他却活得好好的,这个世界太不公平!

她不知道她还能去哪里?

她从一个地方走到另一个地方,可每个地方都不属于她,她不知自己能去哪,最后她的脚终于停在了郊外一处僻静的地方,仟默生前居住的地方。她终于明白,自己想去的地方就是这里。

这是一处长满胡杨的团场,很幽静,团场的中央有座康复院,其实是座精神病院,程小蝶终于明白仟默为什么会住在这里。房子是一个钟爱仟默作品的收藏家买的,他收藏了不少仟默的作品,仟默住的楼很高,十七楼。

一个疯了的人,为什么住这样高呢?程小蝶突然想起了自己的生日是17号。

钥匙是周周给的,程小蝶很奇怪她当时为什么这样做,现在她明白了,周周是为了惩罚和折磨她。

找到房子的时候天已经傍晚了,程小蝶拿着周周给的钥匙,她看到了闪烁的灯光像看到了自己的家,这是仟默生前住过的地方,她有种说不出的亲切感。电梯坏了,昏暗中程小蝶沿阶梯一阶阶地爬了上去,她气喘吁吁地,像有人拽她上楼。

"啪"的一声,灯打开了。客厅很空旷,几乎没什么家具,所有的东西却都摆放得整整齐齐,这是仟默的个性,四处摆放着他的《风之谷》的卡通人物画像,仟默还是那样的迷恋宫崎峻。还有几幅马兰花,是程小蝶最爱的一种植物。房间有个CD,程小蝶伸手打开,瞬间,宫崎峻的《天空之城》立即飘荡在整个房间,忧郁的曲调让小蝶窒息。

所有的一切都那么的熟悉,到处散发着仟默的气息,程小蝶用心抚摸着每张画,有种说不出的痛感。

房间很多,当小蝶走进他的卧室时立即惊呆了。卧室里站满了人,全是程小蝶一个人的画像,站着的、坐着的、行走的、回眸的,有和仟默手牵手的,有与仟默紧紧拥抱的,无数个程小蝶站满了房间,她的眼、她的唇,甚至她忧伤的表情,都那么的栩栩如生,就连程小蝶自己都忘了那些衬衫上小碎花的颜色,如今却清晰地出现在画面上。

站在一幅画前,程小蝶的心被狠狠揪住了。温暖的画室里,仟默与她面对面站着,她的手被他紧紧地攥在手心里,他的嘴微微张着,她一下子就又听到了他曾经说的那句话:你是个温柔善良的女孩,我喜欢你!画很大,足以覆盖她的身体,她又看到了二十多年前那个画室,两个十七岁懵懵懂懂的少年,她像被人拎起了衣领使劲狠狠丢在了悬崖边,她的身子一下子瘫软在地。

十八年了,她从来就没有离开过他的视线,她一直就活在他的眼前,陪着他生、陪着他死,陪着他看每一天的日出与日落。

时间是多么容易腐朽的东西啊,一晃竟然十八年过去了,他还一直活在她的世界里,她却活在别人的世界里,如果她知道仟默在世界的一角守护着她,她怎么还会嫁给别人?

程小蝶紧紧地捂住胸口,那一幅幅生动的画像仿佛一根根尖锐的利器朝着她砰砰乱跳的心一下下残忍地扎下去,疼得她死去活来。她做了什么?这么多年她都做了些什么?任由他生,任由他死,任由他从她的生命中消失。

沿着画像,她慢慢走向窗口。窗外,无数个窗里闪着温馨的灯光,仟默曾经多少次站在这个窗口向前眺望,眺望他人的温馨与幸福。

两年前,程小蝶的丈夫和儿子终于找到了他。他终于清醒了,他和他们就坐在这个房间里,几个男人坐在那里默默无语,而她始终不知所以地站在一旁无声地注视着他们。

仟默就是从这里跳下去的!她找到了那扇蓝色的窗。站在阳台上,她俯视黑暗,高空的窗户是一块被切割下来的隔世和失重,突然,她想起了阳台上的那个自杀的女人,她终于读懂了那个女子那一刻的神情:孤独、痛苦、绝望……

她又想起了仟默,有多少个夜晚,仟默一个人站在漆黑的窗前,从黑夜站到天亮。这么多年他过着一种怎样的生活,在他孤独的世界里只有艺术和她,在他疯狂的意识里只有她和画。她难以想像面对着自己,丈夫、儿子和仟默的相见是多么的痛苦和尴尬,仟默每次又在自己的兄弟与侄儿的离开时,一次次发病;在他清醒时,他又一次次痛不欲生,他终于选择了像鸟一样从窗口飞了出去结束生命……

每一个放弃生命的人内心一定隐藏着不为人知的痛楚,程小蝶心痛得几乎喘不出气来。

"这是我们的宿命。"程小蝶站在窗前,夜空里,她看到了一张熟悉的脸,是仟默,仟默在窗外始终微笑地望着她,像是在鼓励她。他终于把她等来了,十八年了,仟默一直在这里等她。

站在窗前,她猛地推开了窗,如同大鸟般张开双臂……

偷　水

一

面疙瘩吃好晚饭，碗一推，勾着腰背着手往自家的果园晃悠去了。

天刚刚擦黑。果园不远，正对着自家院子门的是老赵头家的三十亩香梨果园，往后走四五百米就是面疙瘩家的果园。

满树的梨花喜盈盈地盛开着，面疙瘩忍不住咧开嘴甜蜜地笑了。每晚到自家的果园溜达，这是面疙瘩的幸福时光，就好比蚂蚁掉进了糖罐罐里，日子越过越甜。

翻过老赵头家的果园向前晃几步便钻进了自家的果园，他得在这屙泡屎，这是他的老习惯。面疙瘩腰一猫蹲在了一个树坑前，尽管家门口几米就是连队的公厕，他可舍不得，肥水哪能流外人田？他得憋着，久而久之就憋出了好习惯，天一摸黑，他的屎瘾就来了。把屎屙在自家地里让他觉得既开心又过瘾。媳妇笑他说别看人面还怪会过日子，一泡屎也能屙出个金蛋蛋。面疙瘩听了直眨巴着小眼睛，心里有说不出的得意，农场人，居家过日子就得像他这样。

他随即把身子一蹲,前后两棵大梨树正好把他的身子遮得严严实实。树桩子很粗,褐色的树体干跟他家洗脚盆一样粗。面疙瘩憋红了脸,卯铆足了劲,就准备把肠子里的东西顺出来。

"扑嗤"一声,一个女子的笑硬生生地把面疙瘩的一泡屎顶了回去。谁呀,这会咋还有个女人跑这里浪呢?他吓得忙提起裤子往上撸,面疙瘩是个老实头,这要是被个不是自家老婆的女人看了下身,以后还怎么在园林点见人呢?他忙立起身子,快速系好裤带,想装得跟没事人似地探过头去。

谁知,伸头一望,吓得眼球像被火燎了一下,立即乌龟似地将身子又重新缩回了树桩子后面。那不是老赵头家的毛丫吗?半个身子在小溜子怀里挣扎着,被一双粗糙的手有力地搓着揉着。他的脸顿时臊得通红,臊得闭上了眼睛,跟自己做了什么见不得人的事情一样。

这挨千刀的小溜子,也不早点死!面疙瘩心里恨恨的地骂道。小溜子黑皮、精瘦,两只大眼睛贼溜溜的,都快四十的老男人了,而毛丫还是个小丫头片子,跟自家的妞妞一起上高三呢。

他又忍不住地看了一眼。毛丫的脸红扑扑的,如同醉了酒。

躲在树后面,他的身体像座被定了型的雕塑一动不动,仿佛做贼的不是小溜子而是他面疙瘩。"妈来个巴子,这个坏怂该遭雷劈!"他用家乡粗话偷偷地骂了一句。小溜子那一张长麻脸上的小胡子这下可过足了瘾,对着毛丫粉嘟嘟的脸扎来蹭去,好一阵子才松开。

直到两个人离开,面疙瘩这才松了口气,两腿一软又蹲在了树坑里,可不知咋的,他的脑子里老晃着小溜子摸毛丫的那双粗爪子,一泡屎怎么也屙不下来,他心里大骂小溜子这个败家的玩意,不知祸害了多少人,现在就连自己也给祸害了,他又一次系好了裤带,心里非常气恼。这泡屎的账账他得记在小溜子身上,明个一早,就得赶紧把这事告诉毛丫的爹——老赵头。

一泡屎没拉成,面疙瘩像肠子里顶了个东西有种说不出的不舒坦,他围着自家的果园转了一圈。尽管天色有些暗了,满树的梨花依然白花花地怒放着,他暗自估摸着果园今年又能丰收了,一想到这个又开心起来。

这片果园本来是老赵头的。前几年,一场冻灾把树冻死了一半,可承包费一分也不少。人称老狐狸的老赵头,像这样赔钱的买卖他可从来都不干,于是,他找到了连长一把鼻涕一把泪非把那半片果园让出来。

哪有这么干事的,只把半片冻伤的果园让出来,这不是缺德么? 可连长是个年轻的毛头小子,一看老赵头的头顶也瓢了,两个肿眼泡里可怜巴巴地挂着两行泪,不由地心一软,只得同意让老赵头先把半个果园撤出来,承包费减免一半。谁都知道老赵头是个猴精,撤出的半个园子里一半树不是缺胳膊就是断腿的,留下的园子养分充足,枝繁叶茂,这让白捡了便宜的老赵头心里立即乐开了花。

听说有人转让果园这等好事情,面疙瘩忙急匆匆地赶到了园林点。从内地农村来的他,带着老婆孩子来新疆四处打工,风里来雨里去,两年了一直还没站稳脚跟。他跟亲戚围着果园只转了一圈,便立即决定拿出所有的积蓄承包老赵头扔下的半片果园。老婆当时还挺不情愿。面疙瘩眼一瞪、脸一横,大声骂道"娘们家家的,大老爷们决定的事哪有你插嘴的份。"别看面疙瘩人前蔫不拉唧的,关键时刻总是当机立断。他在人面前总是一副好脾气,但关起门来骂自家的女人那是家常便饭,他骨子带着家乡的小农民意识,认为骂老婆是一种极爷们的事。女人见他火气很大便再也不敢做声,就这样他一家子算是包上了果园。

其实面疙瘩一点也不傻,他心里也有自己的小算盘,尽管眼前吃了点亏,但一家老小总算在新疆落下了脚,也成为团场的正式职工了,这对于漂泊在外多年的面疙瘩,用他的话来说是梦里坐飞机——梦想成真。这是面疙瘩自己发明的歇后语,尽管女儿捂着嘴偷偷笑他,可他还是掩饰不住内心的得意:住着连队的房,包着连队的果园,挣着连队的钱,天下的好事都让他占尽了,孩子还上了团里不掏钱的学校,多好的事,面疙瘩想想就觉得这辈子他做的最正确的就是这件事。

面疙瘩人前人后喜滋滋的,见人就眯着小眼睛笑,只有老赵头人前人后骂他傻,真是个面疙瘩,吃了亏还高兴得跟吃屁一样。老赵头本来就有好占小便宜的毛病,这下正好从农村来了个不吭气的老实头,让老赵头更有了用武之地。一到草青叶绿的时候,老赵头就撵着一群大火鸡往他家地里赶,话还说得好听得跟唱山歌似的,说帮他家果园吃吃草、消灭消灭虫子,面疙瘩人实诚,笑笑,也从不跟他太计较。

后院的老王头,房子正对着面疙瘩家后面,果园跟他两家隔了条几米宽的路,一伸脑袋就看到了对面的果园。有好几次看见老赵头有事没事转到面疙瘩园子里拉几根树枝、摘几个梨杏,便看不过眼,说老家伙老了老了,还改不掉爱偷吃的毛病,这不是明摆着欺负人嘛。面疙瘩憨厚地笑笑说:"叔,你别管了,几根树枝值不了几个钱,全当我自己烧柴禾了。出门俺娘对俺说了,吃亏也是福。"弄得老王头哭笑不得,真是个傻孩儿!

老赵头听说了,却鄙夷地说:"我看他就是个任人揉的面疙瘩。"加上面疙瘩长着一张大圆饼脸,活像庙里的菩萨,从此,面疙瘩就这么叫开了。

第一年,面疙瘩的承包自然是亏损的,树白养了一年不说还倒贴几千。到了冬天,别人都搓着两手四处晃着吹牛皮,两口子顶着寒风到处帮别人修树打工挣钱。

谁知,到了第二年,团场对受灾果园实行减免政策。各单位派技术员将果园树挨个查了一遍重新制定承包费,老赵头的园子里的果树根深树壮,自然承包费也不低。面疙瘩的果园死伤占半,自然承包费降下来了,老赵头的果园承包费三万,面疙瘩果园一万,合同重新签订。

一向精明的老赵头一下子傻了眼,后院老王头得意洋洋地背着手,一见老赵头便故意咳着嗓子大声感叹:这人算不如天算啊,机关算尽反害了自己。

据说老赵头在家气得直搥胸顿足,大骂面疙瘩傻人有傻福。果园自从到了面疙瘩手里一年一个样。其实,俩老头不知道面疙瘩从前就是管理果园的一把好手,第一次看果园时,他一眼就看出果树虽然受了冻灾,不少果树一枝半截的冻伤,可大多树树体粗壮,三大主枝齐全,主体没有问题,只要管理到位,恢复起来会很快。

面疙瘩是个老实头,对树跟他做人一样厚道,浇水总是浇得很足,年年肥料绝不少上。修树方面疙瘩更是行家里手,下手狠,动剪重;该去去,该留留,他修过的树层次分明,有轻有重。老赵头站在一旁又讥笑上了:"真是个面疙瘩,把树快修成秃头了,还能指望有收成,不亏损才怪呢!"

谁知几年下来,面疙瘩管理得果树枝繁叶茂,树体很快恢复了过来,远望一棵棵如撑开的巨伞,不但好看,结的果又大又甜,一级梨达到95%,而且每年秋季收梨的老板就盯着他家的梨,说他家的梨品质好,又大又甜还没有花。面疙瘩给老板供货跟他做人一样实诚,按标准绝不掺假,从不偷偷放花梨和小梨蛋蛋,乐得老板每年提前订下他家的香梨。老板给的价钱高,卖得又快,一年下来赚四五万没问题。别看老赵头算盘珠子拨得劈里啪啦响,树不舍得修,肥不舍得上,结了一树小梨蛋蛋,不但梨价低,而且树势也明显弱了下来,现在一年赚个一万多都很吃力。

因为老赵头有偷吃爱占便宜的毛病,几年前老王头与老赵头成了仇人,俩老头老死不相往来。看到老赵头家的果园一年不如一年,老王头解恨了,见人就说是老天开眼了,人不操好心就不得好报。

面疙瘩却老实地说:"叔,跟那没关系,我们家乡有句话:你骗地皮,地皮骗你肚皮。做人做事是掺不得假的。"

看着面疙瘩的果园一天比一天好,老赵头心头直痒痒,他多次找连里要把果园要回来。小连长也不高兴了说:"那怎么行,签了合同就具有法律效力了,我可不能为了你让自己吃官司!"

尽管如此,老赵头还是占上了面疙瘩的便宜。团场得了惠民政策,果园受冻第一年上交的承包费与第二年重签合同的,按第二年的差价退给职工。面疙瘩一听就开心了,第一年来他交了足足三万承包金,第二年签得合同是一万,这下可退还给他两万块。两万块对于当时几乎倾家荡产的面疙瘩就是个天文数字。

面疙瘩逢人就夸团场政策好,新疆的日子比哈密瓜都甜。正当面疙瘩洋洋得意的时候,老赵头也找到了连里,说钱该退给他,那钱虽不是他交的,但从前合同上还是他的名,上级退钱是退给合同户的,而不是退给承包果园人的。面疙瘩第一年包得还是老赵头的果园,充其量就是个二道贩子,说白了就是老赵头转包给他的。

面疙瘩一听就傻了眼,找到连里。连里的小连长也没办法,明知承包钱是面疙瘩交的,可第一年果园挂的却是老赵头的名字,他更了解老赵头的为人,弄不好会吃不了兜着走,小连长很无奈地把钱给了老赵头。面疙瘩虽在小事上处处让着老赵头,可两万块对面疙瘩这个外来打工的那可是他全部的家当,哪有这么不讲道理的,疼得他心里直流血。

"这坑爹的货,将来一定会遭报应!"面疙瘩心里足足骂了老赵头几个月,自此,心里跟老赵头算是疙瘩上了。

二

昨晚果园里的那一幕,如同有人硬往面疙瘩嘴里塞了个绿头苍蝇,心里甭提有多恶心。

这不要脸的小溜子。面疙瘩心里有了心事,还不是个小事情,心里叽歪着该怎么跟老赵头提这事。

到底说还是不说?该怎么说?他一下子不知该怎么办是好,面疙瘩一直与老王头交情不错,小溜子又是老王头的儿子,是园林点出了名的二流子,好吃懒做不干活;就好赌,天天跟连里的几个小媳妇钻到黑屋子里打麻将,打得昏天黑地的,都四十岁了还孤家寡人一个,老婆也跑了,整天赖在爹娘家里混吃混喝。

这老赵头人实在不怎么样,如果真告诉了他,万一这老头翻脸怎么办?那老王头可就遭殃了,俩老头还不挠破脸皮打个你死我活,自己到时候反而弄得里外不是人。可要是闷在肚子里,万一那二流子真把毛丫这丫头片子祸害了怎么办?不行,救人一命胜造七级浮屠,不管怎样,毛丫还是个尕娃娃呢。面疙瘩跟自己斗争了很久,打定主意,明天就去找老赵头好好谈谈!

今晚轮到他家果园接水,面疙瘩得早早躺在床上睡一觉。本该轮到老赵头先接水的,谁都不愿半夜接水,对付这种事情老赵头向来都有一手,他极稀罕地拿了把大葱送到面疙瘩家可怜巴巴地说:"面疙瘩,你说我这老眼昏花的,万一大晚上磕一下碰一下,这不要了老家伙的命吗?"面疙瘩明知他找借口,心一软就答应了。

面疙瘩也最怕放夜水,接水的时间差不多是夜里三点多,正是面疙瘩睡得最香的时候。平日里他最烦别人扰了他的觉,对他来说睡美一觉赛过人参补药,更何况天一直灰蒙蒙的,连个星星也瞧不着,谁知会不会下雨呢,要是下雨那可就遭罪了。

面疙瘩躺在床上,努力让自己合上眼,可今晚不知怎的,翻来覆去地睡不着觉。心里便恨上了小溜子,都是这混球男人,他舒服了,倒搅和了自己的一泡屎,害得正常的身体机能出了故障。翻腾了一个多小时,总算进入梦乡,梦里老赵头和老王头俩老头在打架,打得铿锵有力。老赵头鼻子呼哧呼哧地直喘气,耙子的尖尖挂花了老王头的嘴,老王头的牙被豁掉了一颗,血流了一嘴。正打得起劲,面疙瘩自己的腮帮子疼得他龇牙咧嘴的,他一疼梦也跑了,他从梦里跳了出来,只见老婆蔡金花两只大灯笼眼睛照着他,他跳起来一下子就来了气,大声骂道:"你拧个啥,是哪着火了还是死人了,不让老子多睡会儿!"

"你这死猪就会睡,就是真死个人也没人敢耽误你瞌睡。手机响了,该咱放水了,快起来接水去。"

面疙瘩的瞌睡一下子便吓没了,放水是卡时间点的,一小时几十块钱呢,接晚了水白白流到别人家地里不说,自己还得瞎掏钱。面疙瘩虽然在连队里面不爱吭气,在老婆面前还是挺爷们的,他一骨碌爬了起来,衣服裤子随便一套便冲了出去,果园不远,接水的口子就在自家院门前,大白天他检查过老赵头的毛渠,所有的口子都堵得严严实实。他掂起坎土曼口子一扒,前面一堵,水便沿着沟咕嘟咕嘟地往他家的果园跑。

坎土曼一扛,面疙瘩往自家的第一块地头一坐就卷起了莫合烟,单等着水自个往地里跑。今天的水比往常小了许多,半个多小时一块地才放好,他忍不住在地里骂管水的王八羔子:"他奶奶的都是吃干饭的,钱收得怪利索,水小得像尿尿。"

他又想起了自己的一泡屎还没屙净,忙把第二块地口子一扒,往地里一蹲,这下再没人搅和他了。蹲下来没两分钟屁股勾子被砸得湿乎乎的,一声响雷,豆大的雨点哗啦啦地下了起来。面疙瘩拨起腿就往家里跑,等他跑回家他心里又不踏实,觉得还是应该待在地里看着。老婆见外面雨下大了,抹着两眼眼屎拿起草帽、手电陪他一起到地里。

到了地里,他才发现第二块还没放满,雨打在背上凉飕飕的。"这水怎么流得跟老子尿一样,不知被哪个狗杂种偷了。"面疙瘩一向是个慢性子,他一生气就喜欢骂两句家乡粗话,这粗话也只敢在老婆面前骂,好像再不骂两嗓子他就真成了个面疙瘩。

不光面疙瘩,就连老婆也觉得不对劲,婆娘不停地咧嘴说:"水咋流得这么慢呢,平日这会都快放一半了。"

今天的水出了啥问题呢?面疙瘩不知道。他利索地从婆娘手里抢过了手电筒,自己独自到前面查水去了。走到连队下水的地方,他非常有耐心地一个口子接一个口子地检查。天黑得伸手不见五指,虽然头上戴了顶草帽,雨转眼间就把他的全身淋了个透。真奇怪,水并不小,面疙瘩心里还是不放心,又逐个把每个口子连泥带草地又堵了一遍,才往自家地里走。

路过老赵头地里的时候,面疙瘩脚没停下来,白天他一个一个口子仔细检查过,老赵头家进水的口子比女人的裤裆还严实,早被老赵头用尿素袋灌上泥巴堵得死死的,他很放心。一口气走到自家的果园里,一看就傻了眼,第三块地都一个小时了还没浇满。老婆已哆哆嗦嗦地缩成了一团,衣服全湿透了,粗壮的身子在风里抖得像片被风吹下来的树叶。看着自家的女人跟自己一起遭罪,面疙瘩气得一边骂老天不长眼,一边又骂供水的生个儿子没屁眼。骂完了只好又扛起坎土曼转到前面的口子看看到底哪里跑水了。

雨越来越大,就像天上的银河豁开了口子,没完没了地狂泄,尽管头上戴了顶草帽,全身还是被雨水浇得透湿,雨声很响,和着水声,根本听不出哪里漏水,眼前的雨连成了线,遮住了面疙瘩所有的视线,他努力地睁着眼睛,艰难地把每个口子又挨个糊了一遍,成排的雨点跌落在身上如同鞭子抽打得疼。

等面疙瘩走到自己的果园时,老婆早已把所有的口子都打开,让水顺着地慢慢地流。整个晚上,面疙瘩也折腾得筋疲力尽了,手电早没电了,湿漉漉的衣服贴在身上冻得两人直打哆嗦,他们躲在自家搭建的草棚棚底下紧紧挨在了一起。也不知过了多久,天渐渐发白了,雨也收敛了许多,地还有三分之一没浇满。面疙瘩终于能看清了,尽管浑身酸疼,他还是和老婆站起身子四处转转,看看今晚的水到底咋回事。

两人晃悠悠地往前走了二百米,面疙瘩的眼球一下子被揪住了,老赵头的三块地水满满向外溢着,他忙仔细一瞧,白天堵得死死的水泥袋子底子早被掏了个大窟窿,他如同被人狠狠扇了一耳光,差点没把他肺气炸。他第一次大声在地里扯着嗓子骂起老赵头来:"不要脸的老杂毛,你妈烧尸尸炸了!"

老婆蔡金花本来也是一个骂人的好手,把老赵头的先人从前到后也骂了个遍。

"人不干好事早晚遭报应,该他姑娘活被人糟践。"面疙瘩想想老赵头的闺女被小溜子摸了就很觉得很解气,他忍不住把他昨天地里看到的事告诉了蔡金花。

"夹紧你的臭嘴。活该!他丫头就是成了一堆破烂货也和你一毛钱的关系也没有,谁叫他缺了八辈子德,咱干不了那缺德的事,有人替咱干干缺德的事出出气。"两口子骂得很解气,水把洞口冲得很大,两人不得不跳进水里,总算把洞口堵好了。

折腾了一夜,面疙瘩的身子软得如同一摊烂泥。口子全堵好,不到一个小时,面疙瘩果园的水就全放满了。

回到家,天已经大亮了,面疙瘩贴着老婆软软的肚皮就进入了梦乡。

三

一觉醒来,面疙瘩浑身疼得骨头快要裂开了。

他全身上下哪都不得劲,一睁眼,才发现女人半个身子死死地压住了他。他伸出大脚丫踹了女人一脚。女人没反应,一团白花花的肉撂在床上跟死猪一样。要放在平时,他早就爬起来没命地折腾她一阵子。今天,他身子软得像条癞皮狗,只有喘气的份,他生病了,浑身烫得像个火球。

他动了一下,一看到女人敞着的麦芽色的胸,不知怎的,他的脑袋里就冒出了毛丫的身子,便再也睡不着了。

这小溜子真不是个东西,都能当毛丫叔了。他前思后想,觉得还是应该把昨晚看到的一幕告诉老赵头,兴许这小溜子也就是过了把手瘾,趁还没干出什么伤天害理的大事,他得赶紧给老赵头打个预防针,免得等到把姑娘糟蹋了再说什么都晚了。

面疙瘩想到这里,瞌睡一下子就跑了,毛丫那对开心的酒窝始终在他眼前晃荡。毛丫是个宝贝疙瘩,老赵头一直没孩子,年近四十才得子,把毛丫宠得跟公主似的。这丫头贼会长,一双水汪汪的大眼睛,顶老赵头那小老鼠眼俩;白嫩嫩的皮肤像块嫩豆腐,圆圆的胸脯像两个大馒头,走起路来左蹦右跳,看着就让人眼馋,难怪就招来了小溜子,哪有猫儿不偷腥的。

这丫头不但长得稀罕,学习在班里也是顶呱呱。别看老赵头对别人特别会算计,唯独对他毛丫百依百顺,老赵头没事就到处瞎显摆,"俺毛丫啊,哪都不去,就上北京和上海,普通大学根本就不是俺毛丫待的地方。"

说得面疙瘩脸上灰溜溜的,谁叫他家妞妞不争气。他知道老赵头没吹牛,毛丫在全年级的成绩可是数一数二的。

正想着,面疙瘩突然听到自家院子外老赵头跟死了爹似的声音:"这谁呀谁呀,哪个兔崽子,放水跑了我一地水,把我种的毛豆全糟践了。"

见没有人搭腔,老赵头的声音响得像驴叫:"面疙瘩,你这个老肉蛋快出来,你看看你跑的水,你得赔我的种子赔我的毛豆。"

面疙瘩气不打一处来,心里暗骂:这老杂毛,得了便宜还卖乖;别看你今天叫得欢,明天让你拉清单。老赵头的骂声,让面疙瘩原本想做的好事硬生生地憋了回去,真他妈的不是个玩意儿,管我个啥事儿,她姑娘真被人糟蹋了才好呢,气死他这个老杂毛!这一阵叫骂让他彻底下决心把毛丫的事死死烂在肚子里。

园林点不大,就住着十来户人家,谁家有个屁大的事,撒泡尿的工夫就能在园林点传个遍。

晚上,老王头就来串门了,说是来看面疙瘩,其实是来翻闲话的。

老王头一直和老赵头是死对头,不光是修路的事,说起来也是屁大点的事。说起这事让园林点的男人们笑得满嘴吐沫星子到处乱喷。起因是老赵头有一次吃罢晚饭当着众人的面,摸了一把老王头的老婆小白菜,这本来不算什么了不起的大事情,关键是被摸了的小白菜不但没恼反而还笑得屁嗤一样。老王头当时也在场,气得他当场踢翻了正在打牌的麻将桌子。

六十多岁的老王头,别看个头不高、黑不溜秋,可园林点的人都夸他艳福不浅。男人们平时最爱说小姨子是姐夫的半拉屁股,这话落老王头身上一点也没夸张。五十多岁死了老婆的老王头,对前来为姐姐奔丧的小姨子小白菜下了黑手,又很快扶正,这成了园林点男女老少茶余饭后的笑谈。小白菜足足比老王头小了一轮,皮肤雪白,一双眼睛不大,看男人却风情万种,招惹得老赵头有事没事围着她瞎转。

老王头平时心里对小白菜就不踏实,这下高大魁梧的老赵头当着大伙的面勾引小白菜,就好比把老王头的脸面踩到脚底下还跐跐了几下。老王头的脸阴得几乎能拧出水来,自知家里的老婆是个风流种,从此,便把看贼的功夫用在了老赵头身上。俩老头为此还闹翻了脸,园林点的男人女人便把它当成笑话调侃老王头:不就屁大点事嘛。

一见面疙瘩躺在床上,老王头就大呼小叫地说:"面疙瘩,你这个闷葫芦还有心思躺着睡大觉,我可是听到老杂毛指桑骂槐地骂了你一个早上。"

听到这话,面疙瘩一下子就想恼,但他又不愿无缘无故地进了老王头的套。于是,他闷着脑袋一声不吭。

见面疙瘩没吭声,老王头又煽野风点鬼火:"这个老骚驴,谁都知道他偷了你的水,还死不要脸地贼喊捉贼,他就会欺负你这老实头,这要是换了我,早让小溜子给他俩大嘴巴子,跟他这老杂毛做邻居真是倒了八辈子血霉了。"

"扑哧"一声,黑暗里面疙瘩忍不住笑出声,自己被偷点水算个啥事,顶多损失了几百块儿,要是知道毛丫小小年纪被个老男人占了便宜,那还不气得直吐血,这老赵头跟老王头隔邻居,那才真真是倒了八辈子血霉了。面疙瘩这样一想心里就不生气了。

虽然躺在床上不接茬,但面疙瘩心里却暗自有了主意。

四

傍晚,太阳把光芒收进了地面,袅袅炊烟在各家的小院上空飘着,天虽亮着,早已没有了白天的燥热。尽管如此,几个男人还是敞着怀走来走去,散着身体被太阳晒了一天的热气。

吃罢晚饭,总是园林点人最多的时候。男人们光着膀子,女人们拉扯着孩子。没了电,园林点的几十号男女老少三三两两地聚集在了面疙瘩家院前的空地上。尽管老赵头偷了面疙瘩的水,但仍像没事人似的,背着手,老远就扯着公驴嗓子跟面疙瘩打招呼:"面疙瘩,你家妞妞这次模考多少分啊?"

"二百五。"面疙瘩声音小得跟蚊子哼哼,女儿不争气做爹的脸上也没光。

"咋才二百五,俺家毛丫这次考了四百八。你家妞妞脑子是不是进水了,别看平时怪用功,到了关键时候就是跟你一样脑袋不开窍。我看了,你妞妞像你,也是个傻得不透气的二百五!"

一句话气得面疙瘩脸掉老长,天色暗,老赵头没顾得着看面疙瘩的脸色,只顾着看小白菜了。看到小白菜在,老赵头兴致特别高,他最喜欢撩小白菜,见小白菜没理他便吊着公驴嗓子大声唱:"小白菜白又生,萝卜生得青灵灵,麦子长得饱盈盈,白菜长得白嫩嫩呀!"老赵头边唱边用眼睛狠狠勾着小白菜,还故意把"白嫩嫩呀"拖得长长的。这小白菜本来就是个风骚娘们,一见老赵头挑逗她便笑得咯咯的如同母鸡下蛋。

老赵头一下子来了劲,凑到跟前一把抱住了小白菜,笑着说:"小白菜,让你赵哥看看你是不是跟白菜一样白又嫩。"

玩笑开大了,小白菜被老赵头死死揽在怀里无法挣脱,突然,小白菜对着老赵头脸上就是一口,老赵头哎哟地大叫了一声不但没放开,反而把小白菜抱得更紧了,"我叫你咬我!我叫你咬我!"

"打是亲骂是爱,不打不骂不相爱。"人们笑得更疯了。面疙瘩夹在中间也看得很过瘾,他心里忍不住小声的嘀咕:这娘们白得还真好看,哪像自己的老婆黑粗粗的腰,一身的小麦黄。

看热闹的人们乐得笑红了脸,故意大声问:"老赵头,抱着小白菜啥滋味啊?"

"像抱了一团软棉花,越抱越舒服,恨不得抱着一辈子不丢手!"老赵头大笑着,脸上的两块疙瘩肉因为激动而颤悠悠的。小白菜尖声地叫了起来。

正疯着,老王头背着手黑着脸走了过来。

老赵头眼疾手快,尴尬地将手松开闪到了一边。人们还在笑,但都笑得有些不自在,跟自己抱住了小白菜一样,脸上都讪讪的。

面疙瘩一见老王头出来,也觉得很扫兴,戏还没看过瘾就突然被人拉上了幕布。他一扭头才发现人堆里不见了毛丫与小溜子。心里"咯噔"一下,不声不响地从人堆里抽回了身子往自家的果园里走去。

他的目光迅速地扫了一圈,然后慢慢移动,很快停在了果园草扎的小棚棚上,那小溜子正抱着毛丫坐在他搭的木床上,面疙瘩忙蹲进自家的毛渠里,心里暗骂:"这还怪会找地儿。"

那小溜子果然不是什么好鸟,把老赵头刚才的那一手全学到了手,还活学活用:"毛丫,让我好好抱抱你。"说着一把紧紧搂住了她,毛丫害羞地挣扎着,越挣扎小溜子抱得越紧,身子一软朝着毛丫扑了过去。

面疙瘩顿时急了:"坏了,这坏怂要祸害人了。"

正当面疙瘩不知该出来阻拦还是该继续躲着的时候,"嗯哼",有人大声地咳嗽了一声,吓得两个男女如惊弓之鸟般,一瞬间扑腾腾地散了。面疙瘩蹲在毛渠里大气不敢出一个,等那两人跑出他的果园,才红着脸从毛渠里钻了出来,"怎么跟老子偷人一样。"

站起身来,他才发现是老王头。老王头一看是他,便远远地打招呼:"面疙瘩,又到地里蹲坑啊,你真是肥水不流外人田,小心蹲出痔疮来。"

"是王哥呀,瞎转啥呢?"面疙瘩觉得老王头出来得真是时候,正好拦住了自己儿子犯错误。

"我看看你家的梨树果坐得好不好,面疙瘩,你家的梨花开得好啊,果也坐得好,看来今年你又捞美了。"老王头羡慕地咂巴着嘴。

"王哥啊,你家果园也该留给小溜子了,这小溜子离婚也有好些年头了,你得给他找个正经事做做,也好让他赶快娶个老婆好好过日子。"话溜出了嘴,面疙瘩忍不住想点一下。

"谁说不是啊,可这个二流子不正混谁能要他?"

"王哥啊,不是我说你,你可得好好管管你家小溜子,我可看到他在纠缠人家毛丫呢。"面疙瘩终于下决心说了出来。

"呀,那可不敢胡说,面疙瘩,饭可以胡吃话可不敢胡说,那小溜子在毛丫面前都是个当叔的人了,当叔的人能干这事?毛丫还是个孩子呢,你这话说得可要毁了孩子,这话要让老赵头听到了,不给你两个大嘴巴子才怪呢!"老王头大呼小叫的,如同屁股着了火。

"这个老赵头也真是的,也不好好管管他家毛丫,这么大的姑娘了还整天跟小溜子这当叔的乱疯。"面疙瘩张嘴想把看到的事点破。

"面疙瘩,赶快把嘴夹紧,你再胡说我可跟你翻脸,那老赵头是好惹的吗?上次偷水的事你还没吸取教训啊,管他家蛋闲事,别羊肉没吃上还惹一身骚。"老王头声音很响,一声声砸在面疙瘩身上掷地有声。

面疙瘩一听就蔫了,想起上次偷水的事,一下子如同嘴里一不小心掉了个苍蝇,窝了一肚子的火,想想老赵头也不是什么好鸟,还是少管闲事为妙,免得把老王头也得罪了。

第二天下午,毛丫乐颠颠地跑到面疙瘩家的院里找妞妞跳皮筋。妞妞还在抽条的身体瘦得像根麻秆秆,跳起皮筋来小小身板犹如一只飘荡的风筝。毛丫穿了件紧身的粉色T恤,全身饱满得像要爆开的梨花花芽,鼓鼓地直往外冒着。毛丫的声音笑起来很疯,咯咯咯的,引得在院子里扒葡萄的面疙瘩老忍不住地往她身上瞧,这真是个疯丫头!她的脚尖上上下下地在皮筋上快活地飞舞着,圆鼓鼓的小屁股一左一右地扭着,一对胸有节奏地甩着,面疙瘩看呆了。

面疙瘩想:"毛丫这死丫头片子也真够疯的,像个水蜜桃,别说小溜子这样的二流子看得直流口水,这是让别的男人见了也会眼花缭乱的,母狗太骚净招公狗。"

"啪",面疙瘩的脑袋狠狠被蔡金花打了一巴掌。"老不正经的,盯着小姑娘的屁股瞎琢磨个啥呢,不怕你眼睛长鸡眼。"

一句许,吓得面疙瘩忙拾起了手中的活,他又忍不住地看了自己的闺女妞妞。妞妞笑得怯怯的,两个脸蛋蛋上透着羞涩的红,让他心里很踏实,还是自家的闺女好,女孩家家的就该懂得自重,不然身子还没长熟就招上野猫了。

五

面疙瘩觉得这阵子自己害了病,不是别的毛病是心病。

毛丫的身子越来越鼓,成了面疙瘩的一块心病,到底要不要告诉老赵头呢?

有事没事的面疙瘩脑子里老蹿出个问号,眼睛不由落在毛丫的身上,他脑子里禁不住地会蹿出小溜子的一双粗莽的手和毛丫那对鼓鼓的胸,揉着搓着,毛丫的身子就更饱满了,饱满得让他感到心里不踏实。再有两个月就快高考了,不知小溜子这坏怂对小姑娘下手了没?

想到这里,他的脚就不由自主地停在了老赵头家的大门口。到底该怎么说呢,他几番想进去,却又不知该怎么扯出这个话头,万一老赵头翻脸了怎么办?这老头可不是盏省油的灯,他犹豫再三只好又退回了自家的院里。平日里碰到老赵头,他好几次忍不住想把小溜子卖了,可话到了嘴边,又像喉咙里隔了块骨头,生生卡住了再看看到老赵头那双得意的小眼睛,他强忍着把话咽了回去。如果小溜子跟毛丫只是瞎胡闹,自己翻嘴岂不坏了毛丫的名声吗?他想想老王头的警告也对,这老赵头也不是什么好鸟,别弄得自己里外不是人。

面疙瘩的眼神瞅着瞅着,就从毛丫身上挪到了路上。面疙瘩最近要忙一件大事情,这件事情就是和老赵头、老王头三家从自家的院子到三家的果园里铺一条石子路。牵头人是小白菜,三家人谁都没说啥,修路是个大好事,三家人从院子到果园是条土路,这条土路可把人害惨了,只要不下雨,厚厚的土能盖住人的脚脖子;到了下雨就更遭殃了,满路的泥泞,人和车都没法过,别提有多糟心。

这条直通三家果园的主干道,打药、上肥真费老鼻子劲了,到了秋天采收的季节,梨老板远远地来了,可大车就是进不到园子里去,车拉肩扛,每个梨蛋蛋都要人从地里一筐筐地运出去。正是如此,一说到修路,多年不说话的老赵头与老王头两颗脑袋也紧紧地碰在了一起。

三家人利索地从口袋里各掏出了两万,钱由老赵头掌管,老王头和面疙瘩都不大乐意,可又有啥法子呢,老赵头头脑活络,既会算账,又会里里外外张罗,最后老王头不得不提出让小白菜管账,面疙瘩虽觉得自己拿了钱却没了做主的份,想想与老王头的交情也不得不答应了。

路修得很快,老赵头忙前跑后,半个月就修到了面疙瘩家的大门口。面疙瘩乐得合不拢嘴,他盼着快快把路修到自家果园门口。面疙瘩天天盯着这段路,可修路的进程却莫名其妙地停了下来。面疙瘩眼巴巴地瞅着,却不知道哪出了问题,明明再往前修修三家就都皆大欢喜,可路却突然不修了。面疙瘩催完老王头又去催老赵头,老赵头的眼皮一下子耷拉了下来,面疙瘩没弄明白啥意思。

问了小白菜才知道没钱了,"没钱三家人再摊点啊。"面疙瘩急切地望着小白菜。

"按当初咱三家的协议,那路已经修到了你家门口,再想多修你得自己家修,凭啥三家人再摊点啊?"老赵头把难听话撂了出来,面疙瘩一听就急了。

老王头一看情形不对,忙主动提出三家再摊点,把路一直修到面疙瘩果园头上。谁知,老赵头头一拧,杠着脖子说:"要掏你掏,这事跟我一毛钱的关系也没有,说好了修到果园大门口,谁想多修谁自己掏。"

只有面疙瘩的果园在两家果园的后头,他总算弄明白了,自己又被人不声不响地算计了一把。虽然老王头非要把钱掏给面疙瘩,可面疙瘩人来了脾气,他觉得自己虽老实却要活得有骨气,这次他愣没让两家人再掏一分,自己又掏了一万块,把路一直修到了自家果园头上。

得了便宜的老赵头走起路来自然得意得摇头晃脑,面疙瘩心里憋屈,见了老赵头头一拧,再不愿搭理这老东西。他已打定了主意,谁让毛丫是老赵头的宝贝,祸害毛丫也是祸害老赵头,跟他一毛钱的关系也没有。

每天走着这条路,面疙瘩心里气鼓鼓地直骂老赵头:"该死的老杂毛,别看你今天笑得好,到时候有你哭的时候。"

六

果园里,枝叶茂密地向外伸展着,眼看着喜人的梨子一天天地膨胀起来,面疙瘩就闲了下来。

一闲下来,面疙瘩又把心思搭在了毛丫身上。毛丫现在每天都打扮得漂漂亮亮等着妞妞去上学,鼓鼓的胸在面疙瘩眼前形成了一个好看的弧度。面疙瘩再看看妞妞,又黑又瘦的,快高考了,这孩子用功用得过了头,眼圈都熬黑了,面疙瘩心疼地想。再看看毛丫圆鼓鼓的身体,圆得有些夸张地往外冒,不知怎的,面疙瘩觉得毛丫的身子这些日子圆得没么带劲了。

好久没见两人混在一起了,不知那小溜子到底有没有再碰过毛丫。面疙瘩闲得无聊又开始琢磨这个事,他时常想着想着走了神,过后又觉得自己的念头太龌龊。干我个鸟事,他生气地骂自己。

天越来越热,人们一层层地把衣服脱到了少得不能再少的程度,毛丫再在面疙瘩眼前晃动时,面疙瘩眼神却不由地放在了毛丫的肚子上,这姑娘的肚子比妞妞圆多了,小溜子到底有没有和毛丫……没事时,他一个人偷偷地盯着毛丫的肚子瞅。

正当他被这个古怪的念头折磨得睡不着觉时,妞妞急匆匆地从学校跑了回来,表情让面疙瘩吓了一大跳。原来,下午一节体育课,老师让同学们跑步,这本来是些最平常不过的体育项目,可毛丫却突然昏倒了。天太热,老师和同学们都以为毛丫热得中暑了,急忙把毛丫抬到了医院,等老师和学生们等待医生急救毛丫时,医生却意外地告诉大家:毛丫怀孕了,已经三个月了,要立即流产。这个消息把所有人都吓了一跳。

面疙瘩终于想明白为什么他老觉得毛丫不对劲,原来这丫头真的出事了。

出了那么大的事,一向得意洋洋的老赵头气得一蹦三跳,发誓要把做坏事的臭小子扭送到公安局去。谁知,毛丫竟一声不吭,不管老赵头用什么手段,毛丫就是什么也不说。

毛丫在医院躺了一个多星期回家了,回家的毛丫再没去上过一天学。六月底,正是妞妞参加高考的时间,毛丫却独自躺在自家的床上呆呆地望着天花板。

看着毛丫,面疙瘩的心像被什么东西狠狠地啄了一下,多好的姑娘啊,他觉得自己挺不是个玩意的,如果早点告诉老赵头怎么会有今天的结局,他觉得小溜子更应该对这件事负责。

晚上,他到老王头家去串门,发现小溜子这浑小子早就溜得没了人影,老王头告诉面疙瘩,小溜子到外地打工去了。怪不得这么久都没见到这坏怂,真是个二流子。

出了那么大的事,面疙瘩总觉得老王头家该对毛丫负责。谁知,老王头脖子一拧说:"这事可不敢胡说,凭啥说毛丫肚子里的种就是小溜子的,那疯丫头,像他爹一样没事四处冒骚气,谁知这丫头被谁压了蛋?"

面疙瘩不得不把自己看到的事一五一十地告诉老王头,谁知老王头面无表情:"苍蝇不叮无缝的蛋,我早看到多少回了,恁大个丫头片子老偷偷地勾着小溜子往你草棚子里钻,这叫啥世道,活该!"

面疙瘩顿时惊愕得说不出话,他的脑袋空着,像掉进了一个巨大的陷阱,原来老王头一早就知道,他第一次觉得老王头也不是什么好东西,还不如老赵头,这么久都一声不吭,够阴险!

毛丫瘦了,瘦得很厉害,她的身体如同突然被狠狠抽去了水分,缩得扁扁的,见了谁表情都木木地僵硬着,很快园林点的人传出毛丫去城里了,不过不是去上学,是去酒吧做了小姐。

从此,老赵头更如同打了霜的茄子蔫不拉唧的,再也不唱他的河南梆子了。一向爱占便宜的老赵头第一次吃了那么大的亏,精神一下子垮了,明显地苍老了许多。面疙瘩一见老赵头现在这样心里挺不是滋味的,他恨自己是个小心眼,要是能早点告诉老赵头,毛丫这丫头也不会出那么大的事。

妞妞终于考上了大学,还是南京大学,面疙瘩喜得合不拢嘴,虽不是北京,那南京到北京离得也不远了,面疙瘩想想都开心。

一高兴,面疙瘩就憋不住想把这个让他激动得睡不着觉的好消息找人分享一下。他一抬脚就进了老王头家的门,推推门,里面半天没动静。明明有声音,他有些不甘心,不由地踮起脚趴到窗上往里面瞅一眼,这一瞅不打紧,老赵头正趴在小白菜白晃晃的肚皮上哭呢,鼻孔里还顺着一行大鼻涕,难怪园林点的人们老说他们有一腿,没想到还真有一腿,老王头的小溜子偷了毛丫也不吃亏,面疙瘩这样想着忙退出来,心里的所有疙瘩都消弭了,做人做事还是像他这样实诚点好。

"妈妈说了,吃亏是福——是福啊!"他昂着头,哼着小曲回自家的小菜园。

买　地

一

昏暗的光线下,豁牙子一动不动地盯着红红的脸。红红柳眉杏眼,翘翘的小嘴边俩酒窝,哪哪都好看,可他总觉得哪不对,哪不对呢?

他正琢磨着,突然一个公鸭般的声音炸雷般地响了起来。"豁牙子,你他妈的贼兮兮盯着小媳妇的脸看个啥?"

一抬头,窗户上一个光秃秃的大脑壳子伸了过来,把他吓了一大跳。没头发,两只圆圆的眼睛贼溜溜地盯着他。看到这颗脑袋,豁牙子的两颗小眼珠子如同热水烫了一般,立即从红红那张好看的脸上收了回来。

"瞎咋呼啥,又没死人,你天天盯着我干啥?"是他最讨厌的王丑娃,豁牙子心里的火一下子蹿了上来。

"豁牙子,我就爱盯着你看哩,看看你我心里就踏实了。"

"我烦你这熊人看!看见你我浑身不爽。"

"我就是让你浑身上下不得劲,你不得劲我心里就舒坦了,不然你这怂人不知又要犯啥错误呢。"看到豁牙子紧张,王丑娃得意地笑了。

像做了什么见不得人的事似的,豁牙子别提有多恼火了。王丑娃是与豁牙子是一同从六连出来打工的团场职工,豁牙子平时就怕他说三道四的,这下好了,被王丑娃逮了正着。真倒霉,他也是第一次这么盯着女人的脸看呢。

也难怪王丑娃大惊小怪,外面早已灯火通明,可他与红红还坐在昏暗房间里没开灯,不开灯,一男一女总让人感到有点暧昧不清。

女人长着脸就是让人看的,本来没什么大不了的,而且两人的中间还隔着张桌子,可经王丑娃这么一咋呼,倒真像豁牙子干了件丢人的事。豁牙子脸上有点挂不住。大晚上的,一男一女坐在房间里开灯不开灯区别很大。不是他不想开灯,是红红不让开。八月的傍晚,正是团场蚊子最多的时候,此时的蚊子好比饿狼扑食,见人就扑上去。红红那一身细皮嫩肉,自然不愿便宜了这些家伙。

其实,要说他俩一男一女也不准确,因为磅房里面还有个小套间,坐着个算账的姑娘。小姑娘是个二十来岁的大学生,遇到了付款的帅小伙子,两人正在里间聊得热火朝天。豁牙子与红红只是两个外来的临时工,自然不能夹在里面自讨没趣。

豁牙子是个看磅的,红红也是个看磅的。本来两人的工作岗位都在外面,可这会没车,站在外面除了喂蚊子没其他的好事,豁牙子不想,红红也不想,更何况带班的是个非常通情达理的人,只要外面没车,两人爱待哪待哪,本来磅房也就是他俩的工作岗位。

平时这个时候,磅房里虽然也只有豁牙子和红红两个人,可都各忙各的。唯独今天,豁牙子老觉得红红脸上不对劲,哪不对劲呢?红红见他发愣,朝他咧嘴一笑,眼角一跳,一颗暗红色的痣随之一蹦。豁牙子终于明白哪不对了,对,就是眼角这颗痣!

长痣的女人多了去了,不少人管美人脸上的痣美其名曰美人痣呢。中国有美人痣的美人为数不少,而且一笑倾城再笑倾国呢,可红红这颗长在眼尾的痣他咋看就那么别扭呢?这颗痣长有点妖,再看他终于想起来了,这颗痣叫桃花痣,本来他也不懂啥叫桃花痣,奶奶告诉他长桃花痣的女人最招男人!

难怪红红招男人,不光是因为长得漂亮,是因为长了颗桃花痣,豁牙子暗想。

"你这怂货,别看眼睛小,偷看起女人来两眼闪闪发光,也不怕眼皮上长火尖。"王丑娃公鸭般的嗓门笑得嘿嘿的,得意得眉飞色舞。

"放你娘的雾都屁!老子不像你,一天到晚贼头贼脑。"豁牙子捡了个果皮砸了过去。

"不做亏心事,不怕鬼敲门。老实交代你这货又在打啥鬼主意?"

"咋,我看啥还得跟你这人汇报汇报,告诉你我现在看到了只大绿头苍蝇,你说恶心不恶心?"

这话分明是在骂人,王丑娃一下子翻了脸。"真是个豁牙子,走到哪都狗改不了吃屎的毛病,我要不把你偷看小媳妇的事回连里宣扬宣扬,你就不懂得啥叫夹着尾巴做人!"

"丑娃啊丑娃,你真是个大嘴巴,啥事一到你嘴里就变成了偷鸡摸狗,这辈子你非毁这张臭嘴上不可!"一提起"豁牙",豁牙子心里就来了火。

"丑娃,丑娃,丑娃是你叫的吗?我是你叔哩,你这孩儿就是长到老也没把规矩学好,从小你娘不知咋教你的,要不是看咱俩是亲戚,我现在就把你过去的丑事满世界张扬。"

豁牙子一听脸上顿时灰灰的,跟打了霜茄子似的一下子蔫了,忙伸手把房间的灯拉亮。

看着豁牙子败下阵来,王丑娃得意地把脸从窗上挪开,大声唱着他的河南梆子走了。

二

啥个亲戚!豁牙子望着王丑娃的背影恨恨地骂道。

王丑娃可不是他一般的亲戚,是亲戚又套了亲戚的,本来王丑娃是他老婆翠花的表叔,可他却又偏偏找了自己的表妹小梅,这辈分一下子乱了,不知该叫啥好。按说更应该亲得像一家人才对,可豁牙子从不张口叫,因为他心头憋着一股子气。

豁牙子是个老实头,尽管现在男女很开放,可他骨子里却胆小如鼠。在老家,村里也有男女干些男盗女娼的事,可他豁牙子除了自家老婆,还从没摸过别的女人的手。他一向看不起爱吃女人豆腐的男人,他祖宗八代都是规矩人,可就是这个王丑娃,让豁牙子栽了个不小的跟头,还让他从此豁了牙。

豁牙子原名叫王洪喜,没来新疆前,和王丑娃一个村的。几年前,豁牙子救了个人,还是个女人,一个丢了儿子的女人。听说女人丢了儿子,一下子就让豁牙子同情上了,谁家没儿没女的?现在都是独生子,丢了孩子跟天塌了似的。

于是,他的同情不光用在嘴上还用在了行动上,他不仅把女人带到了家里好吃好喝地款待着,还四处帮她打听儿子。本来做好事是要扬名的,可坏就坏在这个女人是个死了丈夫的寡妇。豁牙子是个有老婆的人,就是没老婆,也没对可怜的女人动半点歪脑筋,乘人之危一向不是他这种男人干事的作风。

豁牙子没想法,可同村的王丑娃有想法,快四十的王丑娃还是个光棍汉,见洗得干干净净的女人有几分姿色便动了念头,非要把女人领回自己家住。孤男寡女的,这不是趁火打劫嘛?别说女人不愿意,豁牙子也不同意。救人救到底,他不管闲言碎语硬是把女人留在了自己家里。

这下好了,捅了马蜂窝,眼看着好事被人搅和了,王丑娃生气了,逢人便说豁牙子给自己找了个不花钱的二房。为这事,两人在村里大打出手,结果,谁也没占上半点便宜:王丑娃折了腿骨,豁牙子掉了颗门牙。从此,两人便成了见面不说话的仇人。

一时间两人成了全村人的笑料,村里人只要一提起这颗豁牙就笑得龇牙咧嘴的,说他兔子没吃上,咬了一嘴毛。豁牙子像被打上了记号,走到哪都有人故意问他这颗豁牙的来历。他非常生气,好名声没捞着倒惹了一屁股骚。可豁牙子不后悔,对他来说救人一命胜造七级浮屠,可他想不明白的是怎么救个人还坏了名声了呢。归根结底,还是坏在王丑娃身上。从此后,见了王丑娃他就恨得咬牙切齿的。

几年前,王丑娃终于从村里离开了,听说去了新疆建设兵团,没想到他从此过上了好日子,种上了地,还安上了户口,还找上了个年轻漂亮的老婆。令豁牙子感到格外气愤的是,王丑娃的老婆竟然是豁牙子的表妹小梅。小梅是个心疼人的漂亮姑娘,二十多岁,细皮嫩肉、杨柳细腰,真是一朵鲜花插在了牛粪上!不仅当地人想不通,豁牙子更是气得睡不着觉。

王丑娃一回村很张扬,开口闭口就吹兵团好啊,兵团的地多人少,兵团的户口好上,兵团人的小日子过得滋润,吹得天花乱坠的,那张大嘴如同里面塞进了颗蜜桃,馋得村里、村外不少人都想方设法找门路,托关系,一个个来到新疆把户口上在了团场。

豁牙子就是这么来新疆的，带着老婆一起来的，还真像王丑娃吹的那样，不仅安上了户口，种上了地，还住上了不掏钱的新砖房。这辈子竟然还能遇到这等好事情，让豁牙子乐得如同路边接上彩球的乞丐。

可唯一让豁牙子不痛快的是在这里他又见到了王丑娃，不仅见还得天天见。新疆那么大，可两人偏偏就在一个团，还又在一个连，真是不是冤家不聚头。

见了王丑娃，豁牙子自然没忘了他那颗豁了的大门牙，躲是躲不过去了，喉咙里如同硬被人塞了根棉签子，只能硬着头皮打招呼。那王丑娃更跟没事人似的，早把从前那点不快丢得一干二净，有事没事跑到豁牙子家去串门，跟进自个家似的，特别在人多时，还故意在豁牙子面前背着手，非逼着豁牙子喊他叔，让全连人都知道他俩是亲戚。

"豁牙子，咱是亲戚哩。"

"谁跟你是亲戚，我这辈子都忘不了你干的缺德事。"

"我那是为了让你管好自己的裤裆少犯错误。"

"你少他娘的给自己脸上涂脂擦粉，你自己吊死鬼打粉插花——死不要脸，还要猪八戒倒打一耙。"

嘴上痛痛快快地骂上几句，豁牙子总算解气了，也不再记恨他了，到底是一个村出来的，还是亲戚套了亲戚的，新疆这地儿好啊，就连最讨厌的人到了这里也变成亲人了。

可一朝被蛇咬十年怕井绳，豁牙子知道他大嘴巴的毛病，在他面前总小心翼翼的，小心无大错，这是出门前爹娘再三交代他的。

三

灯一亮,红红那双水汪汪的杏眼扑扑闪闪的,长长的睫毛像两把黑色的小扇子,别提多好看了。

男人都爱看漂亮女人,豁牙子也不例外,可再漂亮也是二愣子的媳妇,和他一毛角关系也没有。自己的老婆虽不漂亮,可皮实。奶奶常说:啥好都不如人好,家中有三宝:丑妻、薄地、破棉袄。他喜欢奶奶的话,对他来说老婆主要是拿来夜里用的,用的时候,灯一灭,那漂不漂亮也没多大用处。种地的人,能干才最重要。再说他又不是个有钱的老板,太漂亮的搁在家里他还不放心呢,现在的男女多开放啊,漂亮不漂亮的都出去找情人,还不如像老婆这样虽黑皮糙肉的,家里、地里活两不耽误。他是个农村人,人活着图的就是吃饭、穿衣、过日子,这成家过日子,勤快能干比啥都重要。

丑妻有了,是一宝,那薄地可不是说贫瘠的瘦地,而是能长出庄稼养活一家老小的地,这个事在豁牙子眼里可比女人漂不漂亮重要多了。

所以,眼前的红红不能说跟他豁牙子一毛钱关系没有,否则他也不会老盯着红红瞎琢磨。

红红家有十亩地要转,这对豁牙子可是天大的事。

连里人人都有地,有地对团场人来说不是个啥稀罕的事,可红红家这十亩地就在连里的大路边上,离豁牙子家只有百米远,更重要的是里面有三个现成的大棚,三个现有的大棚啊,种菜育苗干啥不行?一年最少挣五六万块钱。乖乖,五六万啊,这可相当于小半个楼房了,这么挣钱的事可红红的老公二愣子却不想干了,想转给别人了,这事让豁牙子想得寝食难安。

这么大块肥肉盯的人自然不会少,光豁牙子知道的还有两个,一个是处处盯着他的王丑娃,还有一个是连队里的维吾尔族职工买买提。

　　豁牙子觉得新疆这地儿真怪,啥人都有。过去在老家,一辈子也难见个高鼻子、凹眼睛的女人,在这里,跟到了外国一样到哪都能见着。就说这个买买提,黑黑的连心眉、鹰钩鼻、凹眼睛,长得跟电视上的外国人没啥两样,在这里不用出团就能见到蒙古人、维吾尔族人、回族人。兵团就是个大杂烩。

　　别看民族不同,那买买提跟他好的似兄弟。刚来那年,他没钱,整整拉了买买提两个月的西红柿,却从不提钱的事,直等到番茄加工厂把原料款全结完,他才把运费送去。买买提这才高高兴兴地收了,还请他吃了一顿馕坑肉,就是这顿馕坑肉,不仅让他吃出了对新疆的感情,还让他吃出了对这个少数民族兄弟的感情。这个买买提很有意思,除了脸长得跟他这个汉人不一样,其他没什么不一样,普通话说得比他这个河南人还标准地道,一见他手往他肩上一搭,哥们长哥们短的,一下子让他暖到了心里,好像他俩真的就成了兄弟。

　　三个大棚啊,豁牙子急红了眼。

　　豁牙子从河南到新疆才来两年半,两年半说长不长,说短不短,可他一下子就喜欢上了这个地方。团场田多地肥,这些年团场老职工大都退休了,新职工接不上茬。团场人的孩子都喜欢跑城里、内地,没几个安心留在团场种地。

　　团场人几乎家家都是独生子,本来地多人少,这一跑,更没人了。豁牙子觉得这团场人真奇怪,明明计划生育有特殊政策能生俩孩儿,可团场人就是不生。待久了才明白,这生儿育女不就为了防老嘛,在老家不管生几个,反正得有个儿子,不然老了老了没人养活。可兵团好啊,两口子种着地都拿着工资,退休了还有退休工资。豁牙子不问不知道,一打听吓一跳,那团场职工的退休金高得吓死人,老职工一个月少说也有三千多,高得还有四五千的,比他在老家退休的校长舅舅工资还高。这下,豁牙子更是死心踏实地待在连队不走了,哪都没有连队好。不仅不走,还想把爹妈、奶奶一起接了来。这一家老老少少在一起,那日子才过得有滋有味。

豁牙子刚来新疆时也很犹豫,毕竟离家几千里,孔子都说父母在,不远行。可他不离开家不行啊,一家近十来口人,就守着家里几亩薄地。河南是个大平原,人多地少,那点地连爹娘都不够种,更别提豁牙子了。豁牙子还生了三个娃,大的是个妮子,娘说啥也要让豁牙子偷偷再生一个,谁知这一生还生了俩,两个双胞胎儿子,这让全家人喜得干活都比从前更有了劲了。

他一身的劲没处使,在老家他蹬过小三轮,收过红薯干,卖过粉条,可这些小打小闹的买卖不仅让他挣不了钱还经常赔钱,不是他不用心,家里收红薯干、卖粉条的人太多了,一个村子就好几个,他又不愿缺斤少两,以次充好,这样一来,他挣的钱也仅仅只能糊口,养家就困难了。

本来,到广东、深圳打工早不是啥稀罕事,可豁牙子的父母坚决不让去,说那些地方乱哄哄的不安全。豁牙子是家中唯一的儿子,尽管他还有姐姐、妹妹,可重男轻女的父母把他看得命一样重要,哪都不许去。

就在两年前,豁牙子眼看着也快四十了,将来俩儿子不知得花多少钱哪。村里的小楼跟比赛似地盖着,只有豁牙子一家八口人还在几间老房子里住着,正当年的豁牙子不甘心。听邻村的刘富贵说,他有关系可以在新疆的团场安上户口,豁牙子这次没跟爹娘商量,咬着牙偷偷跑了出来。带他出来的刘富贵,这货在团场混得真不赖,才几年的光景,就挣了大钱,光楼房就买了好几套,把一家老老小小全都接到了新疆。

豁牙子总结了,过日子不在乎在哪里过,能不能过好才最重要。

这次,爹娘反对得果然没像他想得那么厉害,因为村里有许多人都在团场落了户,爹娘也想来新疆,爹虽然快六十了,可干起农活来赛个小伙子。

豁牙子也有地,地只有三十多亩,按连里的规定今年种了小麦,这对他俩两口子根本不算是个事。

正当年的豁牙子和老婆浑身上下有使不完的劲,而且爹娘也盼着啥时候能来新疆和豁牙子一块种地。于是,豁牙子就把所有的心思全放在了红红家的十亩大棚上。什么时候才能得手呢?豁牙子不知道。

这十亩地豁牙子已经看了无数遍,上班看,下班看。多好的一块地呀!就在豁牙子家房后,位置好,光线好,一起床抬抬脚就到了,晚上要是吃好饭没事干,拔个草,定个苗,正好到地里消化消化。再说了,爹娘也都是种菜的一把好手,就连奶奶,让她坐在绿油油的菜地里,她也能多活两年,多美的事!

连队位置好,边上就是个番茄加工厂。豁牙子早就私下里盘算过了,一个大棚一年最少挣两万,三个大棚就是六万。要是把爹娘都接过来,现成的人手,他们也有了挣钱的好去处,而且照顾大棚也就几个月,剩余的时间可以四处打短工,短工也是现成的,这里到处缺人手,摘辣子、摘番茄、摘香梨、摘棉花,只要肯出力气,一人一天松松挣一两百,而且一到七八月份,番茄加工厂就招临时工,活轻工资高,还不用晒太阳,生产完正好和大棚活接上茬,钱照挣,活一点也不耽误。到时别说买一套楼房,两套、三套都不是问题,哪都不去就买在团部,现在团场都在向着城镇化发展,有几次豁牙子去团部办事,看得他眼睛都直了,那团部的小区繁华得跟城市没啥两样,高层、条楼、别墅、花坛、人工河,应有尽有,豁牙子前前后后转了一遍,迷得迈不开腿。

不仅豁牙子,老婆也从早到晚地盼着买地,因为买了地,就可以把家里的仨孩子全接来,团里的学校全是免费,连队的砖房也是现成的,爹娘来了,娘还可以在家看个孩子做个饭。要是能把这十亩地全买下来,一家人的小日子那还不过得红红火火、和和美美的。

可这十亩能不能买上,豁牙子说了不算,王丑娃说了不算,得红红的老公二愣子说了才算。

知道豁牙子要买二愣子那块地,王丑娃快成了电视剧《潜伏》里的特务盯着余则成,整天跟他形影不离,不知道的人都说他俩好得跟一家人似的。其实,豁牙子心里比谁都明白,王丑娃的心就在那十亩大棚上。

四

太阳早早地落了山,豁牙子吃完了饭闲得没事可干,就开始想心事,想来想去还是那块地。

为地的事豁牙子已经找二愣子谈了好几次,可二愣子的态度很含糊,光龇着牙憨笑,不说卖也不说不卖,豁牙子心里很清楚,不是他一个人盯着这块地,狼多肉少,肉就成了香饽饽。

二愣子不急,不光不急,还经常不在连里面。二愣子有更要紧的事做,这两年,他在外面包了点小工程,大小也算是个小老板,包工程挣的钱远比种大棚来得快挣得多,所以,二愣子才要卖地。

可豁牙子急得上火,三十多亩麦子早早收割完了,时间就是金钱啊,大好的时光不能耽搁,豁牙子决定到旁边的番茄酱厂去打工。新疆气候早晚温差大,光照时间长,种出来的西红柿又大又甜,比老家的甜多了,豁牙子把新疆的水果吃了个遍,这里啥水果蔬菜都好吃,糖分高、水分足,让一向爱吃水果的孩子们在老家馋得直流哈喇子,老打电话催问他啥时接他们来新疆?一问豁牙子的眼圈就红了。

得抓紧时间挣钱!收完小麦,豁牙子早早到厂里报了名。

厂里给豁牙子安排的活是看磅,磅房有四个人,一个过轻磅,一个过重磅,临时工一个看轻磅,一个看重磅。豁牙子的活就是看看每辆过往的车有没有完全在磅上。

上班第一天,豁牙子不明白世间怎么还有这等好事,只用眼睛瞅瞅啥也不用干;不过车的时候坐在磅房嗑瓜子、扯闲话,一月二千五!这么轻松的活为啥还要两个人呢?他一个人看轻、重磅劲都使不完,这太浪费钱了!他闲得不自在,于是找了这里的班长,他原以为他这么积极主动班长会表扬他,谁知,那班长竟笑笑没理他。

刘富贵听说后气得大骂他一通:"真是个勺子,就你能,钱都让你一人挣了,别人都去喝西北风啊!"

这一骂,他脑袋瓜子才反应过来,他一人要干两人的活,那不是眼睁睁地断了红红的财路嘛。

待久了,豁牙子才了解到原来他和红红看磅这轻活全是刘富贵托人给说的,可别小看了这个刘富贵,这厂里大大小小的工程全是刘富贵承包的,他在这里很有面子,有面子安排两个轻松活对他来说是小菜一碟。

豁牙子也看到了,同样是人,那王丑娃干的活是拉车,钱拿得跟他一样一样多,干得却比他累多了,一天到晚拉几十车挑拣出来的烂西红柿,还要不停地打扫卫生,累得呼哧呼哧的,喘完气就来盯着他和红红,越盯心里越不是滋味,于是,王丑娃的嘴上就冒出了酸话。

"豁牙子,我就喜欢来磅房看你,看看啥时候我也能像你一样光睁着两眼啥也不干。"王丑娃说。

说得豁牙子不自在,好像白拿他的钱不干事,于是就呛他:"我烦你看,我拿谁的钱跟你有个毛线的关系,我又没拿你的钱!"

"这年头真是怪事多,刘富贵照顾你也就算了,怎么把红红也照顾上了,一个老男人照顾一个小媳妇,你说奇怪不奇怪?"

"王丑娃,肉吃多了撑着了,你真是狐狸吃不上葡萄说葡萄酸。"

"公狗闻不到母狗的骚,不会围着母狗打转转,一个有老婆的男人老往一个女人房子里跑,只会让人想到一件事,这对男女关系不正常!"

"你看到了?狗嘴里吐不出象牙,当心二愣子听到了把你的蛋割了喂狗去。"

"红红就是个小妖精,一见男人就骚声浪气,无耻者无畏!"

话不投机,豁牙子翻翻眼皮子不再搭理他。

王丑娃一走,豁牙子立即拿起大扫帚扫地。他要把磅房里里外外扫得个干干净净,好像不这么干,就对不起工厂给他发的二千五。

正干得热火朝天,王丑娃又来了。

"豁牙子,又在大太阳底下表现呢,要是有劲没处使,就到我家果园里锄锄草,翻翻地,小梅身子弱,啥也干不动。"

"你家的地又不是我家的地,凭啥该我去给你家当长工?"豁牙子直朝他翻眼皮子。

"我是你叔哩,那小梅又是你表妹,你不干谁干?"王丑娃觍着脸说。

"你也知道小梅是我表妹呀,那你咋不喊我一声表哥呢?你才比我大几岁还非给我当叔,等你啥时喊我表哥了,我就天天给你家锄草去!"豁牙子终于出了一口恶气。

王丑娃一句话没说好,却打了自己耳光子,一声不吭地走了。

看到王丑娃败下阵来,豁牙子很得意,尽管豁牙子爱干活,可平白无故地老给他家干活算个啥?豁牙子对小梅表妹也不满,明明是个种地人,仗着王丑娃宠她,整天娇滴滴的,连个地边也不沾,所以,一提起果园干活,豁牙子就想躲他。

车不多,一天总共只能放进去几十辆,闲得发慌的豁牙子就想找个人闲扯,能跟他闲扯的对象并不多,那个带班大学生一般不大搭理他,豁牙子能说话的只有红红。

两人虽是近老乡,还都在一个连队,可豁牙子从前没怎么和红红搭过话,就是现在,他也不愿和红红多谝。跟红红在一起让他有种说不出的别扭,他从农村来,红红也从农村来,可红红整天打扮得花枝招展,每天上班还描眉涂眼,一见男人声音就变得娇滴滴的。豁牙子听惯了老婆粗拉拉的大嗓门,心里反而踏实得很。

看到红红,他脑子里就跳出奶奶经常说的一句话:女人有三丑,好吃、懒做、爱打扮。

他其实一点也不喜欢红红,来这里没多久就发现有不少司机喜欢围着她打情骂俏。而红红不仅不别扭,还笑得花枝乱颤的,这一颤就让几个男人伺机伸出手来朝红红身上摸一把。比如那个刘富贵,经常两只眼睛直勾勾地落在红红身上一动不动。别看刘富贵都五十多了,可跟红红一说起话来软绵绵的,让豁牙子不由地想起电视剧里的太监。

一开始,他还以为刘富贵是来看他的,久了才发现,刘富贵真正来看的人是红红。

有一天,刘富贵与红红聊天,两个人身子不知不觉地靠在了一起。刘富贵是个大个子,红红长得小巧玲珑,两人都爱翻手机,翻着翻着,刘富贵的大半个身体就包住了红红,看得豁牙子面红耳赤,他恨自己像个电灯泡,忙找个借口溜了出去。

有几次,豁牙子正不知道该把自己往哪放时,窗上"嗯哼"一声把他吓一跳,抬头一看,王丑娃那颗光葫芦大脑袋黑压压地贴在窗户的玻璃上,他赶紧找个借口溜了出去。

王丑娃一见他出来脸更黑了:"你咋跑出来了,真是个勺子,那是你的地盘,要出来也该是他刘富贵出来。"

"腿长他腿上,我哪能管得了,谁出来不都一样,正好我也透透气。"豁牙子忙为自己找借口。

"那能一样?他俩啥关系,你俩啥关系,刘富贵有妻有儿的每天老粘着红红算什么东西?"

"丑娃叔,人家不过来坐坐,谁坐不是坐,你要愿意,没事你也到里面去坐坐。"

"我才不和那妖精坐,我怕屁股底下长痔疮。那红红的老公二愣子按辈分你也该喊表弟哩,你就眼睁睁地看着你弟媳妇和别人勾勾搭搭,你长一双眯缝眼有啥用!"

"我眼睛小长我自己脸上,干你个啥事?二愣子又没掏钱雇我,凭啥我该看着他老婆!"豁牙子平时最烦别人叫他眯缝眼,眼睛小咋了,眼睛小又不影响他看世界,别人能到的东西他一样也不少看。

"俺翠花侄女找了你简直就是瞎了眼,要啥没啥,找个狗还知道汪汪地叫两声呢,找上你连个响屁也嘣不出来一个。"王丑娃很不满他的态度。

豁牙子一听变了脸,扭身进屋。

"他王丑娃算是个啥东西嘛。秃顶、大嘴,就他那样也还有脸说别人,猪八戒出门还知道对着镜子照照自己,他说话前也不先拿镜子照照自己的德行。"坐在里面的刘富贵隐隐约约听到好像和自己有关,很不高兴。

"呸,就他也配当叔。"红红朝地下吐了一口说:"他哪像个男人,也就是个爱捣事的老娘们,不戳点事他浑身上下不舒服。"

豁牙子眯着眼睛不接话,知道这俩人在故意挑是非,又不愿无缘无故地钻了他们的套。

豁牙子也后悔叫了王丑娃一声叔,叫他叔实际上等于承认了他是他长辈,可他又不愿旁人损他,他和他毕竟是亲戚,说王丑娃也就等于在说他。

五

上班没多久,豁牙子的烟瘾就犯了,往裤兜里一摸烟竟然没带,急得他直打转转,一抬头看到了买买提。

"买买提,想你你就到,有烟没?"

"豁牙子,你他娘的牙都熏成烤糊的馕了,再抽下去看哪个女人敢喜欢上你。"买买提掏出半包烟扔了过去。

"男人不抽烟不喝酒,死了不如一条老狗。女人她爱喜欢不喜欢,我又不为哪个女人活,我为我自己活哩。"豁牙子一张嘴露出一排大黄牙。

正好探探消息,点上了烟,豁牙子来了精神就想扯地的事。

"买买提,地的事找二愣子谈得咋样了?"

"谈了,十一万。"

"你找他谈了吗?多少钱?"买买提问。

"也是十一万。"豁牙子一下子开心地笑了,因为他没说实话,其实二愣子跟他谈的是十万。

一听买买提的话,豁牙子心里一块石头终于落了地,他明白了,二愣子不想把地卖给买买提,因为他欠买买提十一万运费到现在一直没给,地给买买提就是抵账,一分钱也拿不到手里。不是那二愣子没有钱,他现在也有商人身上害的毛病,喜欢欠别人的钱干事,拿别人的钱做自己的生意,不用到银行贷款,再划算不过,而且现在欠债的都是黄世仁,而追债倒成了杨白劳。能当黄世仁谁会去当杨白劳啊!豁牙子偷偷乐了。

"你可别高兴得太早,王丑娃也找过二愣子好几回,听二愣子那口气挺想把地卖给他,他很看重自己这个亲叔呢,把他当亲爹似的,你可得抓紧点。"买买提像是豁牙子肚子里的蛔虫,一下子就看透了他的心思。

"什么,有这事?他们把地谈妥了?"豁牙子的笑一下子僵在了那里,最担心的事还是要发生了。

"还没呢,听说王丑娃身上只有六万块,他买地顶多一半现钱,一半欠钱。豁牙子,要不是二愣子一直欠着我的运费不还,我弟弟没事干,我说啥也不能跟你争这块地。"

"别说这话,你不争也有别人争!"

豁牙子的脸一下子烧得热辣辣的,他为自己那点见不得人的心思感到羞愧。还是买买提实在,别看两人都在争同一块地,有啥说啥,绝不耍心眼,还把他当最好的朋友。不过听买买提这么一分析,豁牙子悬在半空的心又落在了地上,他仔细掂量了一下,三家中只有他豁牙子的钱才是现把现的,他要是二愣子,根本不考虑其他两家,谁会傻到跟钱过不去呢?

这么一想,他又龇着牙笑了,拉着买买提去大门口边的小饭馆吃馕坑肉,这回他豁牙子请客,两人要了两瓶啤酒。

豁牙子太喜欢新疆这个地方了,没来新疆前,他总以为新疆人都是骑着高头大马喝着大碗酒,来了才知道新疆人不是骑在马背上喝的,而是坐在馕坑边上喝大碗酒。新疆人爱吃羊肉,特别是烤羊肉,馕坑肉的做法很巧妙,穿上铁签子,孜然粉、辣椒面、胡椒面各种调味品一撒,往馕坑里一挂,才不大一会,浓浓的香味一下子就钻进鼻子里了,豁牙子对这种烤肉已经上了瘾,只要过段时间不吃,浑身就如同毒瘾发作。不仅如此,豁牙子还爱上了这里的饭食,什么米肠子、面肺子、揪片子、烤包子,真的又开胃又过瘾,比家乡的胡辣汤吃着过瘾得多。为这,去年刘富贵开车回老家,豁牙子还专门让他给老家人捎了整只羊。

"新疆的羊肉香啊,新疆的饭好吃!"豁牙子望着买买提无限感叹道。其实他心里想的是新疆的人也好,比如这个买买提,他太喜欢这个维吾尔族朋友了。

坐在馕炉边,吃着肉喝着酒,两人就舞马长枪地瞎侃起来,正吹得高兴,忽然豁牙子的肩膀狠狠被人拍了一下,抬头一看是刘富贵,身后还粘着个红红,忙热情地邀请他俩坐一起吃。

还没等他要烤肉,刘富贵就拉着红红坐到了另一边,豁牙子一下子明白了,两人要单独坐一起。

豁牙子吓得做贼般地四处看看,还好,王丑娃不在。

妈的,又不是自己偷偷找女人!本来,豁牙子和买买提喝着酒讲着粗话,聊着女人,正扯得热火朝天,可刘富贵俩人一来,豁牙子喉咙里顿时如同塞了团东西,说什么都不自在。看着他俩亲亲热热的样子,不知他们到底好上了没有,但又有些不满,好没好上也不该在外面这么招摇,这不是让人扯闲话吗?

豁牙子嘴里的馕坑肉一下子变成了棉花套子,一点味道也没有了,他一下子把剩下的肉全塞进嘴里,拉着买买提匆匆离开了。

晚上一进家门,豁牙子便把自己撂倒在沙发上,上班并不累,可他就喜欢躺在沙发上眯着两只小眼睛看女人干活,这一看,他又成了一个爷们。

房间里里外外早已被女人收拾得干干净净,饭桌上飘出了辣子鸡的香味。他闭着眼睛猛吸一口,瞬间辣乎乎的香味就吸进了嘴里,豁牙子犹如抽了口大烟过瘾极了,他偷偷瞟了女人一眼,女人正在炒菜,豁牙子很满足,老婆虽然脸蛋蛋没红红好看,却真是个好女人,在地里也忙一天了,还把家里打理得那么井井有条的。

吃完饭,豁牙子就想舒舒服服地躺在沙发上看他的电视连续剧《父母爱情》,最近,他对这部电视剧着了迷。谁知,老婆出门倒了盆水,回来就一把揪着他的耳朵将他拎了起来。

"死猪,一天到晚就知道躺啊、睡啊,火都烧着屁股了,你还有心思看电视。"

"又有啥破事,急得跟狗过不了河似的。"豁牙子一把推开女人,她挡住了他最爱看的梅婷。

"我看那地你是不想要了,王丑娃又二愣子家去了,这阵子他天天往他家跑,说不定两人已经谈妥了。"

二愣子啥时候回来的他咋不知道呢?他一惊,屁股下面如同狠狠被锥子锥了一下,身子顿时从沙发上弹了起来。不行,他得去找二愣子!

六

夜晚,黑洞洞的天如同蒙上了块黑布,连队和远山像坟场一样寂静无声。

一路上,豁牙子心里七上八下的,这二愣子到底想把地转给谁,这一次,他一定要让二愣子给个痛快话,否则地没到手,自己先被折磨死了。

正想着心思,"啃"的一下,豁牙子的脑壳冷不丁被什么狠狠啄了一下,疼得他差点跳起来。

"谁呀,谁呀?哪个龟孙!",他一扭头只有黑黢黢的夜,什么也没有。

"嘎嘎嘎",背后一阵公鸭般的笑声炒豆子般地蹦了出来,不用看,就知道是王丑娃。

"你妹妹的,人吓人吓死人!大晚上的不睡觉你装神弄鬼地瞎窜个啥?"豁牙子气得上去踹了那黑影一脚。

"不做亏心事不怕鬼敲门,看你这贼头贼脑的,不会偷偷摸摸地钻到刘寡妇家去吧?"王丑娃的声音很大,在夜里如同爆米机里爆米花熟了的爆炸声。

"你胡说个啥,谁去刘寡妇家,我去二愣子家!"豁牙子被一激真话不由地秃噜了出来,一出口他便后悔了。

"嘎嘎嘎嘎,二愣子不在家,你跑二愣子家干啥?我可得帮我翠花侄女看好你。"套出了真话,王丑娃笑得更得意了。

"二愣子不在家你把腿都跑细了,我不像你这个奸人干事偷偷摸摸的,我去他家借坎土曼。"想骗他,豁牙子可不上他的当。

"看你这熊人一说假话声都变了,你是为了找红红!不行,我得替我侄女看着你,免得你趁我侄女不在乱骚情。"王丑娃一眼看透了豁牙子的心思。

真悔气,偏偏碰到最不想见的人,豁牙子后悔死了自己这张嘴,又不得不敷衍着,只得硬着头皮跟丑娃一块往前走,走着

291

走着豁牙子就不想走了。

"我肚子疼,我得找个地方屙泡屎,今晚我不想去了,要去你自己一个人去吧。"豁牙子捂着肚子想溜。

"不行,你小子就是懒驴拉磨屎尿多,你就是屙屎我也等着你,免得你又耍花枪!"王丑娃拽着他手不丢。

"算了,二愣子不在,咱去了不是自讨没趣吗?还是等二愣子回来再去吧。"

"不行,今晚我非得陪你陪到底,看你这老小子葫芦里面到底卖的什么药。再说了,咱不去也有人去,你跟我一块儿去看看。"

"买买提今晚也去?"豁牙子满脑子都是地的事,一开口就暴露了自己。

"你他娘的整天就会盯着那块地,干买买提个鸟事,到那里看了就知道。"

看王丑娃神神秘秘的,豁牙子想逃又逃不掉,只得硬着头皮往二愣子家走。

走到二愣子家门口,屋里的灯明晃晃地闪着,豁牙子抬手就推院子门,竟然没推开。他伸手一摸,里面有个小挂钩把门从里面挂上了。豁牙子舍不得走,见二愣子一次不容易,不管怎样只要能见到二愣子探探口气也是好的。于是,他大声喊道"二愣子,开门!"

连喊几声,"砰"地一声,里面好像什么东西掉了,接着再没了动静。二愣子到底在不在呢?令他奇怪的是王丑娃一声不吭地躲在他后面,豁牙子沉不住气,他忍不住扒开门缝把眼睛贴过去。

正看着,身后猛然有个东西朝他压过来,他腿一软身子一下子栽在门上,门却"咣"地一声被撞开了,两人一起重重栽倒在地。

"你挤个啥呀挤,又不是抢死。"豁牙子嘴巴磕在了地上。

"哪能怪我,我也是被石头绊了一跤。"

豁牙子低头一看,地上果真有块大石头。

"二愣子,二愣子……"豁牙子扯着嗓门又叫了起来,刚叫了两声,里面的灯却突然灭了。

"这下死心了吧,咱各回各家。"豁牙子遗憾地望着里面,他恨不能让王丑娃立即消失,自己好站在门口迎着二愣子来开门。

"慌啥,闲着也是闲着,等看看里面的人是谁再走也不迟。"王丑娃神神秘秘的。

"神经病,里面不是二愣子会是谁?"豁牙子愣了一下。

"今晚咱俩打个赌,里面要是二愣子,那块地我不要了让给你,要不是,那块地不许你再和我争!"

"打就打,谁怕谁,我就不信了还能输给你个奸人。"一听拿地打赌,豁牙子说啥也不肯走了。

"好,一言为定,到时候你可不许耍赖。"王丑娃又折回大门口,把刚才那块石头重新摆上,然后神神秘秘地拉他躲在红红家对面的一片草丛里。

前面是片小树林,里面有几个石墩子,两人往石墩上一坐,外面什么也看不见。

等了好一会儿,还不见有人出来,豁牙子的脸上却被蚊子叮了几个大包。"丑娃,你不走我走了,几十岁的人了,我再不跟你一起瞎胡闹了。"

"你要是现在走那块地就算我的了,哼!老子就不信他能整晚都不出来。"两人正说着,"哐"一声,二愣子家的门开了。正在这时,豁牙子的手机却响了,真该死,他想也没想立即按掉了。

出来的是个高个子、大块头男人。那人慢条斯理地往门两边看了下拔腿就走,可刚一抬脚却被脚下的石头狠狠绊倒在地。

"妈的,谁？谁？哪个挨刀的也不早死啥掉!"那人骂了一句,接着爬起来匆匆离去。

"咋不像二愣子呢?"豁牙子吃惊道,二愣子是个矮炮蛋,四肢粗短,浑身滚圆。

"哼！就连你这老肉蛋也看出那不是二愣子,今晚这一趟咱就没白来,我早说他家有别人,怎么样,你输了,以后那地你再不许跟我争。"王丑娃如同猫逮着耗子般地得意。

"可不是二愣子,那会是谁呢?"豁牙子没想明白。

"真是个勺子,那不就是刘富贵嘛,连这都看不出来,白糟蹋了几十年的粮食。"王丑娃狠狠地弹了一下豁牙子的后脑勺。

经他这么一弹,豁牙子一下子开窍了:"你还别说,那身段还真有点像刘富贵,可你咋知道在他在二愣子家了呢,真厉害,明天我就去请示连长给你安排个治保主任当当,以后凡是连里偷鸡摸狗的事全归你管了!"

"天还没黑透,这怂往这边来,我就猜着他一定来找红红了。"

"我以后还是离你远一点,这种事看多了眼皮上会长火尖,有那功夫还不如回家好好搂着老婆睡一觉。"豁牙子甩手走了。

真晦气,没见着二愣子,却碰上了王丑娃。豁牙子丧气透了,怪不得他天天晚上往二愣子家跑,原来不是为了买地,而是为了捉奸!

七

二愣子不回来,地的事谁也使不上劲,眼看着一块好地就被搁在了太阳底下,豁牙子急得如同热锅上的蚂蚁。

磅房里,还是原来的两人,还是面对面,可红红的眼睛一对上豁牙子,豁牙子就忽闪着躲开了。那晚的男人到底是不是刘富贵呢?天那么黑,看又看不清楚,反正不是二愣子。

正想着,他发现窗户上多了颗光秃秃的脑袋,不用看就知道是王丑娃。

"豁牙子,想啥呢?一看你贼眉鼠眼的就知道你心里有鬼。"

"我想啥跟你有个毛线的关系,你又不是毛主席我凭啥得跟你汇报?反正想的不是你家小梅,你怕个鸟。"

"那可不见得,跟好人学好人,跟着师婆跳大神,你现在跟的是刘富贵,跟着刘富贵就学偷人。"他说着两只眼睛狠狠地剜了红红一眼。

"咣"的一声,红红站起来,一把把王丑娃的脑袋关在了窗户外面。

"脚正不怕鞋歪,你挡住我脸可挡不住我嘴,我高兴说啥就说啥。"王丑娃头一仰背着手走了,边走边大声唱河南豫剧《花园偷情》

在绣房我发现你装模作样,

来花厅你比春红心都慌,

你冒冒失失花厅间……

红红的脸顿时绿了,她抓起桌子上的一个香梨朝着王丑娃的背影砸过去。正在这时,刘富贵来了,豁牙子赶快溜了出来。

磅房如今就像是刘富贵家的一亩三分地,他想来就来,跟没事人一样,一来屁股就扎到地磅房不走。

豁牙子在外面站久了自己也觉得没意思,只好回磅房。刘富贵正与红红扯得高兴,豁牙子盯着两人的脸看看,也没啥特别的,听听他俩也没个扯个啥,扯的都是老家那些陈芝麻烂谷子,扯着扯着,豁牙子也来了兴头,他想起了他爹妈还有奶奶,他的眼睛一热,他知道红红也想家了。

"红红,听说二愣子要把地卖给王丑娃,你回家可要好好劝劝,把那地卖给豁牙子得了,王丑娃拿不出这么多钱,你家二愣子没脑子,你可不能跟他一样没脑子。"刘富贵开口了,开口就向着他豁牙子,豁牙子心头一热,觉得刘富贵这人还真不错。

"那块地二愣子真想卖给王丑娃呀?"一提到地,豁牙子的心就被提到了嗓子眼。

"可不是,我也劝过二愣子了,可二愣子眼里就王丑娃一个好人,非得把地卖给王丑娃,我看那哪是他叔,那是他亲爹哩,王丑娃放个屁二愣子闻着都是香的。"

"王丑娃没钱拿嘴买地?二愣子脑子进水了,这年头只有钱是真家伙,男人没啥都行就是不能没有钱,没有钱就啥啥都不行了。"

"哼嗯!"王丑娃神一样出现了,不光他,窗户上还多了颗胖乎乎的大脑袋,刘富贵的老婆李大嘴。

"聊啥呢,那么高兴,我也听听。"又高又壮的李大嘴一动不动地盯着红红。

一见刘富贵的老婆李大嘴,两人立即如同惊弓之鸟扑腾腾一下散开了。

豁牙子不满地问:"李大嘴是你招来的吧?"

王丑娃恨恨地说:"是我招来的又咋样?刘富贵就是头老

骚驴,骑着狼放着羊,唱着山歌耍流氓,骑完自家的女人骑别人家的,他以为他是皇帝呢!"

"他又不找你老婆,管他干啥!"豁牙子的小眼睛朝天翻了翻。

"你咋知道他不想,他偷看小梅洗澡!"

"我不信他会干那事!"

"信不信由你,反正他看了,他不光偷看小梅洗澡,还想勾搭小梅跟他到工地去,太可恶了!"

"哈哈哈……"豁牙子一下子咧着大嘴笑了,难怪他那么恨刘富贵,不光为二愣子也为小梅。于是忍不住故意逗他:"那是好事哩,刘富贵有的是钱,你老婆让他舒坦了,你的钱包也就舒坦了。"

王丑娃一听果真翻了脸:"你比谁都坏,你咋不把你老婆送过去舒坦舒坦呢,说不定把那老骚情伺候好了,你地也买上了,哼!什么东西。"说完气呼呼地走了。

八

九月的阳光依然浓烈,番茄早在地里红成了一片。

就在厂外交售的车辆排成了长龙的时候,车间的设备却出了故障,整个厂子鸦雀无声。人一闲下来很容易无聊,王丑娃又找豁牙子斗嘴。

"豁牙子,你猜猜我昨晚看到了个啥,猜对了你得给我钱。"

"你倒找我钱我都不猜,你爱说不说。你肚子里有屁,不放会憋死你!"豁牙子正在吃买买提送给他的葡萄,见王丑娃来,忙抓起一把塞进嘴里。

果然,王丑娃憋不住:"你这货就会吃,小心噎死你,我看到刘富贵昨晚上连里的刘寡妇家去了,这家伙肯定又没干好事。"

"管人家那闲事,只要他不纠缠你家小梅,他爱找谁就找谁!"

"那可不见得,你咋知道他不打小梅的主意呢,昨晚小梅又跟我闹着要上刘富贵到工地上去做饭,哼!我就是养着她也不能让那头牲口糟蹋她。"

"她有腿有脚,你看得住她一时看不住她一世。"

"小梅也是你表妹,你咋就不担心她被老骚棍占了便宜?"

"她是你老婆又不是我老婆,我担心个鸟,我巴不得她跟个有钱男人过好日子呢。"

"亏你还是小梅表哥,看着老实,其实心比谁都坏!"

光斗嘴真没意思,两个大男人都想到外面走走,一走就走出了厂大门。对面是片原始胡杨林,别看两人来那么久,每天活虽轻松,可一般都不离开工作岗位,所以胡杨林里面还有啥两人都没进去看过。

一走进胡杨林,豁牙子才发现里面竟然还有个高高的瞭望台,不知是谁修的,真是个稀罕物。瞭望塔上有个梯子,既然来了就得上去看看,两个大男人想也不想顺着梯子就爬上去了,站得高看得远,果然,看到了许多地面上看不到的东西。

正是秋季,远远近近都是黄灿灿的胡杨树,"真漂亮啊!我今晚就睡这里不走了。"豁牙子忍不住感叹道。

"有本事你说到做到,你要回去你就是乌龟王八。"

两人一开口就又斗上了,正斗着,豁牙子突然发现一棵胡杨树下的草丛里,一白一黑两个影子缠在一起,豁牙子眼神不好,看不清是个啥东西,于是他故意说:"我昨晚梦到一只黑狗在咬我,谁知,今天却碰上一白一黑两只野狗在打架!"

他本来是想借故骂王丑娃,因为王丑娃今天穿了一身黑,黑衬衫、黑裤子。没想到王丑娃顺着他的手指往底下只看了一眼就大声骂道说："呸、呸、呸，不要脸，真不要脸！"

反应竟如此强烈，豁牙子忙趴下去仔细看，一看脸也不地红了，原来那纠缠的不是两只野狗，而是一男一女两个大活人。

"现在的人真不得了，大白天在人眼皮子底下演黄片，怪刺激的。"豁牙子脸上讪讪的，他恨自己眼神不好没看清楚，开了这么大一个玩笑。

"谁家的女人这么不要脸？要是小梅，我非打断她的腿不可。"

这么刺激的事，豁牙子也想知道是谁。

等两个分开了的人影走近时，两张脸越来越清楚，一张是刘富贵，一张是红红。

"贱货，我王家的脸全被她丢光了！"王丑娃气得脸变了色。

"没想到俩狗日的还真有一腿。"豁牙子笑得也不自在。

"我有时真想杀了刘富贵！"王丑娃咬牙切齿地说。

"看把你能的，就你这矮炮弹，还没够着刘富贵就被踹趴下了。"

"那也不能眼睁睁地看着刘富贵祸害人，哪天我非宰了刘富贵不可。"

"神经病，宰了他你会蹲大狱，他祸害的是红红，要宰也是二愣子动刀子，哪能轮到你？"

嘴上劝着王丑娃，可豁牙子心里却对两人越来越不满，哪有偷人偷得这么正大光明的，这不是明摆着欺负二愣子吗？

再看到两人打情骂俏，豁牙子的脸色就难看了。于是他故意问："富贵，听说你偷看王丑娃老婆洗澡了？"当着红红面，他就想让他俩都难堪。

"操，又是那个王丑娃吧？他他妈的有啥不爽，我又没碰他老婆一下。"

"那你看没看呢?"

"看了又咋了,又看不坏,谁让他老婆洗澡不爱拉帘子?再说了,女人长着不就让男人看的嘛,没人看,长得再漂亮有个啥意思。"

"富贵,色字头上一把刀,做人做事都不能太张狂,张狂是魔鬼呀。"

九

豁牙子一心想着地的事,想不了地的事,就想钱的事,急得他在厂里直打转转。

这一转还真转出了有意思的事,这事远比胡杨林里更有意思。厂子有个沉淀池,豁牙子闲得没事就喜欢趴在沉淀池上看,谁知这一看竟有了新发现,黑黑的淤泥里竟裹着不少西红柿籽。豁牙子顺着梯子专门下去一看,乖乖,西红柿籽还不少,至少占一半,只要好好淘淘晒晒,那可是上等的好饲料。现在的饲料多贵呀,一公斤得一两块呢。这个发现可太重要了,有了西红柿籽就能养些活物,这下冬天又有事干了。

豁牙子盘算好了,万一地买不上,也不能让整个冬天都荒废了,得喂上十几只羊,再喂一群鸡。这样的好事情,他觉得一个人干有点不地道,也没法干。他没车不能单靠两腿和肩膀把这么多好东西都扛回去,他得找个伴。

于是,他悄悄把好事告诉了王丑娃,好歹是亲戚,打断骨头还连着筋呢。不光因为王丑娃是亲戚,更重要的是王丑娃家还有辆破面包车,这是豁牙子找他合作的最重要的原因。

果然,王丑娃一听兴奋得如同吃了颗蜜枣,两人立即成了志同道合的战友,一下午,他们高兴地一直搭着肩,仿佛去干一件惊天动地的大事情。

说干就干,一上班,王丑娃就把面包车开到了厂里。按说厂子里绝不允许让外面的车辆把厂子任何东西带走,可那是淤泥,是垃圾。生产期厂里的职工个个忙得人仰马翻,正愁没人清理这堆废物,这下好了,不花钱有人解决了大麻烦。厂领导立即安排警卫给他们开大门,还专门给代班的交代了要给予他们特殊照顾,只要在不耽误工作的情况下,让他俩一有时间就清理淤泥。为了防止别人来插手,两人还特意给厂里交了一千元押金,全当他俩承包废料了。

一开始两人干得很顺利,只要不放车,两人一有时间就钻进沟里挖淤泥,没几天就挖了满满十几车,西红柿籽回去就交给豁牙子的老婆处理,第二天,老婆就把淘得干干净净的番茄籽晾在了连队的空地上。这事就连一向爱计较的王丑娃也很满意,不断地夸他翠花侄女真是难得贤惠能干的好女人,豁牙子娶了她就是掉进了蜜罐里。

中午时分,一般不放车,所有人都忙里偷闲地睡大觉,正是豁牙子大干一场的好机会。等他刚走到池子旁便傻了眼,一辆小四轮车正好停在了原来面包车停车的位置。

这是哪个有娘生没娘教的,连个招呼也不打,豁牙子张口就想骂人,可没等到他骂出口声音一下子就哽住了,因为眼前的女人是红红。他这才想起红红也养鸡,家里养了好几只大火鸡,正愁没食喂鸡,这下好了,想睡觉正好有人送来了枕头,啥问题都解决了。豁牙子不仅不能翻脸,还得赔着笑脸,他不能因小失大,他梦寐以求的地还没买上呢,他可不想因这点小事而坏了自己的大事情。

陷在淤泥里的蛇皮袋子沉甸甸的,一袋最少也几十公斤重,豁牙子看着红红瘦瘦的身子忍不住上前帮她一把。正当两人干得热火朝天时,豁牙子脑袋突然被人狠狠地弹了一下。

"你脑子进水了还是被驴踢了,有人来跟咱抢生意,你咋还帮上了呢?"

豁牙子不回头也知道那公鸭嗓子是王丑娃:"丑娃叔,谁装都是装,不能有好事咱自个全占了。"

"看不出你思想境界还怪高的,他家那地咋不白送给你呢?这可是咱花了钱承包的。"王丑娃一句话噎得豁牙子说不出话来。

"别以为我不知道,这就是厂里的垃圾,亏你还是当叔的,跟一个女人争来抢去你要脸不要脸。"见袋子被挪到了一边,红红气得翻了脸。

"你说谁不要脸,真是睡在狐狸窝里不嫌自己骚,干了不要脸的事还敢说别人不要脸。"王丑娃一口唾沫吐在红红脚面上。

"你就是老秃驴,人不聪明,还学别人秃顶,给别人借了点钱,就把人家的一个黄花大闺女弄过来当老婆活糟践,谁不要脸也没你不要脸。"

一句话揭了王丑娃的短,谁都知道小梅嫁给王丑娃是因为自己爹欠了王丑娃的钱,王丑娃平时最怕别人提这个,红红今天当众提,顿时火冒三丈。

"要论不要脸,潘金莲也没你不要脸,那潘金莲偷野汉子还知道弄个王婆当遮羞布,你多能干,偷起人来连块遮羞布都不要。"

"你这个老秃驴,难怪你到现在都生不出孩子,老天都叫你绝户头。"红红愣了一下,尖尖的指尖毫不留情向着王丑娃的脸伸了过去

攻击很迅猛,尖尖的指尖如同一排小尖刀瞬间在王丑娃的

脸上留下几道深红的印子。

当红红再次扑过来时,王丑娃毫不犹豫地给了红红一个响亮的巴掌,两人顿时扭作一团。正是上班时候,人们忙围过去将两个失去理智的人拉开。

"就你这样还当长辈呢,长辈的脸都被你丢光了。"等人散去,豁牙子这才忍不住数落王丑娃。

"她叫我绝户头,你耳朵塞驴毛了没听见啊?打人不打脸,骂人不揭短。她明知我没孩子,还直往我心口上捅刀子。"

"你这叔当得可好了,跟自己的侄媳妇对打,传出去让人笑掉大牙,我看你怎么去见二愣子。"

"我早想抽她了。她把我们王家祖宗八代的脸都丢光了,这要搁在过去,早被人装到猪笼子里沉河了,不行,我非让二愣子好好收拾收拾她不可,到时候你得帮我做证。"

"你要戳马我才不给你当枪使,在家老人可说了,宁拆一座庙,不拆一桩婚。"

"挂羊头卖狗肉,说一套做一套。你不就为他家那十亩地嘛,说得怪好听,你们没一个好东西,还有那刘富贵,更不是东西,兔子还不吃窝边草呢,何况这窝边草还是俺家二愣子。"

"都啥年代了你还抱着老话不放,都说兔子不吃窝边草,可兔子并不那么想,既然窝边有草,何必东奔西跑,难道等着让别的兔子吃?而且草也不这么想,草长着就是让兔子吃的,谁吃不是吃,还不如让脸熟的吃!"豁牙子本来想说句笑话缓和一下气氛。

谁知,他更生气了,"你一肚子的男盗女娼,我算是看透你了,你就是个毒虫转世,从里到外没有一处地方是好的!"

十

一进院,豁牙子就闻到了香。算着他下班的时间,老婆早早做好的饭菜端上了桌。

有豁牙子最爱吃的爆炒小公鸡、酸辣土豆泥,也有老婆爱吃的糯米丸子、糯米排骨。豁牙子一上桌子,老婆就慌慌张张地把碗筷摆好,把茶倒好。

豁牙子很得意,忍不住趴在饭桌上对着爆炒小公鸡吸了口香气,望着老婆那张茶黑色的脸心里暗暗感叹:人们都说诸葛亮的老婆黄月英长得丑,可成就了他的事业,人家那么大的人物都不怕娶个丑老婆,他一个小人物算个啥,可见家有丑妻是块宝。老婆很会做饭,在嫁给他之前丈母娘调教好的:要想管住男人的心,先要管好男人的胃。哪像刘富贵家,别看他钱挣得不少,可他一回到家不是干锅就是冷灶,都啥年月了,还经常馍馍夹大葱就咸菜,过得跟个旧社会长工似的,难怪刘富贵的心会到处乱跑。钱挣再多有啥用,还不如他豁牙子。一想到这,豁牙子就狠狠地往嘴里塞了块鸡肉。

老婆看他不说话,就忍不住跟他唠叨上了下午连里开大会讨论的事。

"今天开会连长说了,团场要盖职工住宅楼,想住楼的人赶紧报名!"

豁牙子不说话。

"连长说只要是团里的职工都能享受优惠政策,一户职工能免二万五。"老婆又说。

豁牙子还是不说话,其实逛团部时他早就看到了,团部现在多漂亮啊,像个小城市,小桥流水、亭台楼阁、花红柳绿,比老家的城市建得还好看,可他有钱吗?一套楼房十几万呢,就是把全家都卖了,也买不上一套楼房。

"会还没开完,连里就炸了锅,老职工都吵着要报名买楼房呢,这几年团里政策好,种地的都发了财,不知啥时候咱也能把名报上。"老婆叹了口气。

"急个鸟,等咱把地买上了,买楼也就两三年的事。"豁牙子把桌子上的碗使劲一蹾,朝老婆瞪了瞪眼,老婆立马不敢再吭气了。

话虽这样说,可豁牙子又急得上了火。新楼房多好啊,价钱不贵,有暖气还有天然气,这在从前老家,豁牙子是做梦也不敢想的事。他心里早盘算好了,只要能买上了地,不出三年,他豁牙也能买上一套,现在流行贷款买房,要买就买套大的,让爹娘和奶奶都住进新楼房,到那时,他豁牙子也成了种着地的城里人,这是豁牙子心里一直暗自筹划的。

可眼下,得先把地买上才是大事。

豁牙子想着就再也吃不下去了,他"腾"地站起来就往红红家走去。

才不到三百米,豁牙子抬抬脚的功夫就到了,红红家的灯亮着。站到门口豁牙犹豫一下,可一想到地,想到远在河南的亲人,豁牙子的脚毫不犹豫地迈了进去。门开着,一进门,二愣子圆圆的脸上红扑扑地冒着热气,见了他一把就把他按在了饭桌上。

二愣子竟然在家,让豁牙子又意外又惊喜。

两人好久没见,二愣子高兴得又拿筷子又倒酒,顿时让豁牙子眼睛一热,老乡到底不一样,不管啥时见了都像自家人一样。

一高兴,两人一起端起了酒杯,二愣子说起了不少外面的见闻,说起了团场盖楼房、新农贸市场,说起了团场的城镇化建设,还说起了老家的父母和孩子。

趁着酒兴,二愣子向豁牙子倒出了这些年在外包活受的气、吃的苦和挣得的钱,两人说着说着眼圈红了。

"豁牙子,咱得买楼"。

"对,有钱一定要买楼!"

"买了楼,咱老婆孩子也都过上城里人过的好日子,挣钱图啥,不就为了让老婆孩子跟着自己过好日子。"

"对,得挣钱,挣了钱一家人都能过上好日子。"

两个大男人说着说着都动了情,话题不由地一跑就跑到了二愣子的那块地上。

"我知道你想买地!"

"是啊,买了地就可以把爹娘、孩子一起接过来。"

"人活着不容易呀,挣钱图了个啥,不就图一家人团团圆圆在一起嘛。"

"老婆、孩子、热炕头,那才叫过日子,光自己在这有吃有喝,那孩子老人远隔千里,心里头揪着呢。"

"不容易!"

"都不容易!"

两人越说越激动,不由地又端起杯子干了一杯。

"豁牙子,我那块地谁也不给,就给你了,红红一直夸你是好人呢,本来,我一直想把地给我丑娃叔的,可他这么欺负红红……"二愣子一下子说不下去了。

"没有的事,丑娃叔怎么会欺负红红呢,你别误会。"

"还说没欺负,为了几袋子番茄籽都动手了,红红毕竟是我老婆,哪有他这么当叔的,亏我一直还把他当亲爹一样敬着。"

"真准备把地给我?"豁牙子本想替王丑娃解释,可一听要把地转给他,该说的话顿时咽进了喉咙里,他决定闭口不提今天的事。

"十万块,咱俩谈好,过段时间就把手续办了。"

"真的?说好咱就把手续办了?"

"真的!咱一手交钱一手交地,拿上钱我就先把楼房首付交了,我早打听好了,再过几个月那房子就能交工了。"

"二愣子,你这老乡够意思,说好了,咱就办,我这就让家里人想办法给我筹钱。"

"行,咱一手交钱一手交地,豁牙子,咱也快成了城里人不是,干杯!"

"干杯!为咱的好日子干杯!"豁牙子眼圈红红的,他不敢相信事情办得这么顺溜,几句话地的事情竟然谈成了,这趟真是没白来!

低头喝酒时,豁牙子的泪一下子掉到了酒杯里,泪眼蒙眬里他仿佛看到自己的爹娘来了,拎着大包小包的,还带着奶奶和孩子往连队来了……

十一

人逢喜事精神爽。第二天一上班,豁牙子嘴上也哼上了河南梆子,见活就抢着干,浑身有使不完的劲。

刘富贵见了豁牙子偷偷问他是不是有啥喜事了。豁牙子光笑不说,现在正是关键阶段,只要地一天不到手就有可能变卦,他可不想让大嘴巴坏了自己的好事情。

可唱着唱着他便怎么也唱不出口了,一个人影立在了他眼前,他用眼角瞟过王丑娃一眼,王丑娃正朝他笑呢,他心里猛地一紧。

"哎呦,太阳打西边出来了,这懒驴也主动拉上磨了。"王丑娃笑嘻嘻地说。

本来是句玩笑话,豁牙子却一下子低下了头,他再也没法面对王丑娃,他恨自己不地道,为了得到这块地,在二愣子面前明明可以把打架的事解释得清清楚楚的,可他却什么也不说,害得他们叔侄俩有了隔阂,都是这块地闹的。

他现在才明白啥叫鱼与熊掌不能兼得,那王丑娃是熊掌吗?他很奇怪自己,从啥时候开始不讨厌王丑娃了。

地的事终于定下来了,豁牙子偷空给河南的爹娘打了电话,他急等着家里人尽快筹钱,免得夜长梦多。

接到电话,娘在电话那头高兴得哭了,说钱的事这几天家里一定想办法凑齐,让他别着急,家里就是砸锅卖铁也得把地买下来,买地是全家人的一件大事,这不光是买地的事,还是一家子人团聚的大事,这事比天还大,说得豁牙子心里一阵子难过,一阵子高兴。

在王丑娃面前,豁牙子丝毫不敢提地的事,能瞒一天是一天,可他不知还能瞒多久。

一到深秋,天隔三岔五开始下雨,一下雨,车间没料不生产,所有人都闲得没事干,刘富贵就来了。按说刘富贵来,豁牙子应该躲出去,可豁牙子没躲出去,没出去是因外面下着雨。

下了雨,豁牙子不出去找王丑娃,王丑娃就来找豁牙子,一来便看到了红红和刘富贵两个紧紧挨着的身子,王丑娃就气得两只眼睛直冒火,嘴巴里不由地冒出了酸话。

"西门庆遇见潘金莲成了奸夫,潘金莲遭遇武松成了刀下鬼。不要以为脱了衣服就变成人家的老婆,混得好了是情人,混不好了是婊子。"王丑娃一动不动地趴在窗上盯着红红。

"你说谁是西门庆、潘金莲的,你嘴里长狗毛了。别以为你是叔,我就得给你脸!"红红抓了本书就砸了过去。

"苍蝇不叮那无缝的蛋。篱笆要是扎不紧,野狗也能进进出出。"

"谁偷人还不知道呢,还是回家先看看自家老婆吧,你家小梅现在不知道和多少男人聊得热火朝天呢。"红红一下子站起来。

"我家小梅可没你那么不要脸,她连手机都玩不转还会和男人瞎聊天?你哄鬼!"

"哼,你不知道的事还多着呢,是我手把手把小梅教会聊天的,不光要让小梅学会聊天,还教她如何勾引男人,气死你!气死你!气死你!"红红一口气说了三个气死你。

王丑娃果然生气了,他阴着脸盯着红红一动不动。

"就凭小梅那模样,要不了多久,就能给你戴上一顶大大的绿帽子。"红红继续添油加醋。

"要是你家小梅愿意跟我,我早帮她把她哥的赌债全还了,不像你这癞蛤蟆,连个毛也没有还这么大的嗓门。"刘富贵恨恨地说。

眼看着一场战争又要爆发,豁牙子立即站起身来。

果然,王丑娃冲了进来:"你今天把话给我说清楚,谁给谁戴绿帽子,我要不是看你是二愣子媳妇,早就对你不客气!"

"你不客气能咋样,谁叫你老牛吃嫩草,既然吃了就别怕那草硌牙。别看你是二愣子叔,叔咋了,你欺负我我家的地照样不卖给你!"有刘富贵在一旁撑腰,红红天不怕地不怕。

"你个女人家家的说了不算,二愣子早就答应要把地卖给我了!"

"算不算看事实,我说不卖给你就不卖给你,实话告诉你吧,二愣子已经把地卖给豁牙子了。"

"你说啥?"王丑娃没回过神来,把耳朵伸了过去。

"你听清楚,那十亩地要卖给豁牙子了!"红红对着他耳朵重新大声喊了一遍。

"不可能!不可能!二愣子不会这样干事的。"王丑娃脸色顿时变成了紫酱色,他砰地把门甩开,夺门而出。

豁牙子心里"咯噔"一下,这下完了,他想瞒也瞒不住。

果然,晚上躺在被窝里的时候,老婆告诉豁牙子说王丑娃把老婆小梅打了,打得鼻青脸肿、目不忍睹,头发都揪掉了一绺。让豁牙子意外的是,二愣子家却平静得如一潭死水。

十二

豁牙子一夜没睡好觉,满脑子都是小梅被打的事。

怎么会是小梅被打了,而不是红红被打呢?看来王丑娃并没把红红的事告诉二愣子。别看这个王丑娃平时说话没遮拦,关键的时候并没有故意要害红红。他心里有愧,不光对王丑娃有愧,也对小梅有愧,他知道这块地对一个家庭意味着什么,二愣子把地转给他就要了王丑娃的命,他现在最怕见的人就是王丑娃。

真是怕啥来啥。一大早,豁牙子就在磅房外面就遇见了王丑娃,他想躲都躲不掉,王丑娃直愣愣地冲他走过来。看见他,王丑娃也不说话,围着他转了一圈又一圈,然后阴沉沉地立在那里还是不说话。

一句话也不说,豁牙子忍不住开口了:"丑娃叔,你这是看啥呢,看得我头皮都发麻了。"

"豁牙子,我病了哩。"王丑娃神经质地看着他开口了。

"你生病上医院,跟我说有个啥用,你这货说话老是阴阳怪气的,怪瘆人的。"

"豁牙子,我得的是心病,我自己治不了,只有你能医我这病。"王丑娃脸上似笑非笑地望着他。

"我听不懂你说啥个啥,我又不是医生,哪能医得了你的病?"豁牙子一听脑袋就大了。

"你这是在装傻充愣呢,这么明白的话你会听不懂?豁牙子,咱是亲戚呀,可你在拿刀杀我的心呀,我现在从你身上总算明白了一句成语,啥叫螳螂扑蝉,黄雀在后。我就是那蝉,买买提就是螳螂,你才真正是那只不动声色的黄雀,我们都是傻子呀豁牙子。"王丑娃斜着眼睛勾着豁牙子。

"你妹妹的,你嘴里还有啥鸟屁都通通放出来。"豁牙子听出了这话的意思,忍不住骂道。

"真是高手在民间呀,豁牙子,我一直以为你是老实人呢。别看你平时焉不拉唧的,干起事来不动声色、雷厉风行!真是知人知面不知心,不知人心隔肚皮,交你我算是白交了一场。"说完,王丑娃背着手走了,丢下豁牙子一人目瞪口呆地站在那里。

一番话,让豁牙子呆在了那里,他心里难受,比买不上地时更难受。眼看地就要到手了,可他的心却像被什么狠狠拽下了一块。

火辣辣的太阳依然照着大地,没有车,豁牙子一个人寂寞地蹲在墙角想心事。

太阳很好,晒得他很舒服,眯着眼睛竟睡着了。梦里奶奶拎着一只大包袱来了,手里还牵着他的娃儿,他正准备迎过去,突然脑门狠狠被弹了一下,他一疼,梦跑了,奶奶和儿子也不见了。他从梦里跳了出来,一睁眼是王丑娃。他的舌头一下子变得硬而且沉,像坨铁,怎么也卷不动。

"大白天的睡啥觉,过来抽口烟。"王丑娃大概出了气,不再怨恨他了。

可他越这样,豁牙子心里就越难受,越觉得对不起他。

"丑娃叔,你不恨我了,可我自己恨我自己呢,你这人除了嘴坏些其实人真不赖。"

"不容易啊,真是千年的铁树要开花,你这榆木脑子终于开窍了,你也能睁开天眼辨清好人歹人了。"

"地的事,我太对不住你了,我知道你也想买那块地,我以为你再也不搭理我了。"豁牙子第一次那么真诚地跟王丑娃扯地的事。

"我为啥不理你,咱是亲戚哩,你买上了那块地,按说我该为你高兴哩,可我心里就是难受啊,豁牙子,我就是个小心眼,你不知道,我买地不是为我自己,我是为小梅他哥哩,我想把他也接过来呢。"

"丑娃叔,就凭你这善心,小梅跟了你也算没白跟你。"

"那是,天底下再也找不出我对我家小梅这样的了,我对我爹娘也没那么上心呀。"

抽了几口烟,让豁牙子精神了许多,他又想起了红红,"你没有把红红与刘富贵的事告诉二愣子吧?你可千万不敢告诉二愣子!"

本来扯得好好的,一问这事,王丑娃立马不高兴了,背着手仰着脸看着天说:"就不告诉你,你越想知道越不告诉你。"

"二愣子要是知道了可是要出人命的。"

"嘴长我身上,我爱说不说!"王丑娃脸变了,烟头一摔背着手走了。

这个王丑娃,豁牙子拿他一点办法也没有。回到磅房问了红红才知道二愣子压根不在家,他这才放下心来。

可小梅怎么会被打呢？这个巨大的悬念一直在豁牙子脑子里挥之不去，红红这才告诉他王丑娃打红红并不是因为她和男人聊天的事，而是因为小梅偷偷把买地的钱全寄给自己的哥哥，那地王丑娃根本买不了。

"王丑娃买地不就是为了小梅的哥哥吗？"豁牙子不明白。

"别看你表妹小梅长得人模人样，可谁摊上她家谁倒霉，不光她爹是老赌棍，她哥还是个小赌棍，她爹不赌了她哥又赌，她家就是个无底洞，知道底细的没人敢娶她，要不是王丑娃，恐怕小梅他爹的手早被人剁了。"红红告诉他。

豁牙子听了不由心里一酸，觉得王丑娃这些年也不容易，一心一意地想和小梅好好过日子，没日没夜地干，挣的钱全贴了小梅家，自己连件像样的衣服也没有，买地就是为了把小梅哥也接过来，这下好了钱没了，啥事也办不成了。

那二愣子也不是个省油的灯，别看嘴上说得好听，其实早就知道王丑娃根本拿不出那么多钱来。地的事已经八九不离十，豁牙子把心放在了肚子里。不管怎样，还是得赶紧把钱凑齐，早早把地买过来。

天还在下雨，车越来越少。

王丑娃这阵子心里不畅快，好一阵子不来磅房来找豁牙子磨牙，看不到王丑娃，豁牙子心里却如同失了魂。从前两人一见面老斗嘴，尽管斗嘴可斗得乐呵呵的，那种快乐像只毛毛虫逗得他心里直痒痒，现在没人斗了，心里反而不自在了，空落落的。

豁牙子正在发愣，就发现窗户上多了颗脑袋，一看就是王丑娃，把他吓了一跳。"你这货咋跟曹操似的，刚想到你你就到，你趴在窗上看啥呢，要看进来看。"

王丑娃没理他，两只圆圆的眼睛一动不动地只死死地盯着红红,眼神里透出一束冷光。

"看啥看,再看把你眼珠子剜出来当球踢!"红红不客气地说道。

"我就喜欢隔着窗户把人往扁里看,有的人看着像个人,既想当婊子又想立牌坊。"王丑娃一动不动地望着红红。

红红"腾"地一下子站了起来。一把揪着王丑娃正伸在窗口的耳朵说:"你骂谁,骂谁呢?"

王丑娃一把把红红的手拨开,指着红红大声:"我就骂你了,自己偷了人还不算,还挑唆着我老婆到外面找野男人,搅和得别人家鸡犬不宁,鸡飞狗跳的,太不要脸了。别以为那刘富贵有俩臭钱就无法无天,唐僧再厉害,也不过是个耍猴的!"

"你活该,谁让你吃饱撑了老管别人的闲事,跟我过不去,你也别想过好日子。"

两人又吵了起来,豁牙子越来越觉得红红丑,那张樱桃小口切割的不是自己的舌头,而是别人家的是非,太丑了。两人越吵越厉害,豁牙子想出去把王丑娃拉开,谁知,拉开门身子还没来得及挤出去,就被王丑娃短粗的身子硬顶了回来。

"绝户头,小梅真是瞎了眼踩到了狗屎才会嫁给你。"看见王丑娃,红红反而骂得更欢了。

王丑娃一进门,一抓着红红的衣领子问:"你说谁绝户头?谁是狗屎?别给你脸你就蹬鼻子上脸,我忍了你很久了。"说完上前一推。

红红顺势就躺在地上,大声喊道:"有人要流氓了,抓流氓……"

眼看着战争又要爆发,豁牙子忙把王丑娃拉了出去。

"小梅要和我离婚啊,豁牙子,小梅整天被红红挑唆得不想和我过日子了。"

"回头我训小梅,哪有她这样的,啥都不干,还想生是非。"

"我这几年忙里忙外图了个啥,不就想和小梅好好过日子?多挣点钱,把地买上,也能把小梅她哥也接过来。可红红她自己不好好过日子,还天天挑唆小梅在外面找男人,跟我闹离婚……"王丑娃坐在地上委屈地哭了。

十三

一大早,豁牙子推着他的电动车准备去厂里上班,刚出门就碰见了王丑娃。

豁牙子亲热地喊了他一声,正想带他一块儿走,谁知丑娃头一扭像没看到他似的,气呼呼地往红红家方向走去。

完了,一定去找二愣子了,豁牙子的心"咯噔"一下又提到了嗓子眼里。快到接班的时间了,豁牙子也顾不上他,骑上车走了。

厂里没有车,豁牙子抡起扫帚打扫卫生,磅房前的一大片空地都扫完了才觉得哪个地方有点不对,仔细一看,红红和王丑娃竟然都没来。上班已经半个多小时了,两人咋还没到呢?不会出啥事吧?豁牙子心又悬了半空中。

他忍不住跑到厂里的大门口张望好久,连红红与王丑娃的影子也没见。豁牙子心里暗叫坏了,一定是出啥事了,他一下子就着了急。正急着,却见红红跟一个胖女人有说有笑地往厂里走,见了豁牙子还热情地问他干吗去,豁牙子顿时松了口气,又折了回来。

见不着王丑娃,豁牙子还是不放心,又站在厂大门口望,不多一会儿王丑娃嘴里也哼着河南梆子一摇三晃地走过来。一见豁牙子,便得意洋洋地朝他笑。

"丑娃叔,你干啥去了半天不见个人影?"

"就不告诉你,你这孩儿一叫叔准没好事,谁知道你心里又打什么鬼主意?"

"我问你,一大早你到二愣子家干啥去了?"

"你哪只眼睛看见我去他家?他家又没好粥好菜地等着我,我干吗去他家!"

"我以为你一大早跑到二愣子家翻闲话了呢。"

"你啥尿人?净把人往坏里想,我好歹也是他叔哩,能干那么没水平的事?平时那都是逗你玩,看把你吓的,这种事乱讲不要我大侄子命嘛。"

"那你干啥去了?"

"人不大心操得不少,告诉你吧,我去找连长了,听说连里要招新工人了,我上连里给小梅他哥报了名,这孩儿整天在老家赌,弄到这没人陪他玩,看那兔崽子戒不戒!"

"看不出,你对小梅是真好。"

"那当然!她是我老婆,我不对她好对谁好?对了,你也抓紧时间找连长,把你妹、妹夫都弄过来,连里马上要招一批新工人,这可是个好机会,别怪我有好事没提醒你!"说完,唱着他的河南梆子走了。

豁牙子心里热乎乎的,他突然觉得王丑娃也怪可爱的,和他争那块地也就是想把小日子过好,他对小梅是真心好,小梅找了他也不吃亏,有机会,他得好好在小梅面前多为他美言几句。

下了班,豁牙子本来骑电动车几分钟就到家,可今天他偏想走走路。一路上,他被这片土地吸引着,团场的秋天真美啊,满地都是西红柿、辣子、甜菜,抬头看看整齐的大树、笔直的水渠,到处都有鸟叫,他觉得农场傍晚的风景比什么都好看。

正走着,肩膀被人狠狠拍了一下,豁牙子回头一看是连长。

"听说你小子也想买大棚?"连长问,豁牙子想买大棚的事全连人都知道。

"是,就想买大棚。"

"我那块地不知你想不想要?"

"连长你也要卖地?"豁牙子愣了。

"老婆子马上要退休了,我那地本来挺挣钱的,可团里要盖楼房了,我也登记了一套,辛苦了一辈子也该让她好好休息休息。"

豁牙子鼻子一酸,连长也要住楼房了,那么挣钱的大棚都不要了,没人不想住楼房。

"多少钱?"

"十二万,也是三个大棚。"

"我回去好好考虑考虑。"乖乖,整整多出两万块,豁牙子心疼得如同刀割般,他没立即答应下来,同样也是三个大棚,那地还比二愣子的地远了几百米,不过有人找他卖地是好事。要不是赶上团里盖住宅楼,职工都想住楼房,块块地都是抢手货,哪能轮得到连长找他?

眼看着快到九月底了,家里的钱不知为啥还没寄过来,豁牙子急得望穿双眼。

十四

25号,正是厂里发工资的日子。

整整六千块,两个多月的工资合在一起发的,豁牙子高兴得直咧嘴。

活没怎么干,一下子就白拿了这么多钱,他有点不敢相信这是真的,抬头看天,天蓝得像块巨大的蓝玻璃,明灿灿的;大地上,每一片土地都那么结实,真是美好的一天,他这才敢相信这钱真是自己的。

下了班,人们都疯狂地往大门口涌,拿了钱的豁牙子也急匆匆地往家走,正走着,脑壳狠狠地被人弹了一下,痛得他一下子跳起来。

"你个丑娃,你就是个小人托生的,一辈子搞背后偷袭。"

"丑娃、丑娃,丑娃是你叫的吗?没大没小,就是弹你一辈子也不长记性!"

"今天发了多少钱?"

"六千。"

"你发了多少钱?"

"也六千。"

一说起钱,两人乐得合不拢嘴,搭着肩靠着脑袋,一路上商量着给家里买个啥。

豁牙子说他要给家里买只鸡再买条鱼改善改善伙食。王丑娃却说他的钱要全交给老婆小梅,来新疆一晃也好几年了,这次他要让老婆拿着钱开开心心回家探亲去。

两人越说越开心,本来都往家里走的,可路过连里的小饭店时,两人的腿脚就不知不觉地转了弯。

小饭店的老板也是河南老乡,见了他俩很热情招呼着。今天,他俩兜里都塞着鼓鼓的钱,闻到酒香就不想走了,坐在饭店的门口,一人点了两个小菜,又要了一瓶"伊力特",挣到钱了,两人都想喝点小酒乐呵乐呵。

太阳很快沉下去了,连队的炊烟正浓,归栏的牛羊叫声连成了一片。大路上尘烟滚滚,一辆辆装着番茄、辣椒的车飞奔而去,暮霭迷蒙的空气里,散发着浓浓庄稼和青草的味道。

看着这美好的一切,酒一下肚,两人就又吹上了。

"豁牙子,这地真好啊,来了就不想走。"

"我也喜欢这地儿,咱这一辈子就在这好好挣钱了!"

"豁牙子,你要是有钱了最想干啥?"

"这还用问?享受呗!等老子哪天发财了,就在湖边盖个小别墅,雇高、矮、胖、瘦四个女人,轮流来伺候我。"豁牙子一喝上酒,就想吹牛。

"没出息,就知道找女人,跟好人学好人,跟着刘富贵学找女人,你快跟他成一路货色了,都不是什么好东西。"

"你纯洁高尚,你说你有钱不找女人想干啥?"

"我哪能跟你一样,跟你一样我不也成了刘富贵,我要是有钱了买头大象,买只老虎,把大象的牙拔了给我老婆做项链,把老虎的头割下来给我儿子当球踢。"

"你可拉倒吧!我看你还不如买头牛拴在家里面实在。"

"我买牛做啥?你不说人话。"

"做啥,可有事干了,你老龟孙买头牛白天喝牛奶,晚上吹牛皮,正好一举两得。"豁牙子憋不住笑出声来。

"你豁牙子,你这狗嘴里永远都吐不出象牙来!我那象牙也不给我老婆做项链,就镶到你狗嘴里,看你以后还说不说人话。"王丑娃骂了他,也忍不住笑了起来。

"哈哈哈,谁叫你吹牛皮不打草稿,还买老虎大象呢,我看你干脆买头狮子把你吃了得了。"

"哈哈哈,俺吹牛是因为俺那牛皮是纸糊的,吹不破。"

两人越喝越高兴,喝着喝着就有点多了,直到眼睛睁不开就想回家睡觉。两人搀扶着往家走时,看连里的小商店还没关门,又进商店里一人买了一大包吃的,一路上唱着河南梆子这才各回各家。

等到豁牙子回家的时候,灯已经熄了,他以为老婆早就睡下了。谁知,他一打开灯,老婆竟瞪着大眼珠子一动不动地坐在沙发上瞅着他。一见他回来,忙神神秘秘地关上了门,看着老婆的表情,豁牙子还以为又和地的事有关呢,忙支起了耳朵。

看豁牙子认真的样子,虽在自家,老婆还是压低了嗓门说:"小梅跟人跑了。"

"啥,不可能!"豁牙子吓了一跳,顿时酒醒了一半。

"千真万确。今天下午,连里好几个女人看到小梅拎着大包小包的,被个不认识的男人牵着慌里慌张地跑了,连里的女人们都瞎猜这男人肯定是小梅网上聊上的。"

"瞎造谣!小梅怎么会跑了呢?王丑娃对她那么好,她咋能跑呢?"豁牙子从凳子上跳下来,他想立即冲到王丑娃家,却被老婆死死拦住了。

第二天,王丑娃果然没上班。

豁牙子忙向红红打听,红红恨恨地说:"该!跑了好,我早就劝她别跟王丑娃过了,跟上他这样的男人就等于跟上了头牲口,要钱没钱要长相没长相,换了我早不知跑了多少回了。"

豁牙子很不高兴:"红红,那丑娃叔好歹也是你叔呢。宁拆一座庙,不拆一桩婚,人做事天在看,家里老人都说人要是做缺德事会天打五雷轰的。"

"谁叫他天天管闲事。"

"身正不怕影子歪,脚正不怕鞋歪,你要是行得端坐得正别人会说你?"

"豁牙子,你可真行,他给你吃两颗蜜枣就塞住了你的嘴,我看你是好了伤疤忘了痛,你忘当年你这颗豁牙咋来的?"

"我豁我愿意,我帮理不帮亲,路见不平我挺身而出。"

"你快拉倒吧,我看你快成了王丑娃,真是一窝狐狸不嫌骚。"

"我再不好,可做事光明磊落,不坑人,不害人,你算什么东西?净干那没脸没皮的事,还嫌不够丢人?"豁牙子一脸的鄙夷,憋了这么久,他总算发泄出来。

王丑娃终于出现了。

几天不见,王丑娃像变了个人似的,脸也黑了,胡子也长了,见了谁都黑着脸,尤其见了红红。

看到豁牙子,王丑娃嘴巴一撇,哭了:"豁牙子,小梅真的跑了,不和我过了,她真狠心,把家里值钱的东西全都卷跑了。"

小梅有啥好,豁牙子想,他觉得小梅太会爱惜自己,太爱惜自己的人一定很自私,什么事只为自己着想,还不如那王丑娃。他很后悔自己从前为王丑娃娶小梅而愤愤不平,他安慰他说:"人活在世上,哪能都顺顺溜溜的,小梅真是身在福中不知福,她不跟你是她瞎了眼,将来有她吃的苦头。"

王丑娃说:"再不顺也没我这么不顺的,千里迢迢跑出来吃苦受罪地挣几个钱,好不容易娶了老婆以为要过好日子了,可老婆却带着钱跟人家跑了。我把心都掏给她了,她还这样对我,我知道连里人都在背后笑话我哩。"

"没人笑你丑娃叔,大家都觉得你对小梅那么好,她这样做太对不起你。"

"红红太张狂,走着瞧,这事不能就这么算完!"

十五

钱终于打过来了,这让豁牙子忘了所有的不快。

既然钱到了,买地的事就事不宜迟了。吃过饭,豁牙子拿着钱赶紧去找二愣子。他早打听过了,二愣子这两天在家没出门。

推开门,家里只有二愣子一人,红红却不在。

二愣子正在玩飞镖,手里拿着一把刀对着个红红绿绿的盘子飞来飞去,见了豁牙子,并没有热情地招呼他。

豁牙子把钱往二愣子跟前一推,满脸堆笑。"二愣子,钱我拿来了,照你说的办,咱一手交钱一手交地,手续咱后面慢慢办。"

二愣子却阴着个脸,不看钱却张口问道:"豁牙子,我老婆是不是在外面偷人了?"

"啥,有这事?听谁说的?我咋不知道呢?"豁牙子心里一沉。

"豁牙子,我错看你了,还以为你是个实在人,谁知你真不地道,眼睁睁地看着我老婆偷人还不管不问的,那狗男人就是刘富贵!"二愣子说着手一甩,一只飞镖飞了出去。

"二愣子,你别听人瞎说,你自己的老婆自己应该最清楚,别听人瞎嚼是非。"豁牙子不能说真话,二愣子的样子让他毛骨悚然。

"豁牙子,我今天就是想要你说句真话,这事是不是真的?"

"真的咋样?假的又咋样?"

"真的,我就让他像我手中的这只镖!"说着,二愣子一扬手,镖死死地钉在盘子的正中心。

"没有的事,二愣子你相信我,好好过日子。"

"豁牙子,我要你句真话就这么难吗?这地我不卖了,我真心实意把你当哥,你却背着我给我老婆拉皮条,就你这种人,我就是不要钱把地白送给我叔也不能把地卖给你,你的良心让狗吃了!"二愣子气哼哼把钱往豁牙子跟前一推。

豁牙子一下子就傻眼了,钱都让爹娘寄过来了,好好的事情却突然变了卦。可他不后悔,他不能为一块地惹出人命来。

可啥时候能再把地买上呢?他不知道了。

出了二愣子家,豁牙子两条腿发软,地没了,他不想就这么快回家。

日子过得真快,转眼已经秋天了,爹娘还眼巴巴地等着来新疆呢。地突然没了,他不知该怎么给爹娘一个交代,他像了一个溺水的人充满了绝望。

月光雪花般大片地落在他身上,天空有几颗星星在闪。一个人坐在大地上。天很空,地很大,可似乎没多少属于他的。

十六

地磅房现在很安静,豁牙子和红红谁也不说话。豁牙子低头想心事,红红低头看手机。

王丑娃谁也不理,一来就把一颗大脑壳贴在窗户上,一动不动地盯着红红。

红红站起来把窗户"叭"地一声关上说:"你看我咋了,你看我我也不怕你!"

王丑娃仍然一声不响地趴在窗上,继续动也不动地盯着红红。豁牙子忙出去把王丑娃拉开。

转身回来,豁牙子看红红正得意地照着小镜子,满脸红扑扑的,头发梳得油光发亮,豁牙子觉得奇怪,这不像二愣子的风格,他忍不住试探着问红红:"二愣子这两天对你好不?"

"看你这话问的,他敢对我不好嘛?对我不好我立马找个有钱的,你看他给我买的这身新衣服好看不好看?告诉你,这身衣服五百多呢。"说着,红红得意地把瓜子壳往地上一甩。

二愣子心里真是在意红红呢,豁牙子觉得自己是闲吃萝卜淡操心。正想着,刘富贵推门进来。红红一见刘富贵来,立即搬个凳子和他挤在了一起。

"富贵,这两天俺家灯坏了,晚上你得帮俺看看。"红红娇滴滴地对刘富贵说。

"你家不是有二愣子吗？他咋不修呢？"

"就要你修！你是哥哩,你不帮我谁帮我？二愣子又出去揽活去了,今早才走,要好些天才回呢,我这有男人的跟没男人的没啥区别！"红红边说边撒娇。

"好,那你晚上等着我！"刘富贵说着上前捏了捏红红的脸蛋。

都啥玩意儿,豁牙子心里如同吃了个苍蝇。正想着,一抬头看窗户上有个两个黑影子,王丑娃不知什么时候又爬在窗户上的,正一动不动地盯着他俩打情骂俏,另一个脑袋是刘富贵的老婆李大嘴。

"聊啥呢？那么亲热。"李大嘴歹毒地盯着红红,眼里露出一股子杀气。

一句话,吓得红红立即躲了出去。见红红吓跑了,两颗脑袋也从窗户上挪开了。

红红一走,豁牙子忍不住对刘富贵说:"富贵,我想跟你说句话,这些话憋在我心里很久了,也不知该说不该说？"

"豁牙子,我把你当弟哩,咱哥俩还有啥不能说的。"

"那我可说了,富贵,二愣子不在家,那红红你最好还是少招惹,最近外面有不少闲话呢,你看,把你老婆都招来了。"

刘富贵呲着牙笑了:"豁牙子,你真是杞人忧天呀,我老婆敢在我面前放个屁我立马让她滚蛋。"

豁牙子一下子愣住了,他真是狗拿耗子多管闲事。

晚上没有电,豁牙子跟老婆早早上了床。

梦里,他梦到了红红与刘富贵,两个身体扭在一起在打架,打着打着,二愣子出现了,头发刺猬般地立着,眼睛瞪着像要吃人。二愣子怎么回来了呢?糟了!豁牙子一下子吓醒了。

豁牙子才发现全身湿淋淋的,把他吓出了一身汗。

怎么会做这么个梦呢?豁牙子抬头看看窗外,月亮很亮。十五的月亮十六圆。豁牙子正想得入神,突然,一个男人的叫声划破夜空,接着吵闹声、狗叫声在连队里此起彼伏。外面一定出事了,豁牙子穿上衣服跑了出去。

刚跑出去,豁牙子就碰到了买买提,买买提慌慌张张地跑着,手着还拎着两条烟、两瓶酒。

"买买提,大晚上的你瞎跑个啥?"

"杀人了,二愣子杀人了,二愣子把王丑娃砍了。"

"怎么可能呢,二愣子怎么可能砍王丑娃呢?"他以为他听错了。

豁牙子抬头一看,前面果然站了不少人,只见二愣子挥着镰刀发了疯地追着刘富贵。豁牙子很快就看到了红红。红红衣衫不整被李大嘴追打着,再仔细一看王丑娃,一只血淋淋的胳膊吊在半空中。

不知是谁早早报了警,很快一辆警车开了过来,几个穿警服的人三下五除二把二愣子按倒在地上,二愣子挣扎着大声喊道:"刘富贵,狗日的给我等着,只要我活着一天,一定要宰了你们这对狗男女!"

刘富贵趁机逃得无踪无影。

原来二愣子压根没出去揽活,而是和王丑娃、李大嘴埋伏在自家的院前等着捉奸,结果捉奸成功。

二愣子本来是要砍刘富贵的,王丑娃上前一挡……

过了两天,有几个穿制服的人来连里找豁牙子,问他二愣子有没和他联系过,豁牙子一愣这才知道二愣子跑了,被抓的当晚就跑了。

消息一传开,豁牙子发现刘富贵也不见了。连里人都说,刘富贵被吓跑了,就连厂里欠他的几十万工程款也没敢来结。

地归了买买提,这个结果谁也没想到。二愣子欠买买提的十一万一直不还,买买提上法院起诉了他,法院经协商把地判给了买买提,红红的新楼房也空欢喜一场。

连里有的是闲得没事的老娘们,女人们一闲嘴上就有了事干。她们最爱说红红与刘富贵,说她是个祸害精,不光祸害自家男人还祸害别人家的男人,说到捉奸这场风波时,她们一下子想起了红红平时和自家男人的打情骂俏,于是格外地气愤,见红红来就没好话,尤其是李大嘴,直往红红身上吐吐沫。

红红再也待不下去,离开了连队。

十七

受了伤的王丑娃啥也干不了,豁牙子二话没说就把他家果园的活全包了下来。

厂里停产了,豁牙子正闲得没事干。连队有人说豁牙子傻,也有人说人家两家好是亲戚。从前,两人为了块地争得不可开交;现在地没了,两人却真好成了一家人。

王丑娃不好意思地对豁牙子说:"我真不是人,净干些没屁眼的事,我这是自作自受,还拖累你替我干活。"

"你说这话我就不爱听了,哪能都赖你?那红红偷人是你指使的?也都是那地闹的,要没那地也出不了这么大一堆破事。"豁牙子说。

王丑娃内疚地说:"都怪我这张破嘴,害了自己不说,还害了二愣子,也害了你没买上地。"

豁牙子说:"算了,都是命,是你的推不掉,不是你的抢也抢不回来,不过你这招桌子底下放风筝出手真不高,为了那对狗男女搭上了自己真不划算。"

"你说得对,我现在是家破人亡,妻离子散啊!我现在肠子都悔青了,到头来还只有你帮我。"

"子散个毛啊,你儿子在哪里还不知道呢,再说了,那小梅现在不还是你老婆?"

"真的?你说那小梅还能是我老婆?"

"那当然,你俩是合法夫妻,受法律保护的。只要一天不离婚,那小梅就还是你老婆。再说,没小梅你就不活了?你不还有果园嘛,等胳膊好了咱从头再来,咱千里迢迢来新疆为个啥?不就为了能在这过上好日子嘛,等挣上了钱,让那小梅后悔去吧。咱是亲戚,以后咱一家人不说两家话,咱互相帮衬着都能过上好日子。"

"对,咱是亲戚,一家人不说两家话。"

正说着,突然有人来找豁牙子,两人抬头一看是连长。看到连长来,豁牙子和王丑娃都感到很意外。

连长笑嘻嘻地瞧着他俩,让两人丈二和尚摸不着头脑。连长来不为别的,说的还是那块地,许多人都交上了房款连长也着了急,连长来找豁牙子主动降了一万块。尽管高出了一万块,还远了几百米,但还是块不错的地,还是三个漂漂亮亮的大棚。

可豁牙子犹豫了,豁牙子不是不想要,而是手上再拿不出一分钱了,这十万块已经是他家的全部家当,别说一万块,再想拿出一千都很难。

"还犹豫个啥?不就一万块嘛,你没有我有!"王丑娃在一旁着了急。

"丑娃叔,你的钱我不能要,现在这一万块可是你全部的家当。"

"咱不还有人吗?有人就有钱,不要也得要!我是你表叔这事我说了算,你能帮我我就不能帮你?赶快把地买了,再过段时间,正是大棚育苗的好时节,可别耽误了。过了年,你就能把你爹娘一块都接过来。"

"那,我可先把地买下了。"

"还犹豫个啥,等买上了地,我也去给你打工去,这下我也有挣钱的去处。"

"好,等我一挣到钱就还你,买了地就把我爹娘一块接过来,挣两年钱咱也买楼享受享受住楼房是个啥滋味。"豁牙子一下子就想到了老家等他的亲人。

连长一看事谈成了很高兴,接着又跟他们谈起了另一件事,招新工人的事。

"现在连里缺新工人,我把豁牙子家的妹妹、妹夫都报上了,还把王丑娃的大舅哥也报上了,过完年,他们就可以来连里上班了。"

"真的?他们真能来当新职工,那太好了!"

豁牙子与王丑娃都乐得合不拢嘴。连长一走,两人抱在一块又哭又笑又难过的。

晚上,豁牙子躺在床上翻来覆去地睡不着了,他想起了奶奶。老家没有火炉,小时候一到冬天,他的手脚就长满紫色的冻疮,像一粒粒熟透的樱桃流着橙黄色的液体。奶奶就用个小小的铁罐装着包谷秆子给他烤,边烤边焐在自己的手心里搓,直到搓得热乎乎的。冬天上学的时候,他只带个饼子当午饭,天冷奶奶怕他喝凉水,每天都怀里揣着热水瓶子走几公里给他送热水。

奶奶今年八十多了,不知道还能活几年,只要一想起这些,豁牙子的眼泪哗地一下子流了下来。

十八

开了春,化了雪,豁牙子的爹娘、妹妹、妹夫都要来了。

不光爹娘,还有奶奶,还有孩子,豁牙子激动得整夜睡不着觉。连长听说豁牙子一大家人要来,又给他找了两套没人住的旧砖房。

王丑娃的胳膊没伤着筋骨,早已经好了很多,要来的人多,虽然都是豁牙子家的人,可王丑娃高兴得跟自己家的事似的。

一大早,豁牙子就和王丑娃开上了王丑娃那辆破面包车,别看车旧,一车能装不少人和行李。

才刚过五九,风有点冷,可吹得豁牙子心里热乎乎的。

路过团部的时候,高高低低的楼房已经盖了起来,好久没到团部逛了,团部真是大变样啊,晃得两人的眼睛都花了,马路宽敞,河道蜿蜒,亭台楼阁处处有,还有商场、农贸市场、学校、医院。

两人一路上边看边感慨:"听说还要盖影剧院、图书馆、博物馆,这团部比咱老家的城市还漂亮啊!"

"能在这么好的地方工作生活,真是从前连做梦都不敢想啊!"王丑娃忍不住感叹道。

"只要俺好好干,过几年俺都能在团部把楼房买上,把家安上,彻彻底底成为的团场城里人!"豁牙人为自己发明的新词感到得意。

"咱这辈子哪都不去,就在这团场好好干上一辈子!"

"对,就在团场好好干一辈子,咱的好日子还在后头呢!"

两人一开心,开着车围着小区好好转了一大圈,还有不少楼房正在盖着,两仿佛看到自己的好日子就在眼前。

到了火车站,人很多,里面的人拎着大包小包往外拥,远远地,豁牙子一眼就看到了一群熟悉的身影,爹、娘、孩子,后面还跟着妹妹、妹夫,一边一个搀着奶奶。豁牙子的眼睛一下子就湿了。

等人群走近,豁牙子再一看,发现家人的后面还有两个他熟悉的人,豁牙子又揉揉自己的眼睛不敢相信,再仔细一看,一个是小梅的哥哥,一个竟然是小梅。

豁牙子吃了一惊,可却觉得小梅和从前有点不一样,哪不一样呢?等走近,他发现小梅白了还胖了,瘦瘦的腰,肚子却鼓出了一大截子。

豁牙子正在想小梅怎么会变成这样,只见小梅却朝着他俩的方向跑了过来,边跑边喊着:"丑娃,我怀孕了,咱们马上要有孩子了,孩子是你的!"

一回头,豁牙子看见王丑娃站在那里孩子般地哭了……